LES CHANTS DE NÜYING

ÉMILIE QUERBALEC

LES CHANTS DE NÜYING

roman

ALBIN MICHEL

Prélude

Le murmure de l'océan monte dans la nuit fraîche, comme une caresse, une promesse, un souvenir doux. Les étoiles se reflètent à la surface, des milliers d'étoiles qui palpitent et dansent dans le courant, frêles éclats de ciel tombés du firmament. Les vagues s'enroulent autour de ses chevilles. Un souffle effleure son visage, ses épaules…

Elle frissonne, et plonge.

Les friselis de l'eau sur sa peau lui disent qu'elle est vivante. Les échos qui vibrent dans la matière liquide lui rappellent qu'elle n'est pas seule. Non loin, le parfum âpre d'une présence l'invite à la suivre. Elle se met en mouvement. Sans effort, elle glisse. Ses muscles puissants ondulent et roulent sur ses côtes. L'air qu'elle a puisé dehors embrase ses cellules. Elle n'est entravée par aucune chaîne, aucune chair ne la retient. Elle est libre, libre ! Ivre, elle jaillit, sous le regard sévère des colosses pétrifiés. Impatiente, elle file, elle vole à travers les nappes d'eau mélangées, celles qui montent, tièdes et vives, celles qui tombent, lourdes et lentes. Joueuse, elle flâne, elle flaire, elle frôle, puis dans un sursaut, elle évite les rôdeurs, ces géants saisis par le froid qui dérivent dans la nuit.

Soudain, elle se fige.

La mer a un goût de sel, presque piquant. L'éclat argenté

d'un poisson perce l'obscurité. Elle l'effleure, le suit et s'arrête à nouveau. Devant elle s'ouvre un corridor étroit entre deux falaises. Le ciel renversé se drape de transparences turquoise. Au-delà, c'est l'inconnu.

Elle s'avance, change de position.

Viens ! entend-elle.

Les sons se diluent dans le silence, échos lointains, incertains.

Sur le qui-vive, elle écoute encore.

Viens ! l'appelle-t-on. *Viens jouer avec nous !*

Plus de doute, ses sœurs sont là, de l'autre côté. Elle perçoit leur danse, et ce langage enjoué qui fut le sien jadis. Elles insistent :

Viens nous rejoindre, viens t'amuser, viens !

La frontière des mondes est proche, si proche. Il suffirait d'un rien pour basculer, à peine une impulsion. Prudente, elle s'engage, avant de reculer.

Pourquoi, se demande-t-elle, pourquoi toujours cette crainte ?

Parce qu'au-delà, elle pressent l'impasse. Elle ? Non, c'est cette présence, cette chose, cette étrangère effrayée en elle.

Furieuse, elle tourne, elle volte, mais n'ose pas.

La muraille de glace craque, et gémit, et grince comme un fantôme.

Viens, viens !

Non, supplie l'autre, recroquevillée en boule dans un coin.

Une dernière fois, elle essaye, bute contre sa peur et renonce.

Les voix se dissipent dans le noir, s'étiolent et s'éteignent – elles sont parties. L'étrangère en elle s'est résignée, l'a condamnée. Elle ne connaîtra pas la joie, ne retrouvera pas les siens. Peut-être n'était-ce qu'un mirage, une illusion passagère, un désir inavoué ? Quoi qu'elle fasse à présent, tout s'effacera sans bruit, comme ces pas abandonnés dans la neige. Un millier de pas dans la neige, et c'est ici que le rêve s'achève.

Retour à la réalité.

Évanouie la joie, envolée l'innocence. L'absence, définitive, a brisé la musique. Il n'y a plus de rires, plus de chansons.

Rien que la solitude nue, et des murs sans échos.

PREMIÈRE PARTIE

CONCORDIA

1.

Vol AC.5008 à destination de Paris, France
[11-2563] Quatorze mois avant le départ pour Taihe-Concordia

Dans la cabine encore plongée dans la pénombre, les cent quatre-vingts passagers du Changpeng commençaient à se réveiller. Des conversations s'élevaient ici et là, dans ce français mêlé d'anglais et de bhojpuri qui faisait toute la saveur et la diversité du créole mauricien. En tendant un peu l'oreille, Brume pouvait saisir quelques phrases ou des mots, sonorités à la fois étranges et familières qu'elle redécouvrait avec un plaisir presque neuf. Sur la station d'études Elegya, d'où elle venait, on parlait surtout mandarin ou anglais.

À plusieurs reprises, Brume avait éprouvé une certaine appréhension à l'idée de son retour à la civilisation. Quatre ans en quasi-autarcie sur cette île artificielle en plein gyre océanique indien ne l'avaient pas vraiment aidée à développer ses compétences sociales. Finalement, les dix jours requis par le voyage en dirigeable lui avaient permis de s'acclimater en douceur. Elle avait même pris plaisir à se fondre dans la foule qui se pressait devant les guichets de l'aéroport international de Seewoosagur Ramgoolam, goûtant au charme de l'anonymat et se laissant flotter entre ces impressions légères et sans conséquences.

Après quelques minutes à tenter de décrypter les échanges du couple qui occupait la rangée devant la sienne, Brume finit par se lasser.

Une agréable odeur de café se répandait dans la cabine, annonçant l'heure du réveil. Son voisin de gauche s'étira et lui adressa un sourire timide. En dix jours, ils avaient eu le temps de s'observer mutuellement. Étudiant en fac de droit, avait-elle jugé, ou bien assistant juridique dans un cabinet d'avocats, en tout cas rien qui lui confère un statut social justifiant l'habituelle suffisance dont souffraient les hommes bien installés dans leur carrière. Lui avait encore gardé un peu de ce charme juvénile, le genre probablement à tomber sincèrement amoureux, et ses tentatives pour sympathiser ne l'avaient pas laissée indifférente. Elle avait d'ailleurs songé à l'inviter dans l'une de ces alcôves privatives du niveau inférieur, où l'on pouvait s'isoler pour dormir, discuter ou plus si affinités, avant d'abandonner l'idée assez rapidement : à quoi bon s'encombrer d'un début de relation, alors qu'elle ne pensait qu'à partir ?

Gênée par l'insistance avec laquelle il la regardait, elle détourna la tête, retirant son coude pour éviter un contact qui aurait pu être interprété comme une avance. Sur le feuillet individuel encastré dans le dossier devant elle, la carte dynamique indiquait qu'ils survolaient à présent les Alpes italiennes. Encore deux heures, et ils rejoindraient l'aéroport de Paris-Charles-de-Gaulle, très exactement à 9 h 43 en ce matin de novembre 2563, calendrier international. Température prévue au sol 8 °C, pluie.

Les hôtesses passèrent dans les allées pour servir le petit-déjeuner et relever les stores opaques. Une lumière douce inonda progressivement l'habitacle. Dehors, les rayons rasants du soleil sculptaient de délicates nuances de rose dans les nuages qui s'effilochaient jusqu'à l'horizon. L'éclat diamantin d'un essaim de fermes solaires ondulait en contrebas au gré des courants aériens, leurs panneaux déployés comme de grandes ailes brillantes. Bientôt, ce genre de paysage ne serait plus qu'une image creuse et sans consistance dans une simulation virtuelle d'agrément. Est-ce qu'elle était vraiment prête à renoncer à tout cela ? Le psychologue qui avait mené son dernier test affirmait que l'attachement à sa propre souffrance était une réaction humaine très commune. Brume n'avait jamais adhéré à aucune religion et elle avait assez peu apprécié cette intrusion aux relents théologiques dans le fil de leur entretien. Mais elle était bien placée pour savoir qu'on ne coupait pas si facilement les liens du passé qui nous entravaient. À défaut de psychanalyse ou de conversion, l'éloignement géographique l'avait aidée à maintenir l'illusion d'une forme d'apaisement.

Après avoir beaucoup hésité, Brume avait fini par contacter son père.

Curieusement, Tuan n'avait pas eu l'air surpris de l'avoir au téléphone. Il n'avait pas non plus semblé se réjouir particulièrement quand elle lui avait annoncé son passage en France, et au bout du compte, il n'avait posé aucune question. Leur conversation lui avait paru irréelle, plate et neutre comme s'ils venaient de se quitter la veille, alors que cela faisait maintenant vingt ans qu'ils ne s'étaient pas revus. La dernière fois qu'elle avait donné de ses nouvelles, c'était en début d'année, pour les vœux à l'occasion du Têt. Leurs échanges, de manière générale, se limitaient à des missives exsangues, entrecoupées de longues périodes où ni l'un ni l'autre ne prenait la peine de donner signe de vie.

Désœuvrée, attendant que les hôtesses finissent de débarrasser les restes du petit-déjeuner, Brume activa son interface d'un clignement à peine appuyé des cils.

[Note N° 2563-11-10-0943. Penser à acheter un cadeau pour C. en arrivant. Un foulard, du parfum ? Non, trop personnel. Des macarons, alors ?]

Elle referma sa note, hésita, puis l'effaça. Quel intérêt de consigner ce genre de remarques triviales ? Les formateurs leur avaient conseillé de considérer l'exercice comme une sorte de journal intime, ou une lettre adressée à leur moi futur. Pas une compilation de listes de courses et de choses à faire. L'objectif était de fournir un support concret à leur mémoire pour la phase de réveil, lorsqu'ils sortiraient de stase dans vingt-sept ans. Personne ne savait encore comment un cerveau humain pouvait évoluer et réagir sur des périodes de mise en latence aussi longue. Jusqu'à présent, les expériences menées sur des volontaires n'allaient pas au-delà de cinq ans, et les études montraient de légères altérations au niveau cognitif, a priori réversibles. Outre ces sauvegardes numériques censées pallier ces déficiences passagères, elle aurait droit à un kilo d'effets personnels, pour un volume ne dépassant pas la taille d'une mallette. Un kilo de souvenirs, avait-elle songé en signant son contrat. C'était déjà bien trop.

Poussant un soupir, elle se résigna à patienter, yeux clos. Il faisait à présent complètement jour, et le dirigeable entamait sa longue descente.

Une fois à l'aéroport, elle fit un crochet par les toilettes où elle prit le temps de se remaquiller, un trait de crayon sur la paupière et un peu de gloss, acheté dans un duty free avant son départ. Puis, repoussant les mèches de cheveux qui lui retombaient sur le front, elle jeta un regard circonspect au miroir.

– Bonjour, papa, dit-elle à mi-voix en vietnamien, s'adressant à son propre reflet.

Sa voix lui parut artificielle et fausse, son accent déplorable.

2.

Paris, France
[11-2563] Quatorze mois avant le départ pour Taihe-Concordia

Le taxi déposa Brume à l'entrée du passage des Rosiers, au coin de la rue Nationale. Des gens se hâtaient vers la bouche de métro quelques centaines de mètres plus loin, la contournant sans même ralentir, comme si elle n'avait été qu'un poteau électrique ou un arbre planté au milieu de la chaussée. En comparaison, l'impasse semblait très calme, à l'écart de la folle course du monde.

En vingt ans, rien n'avait changé. Les mêmes pavés humides, les mêmes façades aux volets blanc cassé, les grilles recouvertes de glycine ou de vigne donnaient à ce coin de Paris des airs éternels de campagne. Un jardin secret, comme seul Paris savait les préserver, à l'abri des Olympiades juste de l'autre côté de la rue. Son père habitait au fond à droite, dans un renfoncement, une maison où Brume n'avait que très peu vécu : son enfance à elle s'était déroulée sur la dalle, dans un F4 au vingt-troisième étage de la tour Horizon. Deux ans après la mort de sa mère, Tuan s'était remarié et le couple avait fait l'acquisition de ces locaux à rénover, à un moment où les prix de l'immobilier n'avaient pas encore flambé dans le quartier. Brume aurait préféré ne pas déménager, mais on ne l'avait pas consultée. De toute façon, à l'époque, elle avait déjà obtenu sa bourse d'études et s'apprêtait à quitter le domicile familial.

L'ancien atelier de menuiserie avait gardé son cachet industriel malgré les améliorations apportées au fil des ans. Des graffitis recouvraient le mur gris d'origine. Les tuiles en céramique photosensible étincelaient dans la lumière, sous le ciel bleu lavé par la pluie. Les feuilles mortes, repoussées le long du trottoir, formaient de petits tas pourrissant de loin en loin. La sonnette n'avait pas l'air de fonctionner, conformément à son souvenir.

Plantée devant les trois marches d'accès au perron, elle s'apprêtait à toquer, quand la porte s'ouvrit sur son père. Peut-être guettait-il son arrivée depuis le salon, caché derrière le store à demi baissé.

– Entre, lui dit-il en français.

Qu'il soit sur le qui-vive n'avait rien de surprenant, étant donné qu'elle l'avait appelé quand le taxi s'était engagé sur le périphérique. Le fait est que ce simple coup de fil lui avait demandé un effort pénible, prélude au malaise qu'elle ressentait à présent qu'elle se trouvait face à lui.

Tuan se poussa sur le côté pour la laisser passer, sans la prendre dans ses bras pour l'embrasser. Ces manières à la française n'avaient jamais fait partie de leurs habitudes, ce qui n'empêcha pas Brume de se sentir déstabilisée. Elle éprouvait aussi un choc à le voir si vieilli, car elle avait gardé de lui l'image d'un quadragénaire encore assez séduisant – une photographie mentale qui l'avait accompagnée tout au long de ces vingt dernières années, ressurgissant chaque fois qu'elle pensait à lui. Son père allait aujourd'hui sur ses soixante-dix ans, et elle calcula que sa femme avait dû souffler ses soixante-seize bougies au cours de l'année.

– Tu as l'air en forme, lui dit-elle.

Elle accrocha son blouson.

– Carole est en Normandie, fut sa réponse.

Elle ne releva pas, mais lui sut gré de s'être organisé pour lui éviter la présence de sa belle-mère. Elle le suivit jusqu'au salon. Tuan se déplaçait avec vivacité, mais il avait maigri et elle ne pouvait que remarquer la calvitie qui dessinait un rond jaune sur son crâne dans la lumière du couloir. Elle demeura seule dans la salle de séjour tandis qu'il allait préparer le thé.

Brume laissa son regard traîner distraitement sur le sofa et les fauteuils avec le sentiment bizarre d'être une étrangère en visite. Elle ne reconnaissait que vaguement la pièce, dont la peinture et les meubles avaient visiblement été rafraîchis récemment. Seuls éléments familiers, les tableaux si chers à la propriétaire des lieux qui ornaient toujours les murs. Un chat somnolait sur le parquet au milieu d'une flaque de soleil, indifférent à tout ce qui n'était pas en rapport direct avec son bien-être.

Tuan revint avec un plateau chargé de tasses et d'un assortiment de biscuits.

– Et comment va-t-elle ? demanda Brume pendant qu'il les servait, reprenant leur discussion là où elle s'était arrêtée.

– Elle va bien.

– Tu as bien reçu mon mail ?

– Oui.

Questions-réponses, toujours en français. Autrefois, ils conversaient en vietnamien, même si Brume avait souvent recours à des tournures ou du vocabulaire français pour combler ses lacunes. C'était avant son remariage, car après, Tuan avait peu à peu renoncé à ces habitudes, ne s'exprimant quasiment plus qu'en français pour que sa femme ne se sente pas exclue de leurs échanges.

– Et toi, comment ça va ? poursuivit-elle, après cinq minutes à siroter son thé en évitant son regard.

– Je tiens le coup, et comme tu peux le constater, j'ai encore toute ma tête.

– Tu as toujours eu la tête dure.

Son père eut une sorte de demi-sourire.

– J'ai vu les dernières infos, lui dit-il. Alors, tu vas devenir une spationaute, c'est bien ça ?

Brume se trouva stupide. Son père s'était désinvesti de son éducation dès lors qu'elle avait arrêté le conservatoire, refusant de s'intéresser à ses études et à sa carrière. Il l'avait rêvée musicienne, elle l'avait déçu. Résultat, elle avait dû faire ses choix seule, sans personne pour l'épauler et l'encourager. Mais il se tenait tout de même un minimum au courant de l'actualité, et son départ n'était donc plus un secret pour lui. Très bien.

– Je voulais te l'annoncer de vive voix.

– Combien de temps va durer le voyage ?

– Un peu plus d'une trentaine d'années, enfin, de ton point de vue. Trente-six ans et demi, très exactement.

– Trente-six ans et demi, répéta Tuan lentement.

Mal à l'aise, Brume ajouta rapidement :

– Pour moi, cela fera vingt-sept ans. Le temps ne s'écoulera pas de la même manière sur le vaisseau et sur Terre.

Tuan sirota une gorgée de thé et reposa sa tasse. Il refusait toujours de la regarder en face.

– Combien ça avait pris, pour le Centaure ? demanda-t-il.

Brume supposa qu'il parlait de la mission Alpha-du-Centaure, qui avait démontré la faisabilité d'un voyage à vitesse relativiste.

– Cinq ans et demi aller, cinq ans et demi retour. Onze ans, donc, pour les gens à bord. Seize ans pour nous, sur Terre.

Tuan hocha la tête plusieurs fois, l'air vaguement sceptique.

– Vous irez à la vitesse de la lumière ?

– Pas tout à fait, mais pas loin. En dehors des phases

d'accélération et de décélération, on aura une vitesse constante de 69 % de la vitesse de la lumière. Au total, ça prendra vingt-sept ans. Mais techniquement, je ne les verrai pas passer, puisque je serai en stase.

Elle ne précisa pas que jamais un être humain n'avait séjourné aussi longtemps dans l'espace, et que personne ne savait réellement quels effets aurait la cryostase sur l'organisme et le psychisme humain dans ces conditions.

– Est-ce que Jonathan Wei compte vraiment essayer son protocole d'immortalité ?

Jonathan Wei était le charismatique et très influent président de Wei Telecom & Links, l'entreprise sino-américaine qui avait racheté Space'O et finançait le gros du projet Shun. Tuan faisait référence à une technologie appelée RNA, pour Réincarnation Numériquement Assistée, en cours d'expérimentation. Ce protocole n'avait pas besoin d'un voyage à l'autre bout de la galaxie pour être testé, mais Jonathan Wei était le seul être humain au monde suffisamment mégalo pour vouloir l'appliquer sur sa propre personne, et en avoir les moyens. C'est-à-dire, au bas mot, l'équivalent du PIB d'un pays comme le Vietnam.

– Oui, confirma Brume. En principe cela devrait lui permettre de rejoindre le système de Shun sans avoir recours à la cryostase.

– Cet homme est fou.

– Peut-être… mais il est riche.

– Il a surtout une conception fausse de ce qu'est véritablement l'enseignement de Bouddha.

Brume sentit qu'ils touchaient là une corde sensible. De toute façon, les débats qui agitaient la sphère religieuse et médiatique sur la légitimité ou non de la RNA lui avaient toujours semblé vains. Pour les traditionalistes comme son père, la RNA, en autorisant le transfert de personnalité d'un corps à un autre, se trouvait à l'exact opposé de la dissolution de l'ego, prémice du véritable Éveil.

– Il y aura des retombées médicales spectaculaires, avança-t-elle.

C'était l'argument principal déployé par le service de communication de Space'O pour justifier ses investissements massifs dans la recherche et le développement de cette technologie. Transférer un être enfermé dans un corps malade vers un corps sain, offrir une seconde chance à tous ceux que la vie avait défigurés, amputés, condamnés, n'était-ce pas un objectif noble que toute personne un tant soit peu douée de compassion se devait de poursuivre ?

– Je n'y crois pas un seul instant, trancha Tuan.

Brume haussa les épaules. Son père s'était toujours montré obstiné et réfractaire à tout ce qui pouvait faire évoluer sa manière de voir les choses.

Après un silence, Tuan tripota la théière et lui resservit une tasse.

– Et toi, qu'est-ce que tu es censée faire dans tout ça ? lâcha-t-il finalement.

Plus agacée qu'elle n'aurait voulu l'admettre, Brume se demanda si sa remarque appelait vraiment une réponse. Diplômée de la Scripps Institute of Oceanography et spécialisée en bioacoustique marine, elle avait d'abord étudié le chant des baleines boréales sur un navire scientifique sillonnant les mers arctiques, avant d'intégrer la station de recherche Elegya où elle avait travaillé sur les interfaces homme-animal. C'était pour son expérience du contact interespèces qu'elle avait été recrutée par Space'O, mais visiblement ce n'était pas suffisant pour son père.

– Je connais bien le milieu marin, papa.

– Je ne vois pas le rapport.

Brume se sentit soudain très lasse, comme si son corps n'avait attendu que cet instant pour accuser le coup de ses longues heures de voyage. À quoi bon chercher à convaincre Tuan ? Vingt ans s'étaient écoulés depuis leur dernière dispute, et rien n'avait vraiment changé. À ses yeux, elle resterait pour toujours une enfant incapable de faire ses propres choix.

Elle se leva :

– Où est l'autel ? J'aimerais aller saluer maman et grand-mère.

Il lui désigna la porte qui menait à l'escalier.

– Dans ton ancienne chambre, lui indiqua-t-il.

Ce qui n'était absolument pas l'endroit où il aurait dû se trouver, mais elle se douta que Carole avait eu son mot à dire sur la question. Cette femme n'avait jamais rien compris à leurs traditions. Brume se leva, ravalant les réflexions désagréables que lui inspiraient ces arrangements. Elle ne demanda pas non plus à Tuan où il comptait la faire dormir, puisque désormais les morts occupaient sa chambre.

3.

La pièce était plongée dans la pénombre, rideaux tirés. Lorsque Brume appuya sur l'interrupteur, des guirlandes de lotus artificiels s'allumèrent, diffusant une clarté rouge orangé autour du meuble sur lequel avaient été disposées les offrandes et décorations usuelles.

Elle alluma trois bâtons d'encens, comme elle avait vu faire jadis sa grand-mère en certaines occasions solennelles. À l'étroit dans son cadre verni, Ái Vân l'observait de son regard sévère. La photo avait dû être prise bien avant sa mort, car elle se tenait très droite, engoncée dans une veste traditionnelle boutonnée jusqu'au menton. Brume l'imaginait parfaitement en directrice d'école, à Hanoï. Ái Vân voulait dire « celle qui aime les nuages », mais son caractère n'avait rien d'éthéré. Même en ayant tout perdu, même après les humiliations et les compromis de l'exil, elle avait continué à régenter son univers familial comme s'il lui appartenait de droit.

Yeux clos, mains jointes, Brume essaya de se remémorer la suite du rituel.

Petite, grand-mère l'obligeait à prier devant le portrait de son époux, un homme austère dont le regard sombre semblait la juger du fond des âges. Déjà à l'époque, parler à un mort lui paraissait absurde, mais grand-mère n'en démordait pas et ces séances de recueillement pouvaient s'éterniser durant une bonne partie de l'après-midi. Pour tromper son ennui, Brume observait à travers la fente de ses paupières la fumée de l'encens qui montait vers le plafond en se tortillant. Grand-mère lui avait expliqué que cette fumée reliait le monde des vivants à celui des esprits, mais malgré tous ses efforts, Brume n'avait jamais réussi à adhérer à ces croyances. Peut-être devait-elle simplement s'adresser en silence à la mémoire de cette femme, qui l'avait tant choyée dans son enfance. Se rappeler sa main si douce, qui avait manié, pétri, soigné et travaillé sans relâche au cours de son existence. Faire revenir à elle l'odeur subtilement épicée de sa soupe, ou celle du baume à base de menthe poivrée dont elle enduisait sa poitrine pour dégager ses bronches…

Lorsqu'il était arrivé en France, Tuan parlait mal le français et il avait dû s'adapter du mieux qu'il pouvait à leurs nouvelles conditions de vie. Avec sa mère et ses deux sœurs, ils partageaient un trois-pièces exigu dans une barre HLM qui accueillait d'autres familles immigrées venues d'Afrique ou d'Europe de l'Est. Alors qu'il se destinait à une carrière de pianiste, il avait dû porter des charges aux aurores, récurer des toilettes d'hôpital, livrer des fruits et légumes dans des restaurants qui le payaient au noir, avant que ne se présente à lui l'opportunité d'enseigner la musique dans une école privée, et retrouver enfin une situation digne de ce nom.

Tuan n'aimait pas évoquer cette période. Comme il n'acceptait pas non plus facilement de parler de sa jeunesse au Vietnam, Brume avait grandi sans vraiment connaître son histoire familiale. Au centre de cette généalogie pleine de lacunes et d'interrogations, sa grand-mère faisait office de pont jeté entre le passé et le présent. Plus qu'aucun autre membre de leur famille, Ái Vân tenait à entretenir chez eux le souvenir de leur pays et la conscience de leurs racines. En les quittant, sa grand-mère avait emporté avec elle sa langue, sa cuisine, et toute cette part impalpable de culture qui ne s'apprend pas dans les livres, mais se vit et se partage à travers les mille et une choses du quotidien.

Après quoi, rien n'avait plus jamais été pareil.

Mây, viens me masser les épaules !

Mây était le prénom qui figurait sur l'état civil de Brume. Cela signifiait « nuage rose », un hommage voulu par ses parents à « celle qui aime les nuages ». Mais comme Brume n'avait jamais aimé le rose, elle avait décidé à l'adolescence qu'il ne fallait plus l'appeler ainsi.

Brume se souvint de sa grand-mère, assise dans un fauteuil face à son émission télévisée du soir. Enfant, elle aurait inventé n'importe quoi pour se dérober au rituel du massage et à la sensation poisseuse du baume sur ses mains.

Ái Vân aurait-elle approuvé sa décision de s'engager dans l'exploration spatiale ? Aurait-elle été fière d'elle, l'aurait-elle comprise, l'aurait-elle encouragée à aller de l'avant ?

Brume ouvrit les yeux, incapable de prier.

L'encens finissait de se consumer, trois petits points de braise, bientôt enfouis dans les cendres.

4.

Aux alentours de midi, après une douche et une heure de repos dans la chambre d'amis que son père lui avait réservée, elle descendit le retrouver. Des odeurs appétissantes la guidèrent jusqu'à la salle à manger. Un tablier serré autour de la taille, Tuan mettait la table. La flaque de lumière sur le parquet s'était déplacée, et le chat avec.

Brume ne se souvenait pas avoir vu son père cuisiner, ou si rarement. Pour un peu, elle se serait presque crue revenue en arrière, à l'époque où sa mère et sa grand-mère pouvaient passer des heures à papoter tout en préparant le repas. Comme elles, Tuan s'activait, vérifiant la cuisson du riz ou rectifiant l'assaisonnement de sa sauce. Sa silhouette penchée sur les casseroles rappelait celle d'Ái Vân au même âge. Les rares cheveux gris, soigneusement peignés, témoignaient d'une coquetterie qui prêtait à sourire. La pensée qu'elle ne serait pas là pour l'accompagner dans ses vieux jours frappa alors Brume de plein fouet.

Bien sûr, elle y avait déjà réfléchi. Tant qu'elle se trouvait sur Terre au centre d'entraînement et de formation des astronautes de Cologne, ou plus tard sur la base lunaire de Taihe-Concordia, il y aurait encore moyen de regagner Paris dans un laps de temps raisonnable en cas d'urgence. Après, ce ne serait plus le cas.

Pendant quelques longues minutes, ses yeux suivirent machinalement le mouvement des mains de Tuan. Des mains de pianiste, fines et délicates jusque dans les gestes les plus ordinaires, toujours belles malgré les déformations de l'âge.

– Qu'est-ce que tu nous prépares ? lui demanda-t-elle en vietnamien.

Tuan lui désigna un coin de la table derrière eux du bout de ses baguettes.

– Ça alors, s'écria-t-elle. Tu l'as gardé ?

Son père avait ressorti le cahier d'écolier où Ái Vân avait jadis noté toutes ses recettes. Un vieux cahier, aux pages jaunies, tachées, mille fois manipulées, parcourues d'une fine écriture cursive que Brume, qui ne lisait pas bien le vietnamien, avait toujours eu du mal à déchiffrer. Elle le feuilleta avec lenteur. « Tout est là », disait souvent sa grand-mère, en tapotant la couverture cartonnée du bout de son index.

– Je peux t'aider ? proposa-t-elle à Tuan.

– Non, ça va… si, tiens, prépare la coriandre.

Brume trouva les herbes fraîches dans le caddie de courses que son père n'avait pas encore complètement rangé. Le soleil donnait en plein sur la courette, un soleil de novembre, un peu froid, mais qui se mariait bien avec les odeurs sucrées d'ail et de nuoc-mam.

Elle rinça soigneusement les feuilles et commença à les hacher.

– Pas comme ça, rectifia Tuan.

Elle le laissa faire.

– J'ai fait un bánh gan, lui annonça-t-il sans lever la tête. Mais je crois que j'ai raté la cuisson.

Le bánh gan était un dessert qui revenait régulièrement à la table familiale. Brume aidait souvent à la préparation, remuant les œufs avec le lait de coco parfumé à l'anis, à genoux sur une chaise dans la cuisine étroite de leur F4 au vingt-troisième étage.

La cuisine dans laquelle ils se trouvaient aujourd'hui était bien plus belle et pratique que celle de son enfance. Cette maison aurait pu être remplie de rires de bambins, se dit-elle, si la vie n'en avait pas décidé autrement.

Est-ce qu'il regrettait cette existence, qui aurait pu être la leur ?

Est-ce qu'*elle* la regrettait ?

Pour elle, la réponse avait toujours été non. Chaque fois que l'occasion s'était présentée de rentrer en France, de s'ancrer dans un couple ou de fonder une famille, elle avait fui. Certes, on pouvait lui reprocher son égoïsme, mais il ne fallait pas oublier que Tuan avait aussi sa part de responsabilité. Quel père avait-il été pour elle ? À aucun moment il ne s'était inquiété de savoir si elle était heureuse, se préoccupant uniquement de lui et de ses ambitions déçues, au lieu de s'intéresser réellement à elle.

Ils s'installèrent dans la salle à manger autour de la table ronde. L'intimité familière qui les avait réunis quelques instants dans la cuisine s'était déjà complètement évaporée.

– Ça a l'air très bon, complimenta Brume en se servant.

Elle devait faire un effort pour rester naturelle, et comme toujours dans ce genre de situation, elle s'exprima sèchement, obtenant exactement l'effet inverse de celui escompté. Tuan hocha la tête et sans dire un mot, il se leva pour aller chercher la télécommande.

Ils mangèrent en silence pendant quelques minutes, leur attention captée par les images criardes que Tuan faisait défiler sur l'écran, sans s'arrêter sur aucune. Les annonces et les conversations se mélangeaient en une insupportable cacophonie de langues et de jingles publicitaires.

– On pourrait baisser un peu, s'il te plaît ? demanda Brume, que le bruit avait tendance à rendre nerveuse.

Tuan, cependant, avait trouvé ce qu'il cherchait : une

émission sur l'exploration spatiale et la future mission Shun. Étant donné l'actualité, la probabilité de tomber sur ce type de programme n'était pas nulle, mais elle ne s'attendait pas à ce que son père s'y intéresse.

Les vues panoramiques du chantier lunaire orbital se déployèrent sous leurs yeux au son d'une musique pompeuse. Ce genre de reportage, dédié à la gloire de l'investisseur principal de Space'O, provenait en général de leur service de communication et mettait l'accent sur le côté spectaculaire du projet, passant plus ou moins brièvement en revue les aspects techniques et scientifiques.

« Le chantier du cargo-monde *Yùtù* a débuté il y a plus de trente ans », expliquait le commentateur, le comparant aux plus célèbres monuments jamais érigés par l'homme au cours de l'histoire. Trente ans, cela correspondait aux estimations de la durée de construction de la pyramide de Khéops, tout en restant bien en deçà du temps qu'avait nécessité l'édification de la cathédrale de Notre-Dame à Paris, ou la grande muraille de Chine.

– Ça ressemble à rien, observa Tuan d'un air sceptique.

– C'est du béton de régolithe, papa. L'habitacle est à l'intérieur, ce que tu vois là est sa carapace protectrice.

Tuan poussa un grognement. Des animations graphiques montrèrent comment le vaisseau proprement dit s'insérait autour d'un axe central au cœur de cette gaine rocheuse. L'ensemble se décomposait en plusieurs étages, chaque module pouvant bénéficier d'une vitesse de rotation indépendante. Ce dispositif devait fournir une gravité modulable à ses occupants dans les phases dites de « poussée zéro », en dehors des moments d'accélération ou de décélération. Autre particularité, la nef avait été conçue pour pouvoir se scinder en deux parties distinctes en cas d'avarie ou de défaillance critique, chacune dotée de systèmes de navigation et de support de vie autonomes. Le commentateur ne tarissait pas d'éloges pour vanter la collaboration internationale qui avait abouti à cette prouesse technologique.

– Et comment ils vont déplacer toute cette masse ? demanda Tuan. Ça doit peser des centaines de milliers de tonnes.

– Un peu comme pour Alpha-du-Centaure, papa : avec une propulsion Zhenhi, qui sera enclenchée lorsque nous serons à distance suffisante de la Terre.

Tuan pinça les lèvres et se concentra ostensiblement sur l'écran. Le documentaire donnait à présent la parole à des astronautes, détaillant leur parcours de sélection et d'entraînement.

– Tu vas devenir une héroïne, commenta-t-il, laconique.

– Je ne ferai que dormir pendant tout le trajet, objecta Brume. Il n'y a rien d'héroïque à ça.

– Je te parle d'après.

Brume ne sut si elle devait prendre sa remarque pour un compliment ou comme une critique.

Tuan hocha la tête et commença à débarrasser bols et soucoupes.

– Je me demande comment ils vont vivre, là-dedans.

« Ils » concernait la soixantaine de familles sélènes qui composerait le personnel navigant du *Yùtù Meng*, plus la trentaine des membres des Forces spatiales d'exploration qui n'effectueraient pas le trajet en cryostase. À cela il fallait ajouter les deux délégués de l'OSNU, le président de Space'O et son alter ego spirituel. Le reste des voyageurs – deux cents scientifiques, ingénieurs et techniciens, cinquante militaires et une vingtaine de prospecteurs – serait placé en caisson de stase.

Le reportage montrait à présent la cité de Taihe et le bassin pôle Sud-Aitken.

– Tu crois vraiment qu'il y a de la vie, sur ta planète ?

– Ce n'est pas *ma* planète, répondit Brume, agacée.

Tuan secoua la tête, mais il ne fit aucun commentaire,

une attitude qui autrefois avait le don de la mettre hors d'elle.

– Tu sais, commença-t-elle alors qu'ils nettoyaient les assiettes, si j'ai choisi ce métier…

Tuan se figea une infime fraction de seconde, juste assez pour que Brume regrette d'avoir amorcé cette confidence. Pourquoi, mais pourquoi encore ce besoin de quémander son approbation ? N'importe qui aurait dû être fier de voir sa fille intégrer un corps d'exploration spatiale. Le problème n'était pas à rechercher chez elle, mais chez lui.

– Tu veux bien mettre ça à tremper ? lui demanda-t-il en lui désignant un plat sale sur le plan de travail.

Brume obtempéra sans mot dire. Tout était toujours tellement difficile, avec lui. Elle eut soudain envie de quitter la pièce, de quitter cette maison où de toute façon elle n'avait jamais été heureuse, de tout quitter en claquant la porte, comme quand vingt ans auparavant elle était partie poursuivre ses études aux États-Unis.

– J'ai mon train à dix heures demain matin, dit-elle.

Elle crut percevoir une légère hésitation dans sa voix, s'attendant presque à le voir protester, l'inviter à rester encore quelques jours.

– Dix heures ? répéta Tuan d'un ton neutre.

– Je décollerai d'ici vers neuf heures, précisa-t-elle, comprenant que son père ne changerait jamais.

Quoi qu'elle fasse, leur relation en resterait toujours au point mort.

– Tu veux qu'on réserve un taxi ?

– Je veux bien, oui. C'est une bonne idée.

Ils retournèrent au salon et s'installèrent dans le canapé pour regarder la suite du reportage tout en sirotant leur thé. Le chat, paresseux, ne bougea pas d'un poil et resta lové dans son fauteuil. Cela aurait pu être un moment heureux, douillet et confortable, un moment où ils se seraient retrouvés enfin. Au lieu de quoi, le silence se dressait entre eux comme un mur, bâti de vieilles rancœurs et de non-dits.

Un peu plus tard, Brume réalisa qu'elle avait activé machinalement la fonction d'enregistrement de son interface pour garder une trace de l'après-midi qui venait de s'écouler. Elle se demanda si elle avait réellement envie de conserver cette scène dans la collection de souvenirs qui l'accompagnerait dans son voyage.

La réponse s'imposa d'elle-même.

Si sa mémoire naturelle, organique, se chargeait de préserver ces derniers moments passés avec son père même après vingt-sept années de stase, tant mieux. Sinon, tant pis. Tous les instants d'une vie n'avaient pas vocation à rester gravés dans le marbre, en l'occurrence le silicium. Il fallait bien faire un tri.

5.

Cité lunaire de Taihe-Concordia
[01-2565] Six mois avant le lancement de la mission Shun

– J'espère que vous prendrez vite vos marques.

– Je pense que ça ira, assura Brume en passant sa bague devant le scan.

La porte se débloqua dans un cliquetis.

À son arrivée sur Taihe, Brume s'était vu allouer un espace personnel de huit mètres carrés au quatrième sous-sol, au fond d'un couloir qui n'avait jamais connu la lumière du jour. Une chaise, une console encastrée et une banquette escamotable constituaient le seul mobilier de ce conduit à l'appellation pompeuse de studio. L'ensemble, d'un blanc crémeux, rayonnait de neutralité.

– C'est un placard temporaire, sourit son référent, voyant son expression. Bien plus spacieux qu'un caisson de stase.

William, le Canadien qui l'avait prise sous son aile après son arrivée, lui montra les différentes fonctionnalités domotiques. Québécois, cybernéticien, il avait rejoint Concordia trois ans auparavant pour travailler sur le protocole RNA.

– Appelez-moi quand vous serez prête.

Brume le remercia, et il la laissa seule avec son sac. Le vol à partir de la base de lancement de Wenchang s'était déroulé dans une oisiveté confortable, mais le décollage et le transfert depuis le dock orbital d'Artémis-2 avaient été plutôt éprouvants. Physiquement, ce n'était pas la grande forme. Une migraine tenace lui pressait l'intérieur du crâne et l'illusion de légèreté conférée par la faible gravité lunaire ne suffisait pas à compenser son état d'épuisement.

Elle se laissa tomber sur la banquette déployée pour son arrivée, appréciant à leur juste valeur les draps propres et repassés. Blancs, comme les murs et le plastique thermodurci de ces meubles en impression 3D. Blancs comme le futur qui se dessinait devant elle, avec toutes ses inconnues, et ses développements potentiels.

Le programme d'accueil des collaborateurs de Space'O prévoyait deux jours d'acclimatation à leur nouvel environnement, avant d'entamer la dernière ligne droite des tests préalables à leur intégration définitive. Pourquoi deux jours ? songea-t-elle. Depuis le temps qu'elle aspirait à se trouver là, ce délai supplémentaire l'exaspérait.

Elle s'allongea sans retirer ses vêtements, guettant le bourdonnement et les bruits de tuyauterie qui accompagnaient généralement toute installation de ce type. Si l'on faisait abstraction des conditions extérieures, Taihe présentait des caractéristiques d'habitat assez similaires à la station océanique Elegya : même manque d'espace, même promiscuité, et la conscience de dépendre entièrement de ces dispositifs pour sa survie.

Brume ne mit guère de temps à s'endormir, rassurée par la rumeur discrète et familière de la ventilation.

Située dans une partie excentrée du bassin pôle Sud-Aitken, Taihecheng accueillait à l'origine une soixantaine de chercheurs sous l'égide de la CNSA, l'administration spatiale chinoise. D'abord zone protégée, la Cité de la Grande Paix s'était ouverte à la collaboration étrangère à la faveur de sa « troisième révolution ». La CNSA avait toutefois gardé un droit de veto au sein du comité de gestion de l'OSNU, la branche spatiale des Nations Unies, ce qui en pratique revenait à lui laisser le contrôle de la cité sélène. Cette évolution avait grandement apaisé les tensions qui compliquaient les relations de Taihe avec la base américaine voisine d'Artémis-1. Une liaison souterraine permanente reliait désormais les deux sites, et le complexe ainsi constitué avait été renommé Taihe-Concordia. Par la suite, le développement de l'exploitation du sol et de l'activité de sous-traitance pour les industries spatiales avait joué comme un appel d'air pour une population de migrants venus de tous les horizons, à commencer par une diaspora chinoise formée dans les meilleures universités américaines, qui trouvait là l'opportunité de s'investir dans des projets mixtes à dimension internationale. Mineurs et ouvriers qualifiés leur avaient emboîté le pas, avant d'être rejoints par une constellation de professionnels gravitant autour des métiers du service et du tourisme.

Vu de l'extérieur, le complexe ressemblait à un terrier enfoui sous une couche de roche grise, à l'écart des infrastructures lourdes auxquelles il était relié par tout un réseau de pistes et de couloirs souterrains. Le brassage des cultures, l'âpreté de la vie dans cet environnement ultra-hostile avaient forgé au fil des décennies une identité propre à ces pionniers de la première heure. Leurs enfants formaient le gros du contingent de volontaires qui avaient signé pour le projet Shun. Cette génération qui n'avait jamais connu le bleu du ciel qu'à travers des simulations RV ne se sentait pas appartenir à la Terre. Rien d'étonnant à ce qu'elle rêve d'une seconde patrie, sur un territoire encore vierge de toute influence de la civilisation mère. La perspective d'aller se cloisonner dans une colonie isolée, en orbite autour d'une planète inhospitalière, ne les arrêtait pas. Ces contraintes faisaient partie du postulat de base de leur existence et ils les acceptaient comme allant de soi, à la différence des astronautes fraîchement débarqués de Wenchang.

Après une douche rapide, Brume contacta son référent accueil : son programme des prochaines semaines prévoyait une formation poussée sur les procédures de sécurité et le fonctionnement des équipements vitaux du cargo-monde. Elle était curieuse aussi d'entendre ce que le Canadien pourrait lui dire de leur président et du protocole de réincarnation sur lequel ils travaillaient. Ce projet scientifique restait peu médiatisé comparé à d'autres aspects de leur mission, et il n'était pas donné à tout le monde d'avoir la chance de discuter avec une personne directement impliquée.

Le cybernéticien lui donna rendez-vous dans la galerie commerçante de Nankin Street. Brume réalisa qu'elle l'avait dérangé à l'heure où la journée, artificiellement calée sur les horaires de Pékin, tirait à sa fin. Elle enfila un blouson léger marqué du sigle de Space'O et sortit de son studio. Les gens qu'elle croisa dans le couloir du niveau –4 la saluèrent avec une amabilité polie en russe, anglais ou mandarin. Des échos de musique populaire résonnaient à travers les cloisons, mêlés à des bruits de conversation ou des rires. William lui avait indiqué que son étage hébergeait une population de cols blancs récemment arrivée de Terre pour intégrer le volet scientifique du projet Shun, des gens qu'elle serait donc amenée à fréquenter tous les jours dans un avenir proche.

Au niveau premier, sous une galerie vaste comme le hall d'accueil conçu par l'architecte Ieoh Ming Pei pour le musée du Louvre, s'ouvrait un espace de circulation agrémenté de bosquets et de compositions florales. Les grandes rues commerçantes disposées en étoile à partir de cette place centrale portaient des noms aussi exotiques que « Champs-Élysées » ou « Fifth Avenue ». Brume se dirigea vers la porte du Dragon qui marquait l'entrée de Nankin Street. Le cybernéticien lui avait donné rendez-vous dans un petit restaurant où l'on servait, selon lui, les meilleurs raviolis au porc de la station. Brume se méfiait des appréciations culinaires des Nord-Américains dès lors qu'il s'agissait de cuisine asiatique, mais cela n'empêcha pas les odeurs de nourriture exhalées par les conduits d'aération de lui mettre l'eau à la bouche. Dans une lumière de néon d'aquarium, des hommes et des femmes agglutinés sur des terrasses exiguës buvaient et mangeaient en parlant fort, exactement comme dans n'importe quelle ruelle populaire d'une ville de la côte Est chinoise. Dans les boutiques surchauffées, les télévisions déroulaient les mêmes programmes que sur Terre, avec les mêmes têtes de présentateurs connus étalant leurs pixels retouchés.

Le Canadien l'interpella depuis un boui-boui où il avait réussi à dégoter une place, coincé entre une enseigne de publicité et un groupe de jeunes sélènes au visage émacié.

– J'allais passer sans vous voir, le remercia Brume.

William avait troqué sa chemise réglementaire contre un T-shirt rose et une casquette de base-ball. Brume dut se tortiller pour s'asseoir en face de lui.

– Une Tsingtao, ça vous va ? lui demanda-t-il en hélant le serveur.

Ils commandèrent deux bières et des nouilles agrémentées de raviolis frits.

– Vous parlez très bien le mandarin, nota Brume.

– Le résultat de dix ans à Hong-kong, plus dix au bureau de cybernétique fonctionnelle de Pékin, acquiesça le Canadien. Et vous, Mây ?

Brume hésita une fraction de seconde sur la meilleure réaction à avoir.

– Laissez tomber « Mây », dit-elle. Tout le monde m'appelle « Brume ».

– « Brume » ? Pourquoi pas. Mais sans vouloir être indiscret, que signifie « Mây » ?

– C'est un prénom vietnamien, éluda-t-elle. (Elle enchaîna, afin d'éviter qu'il ne pose plus de questions :) J'ai passé la moitié de ma vie à observer le comportement des baleines boréales, avant de collaborer au projet BiolinX.

BiolinX dépendait de la filiale biotechnologies de Space'O et développait des interfaces neurales, dont l'une des applications concernait l'étude de la communication homme-animal.

– Je vois. Vous êtes interfacée, alors ?

– Oui. Je suppose que vous aussi.

– J'ai reçu mon premier implant à l'âge de vingt ans. Un Neuratec.

– Aïe, fit Brume, compatissante.

– Je sais, mais bon, à l'époque, c'était ce qui se faisait de mieux. Au moins ça ne m'a pas grillé la cervelle.

– J'imagine que ça n'a pas dû être simple de le retirer.

– Disons que ça m'a valu six mois de réhabilitation en Floride. J'ai pris ça comme des vacances au bord de la mer, ce n'était pas désagréable.

Le serveur apporta les nouilles et les raviolis, les obligeant à s'écarter pour qu'il puisse faire glisser les plats sur leur table. Le groupe de jeunes Sélènes se leva à ce moment, déployant leurs grandes carcasses maigres.

– De futurs Navigants pour le *Yùtù*, commenta William quand ils se furent éloignés.

Brume hocha la tête et piocha une paire de baguettes dans le pot devant elle.

– Donc, vous travaillez sur le protocole RNA, sonda-t-elle.

William eut un sourire que Brume interpréta comme un avertissement aimable.

– Je travaillais déjà sur ce projet au bureau de Beijing,

lui dit-il. D'abord comme programmeur CySense, avant de passer sur la partie fonctionnelle.

– On avait des développeurs CySense chez BiolinX. J'ai toujours été impressionnée par ce que vous pouviez faire avec ce langage.

– Ça n'a rien de sorcier. Toute la difficulté repose sur l'élaboration d'une librairie sensorielle suffisamment fournie.

– Je vois…

Les librairies CySense étaient des sortes de catalogues d'expériences appliquées à un environnement virtuel, qui permettaient de s'épargner des milliers de lignes de code grâce à des commandes simples du type « eau qui glisse sur la peau », ou « goût d'un soda à l'orange ».

– Vous avez déjà rencontré Jonathan Wei ?

– Je le croise presque tous les jours. Mais ne vous méprenez pas, la prévint-il : c'est uniquement dans le cadre du travail.

– Ça doit vraiment être quelqu'un de fascinant…

– Il est tel que le présentent les médias. C'est une personnalité hors du commun. Il sera là demain, à la réunion d'accueil, vous pourrez le constater par vous-même.

William ne semblait pas prêt à en révéler plus. Brume se demanda dans quelle mesure le Canadien ne se trouvait pas placé sous le sceau du secret professionnel. Est-ce qu'il était surveillé ? La RNA exigeait nécessairement une collaboration étroite entre le sujet de l'expérience et l'équipe de cybernéticiens, ce qui faisait de ces derniers de redoutables témoins. Peurs, cachotteries et mensonges, personne ne voudrait livrer ses actes les plus odieux ou les plus médiocres à la connaissance d'autrui sans avoir cadenassé complètement la procédure. Tout bien pesé, il n'y avait rien de très enviable à être impliqué aussi intimement avec un homme du calibre de Wei.

– Je pense que je saurai patienter, plaisanta-t-elle pour dissiper le malaise.

Désireuse de changer de sujet, elle l'interrogea sur le programme du lendemain. Celui-ci prévoyait un contrôle médical à 9 heures, suivi d'une visite des différents secteurs de la station, et enfin une réunion de présentation des nouveaux membres de 14 heures à 18 heures.

– À vous de me raconter, reprit le cybernéticien sur un ton plus léger. Ces « chants ». Je me suis toujours demandé quelle sorte de créature pouvait produire des sons pareils.

William faisait mention des enregistrements qui avaient été réalisés par la sonde Mariner, envoyée sur Nüying au siècle dernier, et dont les données leur étaient parvenues une trentaine d'années auparavant. Tout le monde avait entendu ces « chants » au moins une fois, et des centaines de théories plus farfelues les unes que les autres circulaient sur leur origine.

– Nous avons plusieurs hypothèses, expliqua Brume. L'ennui, comme toujours dans ce genre d'interprétations, c'est qu'il ne s'agit finalement que d'extrapolations à partir de ce que nous connaissons déjà, ici sur Terre. Pour moi, aucune n'est réellement satisfaisante.

– D'accord. Mais alors : vie évoluée, primitive ?

– Primitive est un terme péjoratif, s'agaça-t-elle. Ce qui fait consensus pour le moment, c'est que nous ne sommes a priori pas face à une forme instrumentalisée de production mélodique. Mais cette version a aussi ses limites. Tout est question d'interprétation…

Elle fit la moue, et conclut :

– En réalité, nous n'en savons rien.

– Je suppose que vous êtes impatiente d'y être.

Impatiente était un mot trop faible pour décrire la fascination mêlée de peur qu'elle ressentait quand elle songeait à ce qui les attendait, caché sous la surface de cette planète.

– J'ai hâte, oui, avoua-t-elle. Pas vous ?

– Bien sûr. Mais pour être sincère, je souffre du syndrome bien connu de la tête dans le guidon. Avec le boulot, je veux dire.

Elle rit :

– Je crois qu'on en est tous là.

– D'où l'importance des réunions comme celle de demain. Vous verrez, Wei est très bon à ce jeu-là.

Ils mangèrent en silence pendant quelques minutes, dans le bruit des commentaires et des exclamations qui accompagnaient le match sur les écrans. Brume se retrouva rapidement en nage après quelques cuillers de sa soupe. La vapeur qui montait du bol faisait perler des gouttes de sueur sur le front de William, qui finit par retirer sa casquette. La légère protubérance de ses prothèses neurales se voyait à peine sur ses tempes. Elle remarqua aussi qu'il portait une bague d'identification, mais aucune alliance.

– Alors dites-moi, Brume, lui demanda-t-il. Que pensez-vous de ces raviolis ?

Elle ne put s'empêcher de rire. La viande d'importation était une denrée rare et chère, sur Taihe. Deux versions des plats carnés étaient proposées sur la carte, celle incorporant des cellules de synthèse affichant des tarifs inférieurs aux recettes à base d'ingrédients naturels.

– Ils ne sont pas mauvais, admit-elle.

Quoiqu'un peu trop farineux et aillés, songea-t-elle en aparté, mais elle ne voulut pas le froisser. Les effets de la fatigue et du changement d'environnement commençaient à se faire sentir – une légère ébriété, qui lui donnait l'impression de flotter dans un rêve. Ses pensées glissaient comme des plumes sur le brouhaha ambiant, amorces de fantasmes, de désirs sans conséquences. Elle se demanda si William voyagerait en stase, lui aussi. En tant que cybernéticien attaché au protocole RNA, peut-être pas. Avait-il une famille, un ami, une femme pour l'accompagner dans ce périple ? La plupart des Sélènes qui embarquaient en tant que personnel scientifique et technique du *Yùtù* viendraient avec leurs proches, ce qui conférait au cargo-monde son statut de vaisseau générationnel. Son regard remonta le long de son bras, avant de se perdre par-dessus son épaule, vers les couleurs et les mouvements de la rue. Les enseignes et les décorations bigarrées se fondaient dans une clameur moite qui pouvait donner l'illusion d'un Chinatown quelque part sur Terre, mais un simple coup d'œil plus haut démentait tout de suite cette impression. Le ciel de ce quartier ne s'ouvrait pas sur les étoiles d'un soir de printemps ou d'été, mais sur un plafond de métal et de roche.

– Racontez-moi un peu, la relança-t-il après avoir aspiré une bouchée de nouilles. Quel effet cela fait-il de s'interfacer avec les dauphins ?

Brume s'était demandé à quel moment le Canadien allait lui poser la question. Les gens se montraient en général curieux de savoir en quoi consistait la fusion neurale interespèces, mais elle ne se faisait aucune illusion quant à leur capacité à comprendre réellement la portée d'une telle expérience. La plupart du temps, leur intérêt demeurait superficiel.

– C'est assez difficile à décrire, commença-t-elle. Au début, je devais me mettre en binôme avec un mâle…

Elle scruta le visage du Canadien, traquant la petite lueur égrillarde qui ne manquait pas de s'allumer dans le regard de ses interlocuteurs quand elle évoquait ce détail. William, cependant, ne montra aucune réaction. Sans doute ignorait-il tout du comportement de ces mammifères marins.

– Mais finalement, je me suis liée avec une femelle. Je l'avais appelée Mây, elle avait une cicatrice sur le rostre.

– Mây, comme votre prénom ?

– Je sais, c'est puéril, concéda Brume.

Elle enchaîna :

– Notre station océanique réunissait les conditions idéales pour ce genre d'études. Les Turciops fréquentent habituellement les eaux côtières, mais un écosystème complet s'est développé sur Elegya, à partir des kelps qui ont colonisé ses infrastructures flottantes. Nous voulions éprouver un certain nombre d'hypothèses concernant leurs modes de communication, dans un environnement relativement épargné par la présence humaine.

– J'ai dû lire un ou deux articles sur le sujet, se souvint William. Je trouvais intéressante l'idée d'appliquer la fusion neurale à d'autres domaines que la médecine ou la cybernétique.

– Ce sont des recherches d'avenir, acquiesça Brume. Aujourd'hui, on arrive à repérer chez les dauphins Turciops des émotions telles que le plaisir, la peur ou la colère, et on sait les associer à certains éléments de leur langage. Mais nous ignorons encore à peu près tout de leur capacité à élaborer une pensée symbolique ou abstraite. Et puis il ne faut pas oublier que leur appareil perceptif est différent du nôtre. Globalement, notre compréhension de leurs états cognitifs reste très limitée.

– Ça doit être une expérience unique.

– Ça l'est, confirma Brume.

Elle se tut. Plonger dans l'univers sensoriel de Mây avait été l'une des expériences les plus déstabilisantes qu'elle ait jamais vécues, et ce n'était certainement pas le genre de choses dont elle avait envie de parler à la légère, surtout avec un inconnu, entre une bière et un bol de nouilles.

Le Canadien dut sentir sa réticence, car il n'insista pas.

– Ça va vous faire tout drôle, dit-il en plaisantant. Ici tout est mort, il n'y a rien, vous pourrez le constater lors de vos sorties hors de la base.

– Ça ne devrait pas être le cas sur Nüying, affirma Brume, soulagée de voir la conversation prendre une autre tournure.

Le repas fini, on leur apporta l'habituelle coupe de saké que tous les restaurants asiatiques de l'univers servaient à leurs clients occidentaux comme digestif – sans alcool, précisa le garçon avec un sourire de connivence.

– Entre les fleurs, un flacon de vin, récita William, une fois qu'il fut parti.

– C'est de vous ? demanda-t-elle, amusée.

– Pas du tout.

Il poursuivit :

– Seul à boire sans vis-à-vis familier, coupe levée, j'invite la lune qui brille. C'est de Li Bai, l'un des plus célèbres poètes de la dynastie Tang, et grand amateur d'alcools divers et variés.

Brume ne cacha pas son étonnement.

– En fait, je dois être assez unique dans mon genre, admit William avec humour. Un homme noir, québécois d'origine sérère, qui a étudié la cybernétique au MITI et voue un culte à la poésie chinoise classique, je suppose que ça ne court pas les rues. Vous connaissez l'écrivaine Taiye Selasi ?

Elle avoua son ignorance.

– C'est une auteure du début du siècle. Afro-Américaine ayant grandi et vécu à Brooklyn, elle disait à propos de ses racines : « Ne me demandez pas d'où je viens, demandez-moi plutôt où je vis. »

– Ce qui signifie ?

– Que l'on appartient aux lieux et aux gens avec qui l'on a choisi de partager un bout de chemin.

– Je suis assez d'accord.

– Notre bon vieux satellite a inspiré les artistes du monde entier. Tiens, un autre poème, très célèbre celui-ci, toujours de Li Bai : *Pensée par une nuit paisible*.

Il récita, les yeux mi-clos :

Devant ma couche, une mare de lumière
Serait-ce le givre sur le sol ?
Je lève les yeux, la lune brille dans le ciel.
Je baisse la tête, la maison me manque !

– C'est beau, reconnut Brume. Il s'en dégage une sorte de nostalgie…

Elle se tut, gênée par les sentiments qui affleuraient en elle.

– Tous ces grands poètes des temps passés, dit-il avec chaleur, comment auraient-ils pu s'imaginer qu'un jour nous serions là à trinquer à leur mémoire ?

Brume se surprit à rire.

– À la lune, salua-t-elle en levant son verre.

Il l'imita :

– À notre rencontre.

Cela faisait une éternité que Brume ne s'était pas sentie aussi détendue en présence d'un homme. Elle vida sa coupe d'un coup, sans chercher à éviter son regard.

6.

Le lendemain, une fois libérée de ses obligations matinales, Brume se retrouva oisive à l'heure du repas. Plutôt que d'errer seule dans les galeries commerçantes, elle préféra rester à son étage. La migraine dont elle souffrait depuis son arrivée s'était estompée, remplacée par une fatigue assez paradoxale. Dans cet environnement où la faible gravité modifiait toutes les sensations corporelles, chaque mouvement exigeait une concentration soutenue. Se lever, s'asseoir ou marcher devenaient des actes complexes, soulever un oreiller se révélait hautement périlleux. La femme médecin qui l'avait examinée avait remarqué avec amusement l'hématome qui ornait son épaule gauche – elle s'était déjà cognée au moins dix fois en voulant simplement contourner un meuble ou ranger un objet.

– Il faut laisser le temps à votre corps de se réapproprier l'espace, lui avait-elle dit. Vous verrez, dans quelques jours vous vous sentirez comme un poisson dans l'eau.

En attendant, ses bottes lestées de crampons magnétiques lui donnaient l'impression d'avoir le pied ferré dans un sabot.

Comme elle n'avait pas vraiment faim, elle alla s'acheter une barre nutritive dans l'un des distributeurs qui agrémentaient la salle de vie de l'étage, une sorte de salon où l'on avait disposé des fauteuils et des tables pour partager un moment convivial autour d'un repas ou d'un jeu de société. Sa barre en poche et un gobelet de café en main, elle retourna dans sa cabine et s'attela à la relecture des plaquettes d'informations éditées par Space'O à l'intention de ses collaborateurs. Rester seule dans une chambre d'hôtel au décor impersonnel ne lui posait pas particulièrement problème. Cela lui arrivait souvent lors de ses déplacements professionnels et en général, elle appréciait assez ces moments où elle pouvait se concentrer et travailler sans être dérangée.

Peu avant 14 heures, alors qu'elle s'apprêtait à sortir, son interface domotique la prévint de la présence d'un visiteur. Une femme, constata-t-elle en activant la visio. Une Sélène portant la combinaison brune des membres de la Terre d'Éveil, et qui se présenta comme appartenant à la délégation spirituelle de Space'O. Une étole jaune pâle était jetée en travers de ses épaules, cousue à son vêtement. Un rappel de sa place dans la hiérarchie de sa secte, pour autant que Brume puisse en juger.

– Je ne vais pas avoir beaucoup de temps à vous accorder, la prévint-elle avec une certaine réticence. J'ai une réunion dans un quart d'heure.

La veille, William l'avait avertie qu'elle risquait d'être démarchée de la sorte. La secte californienne avait été importée sur Tianhe avec les colons de la deuxième vague, et comptait désormais une bonne centaine de membres au sein du projet Shun. Brume avait évité de l'interroger davantage sur ce sujet qui donnait trop souvent lieu à des discussions pénibles. L'affiliation du président de Space'O à la Terre d'Éveil n'était un secret pour personne, il en était d'ailleurs le principal mécène. Comment qualifieriez-vous une organisation capable de débloquer des milliards et de remporter l'adhésion des gouvernements les plus puissants de la planète ? avait-il déclaré un jour en plaisantant dans l'une de ses interviews, insistant sur le fait que leur odyssée se voulait tout aussi scientifique que spirituelle. Il fallait croire que la contradiction était propre au fonctionnement des esprits même les plus brillants, car la question de savoir si religion et science pouvaient faire bon ménage ne lui posait visiblement aucun problème. Pour Brume en revanche, la réponse était clairement négative.

– C'est juste un premier contact, la rassura la femme, voyant qu'elle demeurait indécise sur le pas de sa cabine.

Ses cheveux rasés dégageaient complètement son visage, mettant en valeur ses yeux bleus. Elle déclina son nom : Sindra.

– Si vous voulez, mais faites vite.

– Je vais faire vite.

La visiteuse lui tendit une plaquette. Le symbole stylisé de l'infini, adopté comme logo par Space'O, y était apposé sous une forme légèrement modifiée évoquant deux dragons asiatiques enroulés l'un sur l'autre. Outre le fait que ce détail avait quelque chose de profondément dérangeant, Brume craignait de se voir asséner un argumentaire dont elle n'avait que faire.

– Vous pouvez la garder, lui proposa la femme. Et n'hésitez pas à revenir vers nous si vous avez des questions.

La religieuse prit congé, sans se départir de ce sourire bienveillant et compréhensif qui semblait adhérer à son visage comme une décalcomanie. Brume attendit qu'elle fût hors de vue pour se diriger vers les ascenseurs.

La réunion de présentation des nouveaux arrivants se déroulait dans une salle de conférence au premier niveau. Une trentaine d'hommes et de femmes occupaient déjà les sièges répartis dans l'hémicycle face à l'estrade centrale. Pas de table ni de chaise : les intervenants avaient donc l'intention de s'exprimer debout, devant l'écran au fond. Brume n'avait jamais eu l'occasion d'assister en direct à une allocution du président de Space'O, et elle se sentait gagnée malgré elle par l'excitation. Une sorte d'impatience fébrile saturait l'air comme un nuage d'électricité statique. Ce sentiment avait quelque chose d'agréable et de vaguement agaçant. Jonathan Wei n'était pas une idole ou une rock star. Juste un entrepreneur de génie, qui rêvait plus grand que nature.

Par réflexe, elle prit place un peu l'écart, prenant soin de mettre un ou deux sièges entre elle et ses voisins. La salle continua à se remplir, puis les lumières s'éteignirent, ne laissant éclairé que le devant de la scène. Les dizaines d'écrans individuels formaient comme un tapis de notes bleues flottant dans l'obscurité. Le symbole de l'infini tournait lentement sur lui-même sur la projection, hypnotique. Après quelques minutes d'attente, Jonathan Wei fit son apparition. Une onde impalpable traversa l'assistance.

Brume aurait presque aimé être déçue. L'emprise que cet homme exerçait sur ses collaborateurs, la fascination qu'il inspirait aux médias du monde entier n'étaient pas une légende, et elle en avait ici la preuve vivante. Objectivement, Wei n'avait pourtant rien de vraiment spécial : taille moyenne, cheveux blancs, carrure plutôt athlétique, la soixantaine bien affirmée en jean et chemise noirs. Mais il irradiait de lui une aura, un charisme indéniable.

Le Sino-Américain commença par saluer les nouveaux arrivants. Amplifiée par le micro, sa voix portait jusqu'aux moindres recoins de l'auditorium avec l'assurance de celui qui se sait au centre de l'attention.

– Tout d'abord, bonjour. Pour ceux qui ne me connaissent pas encore, je suis Jonathan Wei, président de Space Odissey. Quelqu'un a lu le livre ?

Quelques rires s'égaillèrent dans la salle. L'écran mural exposa le légendaire vaisseau spatial, mis en image par un cinéaste au siècle dernier.

Jonathan Wei agita négligemment son pointeur, et poursuivit :

– Quand Chen Guo a posé le pied sur la Lune pour la première fois, il a prononcé une phrase qui a fait le tour de la planète. Rappelez-vous ce qu'il a dit : c'est un petit pas pour l'homme, mais un pas de géant pour l'humanité.

Le célèbre portrait du taïkonaute photographié aux côtés du drapeau de l'ancienne République de Chine apparut en grand sur le mur.

– OK, d'accord, ce bon vieux Chen avait juste oublié de mentionner la présence à côté de lui de sa coéquipière, sans laquelle il n'aurait jamais pu revenir vivant sur Terre. Je vous rassure donc tout de suite sur ce point : en ce qui concerne la mission Shun, nous avons retenu la leçon. La moitié de nos collaborateurs sont des collaboratrices, et c'est sans compter les membres des familles sélènes qui embarqueront avec nous.

Des murmures approbateurs s'élevèrent ici et là, ponctués de quelques applaudissements discrets. L'image s'effaça, laissant la place au logo de Space'O. Jonathan Wei se planta au milieu de la scène, debout dans la lumière, sûr de convaincre.

– Ces premiers pas nous semblent aujourd'hui bien modestes, reprit-il. Pourtant, Chen avait raison. Cet événement historique, spectaculaire, n'était que le premier d'une longue série.

Il s'autorisa un petit rire, imité par quelques-uns dans la salle.

– Quelques années après ces premiers pas, des hommes et des femmes se sont installés sur la Lune pour y vivre et travailler. Ils ont fondé des familles, ils ont eu des enfants. Ici même, sur ce satellite sur lequel personne n'aurait parié il y a à peine un siècle. Résultat, l'humanité entière a profité de cette extension de son milieu vers l'espace. Mieux : la Lune est devenue le tremplin pour l'exploration avancée de notre Système solaire. Mars, Encelade, Titan… la liste de nos bases habitées ne cesse de s'allonger. Tout cela est incroyable et formidable, nous sommes tous d'accord. Et pourtant, encore une fois, ceci n'était *que* le commencement.

L'image s'arrêta sur la représentation du dispositif Confucius-Lang, avec sa flotte de télescopes spatiaux et son évolution au fil des décennies. C'était grâce à ces instruments que les scientifiques avaient pu observer de manière très fine un certain nombre d'exoplanètes, repérant ainsi la présence de biosignatures dans l'atmosphère de Nüying, à vingt-quatre années-lumière du Soleil.

– … tandis que nos spationautes partaient explorer physiquement notre voisinage stellaire, poursuivait Jonathan Wei, nos ingénieurs et nos techniciens travaillaient d'arrache-pied pour mettre au point les technologies qui nous permettraient de sonder le ciel, toujours plus loin, et avec encore plus de précision.

L'hypertélescope disparut de l'écran au profit de vues d'artistes montrant le système de Shun et ses douze planètes, suivies d'un gros plan sur Nüying.

– Je vous présente Nüying. Nüying fait penser à notre Terre, telle qu'on suppose qu'elle était il y a trois milliards d'années. Recouverte de banquises, on y trouve aussi de l'eau à l'état liquide, notamment au niveau de l'équateur. L'activité volcanique est avérée. Ses fonds marins sont parcourus de failles et comportent quantité de sources hydrothermales. Elle possède une magnétosphère et une atmosphère dense, protectrice. Tout cela en fait une bonne candidate pour héberger la vie.

Il fit une pause, ménageant ses effets :

– Le seul ennui, c'est que l'air n'y est pas respirable, en tout cas pour nous. Alors pourquoi y aller, me direz-vous ? Quel intérêt de dépenser autant de temps, d'argent et d'énergie pour explorer une planète où l'on ne pourra pas vivre ?

Nouveau silence. L'auditoire était littéralement suspendu à ses lèvres, même si la plupart ici connaissaient les principaux arguments de son discours, cent fois répétés devant les télévisions du monde entier.

– Parce que vous êtes des pionniers et des scientifiques, affirma-t-il avec force. Au XVIe siècle, le sage Fanxu révolutionnait la représentation que l'on avait du cosmos en prouvant que la Terre tournait autour du Soleil. Il fut condamné à l'exil aux confins de l'Empire. Est-ce que ça a arrêté la marche du progrès ? La réponse, vous la connaissez.

Des photographies spectaculaires des différentes planètes du Système solaire défilèrent à l'écran, avant de se focaliser sur une reproduction de la plaque emblématique embarquée à bord de la première sonde d'exploration spatiale américaine. Jonathan Wei expliqua :

– L'homme de Vitruve, tel que vous le voyez ici, a été imaginé par les Occidentaux à une époque où l'on pensait que le monde était régi par la loi divine. Créature de Dieu, il en était le centre. Durant des siècles, nous avons interrogé le ciel, dans l'espoir d'en apprendre toujours plus sur nos origines. Mais plus nous accumulions de connaissances, plus nous nous sentions démunis et seuls, condamnés au silence d'un univers infiniment vide.

Jonathan Wei marqua une très légère pause, avant de poursuivre :

– Aujourd'hui, nous avons la preuve que la vie existe ailleurs. C'est un changement de paradigme complet. Mais à quoi ressemble-t-elle ? Est-elle douée de conscience ? A-t-elle suivi des voies de l'évolution similaires à ce que nous avons connu sur Terre ? Autant de questions fascinantes, auxquelles nous avons désormais les moyens d'apporter une réponse. L'ignorance n'est *pas* une option.

Ces dernières paroles furent accueillies avec enthousiasme. Brume, portée malgré elle par l'émotion générale, se surprit à frapper énergiquement dans ses mains comme les autres. Jonathan Wei patienta, le temps que le public se fût calmé, avant de reprendre, sur ce mode presque familier qui était devenu en quelque sorte sa marque de fabrique :

– Vous savez quoi ? Je suis persuadé que ce qui nous attend, là-bas, bouleversera à jamais notre conception de la vie et de la conscience dans l'univers. C'est ce que je crois, et j'espère que vous êtes tous avec moi.

Cette fois, un tonnerre d'applaudissements secoua la salle, certains n'hésitant pas à se lever pour manifester leur admiration ou leur ferveur. Jonathan Wei avait toujours eu cette capacité à mobiliser les gens et à leur transmettre la force de ses convictions, Brume en avait là une démonstration concrète. Malgré tous ses efforts pour demeurer critique, elle se sentait gagnée par ce sentiment d'euphorie. L'entreprise initiée par Wei dépassait tout ce que l'humanité avait jamais rêvé d'accomplir en matière d'exploration spatiale. Et elle était là. Elle allait embarquer.

Le silence retomba peu à peu.

– Je voudrais ajouter un dernier mot avant de laisser la parole aux spécialistes, reprit Jonathan Wei.

L'écran mural montra la Terre à diverses périodes au fil de son évolution géologique et climatique, jusqu'à un retour quelques dizaines d'années en arrière, avec ses cités polluées, ses centrales nucléaires dont on ne savait éliminer complètement les déchets, ses continents de plastique, ses marées noires, ses côtes et ses forêts ravagées.

– Nous sommes conscients, désormais, qu'une planète est une écosphère fragile dont nous devons prendre soin, déclara Jonathan Wei. Nous avons commis des erreurs par le passé, et tous nos efforts sont réunis aujourd'hui pour tenter de les réparer. À tous ceux qui nous accusent de vouloir simplement déplacer le problème ailleurs, je dis : non, nous ne sommes pas en quête d'une nouvelle Terre à exploiter. L'or que nous cherchons n'est pas celui de la richesse matérielle, mais celui de la connaissance. Nous possédons la technologie pour que cette exigence soit respectée. Nüying demeurera un monde vierge et intact, avec seulement quelques avant-postes scientifiques à la surface. L'essentiel de la population humaine de Shun vivra dans l'espace.

Des images sur l'écran montrèrent ce à quoi devrait ressembler leur projet une fois dans sa phase de déploiement : le « rêve du lapin de jade » en orbite basse autour d'une planète aux reflets de nacre, dans l'éclat d'un soleil levant. Les artistes du service de communication de Space'O s'étaient débrouillés pour nimber le cargo-monde d'un halo vert émeraude, en référence au mythe qui avait inspiré son nom.

Ne manquaient que les pilules d'immortalité, songea Brume. Elle se demanda si Jonathan Wei allait embrayer sur la RNA, mais ce ne fut pas le cas.

– Nous avons été la cible de nombreuses critiques au cours de ces trente dernières années. Pourquoi s'intéresser aux étoiles, quand il y a tant de misère encore dans le monde ? Pourquoi y consacrer autant de moyens, alors qu'il y a d'autres urgences à traiter ici ? Vous savez ce que je pense de tout cela. Je crois que la recherche spatiale et la préservation de notre habitat terrestre sont les deux phalanges du progrès véritable. Et nous avons travaillé dur, vous et moi, pour prouver que c'était possible.

Le schéma d'un système de propulsion Zhenhi apparut sur l'écran.

– Ce réacteur a initialement été mis au point par nos ingénieurs pour répondre aux besoins de l'exploration robotisée de notre environnement planétaire proche. Les principes physiques à l'œuvre sont connus depuis plus d'un siècle, mais personne encore n'avait imaginé leur trouver une telle application. Cette technologie est à l'origine d'une révolution énergétique dont les répercussions dépassent aujourd'hui le seul domaine spatial. C'est là l'une de nos plus grandes réussites, et nous pouvons être fiers d'y avoir contribué.

Des images défilèrent, montrant des paysages de la Terre avec ses espaces naturels en cours de restauration, et ses mégapoles libérées du smog. Suivirent les célèbres vues d'Ariane, le vaisseau qui avait rejoint le système d'Alpha du Centaure à l'orée du siècle avec deux hommes et deux femmes à bord.

– De tout temps, l'humanité s'est tournée vers le ciel. De tout temps, elle s'est demandé s'il existait *autre chose*, ailleurs. Aujourd'hui, grâce à votre engagement et votre foi en l'avenir, nous allons pouvoir apporter un début de réponse à ces questions.

Nouvelle vague d'émotion. Les auditeurs se donnaient des accolades ou se serraient les mains, dans un grand élan de solidarité, soudés par la force du rêve qui les animait. Le cœur battant, Brume attendit la suite. Wei était un orateur né et un manipulateur, se répétait-elle. Mais il était doué. Vraiment doué.

Le Sino-Américain fit quelques pas, tel un acteur ménageant ses effets.

– Je vais à présent laisser la parole à des personnes plus qualifiées que moi pour vous exposer les différents aspects de notre projet, annonça-t-il. Je vous présente donc tout d'abord le colonel Wang, commandant en chef des Forces spatiales d'exploration.

Un homme en uniforme rejoignit le milliardaire sur l'estrade. Le militaire détailla de manière concise les objectifs de sa mission : garantir leur sécurité au cours de leur voyage, et assurer un support « opérationnel » sur le terrain. Malgré sa jeunesse évidente, il semblait parfaitement maîtriser son propos.

Bien sûr, songea Brume, désabusée. Un premier contact, sous couvert de l'armée. L'homme était-il congénitalement incapable de se projeter dans l'avenir autrement qu'en envisageant le pire ? Elle écouta attentivement ce que ce Wang avait à leur dire. Celui-ci évitait soigneusement d'employer les mots qui fâchent : conquête, colonisation. Malgré ces efforts louables, les pans sombres de l'Histoire hantaient son discours comme des spectres.

Après quelques questions auxquelles il répondit avec les mêmes éléments de langage aseptisés, Wang passa la main au directeur scientifique de la mission. Puis ce fut au tour de l'ingénieur qui avait mené le chantier de construction du *Yùtù Mèng* de venir présenter leur futur habitat. Brume activa son interface. C'était le genre d'exercice un peu pénible à maîtriser au début, mais au résultat nettement plus efficace en termes de concentration et de rapidité que la prise de notes sur feuillet tactile.

Les images se succédèrent, avec des vues intérieures et extérieures du cargo-monde. La simulation montra ensuite comment les étages supérieurs et inférieurs pouvaient se séparer : l'un des compartiments devait rester en orbite autour de Nüying, tout en laissant à l'autre la possibilité de se préparer à un retour sur Terre. Cette dernière option devait cependant être amenée à évoluer selon la volonté des familles concernées. On enchaîna avec le descriptif des étapes de lancement. Une dizaine de remorqueurs devaient permettre au vaisseau d'amorcer sa trajectoire de départ et l'aider à se positionner à l'arrivée. La mission Shun entrerait alors en phase trois, avec l'installation d'avant-postes scientifiques à la surface de la planète, et le réveil du personnel « dormant ».

La déléguée Tamaki, de l'OSNU, vint ensuite présenter son rôle en tant qu'observatrice et interlocutrice des instances gouvernementales sur le cargo-monde.

– Quelles que soient nos différences, dit-elle pour clore son allocution, ce projet est la preuve que nous formons une seule et grande nation terrestre, capable de collaborer pour servir un but commun.

– Ce voyage va nous confronter à nos limites, ajouta Jonathan Wei, reprenant le micro.

Nous y voilà, songea Brume. Le milliardaire abordait enfin la question de la RNA. Cette méthode, née dans la foulée des Interfaces Homme Machine, avait pour ambition de transférer la mémoire numérisée d'un individu dans un clone, ce qui, en théorie et selon ses concepteurs, équivalait à une réincarnation à peu près à l'identique du modèle original.

– Je serai ainsi toujours parmi vous à l'arrivée, conclut-il sur le ton de la plaisanterie, après une présentation générale qui avait le mérite de ne distiller aucune information concrète sur la technologie mise en œuvre.

Des rires fusèrent dans l'assistance. Pour Brume, en dehors de ses potentielles applications médicales, le fantasme d'immortalité de Jonathan Wei se résumait à cela : l'esprit égotiste et dégénéré d'un vieillard dupliqué dans une enveloppe neuve. Sur un plan plus abstrait, le principe de la RNA restait sujet à controverse. La conscience était-elle une propriété émergente de la matière ? Pouvait-on la dissocier entièrement du corps qui l'avait abritée ? Plusieurs écoles s'opposaient, plus ou moins pétries de convictions religieuses. Brume avait lu quelque part que la notion de transfert de personnalité à laquelle souscrivait Jonathan Wei se fondait sur des développements ésotériques de la théorie de la réincarnation, mais ce n'était clairement pas son domaine, et elle n'avait pas cherché à creuser la question.

Alors que le milliardaire détaillait les nombreux bénéfices de la RNA pour la santé humaine, une image se superposa involontairement dans l'esprit de Brume. Celle de sa mère, luttant pour garder un semblant de cette féminité que les opérations et la chimiothérapie lui avaient volée. Un combat désespéré, quand aucun traitement ne faisait plus effet, accompagné de la lente sidération de la mort à venir.

Quand elle revint sur le fil du temps présent, le discours de Jonathan Wei touchait à sa fin :

– … c'est votre choix, poursuivait-il, s'adressant aux Sélènes dans la salle. Vos enfants, et les enfants de vos enfants grandiront sur un monde nouveau. Ils *seront* ce Renouveau.

La tonalité mystique de ces dernières paroles la mit mal à l'aise, mais cette impression fut balayée par la vision d'une carte astronomique animée sur l'écran, qui montrait la trajectoire virtuelle du vaisseau jusqu'à leur destination.

– Pour finir, laissez-moi vous raconter une anecdote personnelle. Figurez-vous que je vais bientôt fêter mes soixante-trois ans. Je sais, ça fait pas mal de bougies. Pourtant, ce n'est rien, si l'on compare cette durée infinitésimale à celle de l'évolution de notre espèce.

Saisi par une émotion qui ne semblait pas simulée, le milliardaire se tut. Tout le monde dans la salle retenait son souffle.

– Voyez-vous, reprit-il, je suis né à une époque où l'on doutait même que la vie puisse exister ailleurs que sur Terre.

Pas faux, songea Brume. Jonathan Wei appartenait à la génération de ses parents. Pour elle, la pluralité des origines de la vie dans le cosmos était une évidence, enseignée à l'école au même titre que la nature impermanente et duelle de la matière.

– Essayez d'imaginer une seconde quel effet cela fait de se croire seuls dans l'univers.

Le milliardaire scruta son auditoire, en attente de réponses. Quelques voix s'élevèrent au premier rang.

– Voilà. C'est exactement ça, acquiesça-t-il. C'était véritablement terrifiant.

Il fit quelques pas, l'air de réfléchir à la suite, puis ajouta :

– La science nous a fait un merveilleux cadeau. En observant les étoiles, elle nous a permis de raconter une autre histoire. L'univers n'est pas ce lieu vide et stérile où nous nous tiendrions seuls face à notre destinée, avec nos dieux comme uniques interlocuteurs. Et je vais vous faire une dernière confidence. Quand j'étais gamin, je rêvais de faire cette rencontre, vous savez, celle du troisième type. Malheureusement, je n'ai jamais croisé d'extra-terrestre au fond de mon jardin, et je suppose que vous non plus. Mais cela ne m'a pas empêché de continuer à chercher. Je crois sincèrement en la possibilité d'un premier contact. Un contact pacifique, dans le respect de l'autre, dont vous, moi, l'humanité entière sortirons grandis. Voilà pourquoi nous sommes tous ici réunis. Voilà pourquoi nous partons.

L'éclairage de scène diminua, remplacé par une lueur de voûte marine. La voix du président de Space'O s'éleva dans la pénombre.

– En guise de conclusion, je vous propose de réécouter les enregistrements de la sonde Mariner. Puisque tout vient de là, n'est-ce pas ?

Une sorte de chuchotement envahit progressivement l'espace, puis les premières notes résonnèrent, si tant est que l'on puisse qualifier de notes ces vibrations qui ne rappelaient rien de ce que l'on connaissait sur Terre. Après quelques longues secondes, un écho abyssal déchira cette nappe sonore. Plusieurs autres cris de différentes intensités répondirent à cette première ligne mélodique, esquissant les contours d'une symphonie profondément étrange.

Les lumières revinrent, la rumeur océane reflua.

Jonathan Wei remercia son auditoire pour son attention et quitta la salle sous les ovations. Les gens commencèrent à se lever dans la foulée et Brume se surprit à suivre le mouvement comme une automate. Elle pensait être prémunie contre ce genre d'émotion. Elle se retrouvait bouleversée, de la même manière qu'elle l'avait été jadis lorsque, enfant, elle avait entendu ce « chant » pour la première fois.

7.

Bassin pôle Sud-Aitkin, Lune
[03-2565] Trois mois avant le lancement de la mission Shun

Brume vérifia la bonne attache des gants et du casque de sa partenaire, une astrophysicienne chinoise prénommée Li-Chen qu'elle connaissait depuis le centre de préparation de Cologne. Li-Chen, qui avait déjà effectué une demi-douzaine de séjours au sein du laboratoire spatial d'astronomie Confucius-Lang, paraissait totalement détendue :

– Il y a une chose qui me manque terriblement depuis que je suis partie, plaisanta-t-elle, poursuivant une conversation commencée plus tôt. C'est le chant des oiseaux.

Elles montèrent dans la chenille et se harnachèrent aux sièges en vis-à-vis, avec les vingt autres scientifiques de l'expédition.

– Tu peux écouter des enregistrements, lui lança un collègue indien en anglais.

– Ce n'est pas pareil. Et toi, Brume ?

Les portes du hangar s'ouvrirent pour laisser passer leur véhicule. Ils dépassèrent quelques robots de construction qui s'affairaient le long de la paroi et une série de baraquements affectés au stockage des engins de surface.

– Je crois que ce qui me manque le plus, avoua finalement Brume, c'est le roulis des vagues.

Ils cheminaient sur une voie grossièrement dallée, prévue pour leur éviter de soulever trop de poussière. Malgré tout, les irrégularités du terrain les secouaient sans ménagement.

Li-Chen eut un battement de cils – les équipements lourds qui les entravaient ne favorisaient guère la communication non verbale.

– Combien d'années, dans l'océan Indien ? demanda-t-elle.

– Quatre. Et dix, auparavant, sur un navire de recherche en mer arctique.

– Alors tu es prête à affronter la banquise nüyenne, la taquina Li-Chen.

– Certainement pas autant que Jung-Min.

Jung-Min était un climatologue coréen qui avait passé à peu près la moitié de sa vie en Antarctique.

– Hé, regardez ça, les filles, leur lança l'un des hommes assis à proximité de la vitre avant.

La plaine cendrée du bassin Aitkin s'ouvrait devant eux, ses falaises lointaines tel un fin bandeau gris tendu à l'horizon. Quelques lumières clignotaient dans ce désert morne, indiquant les zones d'exploitation minière ou industrielle, aussi fragiles que des lucioles sous l'immense nuit étoilée.

Les deux femmes se turent, happées par la beauté sinistre de ce paysage qu'elles contemplaient pour la première fois de leurs propres yeux.

Le 7 janvier 2485, la foreuse du site numéro 2 du bassin pôle Sud-Aitkin plongeait dans les entrailles du cratère et perçait l'un des mystères les plus intrigants que l'humanité ait rencontrés dans son exploration du sol lunaire. 2 500 km de diamètre, 13 km de profondeur à laquelle s'ajoutaient une dépression centrale de 800 m et une variation du champ gravitationnel indiquant une zone de matière dense sous le manteau supérieur. L'analyse des premières carottes rocheuses avait confirmé la théorie d'un choc météoritique hors norme qui serait survenu aux premiers temps de la formation du satellite. Initialement exploité pour sa richesse en fer, le site avait été converti en station d'étude géologique depuis quelques années. C'était là qu'ils se rendaient aujourd'hui dans le cadre de leur entraînement. Un test, aussi bien pour leur résistance mentale que physique.

Comme souvent lorsqu'elle éprouvait le besoin de s'abstraire de son environnement, Brume commença par jouer des partitions imaginaires dans sa tête. Sa pratique de la flûte était trop lointaine pour qu'elle se souvienne précisément du détail des morceaux qu'elle avait dû apprendre quand elle fréquentait le conservatoire, mais ces approximations suffisaient à l'apaiser. De fil en aiguille, cependant, son esprit dériva vers ses préoccupations professionnelles.

Quelle sorte d'êtres, doués de quels genres d'organes vocaux, avait pu produire des sons aussi étranges que ceux enregistrés par la sonde Mariner ? Trop sophistiqués pour évoquer des poissons ou des crustacés, trop différents des divers langages des mammifères marins existants sur Terre, ces « chants » ne s'apparentaient à rien de connu. Mais il ne fallait pas oublier que la nature, par le jeu des mouvements de l'air et de l'érosion minérale, arrivait parfois à émettre des bruits étonnants. Même les vents hydrothermaux possédaient un profil sonore caractéristique. Les « chants » de la planète Nüying pouvaient être dus à un facteur géologique ou climatique dont ils ignoraient encore tout.

Elle repensa avec une pointe d'agacement à la mise en scène de Jonathan Wei, et à l'émotion qu'il avait réussi à provoquer en elle.

Brume avait tout juste six ans quand elle avait entendu les « chants » pour la première fois. Ils étaient à table, en train de dîner, et l'information tournait en boucle tandis que le phô de sa grand-mère refroidissait dans les bols. Il fallait voir l'expression des adultes ! Les « chants » passaient en continu sur les chaînes du monde entier. Une intelligence d'origine extra-terrestre, disaient les spécialistes invités sur les plateaux de télévision. La preuve, répétaient-ils, qu'une civilisation évoluée existait ailleurs que sur Terre. Une seconde genèse, admettait l'Église. Une manifestation de la dimension cosmique du Dharma, pour les bouddhistes. Ce qui l'avait frappée, elle, outre bien sûr l'étrangeté absolue de ces sons, c'étaient les graphiques et les vues d'artistes qui accompagnaient les explications des experts. Ces images lui avaient fait penser à des dragons asiatiques, des dragons gigantesques nageant dans les profondeurs marines des océans de cette planète lointaine.

Finalement, la vie avait continué son cours. Ses parents étaient retournés au travail tandis qu'elle reprenait le chemin de l'école. Elle avait poursuivi sans faillir sa pratique de la flûte et du solfège, dix heures par semaine. Puis sa mère était tombée malade, et c'est à ce moment-là que tout avait réellement basculé – une tragédie banale. La vie, la mort, quoi de plus ordinaire ? Parfois, quand la peine était vraiment trop forte, il lui arrivait de prier. Mais comme elle ne croyait ni en Dieu ni en Bouddha, elle s'était mise à parler aux astres, et à ces dragons qui veillaient peut-être sur eux depuis les profondeurs du ciel nocturne.

Adolescente, la diffusion des premiers documentaires du gigantesque chantier lancé en orbite lunaire l'avait fascinée. Avec le succès de la mission Alpha-du-Centaure, l'exploration spatiale lointaine devenait une réalité. Shun, étiquetée S. M 273b dans le Confucius-Lang International Catalogue, était une étoile de type solaire située à vingt-quatre années-lumière, et possédait dans sa zone habitable une planète tellurique qui intéressait beaucoup les astronomes. Baptisée Nüying, du nom de l'une des deux épouses du mythique empereur Shun, la planète bénéficiait de la protection d'une atmosphère dense et d'eau liquide à la surface. Les analyses et les enregistrements réalisés par le robot Mariner avaient confirmé qu'elle abritait la vie, au moins sous forme microbiologique. Pour Brume, qui se destinait initialement à une formation au conservatoire, l'annonce de ces découvertes avait été décisive. Elle ne serait ni musicienne, ni musicologue, mais scientifique. Et elle irait un jour sur Nüying pour étudier de près le chant de ses mystérieuses créatures.

Tuan, bien sûr, n'avait pas cherché à comprendre. Pourquoi ces vocalises venues d'ailleurs, plutôt que l'harmonie intelligible des notes produites par sa flûte ?

Parce que le vertige, lui aurait-elle répondu.

8.

Après qu'ils avaient passé quatre heures ceinturés à un siège, dans un scaphandre qui n'offrait pas plus de liberté de mouvement qu'une armure moyenâgeuse, les conversations avaient fini par se tarir d'elles-mêmes.

Brume et Li-Chen poursuivaient leur discussion sur un canal privé.

– Avez-vous reçu la visite de représentants religieux ? demanda Brume.

Durant les quatre semaines qui s'étaient écoulées depuis son arrivée sur Taihe, elle avait eu le temps de feuilleter le livret laissé par la femme venue toquer à sa porte, cette Sindra qui se réclamait de l'École de la Terre d'Éveil. Les préceptes défendus par cette forme locale de bouddhisme l'avaient fait réfléchir.

– Ils m'ont contactée, en effet, confirma Li-Chen.

La scientifique étouffa un petit rire.

– Ils n'imaginent pas à quel point nous les Chinois pouvons nous montrer matérialistes. Mais vous savez, ces gens-là n'ont de bouddhistes que le nom.

– Je ne comprends pas leur démarche.

– Ils veulent vous convertir. Vous êtes bien inscrite sur la liste des membres dormants ?

– Oui, confirma Brume. J'ai intégré le protocole il y a un an.

– Alors ?

Brume ne put s'empêcher de grimacer :

– Moi qui n'ai jamais tenu de journal intime, j'avoue avoir un peu de mal à noircir les pages de ma vie...

– C'est contraignant, admit Li-Chen, mais nécessaire. En ce qui me concerne, j'ai pris cette habitude depuis que je travaille dans l'espace. Cela m'aide à me recentrer sur moi-même, dans des environnements où il est parfois difficile de s'isoler. Quoi qu'il en soit, personne en dehors de Space'O ne devrait avoir accès à ces listings.

– Je ne suis pas très étonnée. Une fois, un membre de ma famille a dû être hospitalisé. Pendant son séjour, nous avons été contactés par des témoins de Jéhovah. Je crois que ces gens-là ont des antennes partout.

La chenille monta à l'assaut d'un monticule de poussière, puis s'inclina vers l'avant. La vision du ciel et de la plaine lunaire disparut, laissant la place à celle d'un boyau éclairé par une rampe de LED, s'enfonçant dans le sous-sol.

– Premier conduit de lave, annonça Li-Chen sur un canal ouvert. Encore deux heures et nous y serons.

– Je rêve d'une séance de hammam et d'un bon oreiller, plaisanta un de leurs collègues.

– Je crains que Station-2 ne nous offre pas les mêmes facilités que Taihe, fit remarquer l'astrophysicienne.

Le reste du chemin se fit dans le silence. Les passagers, éprouvés par ces longues heures de route, avaient fini par sombrer dans une somnolence harassée.

Le tunnel aménagé dans les excavations naturelles débouchait sur une caverne dont il était difficile de deviner les limites dans l'obscurité. Les guidages lumineux qui ponctuaient la piste les éclairaient à peine, comme noyés par la densité des ténèbres qui les environnaient. Après un moment, les dômes de l'ancienne base minière convertie en station scientifique apparurent dans les faisceaux des phares – les structures modulaires paraissaient ridiculement petites sous la voûte rocheuse invisible.

Brume se demanda si ses collègues avaient en tête comme elle des images de films d'épouvante spatiaux, où des œufs monstrueux couvaient dans le noir, prêts à se craqueler pour déverser des choses innommables sur le monde. L'ironie était un bon moyen de circonscrire la peur. Même dans ce XXIVe siècle qui avait banni toute trace de surnaturel de son horizon cartésien, une part atavique de l'homme continuait de craindre les fantômes et les prédateurs tapis dans les ténèbres. L'éclairage des rues et la vision infrarouge intégrée n'avaient pas éradiqué les racines de ces terreurs archaïques. Au contraire, la technologie n'avait fait que les enfoncer plus profondément encore dans le terreau de l'inconscient.

– Hé, on a oublié un truc, s'écria soudain l'un des passagers.

– Quoi donc ? demanda Brume.

– Le lance-flammes. Vous croyez que Station-2 en est équipée ?

Les hommes et les femmes présents ce jour-là appartenaient au corps scientifique du projet Shun. Tous avaient lu les rapports complets de Space'O, ainsi que ceux de l'Organisation Spatiale des Nations Unies et des différentes agences spatiales concernées. Ils avaient vu les films, les présentations, pris connaissance des conclusions des spécialistes. Parfaitement conscients du caractère spéculatif des thèses sur lesquelles s'appuyait leur exploration, ils avaient malgré tout fait leur choix – une décision qui les engageait pour la vie, même s'il n'était pas exclu qu'une seconde mission les rejoigne d'ici quelques années, ou qu'ils puissent envisager un retour vers la Terre une fois leur observatoire établi en orbite. La vérité c'était que la plupart de ces spécialistes n'avaient jamais foulé un sol autre que celui de leur planète natale. Et il y avait un monde entre la connaissance intellectuelle et la réalité physique du terrain. En cet instant, plus que jamais, Brume doutait de réussir à passer l'épreuve de cette première mise en situation avec succès.

La visite des vestiges de l'ancienne mine était programmée une douzaine d'heures après leur arrivée, sous la bonne garde de Yi, le géologue qui dirigeait aujourd'hui le laboratoire d'études scientifiques de Station-2. Ces quelques heures de repos n'avaient pas vraiment suffi à Brume pour récupérer complètement de la fatigue et des courbatures du voyage. Des douleurs s'éveillaient à des endroits inattendus, sans parler de la poussière qui se glissait partout et leur râpait la gorge malgré toutes les précautions prises pour l'éliminer. La perspective d'avoir à descendre une paroi de soixante-dix mètres en rappel avec cet équipement de trente kilos sur le dos ne la réjouissait pas outre mesure, mais les ingénieurs des mines sélènes avaient heureusement prévu ce genre de désagrément : le trajet s'effectuait en chenille, le long d'une piste bétonnée qui serpentait jusqu'au fond du gouffre.

Yi discutait gaiement avec ses collègues tandis que leur véhicule avançait dans l'obscurité sous conduite automatisée. Brume finit par mettre sa radio en sourdine. Sanglée dans son siège, le torse raide et les mains gourdes, elle supportait assez mal l'atrophie des sens imposée par sa cuirasse pressurisée. L'impossibilité d'entrer en contact direct avec son environnement présentait de nombreux inconvénients sur le plan de l'observation scientifique. Dans son étude des grands mammifères marins, elle ne s'était jamais contentée de l'acquisition abstraite des données. Il lui fallait aussi plonger, nager, s'immerger dans les eaux où ils évoluaient pour les comprendre. La clef, c'était l'immersion. Car comment saisir la vraie nature d'un monde si l'on ne pouvait enfouir ses mains dans sa glaise, poser son oreille contre son sol, suivre la piste des molécules olfactives abandonnées dans son atmosphère, ou simplement toucher, sentir, goûter les végétaux qui y poussaient ? Son seul espoir était de pouvoir partager une IHA efficiente avec l'une au moins des espèces vivantes autochtones qu'ils découvriraient sur place.

Çà et là, les phares faisaient jaillir des éclats noirs et luisants aux endroits où la roche avait été brisée pour percer les passages dans son épaisseur. Plus loin, leur pinceau blafard se perdait dans l'obscurité de la fosse, sans limite palpable.

Après une heure de cahots non-stop, la pente déclina progressivement, jusqu'à donner sur un méplat. L'appareil s'immobilisa après une dernière manœuvre, et Brume se retrouva à piétiner avec les autres pour descendre et se positionner en demi-cercle autour de Yi. Des volutes de poussière brouillaient le faisceau des phares, mais elles retombèrent très vite en raison de l'absence d'atmosphère. Brume distingua une forme derrière le géologue, une masse sombre dont on devinait surtout l'ampleur, sculptée par la lumière crue des spots. Elle fut tentée de demander ce que c'était, mais Yi prit la parole avant qu'elle ne se décide.

– Nous allons tous éteindre nos frontales, les prévint-il. Surtout, restez là où vous êtes, et gardez votre calme. Si vous éprouvez le moindre début de panique, faites-moi signe.

Immobiles dans le noir, les visiteurs attendirent. Brume n'entendait plus que le bruit rauque de sa respiration. Plus bas, dans son ventre, la peur logée en boule se dilata lentement. Elle se repassa mentalement la cartographie 3D du site, tâchant de faire coïncider ces images avec ce qu'elle avait sous les yeux, c'est-à-dire des ténèbres épaisses, ponctuées des minuscules points lumineux émanant des visières en veille. Les attaques de panique et les phobies que pouvait provoquer ce type d'épreuve étaient bien décrites dans la littérature scientifique. Des gens parfaitement équilibrés et sains d'esprit pouvaient soudain perdre tout contrôle d'eux-mêmes et compromettre gravement leur sécurité ainsi que celle de leurs co-équipiers.

Brume consulta son affichage horaire. Les secondes s'écoulaient lentement, comme un fait exprès. La respiration rauque et les gémissements des uns et des autres la déconcentraient, mais elle ne put se résoudre à couper sa radio.

Elle s'efforça de penser à autre chose, se raccrochant à quelque mélodie connue dont elle égrena mentalement les notes. Cet exercice lui rappela ses entraînements d'apnée. Des images émergèrent. Des ombres et des glaces translucides. Des échos qui se diluent dans l'eau. Une fois, la liaison IHA avait presque été rompue, et Brume avait failli ne jamais revenir. Lentement, sûrement, un vague sentiment de panique commença à l'envahir. Plonger en milieu aquatique était une chose. Manquer d'air au fond d'une mine désaffectée sur la Lune en était une autre. Mais elle délirait. Elle ne risquait absolument rien. Son scaphandre était parfaitement étanche et ses réserves d'oxygène indiquaient qu'elle disposait toujours d'une bonne dizaine d'heures d'autonomie.

Deux minutes trente.

L'exercice était censé durer dix minutes.

Elle se concentra de nouveau sur la musique, rejouant mentalement les notes qu'elle connaissait par cœur, encore, et encore.

Puis soudain, ce fut terminé. Yi annonça la fin du décompte. Les langues se délièrent, avec les blagues et les remarques habituelles.

Ils poursuivirent leur visite, puis, après quelques explications sur les formations minérales exposées sous leurs yeux, ils regagnèrent la chenille.

– Li-Chen m'a confié que vous aviez travaillé sur Elegya, lui dit le géologue alors que leur véhicule remontait laborieusement le sentier taillé à flanc de coteau, ses phares trouant l'obscurité comme deux lames aveuglantes.

– C'est exact, lui confirma Brume.
– Alors vous avez dû croiser Dan…
– Vous parlez de Daniel Anderson ?
– Lui-même. Nous jouions dans la même équipe de base-ball à la fac, figurez-vous.
– Je le connais, oui, sourit Brume. Un vrai as de la programmation, c'est lui qui a configuré mon interface. Enfin, lui et son staff.

Ils échangèrent quelques minutes sur leurs fréquentations communes, mais Brume n'étant pas du genre à entretenir des relations amicales en dehors du cadre professionnel, le sujet fut assez rapidement épuisé. Ils regardèrent défiler l'alternance de lumière et d'obscurité à chaque changement de direction du véhicule.
– Je vous envie, docteur Tran, reprit Yi après un moment.
– Pardon ?
– Excusez-moi. Je pensais au projet Shun, bien sûr.
– Vous ne partez pas ? s'étonna Brume. J'étais persuadée que vous vous étiez engagé.
– Ma femme est restée à Shanghaï. En trente ans, elle a toujours refusé de venir me rendre visite ici.

Brume ne sut quoi répondre. Yi avait été parmi les premiers scientifiques à œuvrer sur Taihe-Concordia, dont il était devenu en quelque sorte le pilier vivant. Elle songea que quand leur cargo-monde parviendrait au terme de son périple dans un peu plus de trente-six ans terrestres, il serait sans doute à la retraite, ou bien déjà mort. Elle pensa alors à son père. Elle le revit dans sa cuisine trop vaste, penché sur ses casseroles, le dos légèrement voûté, fragile. Avant qu'elle ne parte, Tuan lui avait donné sa flûte d'apprentissage. L'instrument de fabrication japonaise était bien trop onéreux pour les moyens dont ils disposaient à l'époque, mais son père avait tenu à ce qu'elle profite d'un matériel de qualité pour ses cours au conservatoire. Même aujourd'hui, il aurait pu facilement la revendre et en tirer un bon prix. Brume préférait ne pas penser aux raisons qui avaient poussé Tuan à chérir ces vieilles reliques. Elle s'apprêtait à sortir, quand il l'avait serrée dans ses bras. Une embrassade brève et maladroite, un peu brusque. Dans le taxi qui l'emmenait à la gare, elle s'était effondrée.

– Vous comptez rester encore sur Taihe ? demanda Brume, refoulant les émotions que ces souvenirs réveillaient en elle.

– Mon contrat se termine dans deux ans, et je ne pense pas le renouveler, lui avoua le géologue. Je suis grand-père depuis peu, figurez-vous. Il est temps que je fasse la connaissance de mon petit-fils.

– Je comprends.

– À mon âge, on en vient à reconsidérer ses priorités, plaisanta-t-il. Ce qui vous paraît essentiel à trente ans l'est un peu moins à soixante.

– Je suppose que vous avez raison, approuva-t-elle poliment.

9.

Cité lunaire de Taihe-Concordia
[03-2565] Trois mois avant le lancement de la mission Shun

De retour à la base, Brume ouvrit une note. Sa pratique du journal intime ne s'était pas améliorée depuis qu'elle avait entamé le protocole de préparation à son arrivée sur Nüying. Elle réfléchit, puis tâcha de décrire ses impressions, sans grand succès. Elle allait renoncer quand elle fut interrompue par un appel de William.

– Pas trop crevée ? lui demanda-t-il.

– C'est physique, admit-elle.

– Tu as le courage de sortir boire un verre ?

Elle hésita, tiraillée entre l'envie de s'effondrer directement sur sa couchette, et celle de ne pas rester seule. Malgré l'épuisement consécutif à ces deux jours d'expédition hors de Tianhe, elle se sentait trop nerveuse et surtout, trop bouleversée pour vraiment réussir à se reposer.

– Va pour un verre, décida-t-elle.

Dans l'ascenseur qui menait au niveau des galeries commerciales, elle se fit la réflexion qu'elle n'avait pas encore fait mention, dans ses notes, de sa relation avec le Canadien. Will lui plaisait, et elle avait le sentiment que c'était réciproque. Mais, parce qu'il y avait un mais, elle serait bientôt plongée en cryostase, alors qu'il serait l'un des rares Terriens à faire partie des équipes scientifiques navigantes. Autrement dit, quand elle se réveillerait dans vingt-sept ans, une génération complète les séparerait. Débuter une liaison à ce stade ne rimait à rien.

Malgré tout, une fois en vue du restaurant où il lui avait donné rendez-vous puis face à lui dans la chaleur et le brouhaha, sa décision s'évapora comme neige au soleil. Will lui faisait toujours cet effet, un point chaud au creux du ventre.

Le Canadien l'attendait dans la gargote où ils avaient dîné ensemble le soir de son arrivée à Taihe-Concordia. Depuis, ils s'y étaient retrouvés à de nombreuses reprises après le travail, pour y manger un morceau ou boire un verre. Comment définir précisément leur relation ? songea Brume. Une forme d'amitié semi-professionnelle ?

Cette fois-ci, il avait ôté sa sempiternelle casquette de base-ball et portait un polo de sport vert anis au logo de Space'O. Seul à une table sous l'écran de télévision qui diffusait comme d'habitude un match de football, il sirotait une bière sans alcool. Dès qu'il la vit, son visage s'éclaira.

– Tu en veux une ? lui demanda-t-il quand elle fut assise devant lui.

Elle se retourna, et fit signe au serveur de venir prendre sa commande.

– Pourquoi ce sourire ? s'étonna-t-il.

La tête de William se découpait sur le fond visuel du match, formant un contraste plutôt pittoresque.

– C'est nerveux, je crois, lui dit-elle.

– Moi aussi ça m'avait sacrément secoué, cette sortie à Station-2. C'est certainement l'un des endroits les plus sinistres de notre système Terre-Lune. Je ne sais pas comment fait Yi pour tenir le coup là-bas.

– Il n'est pas seul.

– C'est le seul à rester à demeure.

Ils discutèrent des différents aspects de ce site géologique exceptionnel, grignotant les petits poissons séchés qu'on leur avait servis en en-cas.

– Alors, tu te sens prête pour la cryo ? lui demanda-t-il, changeant de sujet.

– C'est un peu effrayant, reconnut Brume. Et toi, tu n'as jamais été tenté ?

– Je n'y ai jamais vraiment réfléchi. On m'a recruté pour le projet RNA, et il se trouve que le voyage spatial faisait partie du package. Je n'aurais jamais songé à devenir un « homme du vide », si cette opportunité ne s'était pas présentée à moi.

Le serveur apporta la bière et la décapsula avant de la poser devant Brume avec un verre. Ils en profitèrent pour passer commande.

– Parfois, je rêve de manger une bonne entrecôte garnie de frites, dit-il.

– Pas très veggie ça.

– On aura des graines au menu tous les jours, sur le *Yùtù Mèng*.

Ils rirent.

– Je ne sais pas si tu as déjà visité les serres potagères, mais sincèrement, je crois qu'on sera mieux approvisionnés en produits frais là-haut qu'ici.

Leur conversation dériva ensuite vers les projets d'« occupation raisonnée » de Nüying, défendus par une faction de l'OSNU et des actionnaires de Space'O. Jonathan Wei restait très discret sur ce point, et pour preuve, il s'était bien gardé de l'évoquer au cours de sa présentation d'accueil. Mais personne n'était dupe.

– Je pense qu'il n'a pas eu le choix, affirma William.

Brume eut une moue sceptique :

– Peut-être. En tout cas, je suis absolument contre. Nous

ignorons tout de cette planète et des formes de vie qu'elle abrite. Ce n'est pas demain la veille que l'on pourra y construire des restaurants et des galeries commerciales.

La véhémence avec laquelle elle s'était exprimée fit sourire William.

– Tu penses qu'il y a de la vie intelligente là-bas.

– Je n'ai pas dit ça, se défendit-elle.

– Enrico Fermi n'aurait-il pas posé la bonne question ?

– Ce n'est pas parce que l'homme a suivi un chemin particulier dans son évolution que toutes les créatures de l'univers doivent faire de même. Une civilisation « évoluée » n'est pas forcément « technologique », et puis on peut avoir des technologies alternatives. Suppose par exemple des êtres naturellement doués de télépathie. Plutôt que de communiquer avec des ondes radio, ils auraient fondé des sociétés organisées autour du partage instantané d'informations. Ce qui veut dire qu'ils auraient trouvé d'autres solutions pour résoudre leurs problèmes. Partant de là, ils auraient pu, je ne sais pas... développer une forme d'hyperconscience, largement supérieure à la somme de nos esprits individualistes.

Elle rit.

– Tu as trop fréquenté les baleines et les dauphins, conclut William.

– Tu as raison, admit-elle. On apprend énormément à leur contact.

– Quel genre de choses, par exemple ?

– Que nous ne sommes pas le centre du monde.

– D'accord, je capitule. Nous ne sommes que des pucerons errant sur les branches cosmiques du grand rosier.

– Je préférais quand tu citais Li Bai.

Ils furent interrompus par le serveur. Brume termina sa bière et commanda un flacon de vrai saké.

– C'est l'effet « première sortie lunaire », s'amusa William en la voyant vider sa coupe.

– Parfaitement, riposta-t-elle. Je me sens tout à fait d'humeur à boire et à noyer mon sentiment de n'être qu'une petite chose insignifiante dans un flot infini d'alcool.

– Bien, déclara-t-il. Alors s'il en est ainsi, je te propose de noyer nos insignifiances ensemble.

Plus tard, il l'accompagna jusqu'à sa cabine. Brume songea qu'elle pouvait refuser, qu'il était encore temps de refuser, que c'était le moment de… mais elle ne le fit pas. Cela faisait une éternité qu'elle ne s'était pas dénudée devant quelqu'un, et elle se sentit affreusement vulnérable quand l'instant vint de se déshabiller. Malgré ce bref instant d'embarras, William se montra doux et patient, et tout se passa relativement bien, jusqu'au moment où, plutôt que de conclure, il lui proposa de connecter leurs interfaces BiolinX.

Elle eut un mouvement de recul.

– Je pensais que tu l'avais déjà fait, s'excusa-t-il, confus.

– Non, jamais. Je veux dire…

– Ce n'est pas une obligation, dit William avec tact.

Elle se ramassa sur elle-même, entourant ses genoux de ses bras, dégrisée.

– Je ne suis pas prête, lui avoua-t-elle. Je suis désolée.

Pour être honnête, l'idée de s'interfacer avec un partenaire sexuel l'avait effleurée en deux occasions par le passé. Mais son travail sur l'IHA lui avait appris que la fusion était une expérience bien trop intime pour être partagée avec un inconnu. Et n'était-ce pas ce qu'ils étaient, des amants d'un soir sans lendemain ?

Plus tard, elle rêva d'eau et de silence, elle se vit enlacée pour l'éternité dans les profondeurs d'une mer glacée. Quelque part en chemin, l'une des deux avait dû renoncer à son âme, et ce n'était pas elle. Ces visions la laissaient toujours effrayée, seule au bord de la nuit.

Elle écouta longuement le cœur de cet homme qu'elle connaissait à peine, pelotonnée contre son corps chaud, bien vivant. Pendant un moment, elle oublia ses cauchemars, les ténèbres, la peur secrète de se perdre dans l'autre. Puis la réalité lui revint comme un boomerang en plein visage. Elle se rappela que dans quelques jours, son cœur à lui continuerait de battre alors que sa propre vie serait placée en suspens, pétrifiée par le froid, et sa joie se teinta de terreur.

10.

Le lendemain matin, William s'habilla rapidement au saut du lit. L'horloge intégrée dans la console murale indiquait 6 h 00, largement l'heure pour lui d'y aller. Il chercha ses mots, embarrassé, ne trouva rien d'autre qu'un banal « Merci pour la soirée ».

Ses paroles flottèrent dans le silence, jusqu'à ce que Brume lui réponde par un vague signe de la main. Après quoi il se retrouva expulsé dans le couloir comme un imbécile, sans l'avoir serrée dans ses bras ni embrassée. Il demeura quelques instants devant la porte de la cabine 4023, indécis, ne sachant s'il avait commis un impair ou s'il avait agi conformément à ce qu'elle attendait de lui. Un homme qui venait dans sa direction l'obligea à se décaler, ce qui le poussa finalement à y aller. Le départ pour le *Yùtù* était prévu à 8 heures, ce qui lui laissait tout juste le temps de passer dans son secteur, prendre une douche et se changer.

Les cinq minutes réglementaires sous le jet d'eau chaude le sortirent de sa torpeur. Un café très noir et très sucré assorti d'une pâte protéinée acheva de lui remettre les idées en place. Prêt à attaquer la journée, il se dirigea vers Nankin Station. Pas mal de monde circulait déjà dans les couloirs du métro, des groupes majoritairement sélènes, de ceux qui revenaient des chantiers ou des mines, l'air épuisé, et ceux qui s'y rendaient, échangeant avec entrain des blagues obscures dans leur patois multilingue. Il repéra aussi quelques Terriens, trapus, épais, le teint encore empreint du reliquat d'un soleil lointain.

Le trajet lui offrit l'occasion de se remémorer les différents moments de la soirée passée en compagnie de Brume. Une soirée plus qu'agréable, songea-t-il. Dommage qu'elle ait refusé de se lier. Cela dit, la fusion était une expérience intense qui nécessitait un minimum de préparation et de confiance. Il avait pensé que, porteuse d'une interface et ayant travaillé sur les IHA, la technique lui était familière. Ce n'était visiblement pas le cas. Je ne suis pas prête, lui avait-elle dit. Mais le serait-elle jamais ? Vu la manière dont s'était soldée leur nuit, il se permettait d'en douter.

Par certains côtés, Brume lui rappelait sa première petite amie – même caractère introverti, même tendance au secret. Ce type de personnalité exerçait indéniablement une certaine attraction sur lui, probablement pour éprouver son esprit de contradiction. Sue, c'était le nom de ce premier amour. Sue avait emménagé dans le quartier quand il avait douze ou treize ans, et pendant toutes ses années de collège, il l'avait croisée sans jamais réussir à l'aborder. Au lycée, il avait découvert qu'elle animait un club de poésie chinoise, et il s'y était inscrit dans le seul but de pouvoir la côtoyer. Après plusieurs mois d'une fréquentation assidue des grands classiques chinois, il avait fini par prendre son courage à deux mains et lui déclarer sa flamme – en caractères idéographiques, comme il se doit. Sue ne lui avait pas dit non, mais elle ne lui avait jamais dit oui non plus. En conséquence de quoi, il s'était autorisé à sortir avec d'autres filles. Cela ne les avait pas empêchés de se retrouver une fois par semaine après la classe pour lire du Li Bai, jusqu'au jour où elle était partie étudier à Toronto. Il y avait eu ensuite quelques échanges de mails, jusqu'à ce que l'éloignement géographique eût définitivement raison de leur platonique relation. Un flop final, sans gloire ni drame. Pourtant, cet amour de jeunesse avait profondément influé sur le cours de sa vie, en l'amenant à postuler par la suite pour un stage à l'institut de techniques informatiques avancées de Shenyang. Shenyang, où il avait fait la connaissance de sa première femme.

La rame automatisée le déposa à Sky Station une vingtaine de minutes plus tard, au pied de l'ascenseur qui faisait la navette avec la plate-forme orbitale. Une certaine effervescence régnait au pied de la cage, de l'autre côté de la vitre blindée.

– Vous êtes en retard, ne manqua pas de noter Sean Peter, l'assistant de Jonathan Wei.

Responsable communication, rectifia mentalement William sans prendre la peine de réagir à cette remarque, laquelle de toute façon n'appelait aucune réponse.

Sean représentait à lui seul un spécimen humain dont le sens commun n'aurait pas imaginé qu'il puisse se retrouver impliqué dans une mission scientifique et technique aussi exigeante que le projet Shun. Et pourtant il était là, preuve vivante que l'intelligence, l'expérience ou les compétences n'étaient pas des critères exclusifs de recrutement pour travailler dans l'espace. Sans doute fallait-il y voir une certaine forme de démocratisation. Le principal talent de Sean Peter consistait à savoir brasser de l'air au bon moment, et auprès des bonnes personnes. Et comme c'était le genre de type qui abordait ses collaborateurs sans jamais un bonjour préalable, la plupart des gens le trouvaient infect. Pourtant, physiquement, il présentait plutôt bien. Brosse courte, blondeur naturelle, yeux bleus assortis dans un visage au menton ferme, toujours bien rasé. Bref, la caricature même du gendre parfait, parfaitement imbuvable.

Une dizaine de membres de l'équipe du Dr Radchenkova se préparaient déjà à passer dans la salle des équipements.

Même si le trajet se déroulait dans des conditions d'atmosphère normale, les voyageurs en transit vers Artémis-2 devaient endosser des combinaisons aptes à les protéger d'une éventuelle dépressurisation. Ces vêtements, moins lourds que les épais scaphandres destinés aux sorties en extérieur, pouvaient être enfilés sans l'assistance d'un tiers. Julie, l'attachée de presse de Jonathan, lui tendit son casque. William remarqua son air morose.

– Encore ? demanda-t-il.

Elle pinça les lèvres, ce qui signifiait « oui » dans son langage corporel. Sean et elle avaient eu une petite discussion de « mise au point » dix jours plus tôt, mais visiblement cela n'avait pas suffi à remettre d'aplomb leur relation de travail. D'après Julie, Sean n'avait obtenu son poste qu'à la seule grâce de son statut de neveu du milliardaire. William pensait que Sean Peter devait avoir son utilité, malgré tout. La question était de savoir laquelle.

Il en était là de ses réflexions quand Jonathan Wei les rejoignit, talonné de près par un Sean Peter aux petits soins.

– Bonjour la compagnie, salua Wei, qui contrairement à son roquet, n'ignorait pas le sens du mot politesse.

– Salut, Jon, lui lança William.

La présence de Jonathan avait détendu instantanément l'atmosphère, un effet naturel du charme qu'il exerçait sur son entourage. Lorsque tout le monde fut équipé, ils passèrent dans le sas et gagnèrent le dock où une capsule avait été affrétée à leur intention. Initialement conçues pour les tunnels sous vide des trains intercontinentaux, ces cabines avaient évolué afin de s'adapter à différentes utilisations. On les retrouvait ainsi dans les ascenseurs spatiaux, qui n'étaient en somme que des rails électromagnétiques accrochés à des structures souples, ou bien encore dans les mini-modules de transport interorbital. Le *Yùtù Mèng* en possédait une douzaine, destinés aux raids de reconnaissance à la surface de Nüying.

Un technicien sélène prit les commandes, pendant que l'équipe de Wei s'installait côté passagers. Il fallait compter vingt minutes pour atteindre Artémis-2, en position géostationnaire à deux cents kilomètres du sol lunaire. La plate-forme s'engagea sans heurts dans ses rails tandis que le dôme s'ouvrait sur le ciel étoilé. Le champ magnétique fut ensuite activé et l'ascenseur s'éleva lentement, gagnant rapidement de la vitesse.

Bien calé dans son siège, les poumons légèrement compressés, William chercha des images mentales agréables sur lesquelles se focaliser.

Imperméable aux variations d'accélération, le conducteur effleurait ses écrans de contrôle avec aisance, ses grands bras maigres évoquant les pattes d'une mante religieuse en raison de sa tenue vert anis. Un styliste sous THC avait dû avoir l'idée géniale de choisir cette couleur. Il n'empêche, William lui aurait presque envié les augmentations qui avaient fait de lui un humain parfaitement adapté à la vie dans l'espace. Lui ne bénéficiait que des nanopatchs de base, ce qui, concrètement, se traduisait par l'impression d'avoir un judoka assis sur sa poitrine. Un peu plus loin sur sa droite, les yeux clos, calme et immobile, Jonathan Wei semblait méditer.

Après quelques longues secondes à grimper dans la nuit lunaire, l'angle de vision offert par la position de la capsule s'élargit et la lumière crue du soleil inonda progressivement la cabine à travers les filtres de protection. Le *Yùtù Mèng* apparut quelques instants plus tard, d'abord sous la forme d'une ombre masquant la lueur de leur étoile, puis comme un amas rocheux de plus en plus imposant, calé en surplomb de la station. Le rectangle clignotant d'Artémis-2 se précisa rapidement, reconnaissable à ses balises rouges et bleues.

La décélération lui retourna l'estomac. Après quelques minutes à ce rythme, la capsule s'engagea dans le conduit qui menait au hall de réception, avant de s'immobiliser complètement.

– Je déteste toujours autant ça, glissa Julie à William alors qu'ils se détachaient.

– Je ne suis pas sûr de m'y habituer un jour moi non plus.

Il espérait surtout que la plongée cybernétique prévue plus tard dans la matinée ne lui ferait pas vivre des sensations analogues. Une fois, un collègue qu'il devait assurer pendant un essai s'était amusé à reconstituer virtuellement une sorte de circuit infernal dans un stupide parc d'attractions. Un super souvenir d'enfance, lui avait-il promis, tu vas t'éclater.

Il avait fallu deux jours à William pour s'en remettre.

11.

À bord du *Yùtù Mèng*, dock orbital d'Artémis-2
[03-2565] Trois mois avant le lancement de la mission Shun

William retrouva Dana Radchenkova dans les locaux du laboratoire de cybernétique du cargo-monde, où une trentaine de spécialistes se relayaient nuit et jour autour du projet RNA. La cogniticienne était en pleine discussion avec Sonam Tsering, le fondateur de l'ordre de l'Éveil Vrai, conseiller personnel et directeur de conscience de Jonathan Wei.

S'excusant auprès du moine, la Sélène vint les accueillir. Grande et maigre comme la plupart de ses compatriotes, le teint diaphane, Dana se déplaçait avec grâce, ses longs cheveux blonds noués en queue de cheval dessinant d'amples arabesques autour de son visage. Tandis que chacun gagnait son poste, elle prit Jonathan et William à part dans son bureau.

Dana avait aménagé avec goût cette pièce de deux mètres sur trois où elle passait la majeure partie de son temps. Les habitats et les plateaux techniques du *Yùtù Mèng* s'inspiraient des navires d'agrément orbitaux terrestres, avec une architecture et un mobilier conçus pour s'adapter à différents environnements spatiaux. Actuellement, par exemple, ils évoluaient en impesanteur, mais dans les phases d'accélération ou de décélération, ils bénéficieraient d'une gravité allant jusqu'à 0,7 g. En plus du mobilier spécialisé, des mains courantes avaient été prévues sur les parois, au plafond et au sol, sans distinction d'orientation haut-bas.

– Nous avons terminé la dernière série de tests, leur annonça-t-elle lorsqu'ils se furent calés chacun dans un coin autour de la table. Tout est au vert pour nous.

– C'est une bonne nouvelle, la félicita Jonathan Wei.

Les tests dont parlait Dana concernaient la configuration de la matrice, cette enceinte sécurisée nichée au cœur de la mémoire du sujet de l'expérience RNA, dans la base de données du futur système cybernétique. L'ensemble portait le nom de Réceptacle.

Dana lui accorda un sourire.

– Nous avions une petite incertitude sur les strates linguistiques, mais cette difficulté est elle aussi résolue.

– Voilà qui est parfait.

Le principe de la réincarnation numériquement assistée reposait sur une idée simple, mais dont la mise en œuvre se révélait complexe. Les premiers essais avaient débuté il y avait vingt ans sur des rats clonés chez qui l'on avait réussi à transférer des souvenirs appartenant au spécimen d'origine. Si ces expériences avaient apporté la preuve du concept, elles en avaient aussi montré les limites. Un être vivant qui suit les étapes normales de son développement possède une mémoire complexe, structurée autour de ses différents apprentissages. Sans cette base, les clones demeuraient inadaptés, incapables d'interagir correctement avec leur environnement. Les rats issus de ces premiers essais étaient morts de faim, car on avait omis de leur apprendre comment accéder à la nourriture. Tout cela soulevait évidemment des problèmes d'ordre éthique, majorés dès lors que l'on étendait le champ d'application de la RNA à l'être humain. Fort heureusement, la Wei Corporation avait dépêché une armée de juristes pour tout verrouiller et ne prêter le flanc à aucune attaque.

– Comment va Maya ? demanda William en tripotant les feuilles épaisses et caoutchouteuses du bananier génétiquement modifié qui agrémentait le bureau de Dana.

Maya était la perruche mascotte du laboratoire. Maya-326, aurait-il pu préciser, car Maya avait déjà été réincarnée trois cent vingt-cinq fois.

– Elle est en pleine forme, sourit Dana. Elle mange, dort, chante et bavasse comme à son habitude.

– Et Mozart ? s'enquit Jonathan.

Dana effleura l'écran mural auprès duquel elle se tenait. Une suite de notes légèrement discordantes mais parfaitement reconnaissables résonnèrent dans la pièce. Les éthologues en charge de l'éducation de Maya avaient inculqué à Maya-325 les premières portées de cette symphonie, et Maya-326 les avait restituées spontanément quelques heures à peine après sa renaissance.

– Une véritable artiste, s'amusa Jonathan. Je n'aurais pas fait mieux.

Dana désactiva l'écran et se tourna vers Jonathan Wei. Elle ne riait plus.

– Jon, vous êtes bien conscient qu'en l'état actuel de nos connaissances, personne ne peut garantir que votre personnalité ne sortira pas altérée de cette expérience ?

Jonathan Wei lui présenta l'un de ces sourires dont il avait la spécialité :

– Chère Dana, je suis certain que vous avez tout mis en œuvre pour éviter ce genre de désagrément.

Menace, ou acte de foi ? Une légère contrariété troubla l'expression de la Sélène, mais elle se reprit rapidement :

– Très bien. C'est donc William qui vous guidera, ainsi que vous l'avez spécifié.

– Je suis prêt, déclara le Sino-Américain.

– Avez-vous réfléchi à une scène pour l'étalonnage ?

Dana avait demandé à Jonathan de sélectionner un épisode de son passé pour le test qu'ils allaient effectuer aujourd'hui. Si celui-ci s'avérait concluant, ils pourraient procéder aux plongées définitives. Cette technique psychodynamique, inspirée des jeux en réalité virtuelle, servirait à injecter dans la matrice de Réceptacle les événements de sa vie qu'il souhaitait voir gravés à la racine de sa mémoire numérique. Plus tard, ils lui seraient restitués en phase dite de « gestation », alors que son clone serait progressivement amené à la conscience. Ces souvenirs fondateurs ne seraient plus modifiables par la suite. Protégés par un système de sécurité inviolable, ils constitueraient le substrat sur lequel se grefferaient tous les enregistrements ultérieurs, toutes les notes, toutes les expériences accumulées et sauvegardées par Jonathan au fil de ses différentes réincarnations. En matière de stockage de données, cela se chiffrait en pétaoctets. Il restait toutefois des zones d'ombre dans ces procédures bien balisées. Un clone, même construit sur l'identité de son modèle original, ne pouvait prétendre en être une réplique parfaite. Dans quelle mesure évoluerait-il indépendamment des orientations définies par le sujet initial ? Au contraire de la matrice qui serait totalement figée, la partie dynamique de Réceptacle imitait le comportement d'une mémoire organique, remaniant les souvenirs, les agençant et les modifiant en permanence pour se réinventer chaque jour. Cet aspect de la personnalité future de Jonathan demeurait donc difficile à anticiper. La théorie postulait qu'une matrice bien étayée devrait permettre de déterminer très fortement le caractère et les aspirations de l'homme à renaître. Jonathan Wei le deuxième ne serait donc pas une copie exacte de Jonathan Wei le premier, mais on s'attendait à ce qu'il en soit une réincarnation très fidèle.

– J'ai longuement discuté de la teneur de ce premier souvenir avec Sonam, précisa Jonathan.

– J'aurais aimé que vous en parliez aussi avec Shanti, lui reprocha Dana.

– Cela ne m'a pas semblé nécessaire.

Shanti était la psychologue qui accompagnait Wei depuis le début de l'expérience, mais pour avoir fréquenté la jeune femme d'assez près pendant quelques mois, William savait, de source sûre, que Jonathan ne lui accordait qu'un crédit très relatif.

Dana était au courant de tout cela, mais cette fois encore, elle prit sur elle. Elle ne demanda pas non plus quel souvenir Jon avait choisi pour l'essai qui devait se dérouler aujourd'hui, mais les consignes avaient été claires : rien de trop personnel pour commencer.

– Bien, dit-elle. Jon, Will, avez-vous des questions ?

Jonathan adressa un sourire franc à William :

– Il me semble que non, dit-il. Je fais entièrement confiance au Dr Faye pour m'assurer pendant cette descente.

– Merci, Jon, répondit William. Je ferai de mon mieux.

Les dernières mises au point ayant été faites, ils se rendirent dans la salle de plongée. Une console de surveillance, des écrans muraux et trois sièges confortables occupaient l'espace. William réexpliqua les règles de sécurité à Jonathan tandis que celui-ci s'installait dans l'un des fauteuils.

– J'espère ne pas trop vous secouer durant cette séance, s'amusa le milliardaire.

– Je m'attends au pire, lui répondit William sur le même ton.

Il l'aida à enficher son connecteur.

Très sérieusement, il ajouta :

– Mais si vous pouviez éviter de vous remémorer votre première expérience sexuelle, je crois que je vous en serai éternellement reconnaissant.

– Soyez sans crainte, je nous épargnerai ce souvenir peu glorieux.

Ils rirent, puis sans transition, Jonathan Wei lui demanda :

– Qu'avez-vous pensé du match d'hier soir ?

– Un peu mou, jugea William. Les White Tigers auraient dû gagner.

– Nous sommes d'accord.

William vérifia la connexion de leurs interfaces avec Réceptacle.

– La loi de protection des données personnelles vous laisse la possibilité de demander l'extraction, l'effacement ou la modification de toutes les informations qui seront collectées lors de notre séquence, récita-t-il, respectant à la lettre la procédure.

– Je connais tout ça, coupa Jonathan. Passons à la suite.

– Accordez-moi deux minutes…

William termina ses réglages. Tout fonctionnait impeccablement, ils pouvaient commencer.

Jonathan Wei ferma les yeux et plongea.

12.

Australie occidentale, au nord de Perth
[11-2522] Quarante-trois ans auparavant

Debout sur la dune, les pieds enfoncés dans le sable, Jonathan observe l'océan. Une brise de terre s'est levée dans la matinée, charriant avec elle des odeurs de bush et de poussière. L'action conjointe du vent et de la marée montante sculpte des vagues de taille modeste, mais au creux parfait. Personne à trois kilomètres à la ronde : peu de gens fréquentent ce site difficilement accessible, situé à plus de cent kilomètres au nord de Perth.

En cette fin d'année 2522, Jonathan n'est pas encore l'entrepreneur visionnaire qu'il deviendra plus tard. Pour le moment, il n'est que le fils unique d'un étudiant chinois émigré aux États-Unis et devenu, depuis, un acteur majeur de la révolution numérique. Jonathan a grandi dans le privilège et le luxe, mais le poids de cette réussite paternelle lui pèse, et le goût de la révolte l'a poussé à rejeter toutes les ambitions que l'on nourrissait pour lui.

C'est un jeune homme aux humeurs instables, qui aime les longues plages de sable clair bordées de dunes. Elles lui rappellent la Californie de son enfance, en plus sauvage. Là, seul face à l'océan, il se sent libre. Le vent, les vagues, l'horizon dégagé le lavent de toutes les saletés de l'existence – ses compromissions, ses déceptions, ses colères et ses peurs. Il peut enfin oublier son histoire, qui il est, d'où il vient. Il peut enfin être lui-même.

Sans se presser, il retourne à la Jeep. Sharon, sa copine, somnole dans le hamac qu'ils ont tendu entre deux piquets. Un boléro lui cache le visage, ne laissant deviner que le menton et les lèvres. Hormis cet accessoire pratique, elle est nue, brune et longue comme une liane brûlée par le soleil. Le regard de Jonathan glisse le long de ses cuisses et s'attarde une seconde sur le renflement de sa vulve. Le parfum sucré des minuscules fleurs jaunes qui poussent sur la dune adoucit l'odeur âpre de la poussière. Des oiseaux, il ne saurait dire quelle espèce, volettent de branche en branche dans les fourrés d'épineux qui bordent le sentier sablonneux. Une journée parfaite, songe-t-il, en équilibre sur le fil du temps, conjonction idéale de conditions climatiques et individuelles qui culmineront quand il sera à l'eau, face à la vague, ou plus tard, lorsqu'il fera l'amour avec Sharon.

Jonathan se prépare sans réveiller la jeune femme. Il ne la connaît que depuis quelques jours, mais ils sont sur la même longueur d'onde et passent de sacrés bons moments ensemble. Sharon est bouddhiste et membre d'une ONG américaine basée à New Delhi, qui s'occupe des camps de réfugiés tibétains. Elle dénonce avec passion le traitement infligé par la Chine communiste au peuple du Pays des Neiges, elle est intarissable sur ce sujet. Jonathan, qui ne s'est jamais intéressé à aucune cause, qu'elle soit politique ou sociale, l'écoute avec fascination. Jusqu'à présent, il a plutôt eu tendance à considérer les choses avec un certain détachement. Chaque empire ne porte-t-il pas en lui les germes de sa grandeur et de ses crimes ? Mais Sharon n'a de cesse de le convaincre. Dans un élan de mysticisme enflammé, elle lui a proposé de lui faire découvrir cette culture en danger. Jonathan n'est pas contre, il n'a jamais visité l'Inde et il a tout le temps devant lui.

C'est sur cette décision désinvolte qu'il fera, dans moins d'un mois, une rencontre qui bouleversera le cours de son existence.

Le vent a légèrement forci durant la demi-heure où il a vérifié son matériel – une 69, un modèle rapide et nerveux, fabriqué spécialement pour lui par un métis maori qui tient encore à sa Long Board d'origine. Le vieux a une vision traditionaliste de leur art. Toutes sortes de gens frayent sur les plages australiennes, animés par une même passion, mais tous ne partagent pas cette philosophie de la patience qui fait le vrai surfeur.

C'est toujours une sensation grisante que de se trouver seul face aux éléments primaires. Jonathan aime ce mélange de peur et d'excitation qui le prend lorsqu'il se jette à la mer. Il aime la fraîcheur de l'eau contre la peau brûlante, le courant qui l'emporte, sentir la puissance de ces forces qui le gouvernent. Il commence à ramer. L'objectif est de franchir la barre avant que les prochaines séries ne se fracassent sur sa tête. L'adrénaline irrigue son corps et il ne pense à rien d'autre qu'à l'instant présent – en fait, il ne pense plus. Son esprit se dilate, vide, plein, sans limites.

Jonathan se sent divinement bien. Un swell harmonieux, régulier, gonfle avec souplesse les flancs liquides. Il profite d'une accalmie pour filer au-delà de la ligne de brisure des vagues. Un effort bref et violent, quelques minutes intenses de joie brute où il peut, encore une fois, mettre son cœur et ses muscles au diapason. Il se sent en confiance.

Une fois parvenu dans la zone idéale, il s'immobilise. À califourchon sur sa planche, les jambes dans l'eau froide et le dos exposé à la frappe brûlante du soleil, il guette. La première série ne se fait pas trop attendre. Seul sur ce spot sauvage, il n'a réellement aucune contrainte, hormis celles imposées par la nature et ses propres limites physiques et mentales. L'expérience lui a appris que l'on ne dompte pas l'océan. Le sens du vent, de l'onde, des courants, on ne lutte pas contre ces forces qui nous dépassent : on les épouse, on s'adapte. Et parfois, miracle, les conditions se réunissent pour vous offrir la vague qui vous emportera hors du temps.

Jonathan glisse.

Il glisse, il exulte, il bondit, l'espace d'un instant devenu éternel.

13.

À bord du *Yùtù Mèng*, dock orbital d'Artémis-2
[03-2565] Trois mois avant le lancement de la mission Shun

La séance terminée, Jonathan proposa à William de l'accompagner au restaurant principal, qui tenait un peu lieu de mess des officiers Navigants. Ils faussèrent donc compagnie à l'équipe de Dana, qui partait déjeuner de son côté à la cantine du niveau 8.

Conçu par un architecte d'intérieur brésilien, l'endroit dénotait de l'habituelle neutralité propre aux habitats spatiaux par ses ambiances et ses alcôves à l'éclairage soigneusement étudié. Un volumineux écran occupait tout un pan de mur, offrant une vue très réaliste sur des sommets enneigés surplombant une forêt d'automne au feuillage flamboyant.

Les deux hommes s'installèrent dans l'un des box. Les fauteuils étaient munis de larges ceintures destinées à les maintenir assis dans cet environnement en microgravité. L'impression de se tenir sur une terrasse face au panorama de montagnes était stupéfiante de vérité.

– J'espère que cette première séance n'a pas été trop pénible, lui demanda Jonathan avec amabilité.

– J'ai passé un très bon moment, le sensoriel était d'excellente qualité et la narration fluide. J'ignorais que vous étiez amateur de surf.

– Pas que de surf, lui confia Jonathan. Voyez-vous, j'étais un enfant plutôt hyperactif. Le pédiatre qui me suivait à l'époque avait proposé de me calmer à coups de Ritaline, mais cela allait à l'encontre des principes de mon père. Il a préféré me pousser vers la pratique des sports extrêmes, en espérant que cela suffirait à me canaliser. Ma mère n'en dormait plus la nuit.

William eut un rire mesuré.

– Je m'attendais justement à une scène puisée dans votre enfance, avança-t-il prudemment.

Jonathan le considéra avec ce regard qui semblait mettre complètement à nu ses interlocuteurs.

– Bien sûr. Cela a dû vous surprendre. Je suppose que la plupart des gens commencent par là.

– En effet, confirma William. En général, pour ce type de plongée, on a plutôt tendance à évoquer ses parents, la maison où on a vécu, l'école qu'on a fréquentée… ce genre de choses.

C'était d'ailleurs ce qu'il avait fait lui-même pendant la phase d'essai, lorsqu'il avait fallu simuler des matrices virtuelles dans Réceptacle. Sa première sauvegarde, par exemple, décrivait la fois où on lui avait offert à Noël un set de réalité augmentée au complet, il devait avoir dix ans. Il se souvenait encore de l'odeur de la dinde, des biscuits à la cannelle et au gingembre, du *bissap* de sa grand-mère, des rires, de la tiédeur et du moelleux des couvertures, de l'émerveillement au petit matin, quand le givre étoile les vitres de la fenêtre. Le papier brillant, promesse de surprise et de joie. Le ruban rouge qui s'emmêle et fait des boucles. Ses parents avaient économisé toute l'année pour pouvoir lui offrir ce jeu. Ils connaissaient sa passion pour les mondes virtuels, ils le voyaient démonter et remonter ses ordinateurs, bricoler, explorer. Curieux de nature, il avait eu la chance de grandir dans une famille aimante et chaleureuse qui lui avait fourni de quoi satisfaire son appétit intellectuel. Voilà tout ce que racontait ce souvenir, en condensé.

– Ces détails sont consignés dans ma biographie officielle, vous savez, lui fit remarquer Jonathan Wei. J'ai préféré me concentrer sur l'essentiel, c'est-à-dire ce que j'estime être les événements « fondateurs » de ma personnalité adulte. Mon enfance ou ma jeunesse n'ont pas grand intérêt de ce point de vue-là.

– Je comprends…, approuva William par politesse, bien qu'il ne fût pas certain d'avoir bien saisi ce que voulait dire le milliardaire.

– La plupart des gens accordent une importance démesurée à des faits somme toute très anecdotiques, poursuivit ce dernier.

William préférait éviter de s'engager sur ce terrain, beaucoup trop glissant à son goût. La question avait d'ailleurs déjà été discutée et mise à l'épreuve de leurs modélisations un bon nombre de fois. La biographie « anecdotique » de Jonathan Wei était intégrée dans les archives de Réceptacle, de manière à ce que sa future réincarnation puisse en prendre connaissance en temps voulu. William se demandait subsidiairement qui était cette Sharon, dont Jonathan estimait visiblement le rôle moins secondaire dans son existence que celui de son épouse, demeurée sur Terre avec leurs trois enfants. Jonathan s'était toujours montré très discret sur ces aspects de sa vie privée.

Le serveur leur apporta des olives à grignoter. Présentées dans un ballon transparent disposant de plusieurs ouvertures étroites, il fallait les attraper avec une pince dorée. Ludique, ce petit jeu les occupa quelques instants, tandis qu'ils parlaient du match de la veille et des multiples actions manquées qui auraient pu en détourner l'issue.

La conversation semblait vouloir se poursuivre sur ce mode léger, quand Jonathan lui lança à brûle-pourpoint :

– À votre avis, Will, pourquoi vous ai-je choisi ?

William se demanda comment il était censé comprendre cette question.

– Je veux dire *vous*, et pas un autre, précisa Jonathan.

Le ton demeurait badin, mais visiblement, le milliardaire ne plaisantait pas.

– Dana n'a jamais abordé ce sujet avec moi, reconnut William, un peu décontenancé.

Ce qu'il savait, c'est que la cogniticienne avait d'abord pensé à l'un de ses collaborateurs, un Sélène d'origine russe qui travaillait sur le projet RNA depuis ses débuts.

Jonathan se pencha vers lui, avec dans le regard cette expression aiguisée qui le faisait ressembler à un aigle – ou à un vautour, selon la connotation que l'on voulait attribuer à cette comparaison.

– La première raison est que vous êtes l'un de mes meilleurs cybernéticiens, lui dit-il. Pour ne pas dire *le* meilleur.

– Vous me flattez, Jon.

Le serveur vint les interrompre à nouveau.

William rattrapa de justesse son plateau et le clipsa sur la table.

– Vous constaterez comme on tient à nos habitudes terrestres, observa Jonathan avec un sourire amusé tout en sécurisant son propre assortiment de sushis. Toutes nos coutumes ont été forgées sous le poids de la pesanteur, et même ici, on a du mal à s'en affranchir.

William attendit la suite. Il connaissait suffisamment Jon pour savoir qu'il ne faisait jamais de digressions sans avoir une idée derrière la tête.

– Savez-vous ce qui vous distingue de Sacha, ou Ann ?

Sacha et Ann étaient les deux autres cybernéticiens de l'équipe.

– Le foot ? proposa William.

Jonathan eut un franc sourire.

– Assurément.

Ils goûtèrent à leur plat. Les sushis décongelés avaient presque la saveur du frais.

– Vous n'aimez pas particulièrement l'espace, William, reprit Jonathan Wei. Rien ne vous poussait à vous engager sur la mission Shun. C'est pourtant ce que vous avez fait.

– Je suis cybernéticien avant tout, objecta William.

– Comme tous vos collaborateurs. J'ajouterai que vous aviez toutes les raisons de ne pas quitter la Terre. Je me trompe ?

William n'était pas sûr de bien saisir où Jonathan voulait en venir.

– Vous m'avez choisi parce que je suis terrien ? demanda-t-il, conscient qu'ils touchaient là un sujet délicat.

– C'est une question de synesthésie, répondit le milliardaire, laconique.

– Je ne suis pas certain de comprendre...

– Bien sûr que si. Voyez-vous, c'est à peine si j'ai senti votre présence lors de notre plongée de ce matin, et je pense que c'est lié au fait que vous et moi avons une base d'expérience commune. Même si vous n'avez jamais mis les pieds en Australie, vous avez déjà goûté à la caresse du vent ou du soleil sur la peau, vous avez nagé dans les vagues de l'océan, ou marché sur du sable chaud. Ce n'est pas le cas de vos collègues sélènes. Toutes les RV et les librairies sensorielles de l'univers ne remplaceront jamais ce savoir physique, charnel. C'est ça qui fait la différence.

Ce qui voulait dire, réalisa William, que cette première plongée avait été l'occasion pour son employeur de le tester, lui. Et, de fait, c'était plutôt bien joué. Dana n'aurait probablement pas accepté un tel argument, et quoi de plus humain ? On avait tous ses angles morts. Le bon fonctionnement du tandem plongeur-cybernéticien relevait d'une alchimie singulière. Il n'était pas rare que le sujet de la

RNA se sente gêné par la présence de sa « ligne de vie », avec pour conséquence d'inhiber l'émergence du souvenir. Dans le pire des cas, il arrivait que le cybernéticien fasse intrusion malgré lui dans la séquence en cours.

– Pour être totalement sincère, avoua William, j'ai eu quelques appréhensions lorsque je vous ai vu vous diriger vers l'océan.

– J'y ai songé, admit le milliardaire.

– Vraiment ? s'étonna William, avant de se faire la réflexion que Jonathan avait nécessairement eu accès à ses données personnelles, renseignées lors des procédures de recrutement.

Jonathan *savait* qu'il avait souffert d'une phobie de l'eau dans son enfance.

– Votre dossier mentionne que vous avez bénéficié d'une thérapie cybernétique, lui rappela Wei. J'ai donc considéré que la nature particulière de cette séance ne devrait pas poser de difficulté.

– J'ai suivi une thérapie, confirma William. Mais cela aurait pu ne pas suffire…

– Vous avez passé l'épreuve avec succès, le félicita Jonathan avec chaleur.

William ne sut comment réagir à ces compliments. Jonathan savait pertinemment qu'il aurait pu se bloquer et mettre en échec leur entreprise. Il avait pris un risque. Un risque que Dana n'aurait jamais admis, si elle avait été seulement au courant…

Jonathan le coupa dans ses réflexions :

– C'est vous que je veux, Will. Personne d'autre.

– Je…

– À moins que vous n'y voyiez un inconvénient ?

– Non, bien sûr. Mais ce n'était pas ce qui était prévu…

– J'en informerai moi-même le Dr Radchenkova.

Ce qui signifiait qu'il avait déjà arrêté sa décision, et qu'il n'admettrait plus aucune critique. William ne pouvait que s'en réjouir, mais il craignait que Sacha et Ann ne se sentent froissés d'être ainsi mis sur le banc de touche.

Ils discutèrent encore de choses et d'autres, puis Jonathan Wei s'intéressa à la mise en œuvre de l'interface avec Réceptacle, et leur conversation prit un tour beaucoup plus technique.

– Il se peut que vous soyez surpris, l'avertit-il au moment du café. Certains de mes souvenirs vous paraîtront probablement un peu… étranges.

– Je n'ai pas à vous juger là-dessus, éluda-t-il.

William s'était déjà demandé quelle attitude il devrait adopter si le sujet initial du protocole RNA lui confiait des actes répréhensibles sur le plan moral, ou pire encore sur le plan juridique. La réponse, toute prête, se résumait en deux mots : secret professionnel. Le contrat qui le liait à la Wei Cybernetic Corporation était très clair sur ce point.

– Je peux donc compter sur votre discrétion ? insista Jonathan Wei, avec une lueur qui ne trompait pas dans son regard.

William était parfaitement conscient qu'à ce stade du projet Shun, une fuite anonyme d'informations embarrassantes prendrait immédiatement des proportions incontrôlables. Il savait aussi qu'il n'avait pas fait tout ce chemin et ces sacrifices personnels pour voir sa carrière démontée pièce par pièce pour une simple *indiscrétion*.

– Vous pouvez me faire confiance, Jon.

Le milliardaire parut se détendre d'un cran.

– Il est étonnant de constater à quel point nous avons tendance à interpréter les événements selon nos propres croyances, reprit-il sur un ton plus léger.

– La presse parle d'un protocole d'immortalité, c'est leur expression favorite.

– Quel est votre avis sur la question ?

– En suivant le rythme du temps, je dissèque la création, récita William en guise de réponse.

– Les cinq veilles, reconnut le milliardaire, amusé. Vous avez étudié les textes taoïstes ?

– Trop peu, avoua William. Mais je trouve ce poème d'une grande profondeur.

– Et vous avez bien raison. Les taoïstes ont élaboré toutes sortes de règles de vie très strictes pour atteindre l'état d'immortel. Transcender notre condition est un vieux rêve que l'on retrouve dans la plupart des civilisations.

Une ombre passa sur le visage de son interlocuteur, aussitôt balayée par sa détermination habituelle :

– J'adhère complètement au principe de la révolution humaine, vous le savez.

William connaissait les positions du président de Space'O à ce sujet, mais il avait toujours réussi à éviter d'en discuter ouvertement avec lui. Ce concept était l'un des piliers de la doctrine prêchée par l'École de l'Éveil Vrai. Inspirée de la pensée bouddhiste, cette dernière stipulait que chaque homme possédait en lui le potentiel nécessaire à sa transformation spirituelle. L'Éveil Vrai se distinguait cependant de la tradition par sa foi inébranlable en la technologie comme moyen de parvenir à ses fins.

Le milliardaire semblait vouloir le sonder, et Will jugea qu'il ne s'en tirerait pas avec une simple boutade.

– Je suis persuadé que la RNA apportera d'immenses progrès, approuva-t-il, ce qui était une manière d'éviter de parler trop directement de religion.

Mais Jonathan Wei insista :

– Vous n'avez jamais pensé à adhérer à la Terre d'Éveil, n'est-ce pas ?

Impossible pour William d'esquiver la question.

– Je suis un scientifique, Jon, pas un mystique. Pour être totalement sincère avec vous, je ne crois pas à la réincarnation. Mais j'ai toujours cru en l'infinité des champs d'expérience que nous offre la cybernétique, et j'ai confiance en la RNA comme procédure fiable de conservation dynamique de la mémoire.

Il réalisa, un peu tard, qu'il s'était peut-être trop livré. Jonathan Wei, cependant, ne sembla pas en prendre ombrage.

– Nous nous rejoignons au moins sur ce terrain, dit-il. Comme vous, je vois en cette technologie le moyen pour la conscience de dépasser les limites imposées par la biologie.

Il piqua une olive, et son regard se perdit vers les sommets enneigés qui décoraient la fausse baie vitrée. Songeur, il murmura :

– Mais je vais vous avouer une chose.

Il se tourna vers lui, et ajouta, une lueur amusée dans les yeux :

– Malgré tout, je ne suis pas pressé de mourir.

14.

Évidemment, cette conversation privée avec Jonathan ne pouvait pas ne pas avoir de conséquences. Dès le lendemain, William eut Dana sur le dos.

– Admettez que je peux m'interroger.

La Sélène ne cachait pas son mécontentement. Le programme de configuration matricielle prévoyait que Sacha Ilionov en fût le cybernéticien référent, ce qui se justifiait pleinement au vu de son expérience. Sacha possédait en outre une connaissance très détaillée de l'architecture de Réceptacle et des protocoles de transfert, qu'il avait lui-même participé à mettre en place. Personnellement, William comprenait que Jon ait préféré confier ses souvenirs les plus intimes à un Terrien plutôt qu'à un Sélène, mais ce n'était probablement pas un argument recevable pour Dana.

– Je n'ai pas vraiment eu le choix, se justifia-t-il.

L'exaspération fut remplacée par l'inquiétude sur le visage de la jeune femme. Elle devait se douter qu'il n'avait pas pu intervenir dans cette décision. Même lorsqu'il donnait l'impression de vous consulter, Jonathan avait l'art de vous faire entendre que votre opinion revêtait surtout une valeur symbolique. Dana était bien placée pour le savoir.

– Un autre point, ajouta-t-elle. Vous étiez au courant que Jonathan voulait m'exclure du procédé ?

– Je l'ignorais, avoua-t-il, sincèrement étonné.

En tant que responsable du projet RNA, Dana était censée assister à leurs plongées comme « témoin passif ». Cette précaution présentait l'avantage de préserver une voie de sortie, si l'expérience prenait une tournure critique. Personne n'était à l'abri d'un accident, d'ailleurs Will en avait fait les frais une fois. Certes, à l'époque il était encore un programmeur junior, mais ce n'était pas le cas de sa « ligne de vie ». William avait eu la malheureuse idée de se remémorer cette fameuse séance de piscine où, enfant, il avait cru mourir noyé. Il se trouvait que son collaborateur aussi avait souffert dans sa jeunesse de méthodes brutales d'enseignement de la natation. Deux traumas qui entrent en résonnance l'un l'autre, résultat, trois jours de coma isoélectrique, heureusement réversible et sans séquelles.

– Cela déroge à toutes les règles de sécurité, asséna Dana.

– Je sais, reconnut William. J'imagine que Jon veut éviter autant que possible la multiplication des témoins.

Cette remarque eut raison de la colère de Dana. La confidentialité des informations transférées dans la matrice représentait un point extrêmement sensible du protocole RNA, et la commission d'éthique de l'OSNU ne transigeait pas avec ça. Le sujet de la RNA était en droit d'exiger toutes les mesures aptes à protéger les données le concernant.

La jeune femme semblait découragée. Elle secoua la tête, faisant voltiger lentement sa longue queue de cheval blonde d'un côté et de l'autre. William ne se sentait pas particulièrement ravi de la manière dont Jonathan Wei avait évincé ses collaborateurs sélènes, mais il aurait menti s'il disait regretter d'avoir été choisi. Lui avait la chance, le privilège de rester dans la course. Mais il était aussi parfaitement conscient de se trouver sur un siège éjectable.

– Tout se passera bien, Dana. Je vous le promets.

La cognitivienne lui adressa un pâle sourire.

15.

À bord du *Yùtù Mèng*, dock orbital d'Artémis-2
[05-2565] Dix jours avant le lancement
de la mission Shun

Les yeux perdus dans le vague, Dana repensait à son travail, et à la façon dont les plongées s'étaient enchaînées ces derniers jours sans qu'elle réussisse à avoir prise sur leur déroulement. Un peu plus bas, au niveau de la terrasse du niveau 16, des enfants jouaient. Parmi eux se trouvait Anouk, sa fille de dix ans. L'éclair blond de sa chevelure jaillissait de temps à autre entre les rameaux des jeunes arbres en bac qui agrémentaient l'aire de détente, et ses cris de joie mêlés aux exclamations de ses camarades montaient jusqu'à l'endroit d'où elle les observait, trois étages en surplomb. Leur insouciance, l'énergie qu'ils plaçaient dans leurs jeux la sortit un peu du cours de ses pensées. Anouk et ses amis n'avaient eu aucun mal à s'adapter à la vie à bord du Yu-2, comme ils disaient entre eux. Voilà cinq ans à présent qu'ils avaient investi les espaces du cargo-monde, et ils s'y sentaient chez eux.

Dans dix jours, lorsque tous les passagers dormants

auraient rejoint leurs caissons de stase, le vaisseau-monde allait prendre le large, mettant le cap vers Nüying.

Dana aurait dû éprouver de la joie, mais une ombre gâchait le tableau. Jusqu'à présent, elle n'avait pas eu le temps ni le courage de scruter le fond de ses pensées pour déterminer la nature précise de son inquiétude. « Inquiétude », d'ailleurs, n'était peut-être pas le terme adéquat pour qualifier ce qui la tracassait.

Alors quoi ?

Les étapes de la configuration matricielle se déroulaient comme attendu : une vingtaine de séquences mémorielles avaient d'ores et déjà été introduites à la racine de Réceptacle sans que cela ne pose de difficulté particulière. William assurait son rôle avec le professionnalisme qui le caractérisait. Dana s'arrêta à cette pensée.

William.

Le problème venait de là, bien sûr. Elle avait beau essayer de se persuader que Jonathan avait pris la meilleure décision possible, son intuition lui soufflait que quelque chose lui échappait. L'absence de regard autre que celui des deux hommes sur les données sauvegardées dans la matrice faisait de cette dernière l'équivalent quasi parfait d'une boîte noire. Jonathan s'en réjouissait, et il se prêtait avec amabilité au débriefing qui suivait chaque nouvelle plongée. En général, il n'y avait rien de spécial à signaler.

Oui, mais justement.

La cause de son malaise se logeait sous la surface lisse des événements, cette espèce de confiance décontractée que Jonathan et William affichaient tous les deux en toutes circonstances, ce discours sans aspérité qu'ils leur servaient dès que l'on abordait le sujet de la configuration. Fallait-il imputer son anxiété à son besoin obsessionnel de contrôle ? Dana appréciait beaucoup le Dr Faye à titre personnel, et elle aurait aimé avoir son avis en privé. Le problème, c'est qu'ils touchaient là aux limites du secret professionnel.

William était parfaitement en droit de refuser de partager avec elle son ressenti, il était même dans l'obligation légale de le faire.

Dana eut beau examiner la question sous différents angles, sa conclusion demeura identique. Oui, la configuration de la matrice aurait un impact certain sur la psychologie du futur clone, mais n'était-ce pas le principe même de cette technologie ? En quoi le fait qu'elle ait un œil sur le contenu matriciel changerait-il quoi que ce soit au déroulement de leur expérience ?

Frustrant, frustrant.

L'attention de Dana se laissa de nouveau distraire par les cris d'excitation des enfants. L'un des gamins bondit dans le vide, à la poursuite du disque souple qui s'échappait vers le centre du puits. Aussi à l'aise qu'un poisson dans l'eau, songea-t-elle, reprenant une expression relevée quelques jours plus tôt dans un roman qu'elle venait de terminer. La littérature terrienne offrait toutes sortes d'images liées à des situations qui n'existaient pas dans son référentiel. Le garçon ramena son trophée sous les acclamations de ses camarades, et le jeu prit une tournure nouvelle. C'était à présent à celui qui montrerait le plus d'audace dans ses galipettes à travers le puits. Évidemment, ils savaient tous pertinemment qu'il était interdit de gêner la circulation dans cette partie du vaisseau. Partagée entre l'envie de rire et l'agacement, Dana se fit la réflexion que ces enfants faisaient preuve d'une remarquable capacité d'adaptation. Un poisson qui naît dans un bocal imagine-t-il l'existence de la mer ? se demanda-t-elle, filant la métaphore avec ironie. Ces poissons-là étaient trop jeunes pour avoir gardé plus qu'un vague souvenir de la vie sur Taihe-Concordia, et contrairement à leurs aînés, ils n'entretenaient aucune nostalgie à l'égard de la Terre. Sélènes de quatrième génération, ils avaient bénéficié dès leur plus jeune âge des améliorations qui leur permettraient d'évoluer tout naturellement dans leur futur environnement spatial, ce qui leur valait le surnom de « peuple des étoiles ».

Dana désactiva ses semelles, et avec bien plus de maladresse que les garnements qu'elle s'apprêtait à aller sermonner, elle se propulsa dans le vide en direction de l'aire de jeux en contrebas. Anouk, la voyant arriver, poussa un cri strident. Toute la petite bande détala, et le temps que Dana reprenne appui au sol, il n'y avait plus personne.

Elle attrapa machinalement le frisbee qui flottait mollement non loin d'elle, pour éviter qu'il ne se retrouve à la dérive dans le puits.

Ces gamins ne manquaient pas d'ingéniosité pour ce qui était d'enfreindre les règles ou de les détourner, et ils témoignaient d'une belle solidarité lorsqu'il s'agissait de faire front face aux adultes. Ayant grandi en couveuse artificielle, la plupart se considéraient comme des frères et sœurs de cuve. Anouk aussi avait achevé sa croissance fœtale dans l'un de ces appareils, car Dana, malgré son désir de mener une grossesse physiologique à terme, avait failli la perdre à quatre mois de gestation.

Avec un sourire, elle songea qu'ils étaient l'âme vivante du *Yùtù*.

Longtemps, elle avait caressé secrètement le projet d'emmener Anouk sur Terre. L'occasion ne s'était jamais présentée, et ce rêve avait été rangé dans un coin, comme un vieux vêtement aux couleurs défraîchies. À bien y réfléchir, Dana n'était pas certaine qu'Anouk aurait apprécié ce voyage, et pas seulement à cause de son inadaptation à la gravité terrestre. Sa fille se montrait curieuse de tout et posait beaucoup de questions sur la Terre, les Terriens, leurs modes de vie, leurs langages. Elle écoutait leurs musiques, lisait leurs livres ou visionnait leurs films, sans distinction de pays d'origine. Pour elle, « terrien » signifiait un vaste ensemble englobant toutes ces différences, par opposition à « sélène », qui définissait le groupe auquel elle appartenait. Les paysages naturels ou urbains de la Terre, reconstitués dans les chambres de simulation virtuelle, l'enchantaient – mais pas plus que les vues d'artiste de Mars, Europe ou Nüying. Tous ces environnements se situaient pour elle au même niveau, celui des mirages distrayants.

Sa réalité à elle, c'était ici et maintenant dans les coursives du Yu-2, comme elle se plaisait à dire en imitant leurs collaborateurs américains.

Dana avait deux ans lorsque ses parents avaient débarqué sur Taihe-Concordia avec la deuxième vague de colons. Membres d'une mission bipartite incluant les Agences Spatiales russe et chinoise, ils n'étaient censés être là que pour quelques mois. Leur enthousiasme avait fait le reste. Pour eux, la cité sélène représentait une utopie crédible, un rêve né du désir de coopération des nations terrestres, un laboratoire de science et d'humanité où ils avaient leur rôle à jouer. Dana avait donc grandi dans les couloirs de cette base, qui à l'époque ne comptait qu'une centaine de permanents – une époque où Taihe ne possédait ni galerie marchande ni hôtel de luxe pour accueillir les touristes venus de la Terre. Tout avait changé avec le lancement du chantier de Space'O. Le projet Shun avait drainé dans son sillage des dizaines et des dizaines de travailleurs, ainsi que toute une nébuleuse de partenaires commerciaux et industriels, faisant de cet avant-poste humain sur son satellite naturel la première cité spatiale habitée.

Le problème, c'est que Taihe-Concordia n'était pas une ville indépendante. Placée sous la juridiction de l'OSNU, c'est-à-dire de la loi terrienne, elle ne disposait d'aucune instance politique propre. Considérés comme des citoyens de la Terre, les Sélènes devaient se plier aux règles imaginées par des hommes et des femmes qui pour la plupart ne connaissaient pas les spécificités de leur mode de vie. Dana avait toujours trouvé cela injuste, et c'est ce qui l'avait poussée à postuler pour le projet Shun, avec l'espoir d'y gagner une certaine forme de liberté – et si ce n'était pour elle, au moins pour sa fille.

Renonçant à l'idée de rattraper les petits fuyards, elle se dirigea vers les ascenseurs du fond. Il était prévu qu'Anouk dorme chez l'une de ses camarades, ce qui ouvrait des perspectives intéressantes pour la soirée.

Cette pensée eut le mérite d'alléger un peu son anxiété. Cela faisait un bail que Meriem et elle ne s'étaient pas retrouvées en tête à tête sans enfant. Elle espéra que sa compagne pourrait se libérer suffisamment tôt. Anouk était leur fille unique et elles l'adoraient, mais il y avait des moments où la promiscuité finissait par user la patience des parents même les plus aimants. La vision collective de l'éducation défendue par les Sélènes offrait une réponse positive à l'une des contraintes imposées par leur environnement, mais c'était encore un aspect de leur culture que les Terriens avaient du mal à comprendre, englués qu'ils étaient dans les us et coutumes du passé. À dix ans, Anouk savait changer une éponge dans un système de recyclage d'eau ou démonter une valve dans un circuit de renouvellement d'air. Elle se débrouillait bien en algèbre et connaissait tous les dieux de la mythologie grecque, parce que c'était sa marotte du moment. En revanche, elle était incapable d'écrire une phrase à la main sans faire dix fautes d'orthographe et aurait été bien en peine de situer Moscou, New York ou Séoul sur un globe terrestre.

Dana reconnaissait volontiers qu'elle n'avait pas suffisamment insisté sur ces apprentissages. C'était un choix, et elle l'assumait. Au contraire de ses parents, elle ne tenait pas à entretenir chez sa fille un sentiment d'infériorité et d'admiration excessive vis-à-vis de cette culture, qui n'était pas la leur. Anouk n'avait pas à se sentir redevable ni nostalgique d'une Terre qu'elle n'avait jamais connue, et ne connaîtrait jamais. Sa fille n'était pas une exilée.

16.

Cité lunaire de Taihe-Concordia
[05-2565] Dix jours avant le lancement de la mission Shun

Dana retrouva Meriem dans un restaurant de cuisine marocaine sur Taihe. Une soirée sans enfant, cela méritait tout de même plus qu'une gamelle operculée dans la cantine du Yu-2. Meriem avait aussi réservé une chambre dans l'un des hôtels grand luxe de la base, le genre d'endroit fréquenté par les touristes fortunés venus passer leur lune de miel sous le souffle glacé des étoiles. Cette nuit serait sans doute leur dernière sur Taihe. Autant voir les choses en grand.

Un peu étourdie par l'effervescence qui animait les rues commerçantes du centre de la cité sélène, Dana eut quelque peine à retrouver l'Altaïr, une gargote tenue par une émigrée terrienne dans Avicenne St. Cela faisait une éternité qu'elle n'avait pas mis les pieds dans ce quartier où se côtoyaient tatoueurs et marchands de souvenirs, et où l'on entendait plus parler arabe que mandarin. Meriem lui avait fait découvrir ce coin au parfum d'Afrique du Nord au début de leur relation, à défaut de rendre visite à son pays natal.

Son amie l'attendait, assise sur des coussins près d'une fenêtre joliment ornée de motifs ajourés. Le paysage montrait une vue d'un jardin dans un patio ombragé, sur fond sonore de fontaine et d'oiseaux bruissant dans les feuillages.

La restauratrice vint les saluer, et elles commandèrent un vin glacé.

– Elle n'a pas pris une ride, souffla Dana en piquant dans une olive pimentée.

– Ça fait drôle, hein ? acquiesça Meriem avec une expression presque mélancolique.

Dana posa sa main sur celle de son amie.

– Ça va bientôt faire dix ans.

– Tant que ça ? lui répondit Meriem avec malice en glissant ses doigts entre les siens.

– Alors, raconte-moi. Comment ça se passe, chez toi ?

« Chez toi » voulait dire « au boulot, pour toi », selon leur code de langage. Meriem travaillait au laboratoire d'études astrophysiques du *Yùtù Mèng*. La dernière fois qu'elles avaient eu l'occasion de discuter tranquillement en tête à tête, elle s'inquiétait de voir se détériorer la qualité des émissions provenant de leurs satellites déployés autour de Nüying.

– A priori, les deux orbiteurs sont toujours en service, lui apprit-elle. Du moins, ils l'étaient il y a vingt-quatre ans.

Vingt-quatre années, cela correspondait au temps nécessaire à un photon pour parcourir la distance qui séparait Nüying de la Terre.

– C'est une bonne nouvelle.

Son amie pencha la tête sur le côté, ce qui signifiait en général un certain mécontentement :

– Oui, mais c'est tout de même très frustrant.

Une moue contrariée plissa le coin de la bouche de Meriem, mais très vite son esprit positif reprit le dessus.

– On a quand même pas mal avancé sur le traitement des images satellite.

Elle sortit un écran tactile souple, enroulé dans son tube et glissé dans sa poche de chemise.

– Ces feuilles sont de petites merveilles, observa Dana.

Une vue complète de la planète se déploya sur le mince support numérique. Des zones d'un noir profond alternaient avec d'immenses aplats nacrés. Ici et là des points piquetés de carmin signalaient la présence de volcans en activité.

Meriem pointa une partie sombre bordée de blanc, un peu au-dessus de la ligne de l'équateur :

– Voilà où nous pensons installer notre première base au sol, déclara-t-elle. On a baptisé ce continent « Qanik », c'est un mot inuktitut qui veut dire « neige qui tombe ». Mariner se trouvait dans le coin lorsqu'elle a cessé d'émettre.

– C'est magnifique…, souffla Dana.

Les graphistes avaient fait un travail remarquable, rendant ces vues presque plus réalistes qu'une vraie photographie. Meriem enroula son feuillet et le rangea dans sa poche. On leur apportait le plat de résistance, un tajine de légumes et de poisson au chatoyant parfum d'épices.

Meriem fit le service pour deux.

– Aussi appétissant que dans mon souvenir, se réjouit Dana.

Meriem eut un petit rire, le même que celui qui l'avait charmée jadis, quand elle avait fait sa connaissance. Dana sortait alors d'une relation compliquée avec un Américain qui souffrait du mal du pays, et avait fini par retourner sur Terre. C'était la première fois qu'une femme l'invitait à dîner en tête à tête, sans équivoque possible, et elle avait failli refuser.

– Et ta présentation ? demanda Dana.

Meriem devait intervenir auprès d'un groupe d'enfants et d'adolescents pour leur faire découvrir son travail.

– Ça s'est très bien passé. Ils ont visité le lab, on leur

a montré nos instruments, la façon dont on pouvait interpréter un millier d'infos à partir d'une poignée de pixels ou d'une série de chiffres. Puis on a embrayé sur une discussion à bâtons rompus sur la meilleure manière d'habiter Nüying. Ces gamins sont épatants. Ils sont tellement confiants, ils ont plein d'idées géniales.

– Quel genre d'idées ? sourit Dana, en repensant aux jeux de leur fille avec ses camarades.

– Il y en a un, par exemple, qui s'imaginait déjà en train de construire plusieurs cités en orbite, reliées par des espèces de ponts suspendus qui feraient comme une couronne autour de la planète.

Elles rirent.

– Il a dû voir ça dans un vieux film de la Terre, fit remarquer Dana.

– Possible. C'était un beau bazar, mais globalement ils sont très enthousiastes à l'idée de devenir un peuple spatial… à condition d'avoir des vacances dans un igloo sur la banquise.

– L'environnement glaciaire ne leur fait pas peur ?

– Pas vraiment. Ils sont surtout très excités.

Meriem but quelques gorgées de vin, et planta son regard dans celui de Dana.

– Bon, et toi ? Comment ça se passe, avec la matrice ?

C'était la question que Dana appréhendait.

– Ça se passe, éluda-t-elle.

Meriem fronça les sourcils, avec cette lueur bien familière dans les yeux. La dernière fois qu'elles avaient évoqué le sujet, leur fille faisait semblant de dormir au fond de son sac de couchage, et Dana n'avait donné que la version officielle de la situation, expurgée de tout affect personnel. Mais Meriem la connaissait par cœur et ce n'était pas un hasard si elle revenait à la charge ce soir.

– Je suis tenue au secret professionnel, plaida Dana.

– Et tu as toujours parfaitement respecté tes engagements, confirma son amie.

Pendant un moment, Dana s'absorba dans l'observation des colibris qui voltigeaient autour de la fontaine dans un ballet multicolore, sans toucher à son assiette. L'impossibilité de se confier lui nouait le ventre.

– Tout se passe bien, je t'assure, reprit-elle. C'est juste que…

Elle chercha ses mots. Pouvait-elle raisonnablement reprocher à Jonathan de lui cacher des choses ? D'ailleurs, en quoi est-ce que cela lui posait problème ?

– Je suis un peu perturbée par les dernières mesures de confidentialité imposées par Jon, avoua-t-elle, sans rentrer dans les détails.

Meriem fit la grimace :

– Je vois. Et Will ? Tu lui en as parlé ?

– J'ai essayé.

Meriem la scruta avec insistance, mais elle ne posa aucune question plus précise, ce dont Dana lui fut reconnaissante.

– Je me suis toujours demandé pourquoi Jonathan avait opté pour Will plutôt qu'un autre, s'interrogea-t-elle soudain, après deux bouchées de tajine.

– Will est l'un de mes meilleurs cybernéticiens. Très intuitif.

– D'accord, mais tu peux en dire autant de Sacha et Ann, non ?

– Ils sont plus techniques.

– Donc tout à fait compétents pour ce travail. Alors ?

Dana prit le temps de réfléchir avant de répondre.

– Jon choisit souvent ses collaborateurs à l'instinct. Le Dr Faye et lui s'entendent bien.

Elle ajouta, pince-sans-rire :

– Ils sont tous les deux fans de football féminin.

– Je n'ai jamais compris l'intérêt de ce sport.

– C'est parce que tu n'es pas terrienne, sourit Dana.

– Donc ils s'entendent bien parce qu'ils sont tous les deux terriens.

– Oui, admit Dana. Ça n'a jamais été dit explicitement, mais je sais bien que ça a dû peser dans la balance. Le plongeur doit être en phase avec sa « ligne de vie », c'est un point clef de la réussite. Pour le témoin, il s'agit de s'immerger dans le paysage mental et émotionnel de l'autre, tout en gardant une distance suffisante pour être en mesure d'intervenir en cas de nécessité. C'est un équilibre délicat.

– Je vois.

Les deux femmes se concentrèrent quelques instants sur leur assiette, une manière d'éviter de trop s'appesantir sur le sujet. La discrimination des Sélènes par les Terriens était une question qui revenait souvent dans les tractations commerciales ou professionnelles, et donnait régulièrement lieu à des débats houleux dans les différentes communautés.

– Tu te rappelles ma première plongée ?

– Bien sûr.

Lors de cet essai, Dana avait fait l'expérience d'une immersion classique, accompagnée de Sacha. Le souvenir qu'elle avait choisi pour ce test présentait l'intérêt d'être à la fois très personnel et anodin, typiquement le genre de séquence qui ne devait pas générer de difficultés particulières. Elle s'était revue enfant, avec ses parents, à l'occasion de l'une de ses premières sorties hors de l'enceinte protectrice de Taihe-Concordia. Elle devait avoir une dizaine d'années, comme Anouk aujourd'hui. Les plus jeunes n'étaient pas autorisés à s'aventurer en extérieur, pour des raisons de sécurité mais aussi de matériel inadapté à leur petite taille. Dana avait donc attendu avec impatience d'avoir l'âge requis pour son baptême du vide. Dans son souvenir, la sortie s'était déroulée exactement comme elle l'avait espéré. Elle avait pu goûter à cette sensation folle de pouvoir courir et sauter avec légèreté sans être limitée par les murs qui barricadaient leur horizon à l'intérieur de la base. Elle avait contemplé les étoiles de ses propres yeux, et non à travers le filtre d'un système optique. Au milieu de l'immensité de ce ciel piqueté de milliers de diamants, elle s'était sentie à la fois minuscule, et géante. Cela avait été une expérience exaltante, un moment de joie pure comme on en vit rarement au cours d'une vie. Et pourtant, l'immersion avait failli mal tourner. Après analyse, Dana et son équipe avaient jugé que l'intensité de la session avait réactivé des émotions liées à des détails qu'elle avait soigneusement expurgés de sa mémoire consciente. Elle s'était ainsi rappelé que sa mère avait eu une avarie au niveau de son alimentation principale en oxygène, un pépin banal, vraiment rien de grave, mais qui avait nécessité d'écourter leur sortie. Curieux. Une fois réveillée, la pointe d'anxiété qu'elle avait éprouvée au moment des faits avait littéralement submergé ses affects, infléchissant le déroulement de la plongée et la poussant dans une direction incontrôlable. Sacha était intervenu de justesse, mais ils étaient passés à deux doigts de l'accident. Elle en avait fait des cauchemars pendant des semaines. La crainte de manquer d'air et mourir asphyxié était une angoisse fondamentale, viscérale, que connaissaient tous ceux qui vivaient et travaillaient dans l'espace.

– Il n'y a pas d'accompagnateur idéal, fit remarquer Dana. Le bon cybernéticien est celui qui sera capable de *sentir* quand le souvenir est en train de déraper. Sacha est un excellent professionnel, mais il n'avait juste pas imaginé que les choses puissent mal se passer avec moi. Il a été pris de court.

La restauratrice vint s'enquérir de leurs besoins et resta bavarder quelques minutes.

– Tu penses que William cherche à protéger Jonathan ? demanda Meriem une fois qu'elle fut repartie.

– Protéger n'est pas le terme. Je dirais plutôt qu'il *fait corps* avec lui.

– C'est ce que je voulais dire, fit remarquer Meriem.

Non, faillit la contredire Dana, avant de se rappeler que son amie supportait mal sa manie de chipoter sur les mots, lui reprochant de rendre la conversation laborieuse pour ses interlocuteurs. Elle s'absorba dans l'examen de la carte des desserts pour se détourner de l'envie de corriger ce qui lui semblait être une imprécision. Quand enfin elle releva la tête, Meriem la dévisageait d'un air peiné.

– Je me fais peut-être une montagne de rien du tout, concéda-t-elle, dans une tentative maladroite pour la réconforter.

Tout en passant commande, elle réfléchit à ce qu'elle pouvait encore ajouter. Elle en avait déjà presque trop dit, mais pas assez pour calmer les inquiétudes de Meriem. Elle attendit qu'on leur apporte l'assiette de gâteaux et le thé à la menthe fumant qui offrirait sa note finale au repas, avant de se décider à livrer le fond de sa pensée :

– Je crois que Jon accorde trop de crédit à son guru.

Meriem fronça les sourcils.

– Tu as peur que cela ait une influence sur son évolution ?

– C'est ça, admit Dana.

– Mais en quoi cela pourrait-il jouer ?

Dana secoua la tête : Meriem venait de mettre le doigt sur le problème. L'emprise de Sonam Tsering sur Jon n'avait rien de dramatique ni d'exceptionnel. Une grande majorité des futurs Navigants adhéraient aux préceptes de l'Éveil Vrai sans que cela ne gêne en rien leur implication dans leur travail. Force était de constater que ses craintes ne reposaient sur rien de véritablement concret.

– Sonam a des idées intéressantes, fit remarquer Meriem. Je peux comprendre qu'elles puissent séduire un esprit exigeant comme celui de Jonathan.

Dana eut une moue critique. Les tendances religieuses de

Jonathan Wei l'avaient toujours profondément embarrassée, et elle acceptait mal la tolérance de Meriem à cet égard.

– Je trouve par exemple sa vision de l'espace-temps plutôt amusante, expliqua son amie.

– Selon lui, le temps n'existe pas, fit remarquer Dana.

– Oui, et il fait appel au théorème d'incomplétude de Gödel pour démontrer que nous sommes incapables de concevoir le temps autrement que comme une chaîne de causalité dynamique. Il faudrait s'extraire du système pour pouvoir le conceptualiser différemment, ce qui est impossible.

– Ce ne sont que des vues de l'esprit, s'agaça Dana, qui se sentait peu concernée par ce genre de considérations métaphysiques.

– Une grande partie de la physique moderne *est* une vue de l'esprit.

– C'est toi, l'astrophysicienne, qui dit ça ?

– Mais parfaitement, la défia Meriem. Le doute systématique amène aussi à ce genre de raisonnement.

– La physique est une science étayée par l'observation et les mathématiques, objecta Dana, reprenant mot pour mot un argument avancé par son amie dans des discussions qu'elles avaient eu par le passé.

– Mathématiques que nous avons nous-mêmes conçues avec nos cerveaux de mammifères pensants, fit remarquer Meriem.

Les deux femmes ne purent s'empêcher de rire. Cette courte joute verbale leur rappelait les premières années de leur relation, quand tout était prétexte à des débats sans fin dont elles pouvaient ressortir fâchées, mais qui se résolvaient la plupart du temps par des propositions bassement charnelles, et parfaitement hors sujet.

Dana posa une main sur celle de sa compagne. Elles restèrent un moment ainsi, savourant juste le plaisir de se retrouver, peau mate contre peau claire, brune sur blonde, toujours aussi amoureuses l'une de l'autre.

La vie nocturne de Taihe battait son plein quand Dana et Meriem sortirent de l'Altaïr. L'approche de la date de lancement du *Yùtù Mèng* avait attiré des hordes de touristes et de journalistes du monde entier, et personne n'entendait passer ses soirées cloîtré dans les quelques mètres carrés de sa chambre individuelle. Ces visiteurs occupaient les logements laissés vacants par les membres dormants de la mission Shun, membres qui, aujourd'hui, reposaient pour la plupart dans les caissons de cryostase du vaisseau. Des groupes bruyants et joyeux déambulaient dans les allées du centre commercial de la station, jetant un regard amusé sur tout ce qui les entourait. Leur curiosité n'épargnait bien entendu pas le couple des deux Sélènes.

– J'ai l'impression d'être une bête dans une foire d'exposition, s'irrita Dana, que la foule rendait nerveuse.

– Et si on allait faire un tour au Blue Note ? proposa Meriem.

Dana aurait préféré rentrer directement à l'hôtel, mais elle ne voulait pas décevoir son amie. Plus jeunes, elles avaient eu leurs habitudes dans cette boîte de nuit, mais tout ce monde dehors avait tendance à la faire fuir. Le Blue Note se situait à l'angle de Nankin St. et New York St., l'un des coins les plus fréquentés de Taihe.

L'ambiance, à l'intérieur, était plus moite et plus dense encore qu'en extérieur. Meriem se fraya un passage à travers la masse mouvante des corps qui leur interdisait l'accès au bar. Très à l'aise, elle saluait des connaissances, échangeant quelques mots par-dessus la musique trop forte. Dana se retrouva séparée d'elle, perdue. Le son, les parfums, l'exiguïté des lieux balayés par les spots de lumière stroboscopique achevèrent de la plonger dans un état qui frôlait la crise de panique. Puis Meriem fut de nouveau là, tout contre elle, deux coupes de Blue Lagoon à la main – leur cocktail préféré. Ainsi collées l'une à l'autre, isolées dans leur bulle au milieu de la foule, tout ce qui les avait rapprochées jadis ressurgit avec la même intensité qu'aux premiers temps de leur rencontre. Il y avait ce début de complicité, scellée par le désir et la tendresse. Il y avait cette première nuit d'amour, la douceur des lèvres de son amie, la finesse du grain de sa peau, la précision de ses caresses qui, lentement, sans forcer, l'amenaient au plaisir et la laissaient surprise et émerveillée au bord d'une émotion qu'elle n'avait pas su nommer sur le moment. Il y avait tout cela, et le reste, les disputes, les rires, les inquiétudes et les espoirs, le quotidien avec ses tensions et ses joies partagées.

Elle s'était réveillée dans ces draps froissés, imprégnés du parfum de cette femme, une inconnue encore, mais déjà si intime. C'est vrai, un peu de la magie des débuts s'était envolée. Ce qui à l'époque n'était qu'une promesse avait laissé la place à autre chose, une affection plus profonde, plus contrastée.

Meriem était levée lorsqu'elle émergea de son sommeil. Prise d'une vague nausée, Dana lui adressa une grimace. Son amie lui tendit un gobelet d'eau fraîche. La chambre offrait toutes les commodités attendues dans un établissement coté cinq étoiles. Les draps de soie, d'un gris délicat, la sobriété élégante des meubles en *vrai* bois, la salle de bains individuelle – un luxe absolu, sur cette base lunaire où la consommation d'eau était rationnée au millilitre près. La fenêtre qui occupait tout un pan du mur de droite donnait sur le paysage de leur choix, à l'heure de la journée qui leur convenait, aube, crépuscule, plein jour ou nuit. Le mini-bar ne manquait pas de bouteilles d'eau minérale importées de Terre, ainsi que de dosettes d'alcools variés.

Dana but goulûment quelques gorgées.

– Je t'aime aussi, déclara Meriem, une fois sa propre soif

étanchée. J'ai repensé à notre conversation d'hier, ajouta-t-elle en poussant le bouton de réglage de la luminosité.

Les sables du Sahara se teintèrent doucement de rose, tandis que le ciel blanchissait à l'horizon.

– Laquelle ? plaisanta Dana.

Les yeux bouffis de sommeil, Meriem réfléchissait.

– À propos de Jon, reprit-elle après quelques secondes.

– Je préférerais ne plus en parler.

Meriem secoua la tête :

– Je pense au contraire que tu devrais le faire.

Dana haussa les épaules.

– Avec Jonathan, poursuivit Meriem. Dis-lui ce que tu ressens.

Présenté comme ça, cela paraissait très simple. Mais dans les faits, Dana ne voyait pas comment elle pourrait amener Jonathan sur ce terrain-là.

– Il n'acceptera jamais.

– Tu n'es pas obligée d'aborder la question de la religion, lui suggéra sa compagne en s'asseyant à côté d'elle.

Les yeux brillants, les boucles désordonnées jetées en vrac sur ses épaules, elle parlait vite, comme toujours quand elle avait une idée qui l'emballait.

– Tu pourrais évoquer ta crainte de n'avoir qu'un seul cybernéticien référent, si jamais il arrivait quelque chose à William, ce que je ne souhaite pas, évidemment. Mais c'est un argument que Jon peut entendre.

Dana s'accorda quelques minutes de réflexion.

– Alors ? Suis-je ou ne suis-je pas de bon conseil ? la pressa son amie.

– Je pourrais essayer, admit Dana.

Elle doutait que Jonathan revienne sur sa décision, mais peut-être accepterait-il de l'écouter. Ce serait déjà un premier pas.

Meriem se leva et se dirigea vers la salle de bains privative.

– Il faut absolument que tu testes ça, déclara-t-elle.

Dana la rejoignit dans la cabine à l'éclairage tamisé, et les deux femmes s'accordèrent une douche comme elles n'auraient plus jamais l'occasion d'en prendre – deux fois dix minutes d'un jet délicatement parfumé, un luxe absolu qui leur fit oublier, l'espace de quelques instants, les responsabilités qui les attendaient.

17.

Cité lunaire de Taihe-Concordia
[06-2565] Trois jours avant le lancement de la mission Shun

Les conférences de presse n'étaient pas ce que Brume préférait dans son nouveau poste, mais cela faisait partie des obligations professionnelles auxquelles elle ne pouvait se soustraire. La demi-douzaine de scientifiques réunis aujourd'hui devait évoquer la perspective de trouver de la vie intelligente sur Nüying, face à une vingtaine de journalistes représentant les principaux médias généralistes de la Terre.

Meriem Hamdadi, du laboratoire d'études astrophysiques du *Yùtù Mèng*, commença par leur décrire les étapes qui avaient marqué la découverte de cette planète, la présence d'une atmosphère, puis la preuve d'eau liquide à sa surface ayant très vite attiré leur attention.

– Ce n'est pas pour autant un paradis pour amateurs de sports nautiques, rappela-t-elle. Imaginez plutôt un environnement proche de ce que l'on a vers nos pôles, en pire. La température moyenne y est de –28 degrés Celsius, avec des maximales qui dépassent rarement les +8 degrés.

Pour vous donner un ordre d'idées, sur Terre, elle est aujourd'hui de 16 degrés.

– Est-ce que l'on peut parler d'une Terre « boule de neige » ? demanda un journaliste.

– C'est une bonne question. Nüying rappelle effectivement la Terre telle qu'on pense qu'elle fut il y a trois milliards d'années. Sa surface est couverte d'océans à plus de 95 %, en grande partie gelés, sauf au niveau de la bande équatoriale où l'on a observé de l'eau sous forme liquide. C'est d'ailleurs précisément là que nous avons envoyé la sonde Mariner. Il est possible que Nüying soit à un point de bascule climatique sous l'effet de l'accumulation de gaz à effet de serre, comme le fut autrefois la Terre. Bien sûr, c'est une évolution qui s'étale sur des centaines de milliers d'années.

– Justement, rebondit le journaliste, concernant ces gaz à effet de serre. Que savons-nous de l'atmosphère de Nüying ? Est-elle adaptée à nos organismes ?

– Les mesures réalisées sur place nous indiquent qu'on y trouve principalement du diazote, à quoi vous pouvez ajouter du dioxyde de carbone et de l'oxygène. Un peu comme sur Terre, à la différence près que le dioxyde de carbone représente plus de 1 % de sa composition globale, et l'oxygène moins de 16 %. À titre de comparaison, l'atmosphère terrestre actuelle contient 0,041 % de dioxyde de carbone et 20 % de dioxygène. Ainsi, pour vous répondre, on ne peut pas y respirer à l'air libre.

– C'est donc un monde plutôt inhospitalier. Quel intérêt de vouloir le coloniser ?

La planétologue tiqua légèrement.

– Il n'est pas question de colonisation, corrigea-t-elle. Notre mission a une vocation principalement scientifique. Nous ne prévoyons pas d'y séjourner plus que le temps nécessaire pour réaliser nos prélèvements et nos observations. Le gros du travail se fera à partir de notre future cité spatiale.

– On parle pourtant bien d'une deuxième Terre..., insista le journaliste.

– Nous n'avons qu'une seule Terre, répondit posément Meriem Hamdani, sans céder à la provocation. Et quand bien même nous finirions par découvrir une planète parfaitement adaptée à nos besoins, nous sommes tenus de respecter la Charte de Protection Planétaire. Le Dr Camara saura d'ailleurs vous en dire plus à ce propos.

– Une dernière question, docteur Hamdani, lança le journaliste qui semblait ne pas vouloir lâcher le micro. Quelle gravité, à la surface ?

– Nous estimons qu'elle est de 1,14 fois celle de la Terre.

– Cela ne risque-t-il pas de poser des problèmes à l'arrivée, notamment pour les Sélènes ?

Meriem se tourna vers l'un de ses collaborateurs, le Dr Armand, spécialiste de médecine spatiale et physiologie humaine.

– Les Navigants bénéficieront de thérapies correctives spécifiques pour aider leur organisme à s'adapter aux variations d'accélération du vaisseau, expliqua ce dernier. Nous aurons aussi des exosquelettes de renfort pour toutes les expéditions qui le nécessitent. De plus, comme vous le disait fort justement le Dr Hamdani, les missions au sol resteront limitées dans le temps, elles ne devraient donc pas avoir d'incidence au long cours sur notre santé.

Brume écoutait ses collaborateurs, appréhendant le moment où les journalistes aborderaient la question des « chants ».

Le micro fut finalement récupéré par une jeune femme au deuxième rang, qui entra directement dans le vif du sujet :

– Docteur Tran, l'apostropha-t-elle, est-il vrai que nous nous préparons à un premier contact ?

– Nous n'excluons pas la perspective d'un premier contact, en effet, confirma Brume.

– Vous êtes bioacousticienne et spécialiste de la communication interespèces, via IHA. Votre présence à bord laisse supposer que vous envisagez sérieusement l'existence d'une intelligence extra-terrestre.

– Tout dépend de ce que vous entendez par intelligence, nuança Brume.

– Je pensais à une forme de vie évoluée, expliqua la journaliste.

La jeune femme avait visiblement une idée précise de ce qu'elle voulait faire dire à Brume.

– C'est difficile à affirmer en l'état actuel de nos connaissances, répondit celle-ci avec prudence. Personnellement, je préfère éviter cette hiérarchisation. Toutes les espèces ont évolué sur des millions d'années pour s'adapter à leur milieu, ce qui a d'ailleurs induit des transformations de ce même milieu, dans ce que nous considérons aujourd'hui comme une coévolution. J'ajouterai que notre vision anthropocentrique a longtemps limité notre compréhension de la très grande diversité des modes de communication qui existent dans la nature.

– L'analyse des « chants » montre bien, pourtant, une volonté intelligente, insista la journaliste. Pouvez-vous nous en dire plus ? En quoi la bioacoustique a-t-elle apporté la preuve de la vie sur Nüying ?

Brume se sentit soudain oppressée, acculée par les questions biaisées et orientées de cette femme. Elle se raccrocha à ce qu'elle maîtrisait le mieux, le discours maintes et maintes fois déroulé devant des parterres d'amateurs ou d'étudiants dans des conférences sur le thème de l'exobiologie marine.

– Mariner était équipée de plusieurs hydrophones, expliqua-t-elle en s'efforçant de garder son calme. Le principe de ces appareils est simple : les sons qui sont captés sous forme de vibrations sont convertis en signaux électriques, à partir desquels nous pouvons établir des « profils » sonores, caractérisés par certains paramètres comme leur fréquence ou leur intensité.

Brume jeta un bref coup d'œil sur l'assemblée de journalistes et constata avec soulagement qu'ils étaient tous attentifs. Un collègue lui avait fait la remarque qu'elle ne levait jamais les yeux quand elle s'exprimait en public. Il faut faire face à ton auditoire ! lui avait-il conseillé. Elle avait alors réalisé qu'elle parlait toujours tête baissée, regard fuyant, ce qui expliquait le peu d'impact qu'avaient ses paroles sur les gens qui l'écoutaient. Ce conseil, elle l'avait précieusement gardé dans un coin de sa tête, adaptant son comportement en conséquence. Sans doute ce collègue avait-il contribué sans le savoir à faire évoluer sa carrière dans un sens positif. Cependant, même si le temps et l'expérience avaient aidé à désamorcer son angoisse, l'exercice lui demandait à chaque fois une concentration épuisante.

– L'océan est un monde vivant extrêmement riche sur le plan acoustique, poursuivit-elle. Il y a le bruit produit par les vagues déferlantes, la pluie, la glace qui ruisselle ou qui se fend… On sait aussi reconnaître les vents hydrothermaux, autrement dit les mouvements d'eau aux environs de ces sources chaudes, ce qui nous a permis de préciser l'environnement sous-marin de Nüying. Et c'est sans compter l'activité sismique ou les éruptions volcaniques. Tout ceci explique pourquoi il reste parfois compliqué de distinguer clairement un profil acoustique d'un autre.

– Mais ces « chants » sortent tout de même de l'ordinaire ? s'exclama la journaliste, sans lâcher le morceau.

– Pour obtenir ces analyses, nous avons dû procéder à de multiples recoupements provenant de plusieurs centaines d'heures d'enregistrement. La difficulté, c'est que nous ne disposons que de quelques minutes de bande exploitable sur ces « chants » proprement dits, puisque Mariner a cessé d'émettre peu après leur apparition. Mais en effet, ils diffèrent radicalement du fond sonore océanique habituel, même pour une oreille profane. Rien à voir par exemple avec les mammifères marins sur Terre, ou d'autres espèces telles que les poissons ou les crustacés.

– Les poissons et les crustacés ? s'étonna la journaliste.

– Tout à fait, confirma Brume. Même si leurs gammes ne sont pas aussi élaborées que celles des dauphins ou des baleines.

– Justement, concernant les dauphins ou les baleines. On sait aujourd'hui qu'ils possèdent un langage complexe que nous commençons tout juste à décoder. Sont-ils comparables aux « chants » de Nüying ?

– Il y a des similitudes, admit Brume. Les baleines boréales mélangent par exemple des variations infrasonores basses et des pointes à haute fréquence. Seule une toute petite partie se situe dans un spectre audible pour l'oreille humaine, c'est-à-dire, précisa-t-elle, une zone allant de 20 à 20 000 Hertz. Les « chants » tels que vous les avez entendus sont donc en fait des adaptations : les fréquences basses ont été multipliées par dix ou cent, les fréquences hautes diminuées – pour simplifier. Nous utilisons cette technique pour écouter certains mammifères marins sur Terre. C'est ce qui leur donne cet aspect si étrange.

– On repère bien la répétition de certains motifs, acquiesça la journaliste. Pensez-vous que cela relève d'une intention esthétique ? Qu'il s'agit d'une sorte de… symphonie ?

– Le résultat est très beau, c'est vrai. Mais en ce qui concerne les enregistrements de Nüying, nous ne sommes pas en mesure d'affirmer qu'ils sont d'origine animale, ou même vivante. Cela pourrait aussi bien être la conséquence d'un phénomène physique dont nous ignorons encore la nature. On ne peut écarter aucune hypothèse.

– Mais en supposant qu'il s'agisse d'une forme de langage, insista la journaliste qui n'en démordait pas : à quoi ressembleraient les créatures qui se cachent derrière, à votre avis ?

Brume comprit qu'elle ne pourrait pas la faire dévier de son idée. Elle se souvint des conseils reçus lors de sa formation à Cologne, et tenta de les appliquer.

– C'est une bonne question, admit-elle. Compte tenu de la température moyenne de ces océans, qui reste très froide, on a du mal à imaginer des êtres vivants disposant d'un métabolisme actif comme celui des mammifères terrestres. On verrait plutôt des organismes de petite taille, évoluant à proximité des sources hydrothermales.

– Des vers, par exemple ?

– Par exemple, avança Brume avec réticence. Ou bien encore des crustacés. Mais les vers et les crustacés ne possèdent pas de cordes vocales ni de cavités nasales capables de moduler des sons aussi sophistiqués.

– Ces organes sont peut-être d'une autre nature ?

L'insistance avec laquelle la journaliste s'acharnait sur elle commençait à irriter sérieusement Brume. Elle se tourna vers le Dr Camara, estimant plus sage de passer la main :

– Vous avez parlé tout à l'heure de « volonté intelligente », intervint-il aimablement, s'adressant directement à la jeune femme. C'est une remarque particulièrement intéressante, voyez-vous, car qui dit « premier contact » sous-entend que cette « rencontre » soit de l'ordre du possible. Or, à supposer que nous entrions en relation avec une forme de vie complexe, il me semble que l'on ne peut découpler cette question de celle de l'effet qu'un tel événement aurait sur l'écosystème de la planète qui nous accueille.

– Vous voulez parler des protocoles de premier contact ? interrogea la journaliste, ravie d'avoir trouvé un interlocuteur plus loquace.

– La préservation des espèces endogènes est une priorité absolue. Nous devons veiller à limiter le risque de contamination par des micro-organismes issus de la Terre, l'inverse étant tout aussi vrai.

Un peu plus tard, alors qu'elle faisait une brève apparition au cocktail organisé à la suite de la conférence de presse, Brume alla remercier son collègue.

– Je déteste ces journalistes qui ne cherchent qu'à faire sensation, avoua-t-elle.

– Je n'ai fait que tourner autour du pot, observa l'exobiologiste avec un sourire.

– Vous avez bien fait de mentionner les mesures de protection planétaire. C'est tout de même fou. Qu'est-ce qu'elle s'imaginait ? Que j'allais lui parler de vers géants rampant sous la banquise ?

Il rit.

– Vous savez, lui confia-t-il, je la comprends. Cette question de premier contact est à mon avis *la* question que nous nous posons tous. Et c'est là que vous entrerez en scène, vous, et toute l'équipe de linguistes et d'éthologues qui vous accompagne.

Il lui lança un regard entendu, et s'éloigna en direction du buffet.

Ce fut le moment que choisit le bracelet de communication de Brume pour lui signaler un appel en provenance de la Terre. L'émetteur, constata-t-elle, n'était autre que sa belle-mère.

Qu'est-ce que Carole pouvait bien lui vouloir ? La dernière fois que celle-ci avait cherché à la joindre, son père venait d'être hospitalisé à la suite d'un malaise cardiaque.

Le ventre noué, Brume prit congé de ses collègues et quitta rapidement la soirée.

18.

Réfugiée à la cafétéria de son étage, Brume se posa pour réfléchir à ce qu'il convenait de faire. En vingt ans, Carole avait dû essayer de la joindre directement trois fois. Chaque fois, il s'était agi d'une alerte concernant la santé de Tuan. Têtu comme il était, son père était parfaitement capable de négliger les recommandations de ses médecins et de laisser ses médicaments se périmer au fond d'un tiroir.

Comment est-ce qu'elle était censée réagir ?

Un dessin animé américain passait sur l'écran du réfectoire, dévidant ses gags à un rythme qui aurait rendu épileptique n'importe quel cerveau normalement constitué. Des enfants terriens entassés dans un canapé avalaient consciencieusement ces inepties, sous la garde distraite d'une jeune baby-sitter sélène. Débarqués il y a quelques jours avec les groupes de touristes venus assister au départ du *Yùtù Mèng*, ils s'ennuyaient ferme en attendant le retour de leurs parents sortis se divertir dans les bars à karaoké de la galerie commerçante.

Brume sortit finalement son feuillet, mais au lieu de consulter le message laissé par sa belle-mère, elle se retrouva à faire machinalement défiler les notifications de son compte FreeTalk. En tant qu'astronaute membre de la mission Space'O, elle disposait d'une vitrine officielle sur les réseaux sociaux, gérée par l'une des attachées de presse du groupe. L'enthousiasme que suscitait son profil la sidérait. Après plus de vingt ans d'indifférence, la Terre entière semblait se découvrir une passion pour l'exploration spatiale, alors que les réalisations et les conquêtes n'avaient cessé de s'enchaîner depuis plus d'un demi-siècle.

Une vibration à son poignet la sortit de sa torpeur. Le visage de William s'afficha en miniature dans un coin de l'écran souple :

– Salut. Je pensais te voir au cocktail.

– J'ai eu une petite urgence.

– Rien de grave ?

– Non, non, ne t'inquiète pas.

William observa un silence perplexe.

– Tu crois que l'on pourrait passer un moment ensemble ce soir ?

Brume se trouvait au réfectoire du quatrième niveau, dans le secteur des visiteurs, et elle n'avait aucune envie de voir débarquer en ce moment précis de sa journée un homme qui ne lui avait pas donné signe de vie depuis dix jours, et qu'elle considérait donc comme plus ou moins rayé de sa carte émotionnelle.

– Je suis désolée. J'ai beaucoup de choses à régler avant demain matin.

Le sourire faussement décontracté de William se décomposa.

– Mais tu embarques demain, lui fit-il remarquer. J'aimerais… Tu crois que…

Il marqua à nouveau une pause, confus, et elle en éprouva une satisfaction mesquine. Après quoi, elle se raisonna. Il était stupide de lui en vouloir. Ce n'était pas parce qu'ils avaient couché ensemble qu'il lui devait quelque chose, et réciproquement.

– Tu sais que je déteste les adieux, lui dit-elle finalement.

– Je préfère encore ça à rien.

Après une dernière hésitation, elle lui indiqua où la retrouver.

Le Canadien ne devait pas être loin, car il ne lui fallut pas plus de cinq minutes pour la rejoindre.

– Je suis vraiment désolé, commença-t-il en s'asseyant en face d'elle.

Les traits tirés, il paraissait plus soucieux qu'il ne l'était d'ordinaire. Son habituelle confiance en lui semblait s'être évaporée, révélant un homme plus fragile et vulnérable qu'il ne lui était apparu jusque-là.

Brume aspira une gorgée de café, s'efforçant de refouler l'agressivité que ce genre de situation avait tendance à faire surgir en elle.

– Tu n'as pas l'air dans ton assiette, finit-elle par lâcher.

– C'est rien, éluda-t-il. Des trucs au boulot.

– Des trucs au boulot, répéta Brume. Quel genre de trucs ?

Il se passa les mains sur le crâne, un geste qu'elle l'avait vu faire assez souvent dès qu'il se sentait un peu embarrassé.

– Un changement de programme de dernière minute, finit-il par lui confier. Tu sais que je devais initialement faire partie de l'équipe navigante.

Brume laissa tomber le rictus désagréable qu'elle gardait en réserve pour le remettre à sa place, au cas où il lui aurait sorti le numéro de l'amant éploré en quête de réconfort.

– Tu peux m'en dire un peu plus ?

Tout ce qui concernait le protocole RNA relevait de la plus stricte confidentialité, et cela faisait partie des sujets que William avait soigneusement évité d'aborder avec elle.

– Je vais devoir voyager en stase, lui apprit-il.

– Quoi ?

Il haussa les épaules, l'air de dire : c'est ainsi.

– Mais ils ne vont pas avoir besoin de toi ?

– Il semblerait que non. En tout cas, notre président semble penser que non.

Brume était sous le choc. Comment pouvait-on écarter ainsi un collaborateur aussi central d'un protocole expérimental avec de tels enjeux ?

– Qui a pris cette décision ?

– Wei en personne.

Elle comprenait à présent pourquoi il tirait une tête de trois kilomètres de long. Elle aussi se serait sentie flouée, à sa place, et pas qu'un peu.

– Tu as essayé de discuter avec lui ? Il te doit quand même une explication…

William eut un rire amer :

– Notre président n'a de comptes à rendre à personne.

– Mince…

William se leva pour aller se servir un café. Pendant quelques minutes, ils demeurèrent silencieux, incapables de trouver les mots pour réamorcer la conversation. Brume se sentait peinée pour Will, mais une pensée, conséquence directe de ce changement de situation, l'avait effleurée.

– Quand est-ce que tu dois passer en stase ? lui demanda-t-elle.

Cette question synthétisait tout.

– Deux jours après le départ.

– Ça n'est pas un peu court, comme délai ? J'imagine que tu n'y étais pas préparé…

– Pas tellement, non, lui avoua-t-il. Mais j'ai choisi ma musique pour le réveil.

Elle sourit :

– Coltrane ?

William était un grand fan de saxophone, et tenait le jazzman pour un dieu indétrônable du genre.

– Ce ne seront donc pas des adieux, dit-il après un moment, en posant sa main à proximité de la sienne.

Une main tendue, qu'elle pouvait attraper, ou repousser.

Elle retira la sienne, songeant qu'elle n'avait toujours pas rappelé Carole et que son père pouvait aussi bien être à l'article de la mort, à l'heure qu'il était.

– Qu'est-ce qui ne va pas ? lui demanda William, la voyant tripoter son bracelet.

Elle pinça les lèvres, cherchant la meilleure manière de résumer la situation sans trop en dire.

– Que ferais-tu si ta belle-mère, que tu n'apprécies pas forcément, t'appelait de Paris pour te laisser un message, sachant que la dernière fois qu'elle l'a fait, c'était il y a six ans, quand ton père a fait une crise cardiaque et qu'il a fallu l'opérer en urgence ?

L'expression de William se décomposa :

– Ton père a fait une crise cardiaque ?

– Je ne sais pas.

– Comment ça, tu ne sais pas ?

– Je n'ai pas lu le message.

Il avait l'air interloqué, ce qui était probablement la réaction la plus saine que l'on puisse avoir face à ce genre de situation.

– C'est si compliqué que ça ? lui demanda-t-il après un moment.

Elle baissa la tête. Il lui attrapa le poignet, tourna le bracelet de telle sorte que son cadran soit positionné face à elle.

– Allez, lui dit-il. Ouvre-le.

Ouvre-le. C'était aussi simple que ça. Elle s'exécuta.

Le script défila sur l'écran.

[Bonjour, Mây. Tuan et moi nous sommes devant le direct. Tuan pensait que tu étais déjà dans un de ces caissons cryogéniques, à bord du *Yùtù Mèng*, mais… Oh, c'est tellement incroyable. Nous sommes très fiers de toi, Mây, il fallait qu'on te le dise. Attends. Tuan veut te parler. Tuan ?]

Brume mit la lecture sur pause. Le soulagement qu'elle éprouvait n'avait d'égale que sa perplexité, voire sa méfiance. Carole avait toujours tenté de s'immiscer dans la relation qu'elle entretenait, ou plutôt n'entretenait pas avec son père, essayant de raccommoder les bouts à chaque dispute. Cette ultime démonstration était à l'image de toute sa personne : exubérante, fausse et vaine.

William s'était détourné discrètement et semblait absorbé dans la contemplation du dessin animé qui passait sur la chaîne du réfectoire. Brume passa en mode audio, se connectant directement via ses implants.

Après des crissements et des tapotements divers, la voix de Tuan retentit dans ses capteurs auditifs :

[Bonjour.]

Pause à nouveau, avec les exhortations de sa femme en fond. Puis la voix de Carole :

[Ton père est une vraie bourrique, Mây. Mais je t'assure, il est fier de toi. Bon sang, mais Tuan, dis-lui que tu es fier d'elle !]

Les pieds dans le plat, comme à son habitude. Il y eut un silence, puis la voix de Tuan, le ton terne :

[Le taxi a ramené la flûte.]

Brume resta sonnée, incapable d'entendre la suite – le bavardage inutile de sa belle-mère, puis son père à nouveau, cette fois en vietnamien :

[J'espère que tu trouveras ce que tu cherches sur cette planète.]

Brume détestait qu'on la voie pleurer. Des taxis suffisamment scrupuleux pour ramener à leur propriétaire un étui à flûte oublié sur la banquette arrière de leur véhicule, il ne devait pas y en avoir plus d'un sur toute l'agglomération parisienne, et il avait fallu qu'elle tombe dessus.

Bien sûr, tout aurait été bien plus franc, clair et net, si elle avait refusé de prendre avec elle cette maudite flûte, mais elle avait manqué de courage. Une flûte d'essai avec son étui pesait dans les huit ou neuf cents grammes, et rien ne lui interdisait de la prendre avec elle pourvu que le poids de ses bagages n'excède pas le kilo réglementaire.

J'espère que tu trouveras ce que tu cherches.

Réalisant qu'elle était devenue la cible de la curiosité des quelques convives qui traînaient dans la cafétéria, elle se leva et se dirigea vers la sortie. William lui emboîta le pas, sans essayer de la retenir, ni exiger d'explication.

Nous sommes fiers de toi.

Tuan, bien sûr, s'était montré incapable de lui adresser le moindre mot chaleureux. Quant à Carole, aussi loin qu'elle se souvienne, ses tentatives pour les réconcilier avaient toujours produit l'effet inverse de celui escompté. Mais ce qui la rendait furieuse, plus que tout, était de constater à quel point elle s'était laissé malmener, encore une fois. Quelle imbécile.

Ils ne croisèrent pas grand monde dans les couloirs. Trop tôt, sans doute, pour les touristes sortis boire un verre, quant aux résidents réguliers, la plupart étaient passés en stase, laissant leurs logements vacants. Arrivée devant son studio, Brume réalisa qu'elle n'avait aucune envie de s'enfermer entre quatre murs, ce qui ne voulait pas dire non plus qu'elle cherchait de la compagnie. William attendait, patient.

– On peut monter faire un tour, proposa-t-il, la voyant hésiter.

Elle acquiesça sans lever la tête, évitant son regard.

Ils poussèrent jusqu'aux ascenseurs. Brume n'avait aucune idée précise de ce qu'elle voulait, mais cette fois, Will avait pris les devants et quelque part, elle lui en savait gré.

Une foule joyeuse se pressait dans les rues étroites du centre commercial, composée pour moitié de Terriens, et moitié de Sélènes. Les deux faces de l'humanité, songea Brume, tandis qu'ils naviguaient entre ces deux courants qui ne se mélangeaient pas. Les enseignes lumineuses de Nankin Street clignotaient avec énergie, diffusant leurs slogans publicitaires au son de musiques criardes, colorant l'air ambiant de leurs mille mirages. La Terre et la Lune, unies dans une cacophonie de plaisirs éphémères. L'idée l'effleura que la plupart de ses collaborateurs restés au cocktail avaient dû embrayer avec une soirée d'adieu en petits comités dans les restaurants ou les bars de la zone commerciale. Le risque de tomber sur eux à un coin de rue n'était pas nul.

Elle ralentit le pas, prête à faire demi-tour.

Soudain, elle sentit la main de William qui cherchait la sienne, la trouvait, l'enveloppait, ses doigts s'entrelaçant aux siens. Ce contact éveilla en elle une brusque vague de tendresse. Sans se concerter, ils bifurquèrent dans une ruelle moins fréquentée. Ils s'étreignirent dès qu'ils furent à l'abri des regards, pressés par le besoin de s'aimer, une dernière fois.

19.

À bord du *Yùtù Mèng*, dock orbital d'Artémis-2
[06-2565] Jour du lancement de la mission Shun

William était aussi nauséeux qu'après trois jours de cuite non-stop. Flotter en permanence sans jamais sentir un sol ferme sous ses pieds pour lui redonner le sens des certitudes avait tendance à le déprimer. Des détails auxquels il n'aurait pas accordé plus d'une minute d'attention en temps normal absorbaient son énergie, comme l'infime frottement de ses semelles magnétiques contre son tendon d'Achille, l'irritation de sa barbe naissante ou les manches légèrement trop étroites de son nouveau T-shirt. Cela, ajouté au manque de sommeil, lui donnait le sentiment d'être une sorte de ballon de baudruche crevé. Pour couronner le tout, Sean Peter, le roquet de Jonathan, semblait l'avoir pris en affection.

À part ça, tout allait bien, tout allait parfaitement bien.

Rassemblés devant un écran géant pour regarder la transmission en direct de leur départ, filmé par les centaines de drones du service de communication de Space'O, les membres d'équipage sélènes ne cachaient pas leur joie.

Le vaisseau engoncé dans sa gangue de roche artificielle se détachait avec une lenteur colossale de ses amarres, tiré par ses remorqueurs, ses réacteurs principaux en veille. Les drones voltigeaient autour de son corps tubulaire comme un essaim de frelons, filmant, enregistrant, transmettant chaque parcelle d'information aux téléspectateurs du monde entier. Ces images assez statiques alternaient avec des représentations 3D du navire, expliquant le détail de la structure interne et des équipements de sécurité qui maintenaient le matériel irremplaçable et les quartiers d'habitation à l'abri des collisions. Trois épaisseurs de béton de régolithe maintenaient les parties habitées à l'abri des radiations cosmiques. L'intérieur renfermait une structure en cylindre composée de plusieurs disques, ou modules, dont certains fournissaient un semblant de gravité par un mécanisme de rotation autour du puits central. On y trouvait aussi des serres de culture aéroponique, des jardins d'agrément, des salles de concert, cinéma et sport, un temple et des espaces de prière, des installations cybernétiques dernier cri, mille trois cents mètres carrés de laboratoires et de zones techniques dédiées à la science, six remorqueurs, quatre navettes autonomes, une douzaine de robots d'exploration automatisés et trois bases scientifiques autonomes en kit, sans compter bien sûr les accélérateurs de particules alimentant les propulseurs Zhenhi, un système de navigation intelligent couplé à une base de données d'une capacité quasi illimitée, et pour finir, bien évidemment, Réceptacle, les volières et les canaris.

Sean Peter, qui avait orchestré toute cette propagande à la gloire de Space'O, affichait un air triomphant.

Leur président apparut sur l'écran, accompagné de la déléguée Takashi et du directeur scientifique de la mission, pour un ultime discours d'adieu à la Terre. Écœuré par cette mise en scène, William s'excusa auprès de Peter et gagna les ascenseurs.

Bien sûr, la mise au ban voulue par Jon n'était pas le premier déboire qu'il essuyait au cours de sa carrière. Sa longue pratique des méandres de l'administration chinoise l'avait familiarisé avec ce type de revirements tombés du ciel, mais cette fois-ci il n'avait absolument pas vu le coup venir. Le génie du président de Space'O avait consisté à lui faire croire qu'il était à ses yeux plus qu'un simple collaborateur, presque un ami, un confident. Erreur, erreur fatale. Évidemment, reconnaître qu'il avait été manipulé ne flattait pas son ego, mais personne ne pouvait lui reprocher de ne pas avoir été professionnel jusqu'au bout.

Je compte sur votre entière discrétion.

Ces souvenirs sont ce que j'ai de plus précieux.

William n'avait pas à juger, ce n'était pas son rôle.

Quand Dana avait tenté de lui parler du problème que cela pouvait poser, il avait esquivé.

Pensez-vous qu'il faille la rassurer ?

William pensait que Dana était bien trop honnête pour briser d'elle-même le tabou de la confidentialité, et il avait eu raison. Elle n'avait plus jamais abordé ce sujet avec lui.

Il sortit au niveau du jardin tropical au premier niveau du vaisseau. C'était là qu'il se rendait, en général, quand il avait besoin de prendre l'air. Il fut accueilli par une bouffée d'air chaud, saturé d'humidité. L'espace vert, qui occupait tout un étage au fond du puits central, avait été aménagé de manière à recréer l'illusion d'une vraie forêt primitive, avec ses enchevêtrements de lianes et ses arbres aux frondaisons lointaines. Pour obtenir cet effet, les paysagistes avaient eu recours à des techniques sophistiquées associant environnement sensitif artificiel, trompe-l'œil et essences naturelles modifiées, gommant avec art tout ce qui aurait pu rappeler au promeneur la véritable nature de l'endroit. Difficile d'imaginer que sous ses pieds se trouvait le bunker abritant les infrastructures de Réceptacle, autrement dit, le cœur même de l'expérience RNA.

Il s'enfonça dans la forêt, distrait par le roulement lointain du tonnerre. Des appels de singes résonnaient quelque part dans les frondaisons. Singes inexistants, bien sûr, dont on avait simplement reproduit les cris pour les diffuser ici à intervalles étudiés. En revanche, le garçon qui dégringola du filet de rétention pour atterrir juste devant ses pieds était bien réel. William doutait que ces gamins aient l'autorisation de jouer avec ces dispositifs destinés à recueillir les débris végétaux. Une seconde, il fut tenté de le reprendre, quand un deuxième enfant bondit à ses côtés. Une fillette maigre au nez pointu et aux yeux vifs, cheveux ébouriffés, qu'il connaissait bien.

– Salut, Anouk, lui dit-il en anglais.

Les deux enfants le dévisagèrent sans répondre. Puis il se rappela que les rejetons sélènes parlaient de préférence le mandarin, qui était la langue dominante dans leur environnement. Il renouvela son salut dans la langue appropriée. Les deux enfants se regardèrent en pouffant de rire, puis, comme s'ils s'étaient donné le mot, ils désactivèrent leurs semelles et se propulsèrent dans les frondaisons, où ils disparurent en un clin d'œil.

Jolie performance, songea William, amusé.

Il poursuivit son chemin, un peu moins déprimé qu'il ne l'était en arrivant.

William aimait bien Anouk, la fille de Dana et Meriem. La cogniticienne avait été sa référente accueil à son arrivée sur Taihe six ans auparavant, et elle l'avait souvent invité à partager leur repas. Anouk avait quatre ans à l'époque, et il se souvenait d'elle comme d'une petite boule blonde qui ne tenait pas en place. Une fois, il l'avait emmenée dans l'aire de jeux RV de Taihe, où ils s'étaient défiés à *Star Mind*, un jeu de combat et de stratégie qui faisait fureur à l'époque. La gamine était douée. Quel âge avait-elle, aujourd'hui ? Dix ou onze ans ? Dans vingt-sept ans, lorsqu'il émergerait de son caisson tel un ours après l'hibernation, elle serait une femme adulte, en pleine possession de ses moyens. Et lui…

Une vieille colère remonta dans sa gorge, condensée

de toutes les humiliations qu'il avait subies depuis son enfance – les remarques mine de rien sur ses origines, ses goûts si peu conformes à ce que l'on attendait de lui, et cette intelligence singulière qui lui avait valu les félicitations comme les moqueries tout au long de sa scolarité, cette différence qui attirait l'admiration ou la jalousie, la méfiance plus que le respect. Avec, toujours, la crainte de ne pas être accepté pour ce qu'il était.

Un coup léger à l'arrière du crâne interrompit ses ruminations. Il porta la main à sa nuque et sentit la boulette rouler sous ses doigts. Quelqu'un – il se doutait bien qui – s'amusait à le prendre pour cible avec une sarbacane. Il inspecta rapidement les environs, juste pour la forme, avant de reprendre sa promenade.

Les deux jours que lui avait royalement accordés Jonathan pour se préparer à la stase ne lui laissaient même pas la possibilité de se retourner. Donner sa démission, chercher ailleurs.

Il ne l'avait pas fait.

William essaya de remonter le fil de ces dernières semaines. N'ayant pas prévu de passer son voyage en cryo, il avait négligé de faire le tri régulièrement dans ses notes et enregistrements. Ces huit semaines avaient été particulièrement chaotiques, entre l'incertitude et la confusion des ultimes mises en matrice, sa relation avec Brume… Tout cela lui avait laissé peu de latitude pour se poser et prendre le temps de réfléchir. Résultat, il avait le sentiment que l'essentiel, le plus important, lui échappait.

Toujours plongé dans ses pensées, il arriva au bord d'un bassin alimenté par une cascade jaillissant du sommet d'une falaise embrumée. L'illusion était presque parfaite, avec un grand réalisme dans le détail des reflets qui dansaient à la surface de l'eau. Magique. La cybernétique lui avait enseigné au moins une chose : un phénomène n'avait pas besoin d'être vrai pour exister. Les bouddhistes de l'Éveil

Vrai appelaient cela le voile technologique de la maya. Lui y voyait surtout un art consommé de l'illusion, porté jusqu'à la perfection.

Un froissement de feuillage dans son dos attira de nouveau son attention. Anouk le rejoignit au bord du bassin, sans le saluer, aussi farouche qu'à son habitude.

– On dirait un chat sauvage, lui dit-il.

– Il n'y a pas de chat, ici, répondit-elle, sur la défensive.

– C'est vrai. D'ailleurs, cette jungle manque sacrément de moustiques, de serpents et d'araignées. Tu as déjà vu une araignée ?

Anouk secoua la tête, ses grands yeux bleus formulant leur question en silence. La dernière fois qu'elle avait osé l'approcher, ils avaient parlé de neige et de feu dans la cheminée. William sortit son feuillet et lança une recherche. Des clichés de différentes sortes d'araignées s'affichèrent sous leurs yeux.

– Est-ce que c'est venimeux ? demanda Anouk, se déridant enfin.

– Certaines le sont, mais la plupart sont inoffensives. Elles tissent des toiles dans les recoins des maisons ou entre les branches des arbres pour attraper les petits insectes dont elles vont se nourrir.

– Quels insectes ?

– Des mouches, des moustiques. Toutes sortes d'insectes volants.

– Des abeilles, aussi ?

William se souvint de l'une de leurs dernières conversations. Il avait reçu un colis de sa famille contenant du miel, et il leur en avait offert un pot. Ce devait être la première fois qu'Anouk goûtait à cet aliment, à la suite de quoi elle avait voulu tout savoir des abeilles et du système de collecte des ruches.

– Tu sais où je pourrais trouver ta mère ? demanda-t-il.

Anouk secoua la tête, puis elle se leva et disparut comme

elle était apparue. Drôle de gamine. Il comprenait que Dana ne veuille pas entretenir de nostalgie chez sa fille, mais Anouk avait toujours manifesté beaucoup de curiosité à son égard et vis-à-vis de tout ce qui se rapportait de près ou de loin à la Terre.

Il resta seul au bord du bassin, à regarder l'illusion d'eau refléter les myriades d'illusions de reflets à sa surface.

Dans quelques heures, il devrait se rendre au module de cryogénie humaine et rentrer docilement dans un caisson de stase, puisque c'était ce que l'on attendait de lui. Quelques heures de liberté, où il pouvait encore agir, tenter de sauver ne serait-ce que son amour-propre. Après quelques longues minutes de réflexion, il prit sa décision, et contacta Dana.

20.

À bord du *Yùtù Mèng*,
[06-2565] Deux jours après le lancement de la mission Shun

Dana vérifia une dernière fois sa tenue. Combinaison bleu ciel, impeccablement repassée, le sigle de Space'O brillant comme un serpent d'argent sur sa poitrine. Elle passa ensuite coiffure et maquillage en revue. Pas une mèche ne s'échappait de sa stricte queue de cheval, et son maquillage, limité à une touche de fard à paupières bleu pour rehausser la couleur de ses yeux, restait discret.

Une fois prête, elle se glissa hors de sa cabine – la numéro 807, qu'elle occupait avec Meriem et Anouk au huitième niveau. La coursive bruissait de vie, rires, échos de conversations, cris ou pleurs d'enfants. En passant devant la cabine 849, où vivait Sacha, elle fut happée par un flot de musique tonitruante qui l'accompagna jusqu'aux ascenseurs.

Elle vérifia l'heure pour la dixième fois, juste pour constater qu'elle était encore parfaitement dans les temps.

Quinze ans auparavant, elle avait effectué les mêmes gestes, accompli le même rituel maniaque de vérification de son apparence, en vue d'un rendez-vous autrement capital.

C'était l'époque où Jonathan Wei commençait à recruter les spécialistes qui composeraient l'équipe de cognition humaine d'un projet tenu encore secret. Dana, qui travaillait au centre hospitalier de Taihe, avait vu là l'opportunité d'un changement de vie. Elle avait dansé de joie en apprenant que sa candidature avait atterri sur le bureau du président de Space'O. Après une série de tests éliminatoires, Jonathan Wei avait souhaité la rencontrer personnellement. L'entretien s'était déroulé dans les bureaux de Space'O sur Taihe-Concordia, de vastes espaces meublés avec élégance où elle s'était sentie curieusement à l'aise. Les autres candidats étaient majoritairement des Terriens, et elle avait tout de suite pressenti l'avantage que lui conférait sa position.

Son instinct ne l'avait pas trompée.

Aujourd'hui, tandis qu'elle se rendait dans les quartiers occupés par ce même président qui l'avait tant impressionnée jadis, ce même instinct qui l'avait guidée alors lui soufflait de rester prudente.

Cela faisait quinze ans que Dana s'était engagée corps et âme dans le projet RNA. Dès le départ, elle avait adhéré à l'idée, séduite par le défi que cette technologie représentait sur le plan humain. C'était pour cela qu'elle avait été choisie, pour son investissement total.

Mais elle n'était pas irremplaçable.

L'ascenseur s'immobilisa et ses portes coulissèrent en silence sur un couloir aux tons feutrés, où des spots au doux éclat doré guidaient le visiteur vers les appartements du fond.

Jonathan Wei disposait à bord du Yu-2 d'un tiers d'étage à lui seul. Terrasse arborée et salle de sport privées, appartement avec salon, chambre et salle de bains personnelles, l'ensemble respirait le luxe et le pouvoir. Dana ne pouvait qu'être impressionnée, elle qui se contentait comme toutes les autres familles de Navigants d'une cabine de deux mètres sur trois.

Sean Peter, le directeur de la communication et neveu de Jonathan Wei, vint à sa rencontre. Toujours tiré à quatre épingles avec son uniforme beige et son blason, le jeune homme l'accueillit avec affabilité.

– Comment allez-vous, Docteur Radchenkova ? la salua-t-il en lui tendant la main, une habitude terrienne plutôt embarrassante, quand on flottait à un mètre du sol et que la moindre poussée pouvait vous propulser à la dérive.

Physiquement, Sean Peter lui rappelait vaguement le père d'Anouk – un bel homme, sûr de sa prestance et très conscient de l'effet qu'il produisait sur les femmes. Professionnellement, il donnait l'impression d'être toujours occupé, mais elle aurait été incapable de dire quelles étaient exactement ses prérogatives à bord du cargo-monde.

– Si vous voulez bien me suivre.

Il la précéda jusqu'à une porte d'un blanc cassé aussi neutre que le reste du couloir et la fit entrer dans une pièce de petite taille, au fond de laquelle s'ouvrit une autre porte identique à celle qu'ils venaient de franchir.

– Allez-y, lui indiqua-t-il. Jonathan va vous recevoir.

Il la laissa dans ce qui devait être une salle d'attente – pas de mobilier, hormis les habituelles mains courantes, et des caméras dans les angles. Elle se laissa glisser jusqu'au mur opposé, dont le sas coulissa en silence.

– Dana ! s'exclama Jonathan en venant à sa rencontre.

Il la prit par le bras avec chaleur, à l'américaine.

Pour la recevoir chez lui, Jonathan n'avait pas jugé nécessaire de revêtir l'uniforme réglementaire de Space'O. Dana se sentit un peu stupide de s'être apprêtée avec autant de soin, alors qu'il semblait parfaitement à son aise en pantalon de toile souple, T-shirt et mocassins.

Dana et Jonathan ne s'étaient pas rencontrés en dehors de leur lieu de travail depuis quelques mois. Huit mois, calcula-t-elle mentalement : c'était le 18 avril 2564, datation terrestre, pour les dix ans d'Anouk. Jon s'était présenté à la fête qu'elles avaient organisée avec Meriem au restaurant central, une belle fête, qui avait rassemblé une vingtaine de familles de Navigants sélènes. Il avait partagé le gâteau avec eux et avait félicité Anouk pour ses bons résultats aux tests d'algèbre et de géométrie, lui demandant ce qu'elle voudrait faire plus tard dans la vie. Dana avait été touchée par l'attention sincère qu'il semblait porter à sa fille. En guise de cadeau, il lui avait offert une aventure en RV, une descente en kayak du Mississippi avec tous ses amis. Anouk en était sortie ravie, et bien sûr elle lui avait posé un millier de questions sur le procédé de réincarnation numérique. Jonathan lui avait répondu avec pédagogie, sans entrer dans des considérations qui n'étaient pas de son âge. Un « grand-père » ne se serait sans doute pas comporté autrement. Il est vrai que lorsque l'on s'apprêtait à embarquer pour des mois, voire des années à bord du même vaisseau, on avait tous plus ou moins le sentiment d'appartenir à la même grande famille.

Troublée par ce souvenir, Dana essaya de se concentrer sur les détails qui l'entouraient.

Jonathan avait décoré son studio avec goût et simplicité. Elle nota un tableau aux belles nuances bleues, une banquette en cuir et une table basse où reposait un bouquet de fleurs sous cloche. Savamment agencées, les fleurs aux couleurs vives venaient rehausser les teintes claires des parois. Les fauteuils et le canapé présentaient peu d'utilité en microgravité, mais ils contribuaient à entretenir l'illusion d'un environnement confortable et maîtrisé. Le mur du fond, qui en pratique se trouvait sous ses pieds, ouvrait sur une terrasse arborée. Les parties privatives devaient se situer derrière la porte à droite.

Comme elle hésitait sur l'endroit où se tenir, Jonathan prit les devants et la conduisit vers la grande fenêtre artificielle qui occupait l'une des parois, avec illusion d'une vue sur mer.

– Je crois que vous vous connaissez déjà ?

Sonam Tsering venait de surgir du côté terrasse. Dana avait rencontré le guide spirituel de Jonathan Wei à plusieurs reprises, mais toujours dans un cadre formel. Contrairement à son élève, le guru avait gardé sa tenue officielle, une combinaison de couleur brune, drapée d'une étoffe pourpre cousue aux épaules et à la taille, qui laissait dépasser ses avant-bras nus sans cacher la prothèse qui lui tenait lieu de membre supérieur droit. Comme il avait le crâne rasé, on distinguait sans ambiguïté les protubérances de son implant neural au niveau des tempes.

Le religieux la salua avec un sourire malicieux.

– Je suis heureux d'avoir l'occasion de vous rencontrer, docteur Radchenkova, lui dit-il dans un anglais très correct.

Dana se souvint que le Tibétain refusait de s'exprimer en mandarin, ce qui posait des difficultés à un certain nombre de Sélènes dont c'était la langue principale. Cependant la plupart des Navigants parlaient plusieurs langues, et comme l'anglais était sa seconde langue de travail, elle n'eut aucun mal à s'adapter.

– Il est curieux de voir comme l'apesanteur gomme la hiérarchie entre les gens, vous ne trouvez pas ? fit remarquer Jonathan, qui flottait à un mètre de Dana.

Sonam rit de bon cœur à cette observation. Dans son souvenir, le guru avait toujours fait montre d'une belle humeur, et son attitude aujourd'hui ne démentait pas cette impression. À le voir ainsi, il était difficile de croire qu'il exerçait une emprise psychologique sur Jonathan Wei, comme elle l'avait toujours soupçonné, et comme l'affirmait William Faye. Pour autant qu'elle puisse en juger, une grande complicité semblait lier les deux hommes.

Elle n'eut même pas à se demander comment aborder le sujet qui la préoccupait, car le guru entra directement dans le vif du sujet :

– Jon m'a fait part de vos inquiétudes concernant l'influence que ses convictions religieuses pourraient exercer sur la suite de votre expérience, dit-il, sans se départir de son air affable.

Prise de court, Dana ne sut comment répondre.

– Je… en aucun cas je ne me serais permis…

Elle se tourna vers Jonathan :

– Mes inquiétudes concernaient uniquement certains aspects techniques du protocole, se justifia-t-elle.

Jonathan paraissait aussi décontracté que son maître spirituel, mais l'éclat froid et calculateur qui brillait au fond de ses yeux ne trompait pas.

– Vous vous êtes donc entretenue avec le Dr Faye récemment ? lui demanda-t-il.

Dana réfléchit à ce que Jonathan voulait savoir exactement. Est-ce qu'il cherchait la confirmation que William Faye avait rompu sa clause de confidentialité, ou voulait-il juste s'assurer qu'elle ne détenait aucune information d'ordre personnel le concernant ?

– Le Dr Faye n'a pas compris les raisons qui vous ont poussé à l'écarter de l'expérience, admit-elle. Je lui ai assuré que son professionnalisme n'était pas en cause ; ce qui est le cas, n'est-ce pas ?

– En effet, acquiesça Jonathan, sans s'expliquer davantage.

– Je n'approuve pas votre décision, Jonathan, avoua-t-elle. Il était entendu que vous ayez deux témoins, l'un actif, l'autre passif. Vous avez commencé par m'écarter pour des raisons de confidentialité, soit. Mais le Dr Faye ? Que devrons-nous faire, en cas de difficultés ?

– À quel genre de difficultés faites-vous allusion, Dana ? demanda-t-il avec une douceur presque exagérée.

– Je pense à des troubles d'identité, répondit Dana en toute franchise. Vous savez que c'est la partie du protocole que nous maîtrisons le moins.

Jonathan prit le temps de réfléchir.

– Je crois que vous avez raison, Dana, concéda-t-il finalement. Il faut un témoin qui puisse intervenir en cas de problème. C'est exactement pour cela que j'ai demandé à ce que le Dr Faye passe en cryostase.

– Je ne comprends pas…

– Bien sûr que si. Le Dr Faye est parfaitement opérationnel aujourd'hui, mais qu'en sera-t-il dans dix ou vingt ans ? N'oubliez pas qu'il est terrien, donc peu adapté à la vie dans l'espace. Le faire transiter en stase est le meilleur moyen de le maintenir en parfait état de santé pour les trente ans à venir.

– Ce n'était pas ce qui était convenu. J'ajouterai que nous ignorons quels sont les effets d'une stase aussi longue sur la mémoire humaine. Que se passerait-il si celle-ci se trouvait détériorée à son réveil ?

– Il m'a fait part de cette crainte, mais je ne suis pas inquiet. C'est à cela que servent les notes enregistrées dans sa puce d'interface.

Dana allait émettre une objection supplémentaire, quand elle fut interrompue par Sonam Tsering.

– La plongée dynamique est une technique vraiment fabuleuse, affirma le religieux. Elle illustre à la perfection ce que nous appelons « le voile technologique de la maya ».

– Ce ne sont que des simulations, nuança Dana, prudente.

– Mais la réalité *est* un simulacre, la reprit le Tibétain, que sa remarque semblait beaucoup amuser.

Il désigna la fenêtre par laquelle on voyait l'étendue bleue de la mer, ponctuée des taches blanches de quelques voiliers.

– Regardez ce paysage marin. N'est-ce pas une imitation confondante de ce que serait l'océan un jour de beau temps, sous un ciel de fin d'après-midi ?

Dana était née en Ukraine et avait débarqué sur Taihe-Concordia avec ses parents alors qu'elle n'avait même pas trois ans. Elle n'avait jamais eu l'occasion de se promener au bord d'une plage de sable ni d'admirer un panorama du haut d'une falaise, n'avait jamais respiré l'air marin ou senti la piqûre du sel sur sa peau. Comme la plupart des Sélènes de souche ou d'adoption, elle ne s'était jamais rendue sur Terre, ni pour son travail, ni pour ses loisirs.

– Il m'est difficile d'établir une comparaison, dit-elle un peu froidement. Mais vous avez raison, ce paysage paraît très réaliste.

Sonam se mit à rire, sans méchanceté ni mépris.

– Je vais vous confier une chose. Je suis un montagnard, et avant d'émigrer aux États-Unis, je n'avais moi-même jamais vu la mer. Je vous assure que je n'étais pas très fier de moi quand Jon m'a emmené à la plage pour la première fois.

Jonathan hocha la tête.

– Ce fut un moment assez unique, dit-il.

Les deux hommes rirent de bon cœur.

– Pour en revenir à cette « fenêtre avec vue », reprit Sonam Tsering. Supposons que vous ignoriez que ce fut un élément de décor artificiellement créé pour agrémenter votre séjour dans cette pièce. Pensez-vous que vous auriez su distinguer le vrai du faux ?

– Je suppose que non, admit Dana.

– Donc nous sommes d'accord : nos sens, et même notre esprit, peuvent être leurrés par un simulacre pour peu que celui-ci soit suffisamment convaincant, n'est-ce pas ?

Dana ne put s'empêcher de sourire.

– C'est une vue de l'esprit, objecta-t-elle, reprenant une critique qu'elle faisait souvent à Meriem lorsqu'elles se chamaillaient. Vous et moi savons bien que cette fenêtre n'en est pas une.

– Et comment le savons-nous ? argua Sonam Tsering.

Elle réfléchit deux secondes, avant de répondre :

– Parce que je possède au moins une centaine d'informations connexes qui me soufflent à l'oreille que cette fenêtre est, en réalité, un feuillet numérique, incrusté dans le mur. Avec beaucoup d'habileté, d'ailleurs.

– Bien. Mais supposons que vous ne possédiez pas ces informations.

Dana allait arguer qu'il était impossible d'ignorer ce genre d'information, mais elle avait compris où voulait en venir le religieux. Celui-ci dut remarquer son changement d'humeur, car un grand sourire illumina son visage.

– Vous voyez ? dit-il. La réalité n'est « virtuelle » que parce que l'on a décidé qu'il existait une hiérarchisation entre différents degrés d'illusions. D'un côté, nous avons un artefact remarquablement exécuté qui reproduit à la perfection le sentiment d'une vue sur mer. De l'autre, nous supposons qu'il existe, quelque part, une véritable vue sur mer dont l'artiste s'est inspiré. Mais tant que nos sens et, partant, notre cerveau n'y voient que du feu, où est la différence ? Admettez que dans cette perspective, l'expérience virtuelle puisse être aussi réelle que l'expérience perceptive brute.

– Vous oubliez le corps, et la matière en général. Nous sommes faits d'atomes et de molécules qui sont soumis à des lois physiques, et je vois mal comment nous pourrions nous en libérer, à moins de transférer complètement notre esprit dans un espace cybernétique.

Elle se tut, se rendant compte subitement du paradoxe dans lequel elle s'était enfermée. Mais ce n'en était un qu'en apparence. Du point de vue de la RNA, il n'y avait pas de transmigration à proprement parler. La conscience de l'individualité Jonathan Wei disparaîtrait à sa mort, et seule sa mémoire survivrait, sauvegardée, puis réinjectée dans un nouveau corps.

Sonam Tsering souriait avec bonhomie, comme s'il suivait sur son visage les méandres de sa pensée.

– Trêve de bavardages, déclara Jonathan Wei. Voulez-vous partager une tasse de thé avec nous, Dana ? J'allais justement en préparer.

– Avec plaisir.

Sonam et elle s'installèrent sur les fauteuils autour de la table basse. Chaque siège disposait d'un système très confortable de ceinture qui maintenait son usager à peu près en place. Jonathan revint, poussant devant lui une boîte métallique contenant le service à thé. Un procédé de magnétisation immobilisait le nécessaire sur le plateau de la table.

– C'est du thé à la tibétaine, lui précisa Jonathan.

Dana reconnut son ignorance.

– Autrefois, dans mon pays, nous servions ce thé mélangé à de la farine d'orge grillée, agrémenté de beurre de yak, expliqua Sonam. On en enduisait notamment le bord des tasses, pour donner plus de goût.

– Le lait de vache donne un beurre beaucoup plus fade, admit Jonathan.

– Durant certaines cérémonies, poursuivit Sonam, de jeunes moines vigoureux étaient chargés de fouetter le thé dans d'immenses chaudrons, qu'ils devaient ensuite transporter jusqu'à la grande salle des prières pour le service. Il y avait des éclaboussures grasses partout, et ils devaient faire bien attention de ne pas glisser dans les allées, sous peine de tout renverser !

Sonam se mit à rire de bon cœur à ce souvenir.

– Ces pratiques n'existent plus de nos jours, précisa Jonathan. Cela se passait bien avant l'invasion du Tibet par la Chine.

Une ombre se posa sur le visage du moine.

– Les Chinois ont détruit beaucoup de monastères à cette époque, et plus encore au moment de la Révolution culturelle. Celui dont dépendait le village où vivait ma famille avait été pillé de tous ses objets précieux – l'or et les turquoises, tout cela avait disparu. Ne restaient que les débris des statues, bouddhas décapités, mutilés. Les manuscrits anciens avaient été brûlés, déchirés. Je me souviens des feuilles noircies qui volaient ici et là dans les salles vides, sous les plafonds effondrés. Accusés de détenir des armes servant à la résistance, les moines se virent obligés de briser leurs statues, ou d'essuyer leurs excréments avec les pages de leurs manuscrits précieux. Tout était bon pour nous humilier et détruire les racines de notre foi. L'une de mes tantes était nonne. Elle fut violée par plusieurs soldats avant d'être achevée d'une balle dans la tête. Nous étions forcés de regarder. Des enfants ont dû tirer à bout portant sur leurs parents. Par chance, mon père avait péri, enrôlé de force dans la construction des routes qui allaient permettre aux Chinois d'amener leurs camions. Quant à ma mère, elle avait réussi à se cacher dans une vallée voisine.

Dana écoutait, choquée, ce témoignage glaçant. Jamais elle n'avait entendu parler de telles violences. Ses connaissances sur cette période historique se limitaient d'ailleurs à des encarts vite survolés dans ses cours de second degré au lycée technologique international de Taihe. L'aire géographique aujourd'hui connue sous le nom de Région Autonome du Tibet y était décrite comme une enclave arriérée, que Pékin avait libérée de l'emprise religieuse, lui apportant la pénicilline, l'électricité et le progrès.

Jonathan posa une main apaisante sur son bras :

– C'était une autre époque.

– Et comment vous êtes-vous rencontrés ? demanda-t-elle, curieuse, malgré tout, d'en savoir plus.

– J'ai rencontré Sonam alors que je me rendais en pèlerinage à Dharamsala. C'est une région montagneuse au nord de l'Inde, où une partie de la communauté tibétaine en exil avait trouvé refuge. À l'époque, l'avenir ne présageait rien de bon pour ces réfugiés. Imaginez le monde d'avant la Révolution démocratique. Les tensions restaient vives le long de la frontière sino-indienne. Pékin n'admettait pas la présence d'une communauté tibétaine dans l'Himachal Pradesh, et les rumeurs les plus inquiétantes circulaient quant aux négociations engagées avec New Delhi. J'ai proposé à Sonam de me suivre aux États-Unis.

Le Tibétain avait repris son air malicieux.

– J'ai accepté son invitation avec joie. Jon s'est vraiment occupé de tout. Grâce à lui, j'ai reçu mon baptême de l'air, ce qui m'a beaucoup amusé, car notre protecteur est justement Guru Rinpotché !

– Guru Rinpotché est un personnage de la mythologie tibétaine, expliqua Jonathan. Il est connu pour s'être envolé dans le ciel au-dessus d'un monastère très célèbre, le monastère de Samye.

– Voilà pourquoi vous me voyez ici, à proximité des étoiles, conclut le Tibétain.

Il attrapa habilement sa gourde de thé de sa main artificielle, invitant Dana à goûter elle aussi au breuvage.

– Ne soyez pas triste, Dana, ajouta-t-il avec un sourire lumineux qui le rajeunissait d'au moins vingt ans. Guru Rinpotché nous a guidés jusqu'au ciel. Soyez certaine qu'il saura nous guider jusqu'à notre Royaume Immaculé.

Dana goûta à son thé du bout des lèvres, et faillit le recracher. Gras et salé, il n'avait rien à voir avec la boisson au parfum léger à laquelle elle s'attendait.

– Pour en revenir à vos inquiétudes, reprit le guru, je crois que vous vous faites trop de soucis. Je suis certain que tout se déroulera très bien pour Jon.

– Comment pouvez-vous en être si sûr ? critiqua Dana.

Elle précisa, à l'intention de Jon :

– Je suis désolée, mais vous savez très bien qu'on ne peut pas écarter le risque de voir apparaître…

– Vous anticipez le pire, docteur Radchenkova, la coupa-t-il. Mon moi futur ne connaîtra pas tous ces déboires, je vous en donne ma parole.

Dana sentait la conversation lui échapper.

– Jon, il est encore temps de revenir sur votre décision. Le Dr Faye ne demande qu'à coopérer.

Sonam Tsering dodelina de la tête :

– Voyons, Dana. Jon sera *guidé*. N'est-ce pas clair pour vous ?

– Je crains que non, déclara-t-elle sèchement.

Jonathan Wei eut une légère crispation de la mâchoire – à peine un frémissement, mais suffisant pour lui faire sentir qu'elle avait franchi la ligne rouge.

– Chère Dana, intervint Sonam Tsering, conciliant. L'essentiel est que Jonathan puisse poursuivre sa révolution intérieure. Car c'est bien de cela qu'il s'agit, n'est-ce pas ?

– Je… je ne suis pas certaine de comprendre.

– Eh bien… À quoi bon renaître mille fois, si ce n'est pour progresser sur le chemin de l'Éveil ?

Dana se préparait à protester, quand elle surprit l'expression de Jonathan. Elle comprit alors qu'elle ne le ferait pas changer d'avis. Ses convictions religieuses rendaient toute discussion impossible.

Elle termina son thé en silence, puis s'apprêta à prendre congé.

– Je suis très heureux que nous ayons pu discuter de tout cela, chère Dana, lui dit Jonathan Wei en la raccompagnant.

Le président de Space'O avait recouvré un air détendu et amical. Sonam Tsering lui serra chaleureusement la main, et à nouveau, Dana se fit la réflexion qu'un lien bien plus profond qu'une simple amitié unissait les deux hommes. Le guru semblait d'ailleurs si parfaitement sincère qu'elle avait du mal à imaginer comment son influence pourrait avoir un effet délétère sur Jonathan. Elle observa plus attentivement le Tibétain. Le sourire presque enfantin qu'il arborait en toutes circonstances n'avait rien de moqueur ni d'hypocrite. C'était le sourire d'un homme entier, qui pensait avec son cœur et agissait selon ce que sa conscience lui dictait. Bien qu'un peu tassé, il était solidement bâti et ne paraissait nullement diminué par sa prothèse. Elle ignorait l'âge qu'il avait exactement ; soixante-dix ans, peut-être ?

– Pardonnez-moi si je me montre un peu directe, Maître, dit-elle soudain. Avez-vous envisagé la possibilité que la future réincarnation de Jonathan ne puisse bénéficier de votre enseignement ?

Le Tibétain se mit à rire.

– Vous voulez dire que je mourrai avant Jonathan ?

Jonathan Wei eut un bref sourire.

– Vous êtes perspicace, Dana. Maître Tsering et moi avons effectivement réfléchi à ce qu'il convenait de faire pour perpétuer cet enseignement. Fort heureusement, il existe différentes solutions à ce problème. Mais je vois que vous êtes pressée…

Jonathan Wei la poussa doucement vers le sas. Elle se retrouva dans le couloir, avec l'impression d'avoir été flouée.

Différentes solutions…

Mais quelles solutions ?

Voyant arriver le neveu et assistant du milliardaire, elle s'obligea à masquer sa préoccupation. Tandis qu'il la raccompagnait, son esprit recoupait les informations. William Faye ne lui avait rien dit de la teneur des souvenirs que Jonathan avait sauvegardés lors de ses plongées, se contentant de l'avertir d'un risque accru de troubles de la personnalité chez son successeur.

À quoi bon renaître mille fois…

Le chemin de l'Éveil, comprit enfin Dana. Jon avait sauvegardé dans sa matrice la mémoire des éléments spirituels les plus marquants de son existence, afin de s'assurer que sa réincarnation retrouverait la voie sur laquelle il s'était engagé de son vivant. La confiance tranquille affichée par les deux hommes lui apparut soudain sous un autre jour, sans qu'elle puisse décider si leur plan relevait d'une volonté personnelle légitime, ou de la pure folie.

DEUXIÈME PARTIE

RÊVE DE LUNE

1.

Cargo-monde *Yùtù Mèng*, en approche de Nüying
[10-2590] Vingt-cinq ans après le départ du Système solaire

– Bonjour, Jonathan.

Les premiers instants de vie charnelle commençaient toujours ainsi : un mélange de sensations confuses, vaguement familières. Mélodieuse, la voix se glissait sous les paupières, fine protection de chair rose bordée d'un liseré de lumière. La caresse des mains sur la peau, frontière encore floue entre le monde et soi. Venait ensuite l'extraction du cocon. Malgré toutes les précautions dont on l'entourait, la transition de l'eau à l'air libre le figeait jusqu'au fond des os.

– Jonathan ?

La même naissance, répétée encore et encore.

– Jonathan, est-ce que vous m'entendez ?

Il cligna des yeux. La femme en combinaison blanche positionna le médiscan sur son avant-bras avec douceur. Un léger picotement indiqua le moment où les biobots passaient la barrière cutanée pour se répandre dans ses tissus.

– Vos constantes sont parfaites, lui apprit-elle après quelques minutes.

Il ne se souvenait pas de son nom, mais sa présence ne lui était pas étrangère. Physiquement, elle lui rappelait quelqu'un. Cheveux blancs qui avaient peut-être été blonds dans sa jeunesse, longue et maigre, visage émacié, typique des…

Elle posa son appareil et s'assit sur le bord du lit.

– Quel jour sommes-nous, Jonathan ? lui demanda-t-elle en lui prenant la main.

Sa paume était douce, mais fraîche.

– Nous sommes…, articula-t-il.

Il s'interrompit, gêné par le timbre de sa propre voix.

– C'est très bien, l'encouragea la femme. Continuez.

Jonathan se concentra un instant. Les mots s'alignaient lentement dans son esprit, trébuchant, hésitant à s'assembler pour composer les phrases qui donneraient forme à sa pensée.

– Nous sommes le premier jour, énonça-t-il.

– Impeccable, le félicita-t-elle, cochant une case sur un feuillet tactile.

Elle se leva, et alla ouvrir les stores :

– Il fait beau, regardez.

Le ciel scintillait derrière la vitre, plus bleu que nature. *Plus bleu que…*

Un souvenir lui revint, fraîchement implanté : il se revoyait au même âge, c'est-à-dire à vingt ans, sur Terre, alors qu'il se tenait debout sur une dune de sable face à l'océan, dans un pays qui s'appelait l'Australie. Une brise de terre s'était levée dans la matinée, charriant avec elle des odeurs de bush et de poussière. L'action conjointe du vent et de la marée montante sculptait des vagues de taille modeste, mais au creux parfait. Dans le ciel *plus bleu que nature*, une lune pâle finissait de s'évanouir. Personne à trois kilomètres à la ronde : peu de gens fréquentaient ce site difficilement accessible, situé à plus de cent kilomètres au nord de Perth.

Jonathan se souvint qu'il avait aimé ces longues plages de sable clair bordées de dunes. Elles lui rappelaient la Californie de son enfance, en plus sauvage, une époque de sa vie où tout était plus simple, plus lumineux. Quand il se tenait seul face à l'immensité liquide, il se sentait plus libre, plus authentique. Le vent, les vagues, l'horizon dégagé le lavaient de toutes les scories de la vie moderne, loin des trépignements et des masques imposés par la société.

Dans ce souvenir, il y avait une femme. Son nom lui échappait, mais il se revoyait avec elle, leurs corps enroulés dans un sac de couchage poisseux, sous la lumière jaune d'une toile de tente. Jeunes et insouciants, ils se fichaient du confort. Le parfum sucré des minuscules fleurs jaunes qui poussaient sur la dune adoucissait l'odeur âpre de la poussière. Des oiseaux voletaient de branche en branche dans les fourrés d'épineux qui bordaient le sentier sablonneux, leur chant comme des grains de joie semés dans la brise. Une journée parfaite, avait-il noté à son intention en marge de l'enregistrement.

Un homme entra dans la chambre et déposa un plateau sur la table.

– Thé ou café, Jon ? lui demanda-t-il.

Jonathan se redressa dans son lit. Il connaissait cet homme. Le teint plus mat que la femme, les yeux d'un bleu trop clair, les cheveux coupés en brosse courte à peine mélangés de gris, et surtout ce timbre de voix. L'homme échangea à voix basse avec la femme, puis il lui adressa un regard soucieux et s'éclipsa discrètement.

– Vous vous rappelez Sean ? demanda la femme, mais l'attention de Jon avait déjà été captée ailleurs.

La pièce où ils se trouvaient lui semblait vaguement familière, sans qu'il puisse décider s'il y avait réellement séjourné, ou s'il l'avait seulement arpentée en rêve. La décoration, choisie avec soin, laissait soupçonner une petite tendance à la monomanie, dans des tons beiges et blancs que rehaussait la teinte vive d'un tableau occupant le mur à sa droite. Sur la table basse, une composition florale abstraite venait donner le contrepoint à cette touche de couleur.

Jonathan Wei aimait aussi les arts et les lettres, se souvint-il. Quoi d'autre ?

Son regard dériva vers la fenêtre. Un vol d'oiseaux blancs – des mouettes, reconnut-il avec étonnement – traversa l'écran azuré. Un ciel marin, probablement à sa demande. Les paysagistes du *Yùtù Mèng* avaient fait du bon travail.

Plus bleu que…

Il replongea dans la matrice, aspiré par la couleur.

Un swell harmonieux, régulier, enflait avec souplesse les flancs liquides. Peur, excitation. Fraîcheur de l'eau contre la peau. Le courant l'emporte. Il commence à ramer. Dans le creux des vagues, un silence étonnant, à l'abri du vent. Il avance, luttant pour chercher un passage. Il lui faut réussir à franchir la barre avant que les prochaines séries ne se fracassent sur sa tête. L'adrénaline irrigue son corps et son esprit, sensation grisante, addictive.

L'océan peut tuer d'un simple caprice, mais il peut aussi faire présent de l'éternité à celui qui saisit son rythme.

Tout est affaire de rythme.

Une fois passée la ligne de brisure des vagues, un calme étrange s'installe. Autour de lui, il n'existe plus rien d'autre que la masse bleu-vert de l'eau en mouvement et le ciel. Bercé par la houle en formation, les jambes dans l'eau froide et le dos exposé à la brûlure du soleil, il se réduit à un point dans le paysage, une virgule de conscience.

Épouser la vague, glisser hors du temps…

Une note s'invita dans son esprit : l'homme qui lui parlait était un vieillard à la veille de sa mort, transi de peur. Regrettait-il ses choix ? Avait-il commis une erreur ? Jonathan sentait d'autres émotions affleurer sous cette première impression. Curiosité. Excitation. Il fut alors frappé par une évidence : s'il se réveillait aujourd'hui dans ce corps neuf, c'est *qu'il avait trouvé la mort.*

Jonathan Wei était mort, et on l'avait réincarné.

– Avez-vous besoin d'autre chose, Jon ?

Dana.

Le nom lui était revenu brusquement. Il le prononça avec hésitation.

Un sourire illumina le visage de la femme, sincère.

– Je suis heureuse de constater que vous me reconnaissez, lui dit-elle, sans cacher sa joie.

Dana, Dana, se répéta-t-il, fouillant sa mémoire – ou devait-il plutôt dire *ses* mémoires ? Des gigaoctets de données sauvegardées dans les circuits secondaires de Réceptacle émergeaient quelques bribes d'images, de conversations, de notes et de scènes passées. Il ne contrôlait plus rien.

– Ne vous inquiétez pas, le rassura-t-elle en vérifiant son pouls. Vous venez de renaître, cet état de confusion est donc parfaitement normal.

– Je me sens… *perdu.*

Il avait articulé la phrase sans difficulté, mais la sensation de ne pas faire corps avec le langage qui remontait des couches profondes de son intellect le troublait toujours autant. Il ouvrit la bouche comme pour ajouter quelque chose, puis se ravisa.

– En quelle année sommes-nous ? finit-il par demander.

Elle hocha la tête d'un air compréhensif :

– Nous sommes en l'an 2590.

2590, songea-t-il, les yeux dans le vague. Avec un effort, il revint sur une note précédemment ouverte. L'enregistrement indiquait : 2580.

– 2590, répéta-t-il lentement, gagné par un sentiment de malaise.

Il fouilla sa mémoire, cherchant laborieusement à saisir quelques bribes d'information. Entre ces deux dates, 2580 et 2590, il ne retrouvait rien. Aucun fichier, aucune trace de ce que son moi précédent avait pu penser ou faire sur cette période.

Patiente, Dana lui expliqua :

– Vingt-cinq années se sont écoulées depuis notre départ du Système solaire. Nous avons entamé notre phase de décélération depuis deux ans. Si tout se passe comme prévu, nous arriverons aux abords de Nüying dans huit ans.

– Je ne comprends pas, protesta-t-il. Je…

Dana posa une main qui se voulait apaisante sur son bras, en contradiction avec la lueur inquiète qu'il voyait vaciller dans son regard.

– Encore une fois, répéta-t-elle, il est normal que vous vous sentiez désorienté. Il faut vous reposer à présent. Nous ferons le point à votre réveil.

Elle lui indiqua comment utiliser le bracelet de communication à son poignet, avant de s'éclipser discrètement.

Une torpeur artificielle s'empara de lui dès qu'elle fut partie, et il sombra dans un blanc cotonneux.

2.

Lorsque Jonathan se réveilla, Dana se tenait de nouveau à son chevet. Un moine dans la force de l'âge l'accompagnait, en combinaison pourpre, barrée d'une étole ocre. Deux dragons asiatiques enroulés l'un sur l'autre décoraient l'insigne qui ornait sa poitrine, évoquant le signe de l'infini. Alors qu'il cherchait à déterminer son identité, son regard fut attiré par un troisième personnage. Un peu en retrait, les mains croisées dans le dos, ce dernier les observait avec raideur. Jonathan nota l'armature d'un noir mat qui ceignait sa taille, prolongée par des articulations artificielles au niveau de ses membres supérieurs et inférieurs. Un exosquelette, comprit-il. L'homme de corpulence moyenne, à la barbe poivre et sel taillée en pointe portait un uniforme des Forces spatiales d'exploration.

L'attention de Jonathan revint vers le religieux.

– Bonjour, Jonathan, le salua celui-ci avec une familiarité qui laissait supposer qu'ils se connaissaient. Pardonnez-moi de rompre ainsi votre isolement, mais il s'agit là d'une urgence.

La voix de l'homme éveillait des échos incertains dans sa mémoire, ainsi qu'un nuage de sentiments mitigés.

– Maître Lobsang Tsering est là en tant que représentant du culte de l'Éveil Vrai, intervint Dana.

Tsering... ? songea-t-il, perplexe. Ce nom ne lui était pas inconnu. Il fouilla rapidement ses archives : le nombre de fichiers comprenant ce seul mot-clef frôlait les mille ou deux mille entrées. Une note émergea, résumant son statut :

[Lobsang Tsering, héritier spirituel de Maître Sonam Tsering, chef de la communauté de la Terre d'Éveil.]

Le regard de Jon croisa celui du religieux et glissa vers l'insigne sur sa poitrine. Un sentiment de déjà-vu le perturbait, sans qu'il puisse dire avec certitude dans quelles circonstances il l'avait rencontré.

Ces détails lui échappaient.

– Maître Tsering a rompu la règle des quarante-neuf jours, expliqua le militaire d'un ton rogue.

La règle des quarante-neuf jours ? songea Jonathan, de nouveau en proie à la confusion.

– Les quarante-neuf jours de renaissance, lui souffla Dana.

– Et quel jour exactement sommes-nous ? demanda-t-il, méfiant.

Cette question ne cessait de l'obséder. Les dates se confondaient dans son esprit, dessinant les contours d'une échelle temporelle chaotique.

– Vous êtes à votre troisième jour, Jonathan.

Le religieux éluda avec impatience.

– Président Wei, ma requête peut sembler prématurée, mais la situation exige votre arbitrage.

– Mais de quoi parlez-vous ? s'irrita Jonathan.

Cette discussion lui donnait l'impression d'une mise en scène grotesque, dont la finalité lui échappait.

– Il s'agit du projet de loi annulant les festivités de la Renaissance, lui expliqua Dana avec patience.

Jonathan chercha dans ses notes, mais il ne trouva aucune mention de ces fêtes dans le protocole RNA.

– Je ne comprends toujours pas... colonel Wang ?

Le nom du militaire venait de lui revenir à l'instant :

Wang, son conseiller en sécurité, commandant des forces d'exploration de l'OSNU, Organisation Spatiale des Nations Unies. Le fait d'avoir mis un nom et une fonction sur son visage ne dissipait cependant que partiellement son inquiétude, car il ne voyait toujours pas où ils voulaient tous en venir.

Le colonel se redressa avec hauteur. En modifiant l'éclairage qui tombait sur son visage, ce mouvement fit ressortir l'éclat vitreux de son regard. Le militaire avait dû bénéficier d'une greffe oculaire, une opération répandue dans les voyages spatiaux au long cours.

– L'Assemblée considère que cette manifestation a pris bien trop d'ampleur, expliqua Wang à contrecœur.

Une *Assemblée ?* s'étonna Jonathan.

– Vous commettez une grave erreur, coupa Lobsang Tsering. Les célébrations de la Renaissance ont un caractère sacré pour notre communauté. Vous savez aussi bien que moi quelles conséquences désastreuses aurait leur interdiction.

– Nous ne faisons qu'appliquer le règlement 24-256 de l'OSNU, répliqua froidement le militaire.

– Vingt-quatre années-lumière nous séparent de la Terre, colonel. Ces règlements n'ont plus aucun sens ! Je vous rappelle d'ailleurs que ces festivités ont été instaurées par notre président lui-même.

Le religieux se tourna vivement vers Jonathan. Paralysé par cette demande à laquelle il ne savait comment répondre, ce dernier se sentit paniquer.

Wang fit un pas en avant pour se placer entre eux, la main posée sur le poignet de ce qu'il devina être une arme.

Dana intervint pour calmer le jeu :

– Maître, nous avons bien enregistré votre requête. Le président Wei va y accorder toute son attention dès que son état le lui permettra. Laissez-nous à présent, je vous en prie.

Le religieux accepta de se plier à sa demande. Avant de quitter la pièce, cependant, il fit volte-face et s'adressa une dernière fois à Jonathan :

– Toi seul auras le pouvoir de changer les choses.

La phrase atteignit Jonathan de plein fouet, se répercutant en lui comme un écho, un sésame, une clef qui aurait déverrouillé des portes invisibles, ensevelies au fond de sa mémoire. Une masse de souvenirs déferla dans son esprit, noyant toutes ses sensations présentes. Notes, réminiscences, informations diverses s'entrechoquèrent violemment, saturant d'un coup son espace mental.

Toi seul auras le pouvoir de changer les choses…

Une vague d'anxiété s'abattit sur sa conscience, et il se sentit basculer.

3.

Demeurée seule avec le colonel Wang, Dana ne mâcha pas ses mots :

– Vous n'auriez jamais dû le laisser entrer, lui reprocha-t-elle, parlant de Tsering.

Wang encaissa la critique avec stoïcisme.

– J'avais posté un homme devant chaque accès, lui rappela-t-il.

– Il faut croire que ce n'était pas suffisant.

Elle ne décolérait pas. Ces soldats avaient dû être soudoyés, ou bien enrôlés comme tant d'autres dans les rangs des gardiens de l'Éveil Vrai. Combien de fois devrait-elle le répéter pour que Wang prenne la mesure des choses ? Lobsang Tsering, héritier spirituel du fondateur de la secte, représentait à ses yeux la menace la plus grave – et non pas ces festivités de la Renaissance, cible des enjeux sécuritaires de Tamaki et Kapoor.

– Nous allons renforcer la surveillance du secteur, lui assura le militaire.

– Vous feriez bien, dit-elle sèchement.

Comprenant que c'était sa manière à elle de le congédier, Wang la salua avec raideur et la laissa enfin seule avec Jon.

Jon !

Elle considéra le corps abandonné sur la banquette avec

un mélange de fascination et d'inquiétude. Incontestablement, il s'agissait du même homme que celui qu'elle avait connu – même mâchoire déterminée, front haut et dégagé, épaules larges, paupières closes masquant le regard habituellement si dur, aujourd'hui habité par la confusion…

Elle s'assit sur le bord du lit, soudain écrasée par la fatigue accumulée ces derniers jours. Malgré toute la panoplie des biobots dont ses tissus étaient truffés, le manque de sommeil la faisait presque divaguer, altérant son jugement dans un moment où elle avait pourtant besoin de toutes ses capacités de concentration. Un bref instant, elle fut tentée de contacter Meriem, mais elle renonça vite à son idée. Les difficultés rencontrées avec la RNA étaient devenues un sujet bien trop sensible, qu'elle avait l'obligation de cantonner aux murs du laboratoire de cybernétique. Cloisonner, encore et toujours.

Jonathan, d'ailleurs, revenait à lui.

Son premier regard fut pour elle.

– Vous vous êtes évanoui, Jon, lui murmura-t-elle en l'aidant à se redresser contre le dossier de sa banquette.

– Je ne suis pas sûr de comprendre ce qu'il attendait de moi, souffla-t-il dès qu'il fut bien installé.

– De qui voulez-vous parler ?

– Cet homme, Lobsang Tsering.

Jonathan affichait une telle expression de vulnérabilité qu'elle ne sut quoi lui répondre dans l'immédiat. Elle se concentra sur ses écrans, faisant mine de vérifier ses constantes.

– Vous ne vous souvenez vraiment de rien ? lui demanda-t-elle finalement en relevant les yeux, s'avisant qu'il demeurait silencieux.

Il secoua lentement la tête.

– Vous avez été réincarné il y a trois jours seulement, lui expliqua-t-elle ; il est tout à fait normal qu'un certain nombre d'éléments vous échappent à ce stade.

– Vous pensez que je suis incapable de juger de la situation ?

– Bien sûr que non ! s'écria-t-elle vivement.

– Vous me cachez des choses.

Dana sentit qu'elle perdait pied.

– Les fêtes de la Renaissance ont été instaurées à votre demande en l'an 2582, lui rappela-t-elle, espérant que ce renseignement aiderait à désamorcer la crise qui se profilait.

Mais visiblement, cette information aussi avait disparu de ses mémoires. Concentré, Jonathan semblait désespérément chercher un élément concret, quelque chose à quoi se raccrocher.

– Et pourquoi ces réjouissances devraient-elles être interdites ? s'interrogea-t-il après un moment.

La gorge nouée, Dana se souvint du drame qui avait justifié les mesures prises par Tamaki et Kapoor. Ces émeutes avaient opposé les factions les plus radicales de l'Éveil Vrai aux Forces spatiales d'exploration dans une explosion de violence, laissant des marques profondes dans l'histoire du cargo-monde.

– Maître Tsering a raison au moins sur un point, reconnut-elle : annuler les festivités de la Renaissance pourrait bien exacerber les tensions actuelles. Il serait sans doute prudent de ne pas l'oublier…

Elle se tut, consciente que la moindre de ses paroles pouvait influencer la volonté encore mal assurée de son patient.

– Vous êtes la seule à pouvoir m'aider, la supplia-t-il.

Elle se sentit acculée.

– Écoutez-moi, Jon. Cela fait à peine trois jours que vous êtes sorti de votre cocon. Il faut vous laisser le temps – c'est à cela que sert la période des quarante-neuf jours. Votre mémoire est comme un puzzle dont les pièces auraient été éparpillées. Tout va se remettre en place.

Du moins c'est ce qu'elle espérait, mais pouvait-elle

vraiment compter sur le procédé ordinaire de la RNA, après tout ce qui s'était passé depuis le lancement du programme ?

Pour la première fois depuis que Jonathan s'était réveillé, elle eut envie de jeter l'éponge et fuir – fuir, loin de ce regard empli de désarroi qui lui renvoyait le constat de son propre échec. Elle se raccrocha aux gestes qu'elle pratiquait depuis toujours, consultant les constantes vitales ou les paramètres de réglage du transfert qui défilaient sur son feuillet, aussi détachée qu'elle pouvait l'être en ces circonstances. Mais même ces routines ne firent que creuser davantage son malaise. Ces gestes, elle les avait déjà accomplis lors de la précédente réincarnation de Jonathan Wei. La preuve que, quelles que soient les mesures prises depuis lors, l'histoire se répétait, encore et encore.

La venue de Sean lui donna enfin l'occasion de passer le relais. Elle aussi avait besoin de repos.

Une fois libérée, elle se dirigea comme une automate vers les ascenseurs, appuyant sans même regarder sur les icônes de commande. Elle se retrouva au huitième niveau, seule et désorientée au milieu de la foule, dans le flot animé de ce début de soirée. Des couples, des groupes de jeunes gens la dépassaient en riant. Les enseignes multicolores des boutiques où l'on servait à boire ou à manger dansaient dans la pénombre artificielle, les mélodies des chansons populaires du moment se mélangeaient dans une joyeuse cacophonie. Dana se hâta de quitter l'allée centrale pour gagner les quartiers de repos. Elle retrouva avec soulagement le calme de sa cabine. Pas de Meriem en vue. Au moins n'aurait-elle rien à expliquer, rien à justifier.

Elle s'écroula sur sa banquette sans même retirer ses bottes. Trop éreintée pour sortir se chercher quelque chose à manger, elle se contenta de grignoter un bout de gâteau protéiné. Puis elle éteignit, ne laissant qu'une veilleuse allumée pour éviter à Meriem de se cogner dans le noir quand elle reviendrait. Le sommeil la rattrapa sans même qu'elle s'en aperçoive. Un sommeil de mauvaise qualité, entrecoupé de sursauts nerveux et de cauchemars.

Dans quelques heures, Jonathan se souviendrait.

Il l'appellerait au milieu de la nuit, avec cette angoisse abyssale dans la voix. Alors elle n'aurait d'autres choix que de se rendre à nouveau à son chevet et continuer à lui mentir. À moins qu'elle ne trouve, enfin, le courage d'affronter la vérité.

4.

Un vertige s'empara de Jonathan en coupant la communication avec Dana. Jusqu'à présent, la cogniticienne lui était apparue comme la seule personne à qui il pouvait se fier dans son entourage, mais quelque chose dans son attitude l'avait fait douter. Un fragment de mémoire, un bout d'enregistrement égaré quelque part dans le chaos de son échelle temporelle intime.

Meurtre.

L'inquiétude vague et rampante qui le tourmentait depuis l'irruption de Lobsang Tsering prit soudain un tour beaucoup plus concret.

Un meurtre ? D'où lui venait cette information ? Choqué, il réalisa qu'il n'avait gardé aucun souvenir, absolument aucun, de sa dernière mort. Une bouffée d'angoisse massive lui compressa la poitrine. La question qui s'imposa à lui dans les minutes qui suivirent résumait tout :

Qui, pourquoi ?

Jonathan voulut profiter des quelques instants avant l'arrivée de Dana pour tenter de remettre en ordre ses idées. Il se rendit à la salle de bains, les jambes flageolantes, et s'aspergea le visage d'eau froide. Le reflet égaré dans le miroir au-dessus de la cuvette lui parut définitivement altéré. Était-ce lui, était-ce vraiment lui ?

Dana se présenta peu après, mettant fin à ce face-à-face. Elle aussi avait l'air défaite. Sans mot dire, elle prit place sur la banquette du salon et attendit qu'il soit prêt. Il eut alors le net pressentiment qu'elle savait exactement ce qu'il allait lui demander.

– Ai-je réellement été victime d'un meurtre ? l'interrogea-t-il de but en blanc.

Dana se décomposa littéralement sous ses yeux. Il lut dans son attitude de la confusion, de la peur, et finalement ce qui ressemblait le plus chez elle à une certaine forme d'obstination.

– En pratique, Jon, vous vous êtes *suicidé*, lui dit-elle lentement, comme si chaque mot lui coûtait.

Non, songea-t-il.

– Mais étant donné les circonstances, ajouta-t-elle, il n'est pas impossible qu'il s'agisse effectivement d'un meurtre.

Elle mentait. Il ne pouvait en être autrement. Il détourna la tête, incapable de supporter la lueur de pitié dans ses yeux.

– Choc cybernétique induit, résuma-t-elle pour finir. Vous avez ensuite passé six mois dans le coma, avant d'être débranché. Ceci explique l'absence de notes ou de transferts sur cette période.

Cette dernière révélation l'acheva. Pendant quelques longues minutes, il essaya de connecter ces informations avec ses propres souvenirs, couplés aux données auxquelles il avait accès via Réceptacle. Rien ne venait spontanément. Rien n'avait de sens. Cependant, après un moment, il lui sembla qu'une sorte de schéma général commençait à se mettre en place – une esquisse floue, dont il manquait le motif central. Pourquoi ? Pour quelle raison aurait-il tenté de mettre fin à ses jours, lui qui avait investi des milliards dans une technologie destinée à perpétuer son existence ?

Plus il cherchait, plus il se sentait envahi par le sentiment de n'être qu'un gouffre, un vide à combler, sans identité définie.

Son regard croisa celui, inquiet, de Dana, avant de se détourner spontanément vers l'écran pâle de la fenêtre. Un crépuscule doux ombrait le ciel, où quelques nuages s'effilochaient paresseusement. Cette vue, qui aurait dû l'apaiser, lui rappela soudain que l'évocation de sa propre mort le plongeait *toujours* dans l'angoisse.

– Dana, demanda-t-il d'une voix lointaine.

– Oui, Jon ?

– Combien de fois ai-je été réincarné ?

Silence.

– Ceci n'est pas ma première renaissance, insista-t-il.

Il s'agissait plus d'une affirmation que d'une question.

– Vous êtes le sixième, Jon, souffla-t-elle après un moment.

Il eut le sentiment que cette vérité avait toujours été là. Bien sûr, il n'était pas le premier. Ni le deuxième, ni même le troisième.

– Qu'est-il advenu à mes prédécesseurs ? demanda-t-il, très calme.

– Vos anciens moi sont tous *partis* de la même manière, dit-elle.

Sa voix était d'une infinie douceur, une tristesse de soie sur un océan de compassion. Mais cela ne changeait rien à la réalité des faits. Il s'était suicidé, ou on l'avait poussé au suicide. Cinq fois, c'est-à-dire autant de fois qu'il était né à nouveau.

Pourquoi, pourquoi ?

Il avait l'impression d'errer dans un labyrinthe d'ombres.

– Ces émeutes, reprit-il. Y a-t-il eu des pertes ?

– Elles ont fait une vingtaine de blessés, lui apprit Dana après une infime hésitation. Plus huit morts parmi les membres des Forces spatiales, et vingt chez les Navigants sélènes.

– Et quelle en était la cause, au juste ?
– C'est une question délicate, Jon.
– Répondez-moi.
Le regard de la cogniticienne vacilla.
– Nos jeunes générations sont bien plus passionnées que nous ne l'étions.
– Passionnées ? Qu'est-ce que vous entendez par là ?
Dana semblait chercher désespérément une issue à cette discussion.
– Les Navigants sont très croyants, reformula-t-elle. La plupart adhèrent aux préceptes de l'Éveil Vrai, ce qui ne va pas sans poser un certain nombre de problèmes dans la gestion de la collectivité.
– Mais vous-même, vous ne l'êtes pas ?
– Je suis une scientifique avant tout.
Jonathan eut la certitude qu'ils avaient déjà eu cette conversation. Des échos lointains, dans sa mémoire, lui rappelaient qu'il avait apprécié cette femme, et qu'encore aujourd'hui, un lien authentique perdurait. Mais là encore, il lui manquait des éléments pour juger. Il revint au sujet qui le préoccupait :
– Que se passerait-il s'il m'arrivait quelque chose ?
– Nous disposons actuellement de deux clones adultes, parfaitement fonctionnels. Nous devrions donc pouvoir procéder à une septième réincarnation si… si le besoin s'en faisait ressentir.
– Tel est le prix de l'immortalité, répondit Jonathan avec cynisme.
Cette dernière phrase lui avait échappé sans qu'il en ait consciemment formulé la pensée.
L'angoisse l'étreignit de nouveau, mais il se raisonna. La mort faisait partie des passages inévitables dans la voie sur laquelle il s'était engagé. Mourir, puis renaître, et mourir encore.

– Parfait, déclara-t-il. Ma décision est prise : nous célébrerons ma Renaissance selon la tradition.

Dana parut vouloir dire quelque chose, mais Jonathan ne lui laissa pas l'opportunité de s'exprimer.

– Vous pouvez en informer Wang.

– Jonathan, êtes-vous certain…

– Je refuse l'idée d'un deuxième bain de sang.

Elle ne pouvait contester ce dernier argument.

Il se sentit soudain très las. Voyant qu'il commençait à s'assoupir, Dana prit congé de lui après s'être assurée qu'il n'avait besoin de rien. La journée avait été longue.

Il savait qu'il avait pris la seule décision possible. Il n'avait pas le choix. Ses autres moi ne lui avaient pas laissé le choix.

Par la fenêtre, il vit que la nuit tombait doucement sur l'horizon, tel un voile tiède sur la surface miroitante de la mer. L'illusion était presque parfaite.

Meurtre, ou suicide ? songea-t-il.

Il ne se souvenait de rien.

5.

Le colonel Wang et les délégués Tamaki et Kapoor attendaient Dana dans son bureau, calés dans leurs sièges. Le mobilier classique avait repris du service depuis que le *Yùtù* avait entamé sa phase de décélération. Durant les quelques minutes précédant cette entrevue, Dana avait réfléchi à la meilleure manière de leur annoncer la décision de Jonathan, sans parvenir à une formulation satisfaisante. Elle se résigna finalement à leur livrer mot pour mot sa volonté, telle qu'il l'avait exprimée : la cérémonie de Renaissance se déroulerait comme prévu, dans des conditions de sécurité renforcées.

Le visage de la déléguée Tamaki se crispa de contrariété, reflétant le sentiment général. Dana avait pris place derrière son bureau, une position où elle se sentait moins vulnérable face à ses interlocuteurs. De tous les responsables réunis en cet instant, la plus redoutable était sans doute la vieille Japonaise. Initialement membre de la délégation d'Asie de l'Est au siège de l'OSNU, cette ancienne avocate spécialiste du droit spatial avait ensuite évolué vers des postes plus stratégiques au sein de l'administration de l'OSNU, avant d'être détachée pour suivre la mission Shun. Tamaki n'était pas une scientifique mais une politicienne, et ses priorités étaient rarement les mêmes que celles de Dana.

Debout dans un angle, Wang donnait l'impression de vouloir rester en retrait de leur discussion – simple respect des formes, chez cet officier formé à l'académie militaire de Huangpu, et à qui les émeutes de 2578 avaient donné une place prépondérante dans la gouvernance de la mission Space'O.

– Pensez-vous qu'il soit en état de prendre une telle décision ? demanda Tamaki, formulant à voix haute la question que tous se posaient.

– D'un point de vue légal, il l'est, répondit Dana, qui s'attendait à cette objection.

À partir de quand pouvait-on considérer que Jonathan était en possession de toutes ses facultés ? L'immaturité de son système psychique n'altérait-elle pas son jugement ? La question s'était posée lors de la première renaissance, mais les textes étaient très clairs à ce sujet. Un clone adulte disposant d'un transfert matriciel bénéficiait d'un statut juridique équivalent à n'importe quel autre adulte jugé sain d'esprit.

– Comment va-t-il ? demanda Kapoor, soucieux de ramener le dialogue sur des considérations plus humaines.

Kapoor n'était pas exactement ce que Dana aurait pu appeler un allié, mais il s'était toujours montré un modérateur bienvenu dans les discussions au sein du conseil d'administration du cargo-monde.

– Ses constantes sont bonnes, les renseigna Dana.

Elle jeta un bref coup d'œil à Wang. Le militaire gardait le silence, une expression polie calquée sur son visage.

– L'intrusion du délégué au culte l'a perturbé, naturellement, poursuivit-elle en choisissant avec soin ses mots. Il a posé un certain nombre de questions.

Et j'ai été incapable de lui mentir, ajouta-t-elle en son for intérieur.

Elle perçut la désapprobation de Wang comme une onde hostile la frappant en plein visage.

Tamaki ne cacha pas son irritation :

– C'est regrettable.

Dana sentit monter en elle une bouffée de colère :

– Déléguée Tamaki, commença-t-elle, je pense que nous faisons erreur en voulant lui taire la vérité. La troisième réincarnation montrait déjà des signes de fragmentation psychique, et depuis, les symptômes ne cessent de s'aggraver.

– Vous auriez dû nous consulter avant de lui parler, accusa Tamaki.

– Il s'agissait là d'une décision *médicale*.

Tamaki n'ignorait pas qu'en tant que médecin et responsable du projet RNA, Dana était parfaitement habilitée à prendre ce type d'initiatives.

– Soit, admit Kapoor, cherchant un terrain de conciliation. Je comprends que vous ayez eu à cœur de préserver l'intégrité psychique de votre patient, Dana, mais à présent que Jonathan est au courant de ses, hum, *meurtres*, que pouvons-nous faire pour éviter le drame ?

Dana avait la désagréable sensation de se trouver devant un mur. Le même scénario allait-il se répéter, indéfiniment ?

– Jonathan va chercher qui est le coupable. C'est inévitable.

Nouveau silence, clairement agressif du côté de Tamaki. Quant à Wang, Dana partait du principe qu'il se rangerait de l'avis de la Japonaise.

– Laissez-moi vous expliquer, reprit-elle pour clarifier les choses. J'ai conclu une alliance thérapeutique avec Jonathan Wei. Je suis son médecin, il est mon patient. Vous semblez oublier un peu vite la situation de vulnérabilité extrême dans laquelle il se trouve. J'ai le devoir de l'aider. Vous imaginez quel effet aurait un mensonge, de ma part, sur la construction de sa personnalité émergente ?

– Nous comprenons vos craintes, admit Kapoor, parlant au nom des autres. Mais le mensonge n'est-il pas préférable à la vérité dans certaines situations ?

– Jonathan est au bord de la paranoïa, rétorqua Dana, sur la défensive.

Tamaki, visage fermé, se refusait à tout commentaire.

– Et qu'en pense Faye ? demanda-t-elle soudain.

William Faye venait d'être sorti de stase prématurément, sur ordre de la déléguée.

– Le Dr Faye est en phase de réadaptation, et il est hors de question de le solliciter dans l'immédiat. Mais, même à supposer qu'il accepte de collaborer avec vous, ce dont je doute, il sera tenu de respecter la clause de confidentialité qui le lie à Jonathan Wei.

– Et qu'en est-il des autres recours ?

– L'inviolabilité de la matrice est l'un des principes de base de la RNA, et vous savez très bien pourquoi, lui répondit froidement Dana.

– D'un point de vue légal, objecta la Japonaise.

– Et d'un point de vue technique tout aussi bien.

– Ce n'est pas ce qu'affirment vos experts.

Tamaki avait donné l'ordre de passer au crible tous les systèmes afférents à Réceptacle, afin de repérer une éventuelle intrusion.

– Vous avez lu mon rapport, rétorqua Dana. Il y a une différence entre ce qu'autorise la théorie, et ce qui est faisable.

De fait, même si l'on ne pouvait écarter complètement la piste d'un piratage, ses experts n'avaient détecté aucune effraction jusqu'à présent.

Elle se massa légèrement les tempes, là où affleurait la protubérance de ses prothèses. La migraine qui lui cisaillait le crâne depuis quelque temps se réveillait, lui rappelant qu'elle n'avait que quelques heures de sommeil à son actif depuis trois jours.

– À votre avis, combien de jours encore faudra-t-il au Dr Faye pour être opérationnel ? intervint Kapoor, conciliant.

– Je ne peux vous donner de délai précis : vous savez comme moi que c'est une première. Le Dr Faye a été placé en salle de réveil. Il récupère, mais reste encore très affaibli.

Il hocha la tête plusieurs fois, faisant trembler la peau de ses joues amaigries, et se tourna vers Tamaki.

Un silence hostile s'était abattu sur la pièce.

– Vous connaissez le fond de ma pensée, déclara finalement Tamaki. Il faudrait interroger Lobsang Tsering.

– Lobsang Tsering est intouchable, objecta Kapoor.

– Son père savait parfaitement ce qu'il faisait en le désignant comme son successeur, intervint Wang, sortant de son mutisme. Il a délibérément manipulé le président Wei pour servir ses objectifs.

Président Wei, frémit Dana, qui s'était toujours demandé dans quelle mesure Wang n'était pas sous l'influence d'anciennes rancœurs historiques, malgré tous les efforts de la Fédération de Chine pour réparer les exactions commises par l'ancien régime de Pékin sur ses minorités ethniques et culturelles. Mais Wang avait vu juste, elle ne pouvait le nier. Interrogé par le chef des FSE, le religieux s'était expliqué avec le plus grand naturel. De son point de vue, son père, Sonam Tsering, avait agi conformément à la loi du Dharma. Il avait posé les fondations de ce qui deviendrait, en temps voulu, le royaume de leur Terre d'Éveil. Son rôle à lui se résumait à faire croître les graines de la sagesse semées dans l'esprit originel de Jonathan Wei, à travers ses avatars cybernétiques. Car lui seul, avait-il ajouté, saura nous libérer de l'emprise de la passion et de la souffrance.

Dès lors, la stratégie de Tamaki avait consisté à empêcher le guru d'approcher Jonathan Wei.

– Tsering doit être mis hors d'état de nuire, décréta Wang.

Tout le monde, ici, se souvenait des massacres qui avaient ponctué les émeutes de 2578. Malgré les principes de nonviolence défendus par la secte, les provocations des Forces spatiales d'exploration avaient malheureusement dégénéré en agressions franches dans certains secteurs sensibles du cargo-monde.

– Vous allez droit à l'affrontement, prévint Kapoor.

– Avez-vous lu leur Livre Sacré ? demanda Takamaki.

– Je l'ai lu.

– Et c'est toute la conclusion que vous en tirez ?

– Tout est question d'interprétation, Tamaki-*san.*

La Terrienne foudroya du regard son homologue sélène, mais elle ne pouvait prendre seule la responsabilité d'une décision aussi lourde de conséquences. Elle se tourna vers Wang :

– Colonel, je compte sur vous pour assurer la sécurité de notre président.

– À vos ordres, Madame.

La déléguée se leva, mettant ainsi fin à leur réunion. Dana l'observa qui s'agrippait nerveusement au dossier de son siège pour trouver l'équilibre. Pour l'avoir fréquentée pendant plus de vingt ans, elle savait à quel point la Terrienne supportait mal le vieillissement prématuré imposé par la vie dans l'espace. Wang s'en sortait déjà un peu mieux. Des trois, seul Kapoor paraissait ne pas avoir trop souffert de l'impesanteur, mais il n'était pas terrien : malgré ses études à Harvard et ses dix années au siège de l'OSNU à Pékin, il était né et avait grandi sur Taihe.

Au moment de franchir le seuil de son bureau, le délégué sélène lança un dernier regard à Dana, comme un ultime signe de connivence et de soutien.

Elle détourna les yeux.

6.

Une fois la réunion terminée, Dana se rendit dans son bureau dans l'intention de rédiger un dernier rapport, mais elle finit par y renoncer. Ces trois jours de tension l'avaient totalement vidée, elle n'arrivait plus à se concentrer.

Oui, Jonathan allait mal. Il présentait tous les signes de fragmentation identitaire qui l'avaient mené au suicide lors de ses réincarnations précédentes. Et que faisait-elle, pour le soulager ? Rien. Ou plutôt si, elle avait refusé de mentir, mais cela n'avait fait qu'aggraver encore la situation. Kapoor avait raison. Les soins et le réconfort qu'elle tentait d'apporter à Jonathan ne l'aideraient pas plus aujourd'hui qu'ils ne l'avaient aidé auparavant. Le seul véritable moyen de le guérir était de désamorcer ce déterminisme morbide dont les causes semblaient se trouver dans sa matrice, cette boîte noire dont personne, hormis Jon et son témoin, n'avait jamais soulevé le couvercle.

Absorbée dans ses pensées, Dana répondit à peine aux saluts que lui adressaient les gens qu'elle croisait. Tous, ici, se connaissaient de près ou de loin. Elle se dirigea vers les terrasses qui donnaient sur le puits central, en quête de calme et de solitude. La soirée était déjà bien avancée, et l'obscurité avait envahi le jardin.

Dana demeura un moment à contempler distraitement

les lumières qui clignotaient dans la pénombre, attentive au souffle d'air frais sur ses joues. L'odeur de la terre et des plantes l'apaisa un peu. Ici et là, dans la nuit, de petits cris d'animaux ou d'oiseaux parachevaient l'illusion d'un coin de forêt naturelle.

Ces éléments de décor n'existaient pas initialement. Des artistes et des ingénieurs les avaient améliorés au fil des ans, les portant à un degré de sophistication inégalé, transformant leur habitat stellaire – ce bloc de roche et de métal qui était à la fois leur monde, et leur prison – en une arche vivante.

Cette pensée lui rappela qu'elle n'avait pas vu sa fille depuis déjà un moment.

Anouk travaillait aujourd'hui au centre d'entretien des espaces d'agrément en tant que cybernéticienne et conceptrice d'univers ludiques. Ses créations puisaient dans un répertoire dense et varié, pour grande partie issu de la culture terrienne. Ciels frissonnants, chants mélodieux d'oiseaux, nuances délicates de fleurs aux noms exotiques, elle excellait dans l'art de donner vie à ces éléments qu'elle n'avait pourtant jamais réellement connus.

Dana ne le lui avait jamais dit ouvertement, mais elle estimait que sa fille aurait dû mieux utiliser son talent. Pourquoi toujours reproduire ces décors qui n'étaient pas les leurs, alors que les étoiles s'offraient à eux ? Au début, elle avait espéré qu'Anouk aurait rejoint son équipe au labo de cybernétique et cognition humaine. Anouk était douée. Elle aurait pu l'aider.

Aujourd'hui, sa fille avait trente-six ans, c'est-à-dire à peu près l'âge qu'elle-même avait lorsqu'ils avaient quitté Taihe-Concordia. Le temps, même relatif, n'avait cessé d'égrener ses secondes, ses heures, ses années. Il avait filé, et Anouk lui avait échappé également, sans qu'elle ne puisse rien y faire.

Quelles erreurs avait-elle commises ?

Quels mots avait-elle prononcés, qu'elle aurait mieux fait de taire ?

En regagnant sa cabine, Dana eut la surprise de trouver Meriem en plein rangement. Cette dernière était très prise par son travail depuis leur entrée dans le Système de Shun. Un désordre assez impressionnant régnait dans la pièce, conséquence de leurs horaires à rallonge.

– Opération de réduction d'entropie, lui annonça sa compagne, un paquet de linge sale dans les bras.

Dana se laissa tomber sur sa couchette – une habitude qui était revenue depuis que le vaisseau bénéficiait de nouveau d'une gravité. Meriem fourra les vêtements à laver dans un sac et vint s'asseoir à ses côtés.

– Tu as reçu mon message ? lui demanda-t-elle.

– J'étais en réunion.

– Quelle réunion ?

Dana préféra ne pas répondre. Elle retira ses bottes et se massa les pieds.

– Anouk m'a appelée, reprit Meriem sans insister. Elle propose que nous mangions ensemble ce soir.

Meriem marqua une pause.

– Et ? s'enquit Dana, puisqu'il devait bien y avoir une suite.

– Et donc, je lui ai dit oui.

– Tu as bien fait.

Meriem glissa un bras autour de ses épaules et la serra affectueusement. La perspective de revoir Anouk la réjouissait, naturellement, mais pourquoi avait-il fallu qu'elle passe encore et toujours par l'entremise de sa compagne ? Non qu'elle se sente jalouse, ou trahie. La relation qu'Anouk avait tissée avec Meriem était l'une des plus belles choses qui leur soient arrivées dans la vie. Mais elle aurait aimé qu'Anouk l'appelle directement, pour une fois.

Meriem sembla vouloir ajouter quelque chose, mais finalement elles en restèrent là. Dana devinait à quel point son amie se désolait de cette situation, sans savoir comment y remédier.

Anouk débarqua quelques minutes plus tard, seule. Meriem embrassa sa belle-fille avec chaleur, puis ce fut au tour de Dana de la prendre dans ses bras – une accolade rapide, un peu gauche.

– Tu as l'air en forme, lui dit-elle.

À trente ans passés, Anouk ressemblait comme une goutte d'eau à sa mère au même âge : grande et un peu trop mince, des mèches très blondes attachées en queue de cheval, des yeux d'un bleu limpide, avec ce nez aquilin au milieu d'un visage pointu.

La jeune femme se hissa par la barre centrale jusqu'à la couchette qu'elle occupait jadis, quand elle vivait encore avec elles. Dana avait veillé à ne rien changer à l'agencement de cette partie de la pièce. Les mêmes pochettes en tissu sur le mur contenaient les mêmes bricoles – des trésors d'enfant, comme cette carte postale papier de sa correspondante indienne, dont la photo défraîchie montrait un paysage montagneux, un rouleau de prières, un dessin datant de ses quatre ou cinq ans, les représentant toutes les trois – Anouk avec ses deux mamans, la blonde aux longs cheveux lisse et la brune aux boucles extravagantes. Sa perruche, prénommée Tcha, accrochée dans son filet… Tous ces menus objets, ce jardin secret, Dana les avait précieusement gardés tels qu'Anouk les avait laissés, se contentant de les dépoussiérer de temps à autre.

Anouk tripota distraitement sa peluche pendant que Dana se changeait. Meriem proposa ensuite d'aller dîner au restaurant central, mais Anouk insista pour se rendre au onzième niveau.

Dana connaissait mal ce secteur, essentiellement habité par de jeunes familles sélènes. C'était là que vivait Anouk, avec son époux Tashi et leur fille Suzie, une brunette aux yeux en amande et aux joues roses qui passait de temps en temps les saluer en coup de vent, et qu'elle aurait aimé voir plus souvent.

Des rires, des échos de conversations et de chants diffusés par des postes de radio ou de télévision se déversaient par les portes entrebâillées, dans une incroyable cacophonie de dialectes et de sons. Elles croisèrent un groupe de techniciens et de techniciennes qui se rendaient à leur quart, échangeant bruyamment en « yù-yù », cette langue hybride entre le mandarin et l'anglais, devenue plus ou moins l'usage dans les cercles officiels ou professionnels. Des hommes et des femmes avaient sorti des tables et des chaises pour jouer aux dés, obstruant le passage un peu plus loin. Anouk les fit traverser par un petit couloir latéral qui débouchait sur un grand espace dominé par l'imposante façade du temple de l'Éveil Vrai. L'illusion était quasi parfaite, seule la transparence des bords laissant deviner l'artifice.

– L'une de mes créations, leur apprit Anouk.

– C'est magnifique, la félicita Meriem avec sa spontanéité habituelle.

Le bref regard que lui jeta sa fille n'échappa pas à Dana.

– Tu as toujours été très douée, confirma-t-elle.

Ce n'étaient probablement pas les paroles qu'espérait Anouk, mais elle n'avait rien trouvé de mieux, ou de plus juste, à dire.

La cantine où voulait les emmener leur fille avait été aménagée dans une ancienne salle de vie, quelques couloirs plus loin. Le *Yùtù* comportait un certain nombre d'espaces de vie qui pouvaient ainsi être utilisés pour des assemblées, réunions, jeux, ou tout autre usage communautaire. La décoration, mélange d'influences terriennes diverses, ne ressemblait à rien de très orthodoxe. Des familles, des couples ou des travailleurs se pressaient autour des tables, dans un indescriptible brouhaha. Les trois femmes s'installèrent autour d'une table ronde à la chinoise. Des rouleaux de peinture virtuelle cloisonnaient chaque espace, créant un sentiment d'intimité tout relatif.

Un adolescent aux yeux cernés vint leur présenter la carte.

– Vous devriez essayer leur émincé de bœuf aux trois poivres, leur conseilla Anouk. Il est très bon.

Dana parcourut la liste des plats avec curiosité. Là encore, la gastronomie locale faisait preuve d'une ingéniosité étonnante pour donner de la couleur à ce qui, au final, ne devait être qu'une variation autour des mêmes éternelles recettes : viande de synthèse, piment, poivre et sel, agrémenté des légumes produits dans leurs serres. Dana ne se souvenait même plus de la saveur des tajines que lui avait fait découvrir Meriem, sur Taihe, il y avait bien longtemps de cela. Seul demeurait le souvenir du plaisir, et le bonheur associé. Elle essaya de se détendre, malgré le bruit et l'agitation. Anouk paraissait très à l'aise, et plusieurs personnes vinrent la saluer au passage.

Dana aurait aimé en savoir plus sur son travail, mais elle n'osait lui poser des questions qui auraient pu être mal interprétées. Finalement, ce fut Meriem qui la lança sur le sujet. Anouk leur décrivit en détail le projet qui l'occupait en ce moment :

– Nous essayons de recréer des *thangkas*, leur apprit-elle. Ce sont d'anciennes peintures sacrées tibétaines.

– Ça ne doit pas être simple, fit remarquer Meriem.

– Non, mais nous avons des modèles avec des descriptions très précises des techniques utilisées. Ça nous a permis de reconstituer virtuellement un atelier de peinture traditionnel.

– Tu passes tes journées à « peindre », alors ?

Anouk leur montra ses paumes en riant :

– Mes mains ne seraient pas si blanches si je maniais de vrais pigments ! Non, en ce moment je m'occupe surtout de la partie technique. L'artiste, en l'occurrence, c'est Tashi. Je code, et il dispose.

Dana connaissait bien Tashi. Il avait passé quelques années au labo de cognition humaine, où Ann et Sacha l'avaient formé à la cybernétique fonctionnelle.

Anouk sortit son feuillet et leur montra à quoi ressembleraient ces rouleaux de peinture traditionnelle.

– Nous les exposerons au temple pour la fête de la Renaissance, expliqua-t-elle. Ils viendront compléter nos archives.

– Quelles archives ? ne put s'empêcher de demander Dana.

Anouk lui jeta un regard passionné :

– Je parle de notre entreprise pour sauvegarder la culture tibétaine, maman. Cette culture a été à deux doigts de l'annihilation, mais nous avons tout de même réussi à sauver quelques reliques précieuses, des statues, des livres, des peintures, des manuels de langue, des enregistrements, des photographies, enfin tout ce qui constitue un témoignage.

– C'est une entreprise louable, reconnut Dana avec circonspection. Mais tu ne crois pas…

Non, non, non, songea-t-elle en se reprenant.

Cette discussion, elles l'avaient déjà eue, sous d'autres formes, et à de multiples reprises. Elle connaissait les arguments de sa fille, et Anouk les siens. Un affrontement sur ce terrain mènerait à une impasse, comme à chaque fois. Et elle ne voulait certainement pas se disputer avec sa fille ce soir.

– Nous nous construisons sur notre héritage culturel, intervint Meriem, évitant que ne s'installe un silence embarrassant. Et la culture est un milieu vivant, qui évolue et grandit en même temps que ceux qui la font vivre. N'est-ce pas ?

Mais Anouk n'en avait pas terminé.

– Tout ce que nous voulons, c'est le droit à l'autodétermination, affirma-t-elle, plus vindicative que jamais.

– Je serais très heureuse de voir le résultat de votre

travail, la rassura Meriem, sans réagir à ce « nous » qui visiblement ne les englobait pas, elle et Dana. Penses-tu que nous pourrions les admirer, après les fêtes ? Je vois votre marque de fabrique ici et là quand je me promène, et je suis à chaque fois ravie. C'est vous qui avez réalisé les fresques du labo, n'est-ce pas ?

Une animation représentant une voûte étoilée vue de Terre avait été réalisée quelque temps auparavant pour donner un peu de vie aux murs du laboratoire d'études astrophysiques. Ce décor plaisait beaucoup aux jeunes qui venaient visiter les lieux pour les besoins de leur formation.

– Merci, répondit Anouk.

Il y eut un silence. Écrasée par le sentiment d'échec qui marquait sa relation avec sa fille, Dana ne savait plus comment reprendre le fil de la discussion. À son grand soulagement, Anouk embraya sur un autre sujet :

– Alors, quel est l'état des lieux du côté de Nüying ? J'ai lu votre dernier communiqué, c'était très intéressant. Est-ce que vous savez à peu près où vous allez commencer vos recherches ?

Les scientifiques envisageaient différents scénarios pour l'exploration de Nüying, mais l'idée était d'envoyer des robots sonder le terrain en différents endroits de la planète pour sélectionner les lieux les plus propices à l'étude de la vie présente à sa surface, et dans ses océans.

– Nous avons désormais une bonne idée de l'endroit où Mariner se trouvait lorsqu'elle a cessé d'émettre, expliqua Meriem en sortant son feuillet.

Elle pointa une zone située à proximité de l'équateur.

– Cela ne se voit pas à la surface, mais on se trouve pile sur une faille océanique, avec de nombreuses sources hydrothermales.

Elle déplaça ensuite son doigt vers un point juste à côté, où émergeait le profil allongé d'une bande de terre, au milieu d'une tache bleue.

– C’est une île ?

– Plutôt l’extrémité d’un continent recouvert de glaciers. Pour l’instant, nous ne sommes pas en mesure de dire s’il y a de la végétation ou pas. Mais s’il y en a, cela pourrait devenir notre site d’implantation numéro 1.

– Et vous n’avez toujours rien sur l’origine du « chant » ?

Meriem secoua la tête :

– Non. Mais le premier qui verra une sirène aura gagné le droit de les nommer d’après son nom.

Anouk n’eut pas l’air de trouver cela drôle :

– C’est idiot, critiqua-t-elle. Pourquoi devons-nous toujours nommer ce que nous ne comprenons pas ?

– Comment veux-tu que l’on fasse ? protesta Dana, perplexe. Il faut bien nommer les choses pour pouvoir en parler, non ?

– Ce que je veux dire, c’est que ces êtres possèdent peut-être un langage, et des manières de se désigner qui leur sont propres. Nommer sans respecter les usages linguistiques, c’est déjà une façon d’aliéner.

Consciente de se voir entraînée malgré elle sur un terrain glissant, Dana ravala de justesse ses objections. Par chance, l’adolescent qui leur avait apporté la carte vint prendre les commandes, leur offrant une diversion bienvenue. Elle sentit la main de Meriem chercher la sienne sous la table en signe de réconfort. Pourquoi, mais pourquoi ? Quoi qu’elle dise ou fasse, Anouk finissait toujours par se braquer. Était-ce une question de génération ? Dana se demandait souvent quels rêves, quels espoirs nourrissait sa fille, en dehors de ses aspirations spirituelles. Ou bien la religion avait-elle totalement englouti sa personnalité, au point d’en effacer toute once de réflexion critique ?

– Et toi, maman, lui lança soudain Anouk. Où en êtes-vous, au lab ? J’ai entendu dire que vous aviez réveillé le Témoin…

Dana sentit son malaise s’accentuer.

Le Témoin, voilà comment les membres de l'Éveil Vrai appelaient maintenant le Dr Faye. Le fait qu'Anouk fût au courant des dernières décisions du Comité de Gouvernance était d'ailleurs révélateur de la manière dont se répandaient les informations au sein de la communauté des Navigants. Quoi qu'il en soit, sa fille avait toujours beaucoup apprécié William.

– Le Dr Faye a été réveillé il y a trois jours, confirma-t-elle d'un air évasif.

– J'imagine qu'il doit être dans le gaz.

– C'est peu dire…

Pour éviter d'aborder ce sujet de front, Dana évoqua les techniques utilisées pour aider les « Réveillés » à se rétablir après leur stase. La récupération de leurs capacités cognitives et fonctionnelles restait l'une des préoccupations principales des équipes médicales chargées de leur surveillance. L'enjeu dépassait de loin le seul aspect physiologique, puisque la suite de leur mission dépendait en grande partie des contingents de scientifiques et d'ingénieurs embarqués dans les caissons cryo.

– Le Dr Faye avait toujours des bonbons avec lui, se souvint Anouk. Sa famille les lui envoyait de Québec, des trucs introuvables sur Taihe.

– C'est vrai que tu aimais bien jouer avec lui.

Anouk eut un rire joyeux, un rire qui semblait dissiper toutes les incompréhensions accumulées entre elles depuis tant d'années, une éclaircie dans ses yeux couleur vert d'eau. Dana aurait voulu que cet instant dure éternellement.

– J'aimais surtout le défier en RV, admit Anouk.

Dana tombait des nues.

– Tu aimais *quoi* ?

– C'est lui qui m'a donné le goût de la cybernétique.

Dana s'était toujours imaginé que l'intérêt de sa fille pour les réalités virtuelles tenait à sa propre influence.

– Il m'a même emmenée une ou deux fois au centre de

jeux sur Taihe, leur révéla Anouk, avant d'ajouter aussitôt : Mais il y a prescription !

– Je lui en toucherai un mot, prévint Dana.

Les trois femmes rirent de bon cœur. Elles entamèrent leur émincé de bœuf, évoquant les souvenirs d'enfance d'Anouk. Meriem rayonnait.

– Je croyais que William devait être réveillé à notre arrivée sur Nüying, s'interrogea soudain Anouk. Il s'est passé quelque chose ?

Dana eut une hésitation.

– Nous avons pensé qu'il pourrait nous aider, répondit-elle avec prudence.

Anouk lui jeta un drôle de regard.

Dana savait que sa fille avait mal vécu cette manière qu'elle avait de cloisonner strictement sa vie professionnelle et sa vie familiale. Une fois, Anouk l'avait comparée au médecin-chef du *Yùtù*, dont le fils faisait partie de sa bande d'amis. La médecine spatiale avait beaucoup progressé au cours de ces vingt dernières années, et Sanchez, un homme passionné, l'évoquait sans tabous avec ses proches. Pourquoi pas Dana ? Pourquoi, toujours, cette façon de tout garder sous silence ? Est-ce qu'elle ne lui faisait pas confiance ? Sur ce sujet comme tant d'autres, Dana n'avait pas su lui parler. Bien plus tard, elle avait appris qu'Anouk lui en voulait de ne pas avoir été assez présente pendant les quatre années où elle avait essayé d'avoir un enfant, enchaînant les fausses couches à répétition. Finalement, Suzie était venue au monde après une gestation entièrement externalisée, un « bébé centrifugeuse », comme les appelaient familièrement les Navigants. Comment Dana aurait-elle pu lui avouer la vérité ? Dès le départ, elle avait su que c'était une erreur de vouloir mener une grossesse naturelle dans les conditions qui étaient les leurs. Ce n'était pas par indifférence ou froideur qu'elle avait gardé ses distances, mais pour ne pas influencer ses choix.

L'arrivée de Tashi et Suzie dissipa le malaise qui s'était installé. La petite se jeta au cou de ses deux grand-mères. L'attention des adultes se focalisant désormais sur sa charmante personne, le reste du repas se passa sans anicroche.

– Nous devrions leur proposer plus souvent de prendre Suzie avec nous, suggéra Meriem plus tard dans la soirée, alors qu'elles se préparaient à se coucher.

Allongée sur sa banquette, Dana écoutait distraitement la rumeur du cargo-monde. Malgré l'insonorisation des espaces de vie, ces échos assourdis faisaient partie de son environnement au même titre que l'air qu'elle respirait ou l'eau qu'elle buvait. Bourdonnement discret de la climatisation, gémissements échappés des tréfonds de la superstructure, ces bruits lui étaient aussi familiers que le ronronnement d'une tour de ventilation dans une salle des machines. Petite, ses parents lui avaient décrit avec nostalgie le vent dans les arbres, le chant des oiseaux ou le silence de l'aube dans la campagne blanchie par le givre. Ces évocations ne lui avaient jamais inspiré qu'un émerveillement abstrait et l'avaient finalement laissée assez indifférente.

Partant de là, elle avait du mal à admettre l'attraction que la Terre et ses nombreuses cultures exerçaient sur sa fille.

– Ce que je n'arrive pas à comprendre, formula-t-elle à voix haute à l'intention de Meriem, c'est ce besoin d'entretenir la mémoire d'une civilisation qui n'est pas la sienne. Ce ne sont même pas ses racines ! Je suis née en Ukraine. Tes parents venaient du Maroc, et son père biologique était américain. Pourquoi le Tibet ?

Dana entendit Meriem s'agiter dans la pénombre.

– Ce n'est pas incompatible, dit son amie après un moment. Après tout, qui sait d'où l'on vient, et où l'on va ? On a tous besoin d'une identité, et celle qu'Anouk a choisie correspond à ses valeurs. Ça ne l'empêche pas de se projeter dans l'avenir. Tu as vu les fresques qui ornent leur sanctuaire ?

Dana ignorait que Meriem avait visité le temple de l'Éveil Vrai, et cette preuve supplémentaire d'une complicité dont elle se trouvait exclue l'attrista.

– Ils y ont peint des représentations de la future cité spatiale de Shambhala. C'est très beau.

– Shambhala ? C'est comme ça qu'ils l'appellent ?

– Oui, d'après le nom d'un ancien mythe tibétain, enfin si j'ai bien compris.

– Ce sont des idéalistes.

– Nous sommes tous animés par un rêve. Toi aussi, Dana, tu ne fais pas exception à la règle !

Meriem avait raison, comme d'habitude, même si son rêve à elle semblait tourner au cauchemar ces derniers temps. Elle essaya d'imaginer à quoi pouvaient ressembler ces fresques.

– J'aimerais bien les voir, murmura-t-elle pensivement.

– Je *crois* que ça lui fera plaisir, approuva Meriem.

Une cité scintillante, en orbite autour d'une planète vierge. Bien sûr qu'elle en avait rêvé, à l'instar de tous les membres sélènes du projet Shun.

Dana vérifia machinalement son bracelet de communication. Personne n'avait cherché à la joindre au cours de ces trois dernières heures.

Elle poussa un soupir, et se laissa enfin gagner par le sommeil.

7.

– Comment vous sentez-vous, Jonathan ?

C'était devenu une habitude, un sésame. Comment se sentait-il ?

– Parfaitement bien, Dana, je vous remercie.

Jonathan s'installa dans le fauteuil qui faisait face à la fenêtre. Ciel bleu, éblouissant. Une brise douce faisant vaciller le vol d'une mouette au-dessus de l'eau miroitante.

Un jour éternellement parfait, songea-t-il.

La cogniticienne plaça l'interface miroir à quelques centimètres de ses tempes. Ce dispositif permettait une immersion de meilleure qualité entre le flux de conscience organique et l'environnement virtuel sauvegardé dans Réceptacle.

– Quels souvenirs avez-vous choisis pour moi aujourd'hui, Dana ?

La scientifique se contenta de sourire. Tous deux savaient qu'elle n'avait aucune prise sur cette sélection, celle-ci étant déterminée par Réceptacle en fonction de ses propres indications passées.

En dehors du rituel du transfert de mémoire qui pouvait durer deux ou trois heures, l'horizon de Jonathan se limitait aux murs de sa chambre et du couloir aseptisé qui le menait à la salle de sport. Là, un autre membre du personnel soignant se chargeait de le guider dans sa rééducation neuromotrice – consolidation de la marche, gestes réflexes. Suivaient des séances de renforcement cardio-musculaire, activité à laquelle Jonathan consacrait une bonne partie de son temps libre. L'exercice physique l'aidait à stabiliser ses émotions, encore très fluctuantes.

Dana alla s'asseoir dans le canapé derrière lui. Jonathan pouvait sentir son parfum – un discret parfum de fleurs, il n'aurait su dire lesquelles. Il visualisa un jardin, sur Terre. Il devait avoir trente, trente-cinq ans, et visitait avec des amis une ville dont le nom lui échappait, dans le sud de la France.

– J'adore votre parfum, murmura-t-il.

– Essayez de vous concentrer, Jon.

Il la sentit amusée.

Une note en date du 25 mars 2568 lui rappela que Dana était née sur Terre à Kharkiv, Ukraine, le 10 mars 2530. Elle allait donc sur la soixantaine, soit quarante ans de plus que lui, du moins s'il s'en tenait à son âge physiologique actuel. Cela prêtait effectivement à sourire.

– Jon ?

Il se concentra.

C'est du chèvrefeuille, disait la femme qui l'accompagnait dans ce souvenir. Le jardin embaumait après la pluie, une symphonie de verts d'où s'élevait la note suave, évanescente, de ces petites grappes de fleurs blanches. La remémoration avait tendance à renforcer ces expériences de synesthésie, et la plupart du temps il n'y avait rien de déplaisant à cela.

Il se laissa aller en arrière dans son fauteuil, fermant les yeux.

Quand il émergea de sa rêverie, il avait perdu toute notion du temps et du lieu où il se trouvait. Dana avait disparu, et le dispositif d'interfaçage avait été retiré. Le ciel, par-delà la fenêtre, avait emprunté la teinte bleu pâle d'un matin d'été, en accord avec son rythme biologique.

Il se rappela alors qu'il s'était assoupi pendant sa séance de transfert. Ces séquences guidées par Dana prenaient en général une tonalité agréable, mais il en sortait chaque fois désorienté, avec le sentiment de se tenir au bord d'un gouffre. Dana l'avait prévenu, il abordait à présent une phase plus chaotique de sa renaissance, où souvenirs et impressions passées pouvaient s'entremêler dans le désordre. Ce fouillis apparent ne devait pas l'inquiéter, avait-elle insisté, car cela témoignait de la mise en route progressive de son interface cybernétique. Pourtant, malgré ces propos destinés à le rassurer, la cogniticienne lui avait paru plus soucieuse qu'elle ne l'était habituellement.

– N'hésitez pas à me solliciter si vous en éprouvez le besoin, Jon, avait-elle ajouté avant de le quitter.

Une autre information l'avait perturbé aujourd'hui, se rappela-t-il, mais quoi ? Il interrogea ses mémoires, et cela lui revint soudain : le Dr Faye, tout juste sorti de stase, viendrait bientôt lui rendre visite.

Faye ? L'inquiétude qui teintait la voix de Dana lorsqu'elle le lui avait annoncé ne lui avait pas échappé.

En cherchant dans ses circuits secondaires, il avait retrouvé des notes relatives à un certain William Faye. Son ancien moi semblait avoir considéré ce cybernéticien comme le professionnel le plus compétent pour l'accompagner dans l'ancrage de ses souvenirs matriciels. Toujours selon lui, Faye possédait quatre qualités indispensables à cette fonction : technicité, expérience, intuition et discrétion. Jonathan s'expliquait mal les motifs qui avaient poussé son premier moi à mettre sur la touche un collaborateur aussi capital. Il ne comprenait pas non plus comment il avait pu aller jusqu'à *oublier* son existence.

Malgré l'angoisse que ces trous de mémoire lui inspiraient, Jonathan hésitait à interroger la cogniticienne. Non qu'il ne lui fasse pas confiance : toutes ses notes décrivaient Dana comme une femme intègre, qui plaçait de grands espoirs dans les retombées médicales de la RNA. La réussite de leur expérience lui tenait sincèrement à cœur.

Alors pourquoi ces pages blanches, et pourquoi Faye ? Dana lui cachait quelque chose, quelque chose qui rampait sous la surface apparente des paroles rassurantes et des masques.

L'angoisse commençait à le submerger. Il se leva. Mobiliser son corps était le seul moyen efficace qu'il ait trouvé pour lutter contre la terreur, une constatation au moins qu'il avait parfaitement intégrée.

Pieds nus, il se traîna vers la salle de bains privée attenante à ses appartements – là encore, un luxe appréciable, sur ce vaisseau où des familles complètes s'entassaient dans des espaces plus étroits que son cabinet de toilette. La caresse brûlante du système d'injection de vapeur d'eau dissipa la torpeur délétère de sa sieste. Une fois habillé, il sortit s'aérer sur la terrasse.

Les concepteurs du *Yùtù* avaient vu juste en insistant sur l'importance d'aménager de nombreux espaces verts au sein de leur vaisseau. Lors des fréquentes discussions qui avaient présidé à la mise au point de leur projet architectural, ils avaient souligné la nécessité vitale de prévoir des lieux où se ressourcer au contact de la nature, dans ce bâtiment où deux générations au moins allaient devoir se côtoyer pour un voyage sans retour garanti. Intégrer de telles contraintes dans un vaisseau spatial représentait indéniablement un coût, mais les bénéfices obtenus en termes d'habitabilité étaient sans commune mesure. Ces jardins suspendus étaient une vraie réussite. Les botanistes et les paysagistes avaient accompli des miracles, sélectionnant année après année les essences les plus adaptées à leurs conditions de croissance.

Jonathan s'arrêta près de ce qui ressemblait à un chêne nain, respirant avec un mélange de curiosité et d'avidité l'odeur âpre des matières végétales pourrissantes qui se dégageait des bacs de culture. Un souvenir émergea lentement, libéré de sa gangue numérique par cet afflux de sensations, celui d'un jardin sous la pluie, empreint de nostalgie.

Où, quand ?

Déjà l'impression s'évanouissait, le laissant seul face à lui-même.

Mais qui était-il vraiment, et que voulait-il ?

Les notes que ses précédents moi lui avaient léguées dressaient le portrait d'un personnage puissant, habité par ses visions. Mais ces enregistrements, destinés à le guider dans le dédale de ses existences passées, ne faisaient que l'égarer davantage. Sa mémoire matricielle ne lui offrait pas davantage de réconfort. Tel un spectre errant dans un paysage fracturé, morcelé entre les reflets changeants de ce kaléidoscope, il cherchait en vain à retrouver une identité qui se dérobait en permanence.

Jonathan Wei, l'entrepreneur sino-américain à l'origine du projet RNA et président de Space'O, demeurait un mystère – au contraire de Sonam Tsering, son double numérique et spirituel.

En 2519, trois ans avant que l'ancienne République populaire de Chine pose les premiers modules de ce qui allait devenir plus tard la cité sélène de Taihecheng, le XVe Dalaï-Lama s'échappait clandestinement de la ville sainte de Lhassa, fuyant le joug de l'Armée populaire de Libération.

Sonam Tsering n'avait qu'une vingtaine d'années à l'époque, soit à peu près le même âge que Sa Sainteté. Réfugié dans un camp à proximité de la frontière, il rêvait souvent, la nuit, de ses amis morts dans leur fuite, de ceux dont il n'avait plus de nouvelles, ou de ceux qui avaient perdu la vie en essayant de lutter pour la liberté de leur peuple.

Cet homme, qu'il ne connaissait pas, avait joué un rôle

clef dans l'élaboration de la personnalité de son premier moi. Aujourd'hui, ses souvenirs le hantaient, lui sifflant sans relâche, entre les interstices de ses rêves, des secrets épouvantables sur la nature humaine.

N'oublie jamais, lui enjoignait son premier moi dans les notes qu'il avait laissées à son intention.

Jonathan n'avait pas oublié.

8.

Cargo-monde *Yùtù Mèng*, en approche de Nüying
[11-2590] Vingt-cinq ans après le départ du Système solaire

À mesure qu'il progressait dans la maîtrise de son environnement cybernétique, Jonathan se sentait plus assuré. Il était désormais capable de transférer instantanément des données de son espace mental vers Réceptacle, et inversement.

Isolé dans son quartier au quinzième niveau de la tour d'habitation, il n'avait cependant toujours pas le droit de s'aventurer dans les autres parties du vaisseau. Les seules annexes autorisées se limitaient aux installations sportives où se déroulaient ses séances de rééducation, ainsi qu'aux terrasses privées jouxtant ses appartements. Son bracelet de communication ne possédait que trois canaux, ceux lui permettant de joindre Dana, le colonel Wang et la déléguée Tamaki.

Dans ses moments de lucidité, il considérait ses souvenirs comme des greffes indépendantes de sa personnalité profonde, dont il était libre de se séparer s'il le décidait.

Ces moments ne duraient pas.

Une note, laissée par le Jonathan qui l'avait précédé, disait :

[Note N° 2590.10.12.23.32. Penser à contacter Tamaki pour exiger entretien avec Maître Lobsang Tsering.]

Qu'est-ce qu'il avait voulu lui dire, sans le dire ? Il avait fallu de longues minutes de réflexion à Jonathan pour retrouver le raisonnement de son ancien moi.

Contactée, la déléguée Tamaki lui opposa un non franc.

– Croyez-moi, c'est pour votre bien.

Jonathan réprima un mouvement de colère.

– Quel est le problème, Tamaki ? Vous savez aussi bien que moi quelle place le premier Jonathan accordait à la spiritualité dans sa vie.

Le visage de la vieille Asiatique flottait dans la pénombre de son salon, fondu dans les bleus du Chagall et les pastels de l'arrangement floral qui ornait la table basse.

– Les termes du protocole sont clairs, répliqua sèchement la Japonaise. Aucune visite, aucune rencontre ne sera admise avant la fin de la période de Renaissance.

Elle coupa la communication.

Jonathan demeura figé, le regard fixé sur les pixels délavés qui se dissipaient dans l'air. Il remarqua soudain ses poings serrés, et prit conscience de la fureur qui montait en lui. Il se mit à rire, frappé par l'absurdité de cette situation.

Qu'est-ce que cette femme espérait, en le cloîtrant ainsi ? Il avait à sa disposition mille moyens de contourner les obstacles qu'elle dressait devant lui, mille chemins pour soulever les pans cachés de son passé. Une fois sa fusion avec Réceptacle achevée, il pourrait accéder sur simple requête à toutes les mémoires du vaisseau, dont celle utilisée par les membres de l'Éveil Vrai. Ses prédécesseurs avaient tout prévu.

Passé cette première réaction de défi, cependant, les mêmes questionnements, les mêmes doutes revinrent l'assaillir. Quelqu'un avait-il manipulé ses souvenirs ? Avait-on effacé des entrées, ou pire, en avait-on *ajouté* ?

Et si sa mémoire matricielle n'était qu'un mensonge de plus ?

Au moment de faire des choix, Sonam Tsering avait hésité entre sa vocation religieuse et une carrière militaire. Sa mère réfugiée en Inde, une femme très pieuse, était acquise à la cause du gouvernement tibétain en exil. Elle aurait aimé que son fils cadet embrasse la voie monastique, mais le mot circulait que les Forces spéciales frontalières recrutaient. Comme beaucoup d'autres jeunes Tibétains, Sonam voyait dans cet engagement un moyen d'échapper à une existence sans avenir dans cette enclave protégée. La perspective d'obtenir la nationalité indienne après deux ans de service l'avait décidé.

Le premier Jonathan souhaitait que ces souvenirs restent gravés à la racine de son être comme s'ils lui avaient appartenu, chaque détail rendu avec une précision chirurgicale. Ces séquences matricielles avaient tendance à surgir dans son flux de conscience sans qu'il les ait invoquées, tournant à vide dans son esprit.

Dana ignorait la nature de ses obsessions. Elle lui avait expliqué que ces résurgences étaient parfaitement normales et qu'elles finiraient par s'estomper. Elle lui avait montré comment dévier le cours de ses pensées par quelques techniques simples. Très efficace, le rappel d'une note pouvait stopper net une scène, un effet dû au conflit de priorité entre ses différentes mémoires. Une autre astuce consistait à se focaliser sur un souvenir, de préférence agréable, et de l'examiner jusque dans les moindres détails en mobilisant au maximum ses circuits afférents.

Un appel de Dana l'interrompit dans ses réflexions.

– La déléguée Tamaki m'a signalé que vous étiez souffrant.

– Qu'est-ce qui lui fait croire cela ?

– Elle avait l'air… contrariée. Ou inquiète.

– C'est elle qui m'a contrarié.

– Voulez-vous que je passe vous voir ?

En étudiant les plans du *Yùtù*, Jonathan avait réussi à se faire une image mentale de l'agencement des différents espaces du vaisseau. Les locaux du laboratoire de cognition et cybernétique humaine se situaient sous la serre tropicale du premier niveau d'habitation, pile au-dessus des infrastructures qui abritaient Réceptacle. Jonathan jugea que Dana devait se trouver dans son bureau, c'est-à-dire, en quelque sorte, à deux pas de son extension cybernétique.

– Je préférerais me reposer un peu avant notre prochaine séance.

– Entendu. À tout à l'heure.

Il se détourna de l'écran vide, partagé entre le regret d'avoir repoussé son aide, et le besoin de se retrouver seul. Une solitude où, immanquablement, les mêmes fantômes reviendraient l'assaillir.

9.

Chang-La Pass, nord-est du Ladakh, Inde
[12-2520] Soixante-dix ans auparavant

Sonam est brutalement tiré de son rêve, avec la certitude que la gueule gelée d'un fusil presse son front. L'espace d'un instant, il se voit mort, la cervelle éclatée en millions de fragments de néant. Puis la réalité s'engouffre en lui, dans toute son implacable horreur. Les vingt jeunes recrues des Forces spéciales frontalières, rattachées depuis peu à la 12e unité du bataillon d'infanterie du Mahar Régiment, émergent de leur mauvais sommeil. Malgré les quatre radiateurs qui équipent leur baraquement, la température interne n'excède pas les six degrés. Sonam met quelques secondes à comprendre ce qu'on attend de lui.

Trois jours auparavant, dix soldats indiens ont perdu la vie dans un accrochage à flanc de montagne, et probablement autant du côté chinois. Trois drones de reconnaissance ont été abattus, un quatrième, neutralisé, est entre les mains des experts du contre-espionnage. Sans ces éclaireurs robotisés et avec le front nuageux qui brouille toute vision satellite de la zone, il n'y a aucun moyen de savoir où se sont positionnées les forces ennemies.

Il va falloir y aller.

Le point de patrouille qui pose problème se trouve à trois cents mètres au nord à vol d'oiseau, soit plus de deux heures par la route, sur la rive sud du lac Pangong. Long de cent trente-quatre kilomètres, ce lac d'altitude se situe à la frontière de l'Inde et de la région autonome du Tibet. L'avant-poste de l'APL, démonté l'été dernier, a été déplacé de quelques mètres, et remonté. Depuis, les Chinois tiennent leurs marques et profitent de l'hiver pour consolider leurs positions le long de la ligne de contrôle frontalière.

Sonam enfile ses sous-vêtements thermiques et serre son paquetage. Une ration hypercalorique leur est servie, avec un thé brûlant. Les quantités sont réduites : comprimer les poumons avec un estomac trop plein peut se révéler mortel pour ceux qui n'y sont pas habitués. Cela ne pose pas de problème à Sonam, qui est né et a grandi dans ces régions de haute montagne. Il mâche son repas sans plaisir, mais n'a aucune peine à avaler sa pâte nutritive avec une bonne rasade de thé. Ses compagnons sont plutôt silencieux. Tous savent qu'ici, la moindre erreur, la moindre plaie peut devenir fatale. Les gorges qui entourent la zone critique sont profondes, parfaites pour des embuscades, et à quatre mille trois cents mètres au-dessus du niveau de la mer, l'hiver ne fait pas de cadeaux. Une engelure peut valoir une amputation, et une blessure légère par balle, la mort en quelques heures. À ses côtés se tient Mila, une mercenaire népalaise qui a pris les armes contre l'APL durant son adolescence. C'est une montagnarde au caractère rude, l'une des rares à ne souffrir ni du froid ni de l'altitude, avec la poignée d'autres Tibétains venus en renfort. Un petit gabarit, qui grignote son pain protéiné du bout des dents, sans se mêler aux conversations en hindi. Comme lui, elle s'est engagée uniquement dans le but d'obtenir la nationalité indienne.

Leur repas expédié, les soldats se préparent. Exosquelette

léger sous l'épais pantalon de kevlar, veste multicouche, bottes, casques, lunettes de vision infrarouge, gants et fusil d'assaut Insas constituent leur équipement de base. Avec ce matériel sophistiqué, Sonam se sent invincible. En découdre avec les Chinois, prendre sa revanche, voilà tout ce qu'il demande.

Mila est la première à sortir, et il ne tarde pas à la rejoindre. Chaudement vêtu et chaussé de blanc, il pourrait affronter n'importe quel adversaire. Ce n'est qu'une illusion, mais sa rage lui tient lieu de courage.

Les premières heures du jour sont les moins venteuses, ce qui leur offre une fenêtre de quelques heures pour effectuer leur patrouille. Plus bas dans la vallée, des brigades de chars T-72 sont prêtes à intervenir – si tant est que la météo autorise le décollage des appareils qui doivent assurer leur couverture aérienne. De là où il se trouve, Sonam ne distingue qu'une mer de brume compacte qui masque tout le panorama. Le monde, enseveli dans le brouillard, pourrait aussi bien avoir disparu. Sa réalité à lui se réduit aux deux-trois mètres de visibilité devant ses pas. Au-delà, le décor se noie dans une bouillasse grise. Sortir avec cette météo est une prise de risque, aucun montagnard ne commettrait une telle erreur. L'ennemi principal, ici, c'est avant tout l'hiver. La nuit, les températures descendent jusqu'à –40 °C, et par temps sec, le vent qui hurle dès la mi-journée peut vous peler la peau à vif. Évitez de gueuler, leur a-t-on conseillé au camp d'entraînement de Leh. L'air est si froid que des aiguilles de glace peuvent se former dans les poumons, déchirant les muqueuses comme des lames de rasoir. Inutile de pleurer. Les larmes, en gelant, griffent les globes oculaires.

Un camion les attend, phares et moteur allumés. Douze engagés s'entassent sous la bâche à l'arrière. Un jour crépusculaire tombe des sommets masqués par les nuages. Un paysage de désolation s'étire lentement dans cette clarté de fin du monde. Autour d'eux, ce n'est que roche noire et congères, et avec la neige qui s'est accumulée ces derniers jours, le risque d'avalanche est élevé.

– Un temps à faire crever un mort, plaisante un soldat.

Personne ne trouve ça drôle.

Un jour, un gars originaire de New Delhi avait vidé plus de bières que de raison pour fêter sa relève, prévue le lendemain. Le *chang* est une boisson traîtresse, surtout à ces altitudes. On l'avait retrouvé dans la nuit, à moitié gelé, à trois mètres des latrines. Quelqu'un, ou quelque chose, lui avait arraché une main. Des histoires circulaient sur les Chinois. On disait qu'ils utilisaient des chiens mécaniques pour semer la terreur parmi les troupes adverses. La patrouille qui était tombée l'autre jour n'avait rien vu venir. Cachés derrière un bouclier de camouflage adaptatif, les soldats de l'APL leur avaient tendu une embuscade à deux kilomètres au sud de la quatrième phalange du Pangong Tso. Deux survivants avaient témoigné. Ils juraient avoir vu des démons surgir de la neige.

Sonam se récite des mantras pour éviter de penser. Ne pas penser est la meilleure défense contre la peur.

– Hé, le moine, l'apostrophe Mila.

La jeune femme est peu loquace, mais il lui arrive de lui adresser la parole. Cette relation est ce qui ressemble le plus à une amitié pour lui. Mila doit bien avoir dix ans de plus que lui, et peut-être lui rappelle-t-il un frère cadet, demeuré au pays. Elle lui a raconté brièvement sa vie : à huit ans, elle a dû abandonner l'école pour aider ses parents. Elle parcourait des kilomètres de sentiers de montagne avec un sac de riz sur le dos, juste pour aller le vendre au village le plus proche. Et ça, quasiment tous les jours. Elle ne comprend pas pourquoi il s'est engagé dans les Forces spéciales alors qu'il avait la possibilité de mener une vie confortable dans un monastère, mais elle ne juge pas. Chacun ses raisons.

Parfois, pour se donner du cœur au ventre, il tente de se persuader qu'il est ici pour défendre son peuple. Sa conscience lui dicte cependant qu'il n'y a aucune gloire à céder aux pulsions de violence. La vengeance fera-t-elle avancer la cause du Tibet ? Cela évitera-t-il aux siens l'exode ou la soumission auxquels l'occupation chinoise les condamne ?

Une voix, au fond de lui, lui souffle que la vérité est ailleurs.

Un cahot brutal le projette contre son voisin. Après deux ou trois à-coups, le camion s'arrête dans un crissement de tôle. Le temps de réaliser ce qui se passe, un tir de mortier fait littéralement sauter l'éperon rocheux qui s'avance devant eux. Des mitrailleuses lourdes entrent en action. Sonam se jette à plat sur le sol. Son voisin n'a pas eu sa chance, il s'effondre dans une posture grotesque, sans un mot ni un cri. Durant une minute interminable, les balles giclent dans tous les sens, les vitres à l'avant du véhicule volent en éclat, la toile qui les protège de l'extérieur est déchiquetée sur un bon tiers de sa longueur. Puis c'est le silence. L'écho des coups de feu, avalé par le brouillard, s'éteint dans la vallée. Sonam est pétrifié de terreur. Il sait, tout le monde sait qu'ils ne peuvent pas rester là, sur cette route dominée par des pentes couvertes d'une plaque de neige instable.

Sa respiration paniquée forme des nuages de vapeur devant son masque. Il se redresse sur les genoux avec raideur. Il y a un mouvement sur sa droite. C'est Mila, en train de ramper jusqu'à l'arrière. L'engagé qui tenait le fusil mitrailleur est tombé, face contre sol. Sonam voit le sang qui commence à s'épancher sous l'épaisseur de sa veste blanche. Mila le remplace. Elle écarte la bâche avec précaution. Fait signe que la voie est libre. Les automatismes inculqués au centre d'entraînement se mettent en place rapidement. Le sergent indien prend les commandes.

Mila et un autre se postent à l'abri pour couvrir ceux qui s'exposeront en premier.

Les gars sautent au bas du camion.

Une rafale de mitraille s'abat sur eux, l'un des hommes a le temps de hurler avant de s'écrouler, un cri à vous geler les sangs. Mila, très calme, prend position pour ajuster son tir. Tout cela se déroule en quelques fractions de seconde. Elle tire. Abat un premier drone de combat. Ces robots tueurs sont programmés pour semer la mort, sans discrimination ni merci. Le sergent se charge d'un deuxième appareil, et un troisième est fauché à quelques mètres de là.

Il faut évacuer maintenant. Le camion a dérapé sur trois mètres avant de s'immobiliser en travers de la route, au bord du ravin. Ils ont évité la chute de justesse, ils n'échapperont pas à l'avalanche. Le grondement qui s'élève semble monter des profondeurs de la montagne. Les soldats en panique se dispersent en désordre, malgré les injonctions répétées du sergent. Restez groupés. Rassemblez-vous côté amont. Sonam est pétrifié. Il croit voir des ombres pâles se mouvoir à travers le brouillard. Une armée de fantômes, cavalant devant la gueule blanche du blizzard.

Quelqu'un le tire brutalement en arrière. Mila. La Népalaise le tracte de force jusqu'à la paroi, là où la roche noire affleure sous le manteau de neige, une corniche de cinquante à soixante centimètres qui, peut-être, leur sauvera la vie. Il a le réflexe de se débarrasser de son fusil et de son sac. Réflexe encore, il se recroqueville et protège son visage dans le pli de son coude.

Après quoi, c'est le blanc.

10.

Cargo-monde *Yùtù Mèng*, en approche de Nüying
[11-2590] Vingt-cinq ans après le départ
du Système solaire

Se réveiller après presque vingt-cinq ans de cryostase n'était pas l'expérience la plus fameuse que William ait vécue au cours de sa carrière. En principe, Coltrane et le solo d'ouverture de « Blue Train » auraient dû le guider vers les fauteuils moelleux et l'atmosphère enfumée d'un club de jazz de Greenwich Village. Au lieu de quoi il se retrouvait coincé dans une antichambre indéfinie, en compagnie de ses vieux fantômes.

Le parfum musqué du thiouraye flotte dans l'air, comme la berceuse qu'une voix aimée fredonne quelque part. Il se voit en train de feuilleter un album avec des images, une histoire de pêcheur et de poisson-sorcier. Dans sa langue, sa grand-mère lui parle d'une Afrique lointaine, un pays dont elle se languit sans se plaindre, en secret. Les vagues bruissent sur le sable des longues plages pâles, les cris des hommes qui partent à la mer retentissent sous le ciel encore teinté de nuit. Assis sur ses genoux, il tourne les pages avec précaution. La même histoire se déroule au fil des images, déclinée en différents dialectes, sérère, wolof et diola. Toutes ces langues composent un poème dont le sens s'entremêle dans son imagination, telles les racines des mangroves qui bordent l'île où sa famille est née.

Le souvenir se dilue dans la brume du soir.

À présent, c'est son père qui parle : la poésie ne fait pas bon ménage avec les imbéciles, lui dit-il, avec cet humour caustique qui masque mal son inquiétude.

Impossible de lui cacher la vérité – le sang macule son sweat, et il a le nez en capilotade. Ses agresseurs l'ont attrapé à la sortie du gymnase et l'ont traîné derrière le bâtiment. Quatre contre un, ça ne se présentait pas bien, mais il s'était défendu. Non, il ne les connaissait pas – c'est faux, évidemment. Les types avaient juste envie de se défouler – encore un mensonge. Tout a commencé quand il a récolté les félicitations de leur professeur en classe. Ses notes trop brillantes lui valent l'admiration ou la haine, fatalement. Sa mère désinfecte ses plaies avec un soupir. Des bagarres, il en éclate chaque semaine dans le collège où elle enseigne les mathématiques, c'est presque une routine.

Un premier coup le plie en deux. Un second projette sa tête contre le bitume. Son premier réflexe, protéger le Neuratec. Les implants sont fragiles, on le lui a bien assez répété.

Coltrane s'échappe vers le ciel, dans une envolée qui condense en un souffle toute la profondeur et la richesse de l'expérience humaine.

Les heures passent. Les jours.

Des auxiliaires médicaux l'aident à assouvir ses besoins primaires. Se nourrir. Se vider. Dormir, et dormir encore.

Enfin, après deux semaines de flou existentiel à essayer de voir clair dans cette mélasse sans nom, de lecture de notes éparses sur les événements les moins significatifs de sa vie, d'absences et de fulgurances sans suite, William Faye, trente-quatre ans plus vingt-cinq, docteur en cybernétique, astronaute en mission sur le vaisseau d'exploration *Yùtù Mèng*, réussit à se lever.

Il demeura assis quelques minutes sur la banquette de la salle d'infirmerie, expérimentant ses sensations corporelles avec un mélange de curiosité et de méfiance. Ses membres pesaient deux tonnes, son cou n'avait même plus la force de bien tenir sa tête, la pièce tanguait.

À part ça, il allait plutôt bien. Son cerveau enregistrait désormais un niveau d'activité presque normal, là où quelques jours auparavant il affichait de nombreuses zones d'ombre. « Vous avez une plasticité cognitive de jeune homme », décréta le médecin.

Apte au service, donc.

Personne, cependant, ne lui avait expliqué pourquoi on l'avait sorti de son caisson plus tôt que prévu. Après quinze jours de réflexion et de reconstitution pénible du fil de son existence, il en avait conclu qu'il valait mieux attendre d'en avoir discuté avec Dana avant de se forger une opinion.

La cabine qu'on lui avait attribuée au treizième niveau était plutôt confortable, il n'avait pas à se plaindre. Doté de quatre couchettes, le « studio » était prêt pour accueillir ses futurs occupants, en l'occurrence des Dormants qui seraient réveillés en phase de déploiement orbital du projet Nüying. Seul entre ces murs vides, il se trouva curieusement désemparé. Jusqu'à présent, il n'avait été en contact qu'avec des médecins et des infirmiers, des Navigants qui le traitaient avec professionnalisme et indifférence. Il ne savait à peu près rien de l'état du monde et de la manière dont les choses avaient évolué sur le *Yùtù* depuis sa mise en stase. Sa famille sur Terre était loin, et la plupart de ses amis et collaborateurs se trouvaient encore en caisson. Il y avait de quoi se sentir un peu seul.

Un peu déprimé par la perspective de la soirée solitaire qui l'attendait, il s'affala sur la première couchette, caressant le vague projet d'aller se promener dans les coursives afin de découvrir les changements qui avaient affecté le cargo-monde depuis qu'ils avaient quitté le Système solaire. Ses yeux se fermèrent sans même qu'il s'en rende compte.

Vers dix-neuf heures, Dana le contacta. La technologie des accessoires de communication avait évolué depuis le départ de leur vaisseau. Le bracelet connecteur utilisé jadis avait été remplacé par un tatouage digital, assez élégant au demeurant. Un autre détail l'avait surpris : les Navigants avec qui il avait eu affaire jusqu'à présent étaient tous interfacés, là où, avant, cela demeurait l'exception. Il se demanda si la compagne et la fille de Dana portaient elles aussi un implant. Il se souvenait de la réticence de Meriem à l'idée d'introduire ces prothèses dans son cerveau.

– Est-ce que tu te sens suffisamment en forme pour venir dîner avec nous ? s'inquiéta Dana.

En forme ou pas, il préférait mille fois passer la soirée avec elle plutôt qu'en tête à tête avec lui-même.

Après s'être longuement perdu dans le dédale des couloirs, il retrouva avec plaisir l'ambiance feutrée et confortable du restaurant central. Une certaine idée de la permanence imprégnait chaque détail de la décoration, comme dans ces vieux clubs à l'anglaise de la belle époque. Seul changement notable, l'écran de la baie artificielle qui montrait une vue à couper le souffle sur une planète qui aurait pu faire penser à Jupiter. Le nom de cette géante gazeuse locale lui échappait. Beaucoup de choses lui échappaient, d'ailleurs, et il fallait bien qu'il s'en accommode.

Dana l'attendait dans l'un des box privés. Elle portait une combinaison bleu ciel qui mettait en valeur ses yeux et le nuage neigeux de ses cheveux. Il la trouva aussi belle et lumineuse que dans son souvenir, malgré la fatigue qui marquait ses traits. Il rangea cette observation avec les craintes qu'il nourrissait sur les raisons qui avaient poussé la responsable du projet RNA à le solliciter plus tôt que prévu.

– Alors, comment se présente ton retour à la vie normale ? l'interrogea-t-elle dès qu'il fut installé.

– Je ne sais pas trop.

Il jeta un coup d'œil à la salle. Il devait bien être le seul Terrien à figurer parmi les convives du restaurant, mais ce qui frappait surtout était l'aisance, le naturel avec lequel les Sélènes évoluaient dans cet environnement, comme s'ils avaient toujours vécu là.

– Et sur le plan fonctionnel ?

William subissait quotidiennement des batteries de tests destinés à évaluer, entre autres, ses capacités intellectuelles et psychomotrices. Il sortit son feuillet et lui montra les dernières images de son cerveau en pleine action. Une expression soucieuse flotta quelques instants sur le visage de la cogniticienne, alors qu'elle les examinait.

– Tes performances sont bonnes, murmura-t-elle, effleurant les pixels du bout de ses doigts fins. En revanche, tes constantes sont juste correctes…

« Correctes » était la version polie de « désastreuses ». Son taux de vitamine D frôlait le néant, sa densité osseuse égalait celle d'un vieillard, et ses muscles ramollis supportaient difficilement la gravité écrasante de 0,7 g induite par la décélération du vaisseau.

– Je ne te propose pas de faire un bras de fer avec moi, plaisanta-t-il.

Elle eut un bref sourire, trop sérieuse pour rentrer dans le jeu.

– Nos programmes de santé ont beaucoup évolué au cours de ces vingt dernières années. Je pense que tu devrais vite récupérer.

– J'offrirai mon corps à la science avec joie. Comment se portent nos canaris, au fait ?

– Ils se sont adaptés, mais tu serais étonné de voir leurs nouvelles techniques de vol.

Une vague timidité le retint de demander des nouvelles de Meriem et Anouk, mais Dana prit les devants :

– Meriem va bien. Elle nous rejoindra plus tard.

– J'imagine que son labo tourne à plein régime en ce moment.

– Elle est très occupée, en effet.

– Et Anouk, que devient-elle ?

William se souvenait de leur fille comme d'une adorable tornade blonde. Elle devait avoir la trentaine, aujourd'hui, c'est-à-dire pas loin de son âge physiologique.

– Elle va bien, répondit Dana en détournant brièvement le regard. Et figure-toi que je suis grand-mère d'une petite Suzie.

William la félicita, un peu troublé. Il avait du mal à faire se superposer l'image de la gamine malicieuse et turbulente qu'il avait connue, avec celle d'une femme adulte, elle-même parent d'une enfant conçue dans l'espace. Pourtant, à bien y réfléchir, il n'y avait là rien de choquant. Anouk n'était pas née sur Terre, qu'elle devienne mère à mi-chemin du Soleil et de Shun faisait partie du cours normal de l'évolution. Le plateau technique médical, situé sur l'un des étages rotatifs du vaisseau, bénéficiait d'une gravité artificielle permanente qui autorisait le bon déroulement d'un certain nombre de processus biologiques, dont la procréation assistée.

Le serveur apporta leur plat sur ces entrefaites, un ragoût de légumes et de viande de synthèse fortement épicé que William eut du mal à décrire sur la palette de ses souvenirs gastronomiques. La culture culinaire du *Yùtù* avait, semble-t-il, suivi elle aussi une trajectoire qui lui était propre, mais cela avait l'air tout de même plus appétissant que les pains nutritifs et les shakers qu'on lui donnait à avaler depuis quinze jours.

Ils entamèrent leur repas en silence.

– Bon, et Jonathan ? demanda William.

Ce serait probablement le sujet délicat de la soirée, et

comme il se sentait d'humeur joueuse, il avait décidé de lui faciliter le travail.

Dana mit quelques secondes à lui répondre.

– Les choses ne se déroulent pas comme nous l'avions escompté, lui apprit-elle finalement.

Était-ce un constat, un aveu ? Dans le doute, il préféra réagir par une boutade :

– Moi qui espérais que ma compagnie vous manquait.

– Nous avons dû te réveiller prématurément parce que nous avons besoin de ton expertise.

Il y avait donc un problème avec la matrice, comme il le craignait. Un problème suffisamment grave pour qu'ils se résolvent à enfreindre les règles édictées par Jonathan avant leur départ.

– Quand je dis « nous », je parle du Conseil d'Administration du *Yùtù Mèng*, c'est-à-dire moi, le directeur scientifique, plus les délégués Kapoor et Tamaki. Ah, et le colonel Wang. Comme tu le sais, ce dernier est désormais responsable des affaires opérationnelles.

– On m'en a informé, en effet, répondit-il avec circonspection. Mais je n'ai toujours pas compris en quoi consistaient ces « affaires ».

– Nous avons connu des moments difficiles… Il y a eu des tensions entre les différentes communautés du *Yùtù*, enfin, principalement entre les Forces spatiales et les membres de l'Éveil Vrai. Suite à ces incidents, Tamaki et Kapoor ont nommé Wang commandant de mission. Jonathan n'était pas en état de contester.

– Pourquoi donc ?

Elle marqua une pause, évitant son regard. Mais ce qui suivit était typiquement du Dana Radchenkova :

– Nous avons dû procéder à un certain nombre de réincarnations pour tenter de normaliser la situation.

Il mit quelques secondes à intégrer ces nouvelles données. « Un certain nombre de réincarnations », cela signifiait plusieurs décès. Est-ce qu'il y avait eu un souci avec les clones ? Anomalie du développement physiologique en raison des conditions environnementales, difficultés au moment du transfert, troubles de la personnalité ?

– Combien de fois ? demanda-t-il.

– Cinq.

– Ce sont les clones qui posent problème ?

– Non, a priori ils sont parfaitement fonctionnels.

– Alors quoi ?

– Suicide, lâcha-t-elle succinctement, avant de se reprendre : En réalité, nous ne comprenons pas ce qui se passe. Toutes les réincarnations de Jonathan, quoi que nous fassions, tendent vers cette… issue.

Il sifflota entre les dents. Voilà qui s'annonçait bien pire que tous les scénarios imaginés au départ de l'expérience. En principe, le protocole de transfert pouvait être réitéré un certain nombre de fois – autant que le permettait la capacité de stockage de Réceptacle. Est-ce qu'on y avait glissé une anomalie, quelque chose qui faisait que… Non, bien sûr.

Si on l'avait réveillé, c'est qu'on soupçonnait un problème avec la matrice.

Une sensation très désagréable s'insinua le long de ses vertèbres.

Lorsqu'il était allé trouver Dana pour lui confier ses doutes, vingt-cinq ans plus tôt, il avait évité d'évoquer le détail des séquences que Jon avait voulu sauvegarder dans l'enclave sécurisée de sa mémoire matricielle, respectant à la lettre l'obligation de secret médical. Bien sûr, il s'était posé des questions, mais Jonathan ne le payait pas pour arbitrer sur le contenu ou la nature de ses souvenirs. Son rôle se limitait à assurer le bon déroulement de ses plongées. Il n'avait donc rien dit, et les séances s'étaient poursuivies jusqu'à leur terme. Lorsqu'enfin il s'était résolu à donner l'alerte, quelques heures avant sa mise au caisson de stase, il était déjà trop tard.

Il tripota machinalement son pain de viande synthétique du bout de sa fourchette, envahi par une succession d'images et de scènes qu'il aurait préféré voir effacées de sa propre mémoire. N'importe qui aurait perdu pied avec un passé aussi traumatique. Le détachement avec lequel Jonathan semblait considérer ces événements l'avait induit en erreur. Ou bien, Jon lui-même avait sous-estimé les conséquences de ces souvenirs sur ses moi futurs.

– Il est difficile de dire en quoi les transferts déclenchent cette situation, poursuivait Dana. Jonathan souffre d'une forme de fragmentation paranoïde de sa personnalité. Je pense que c'est ce qui le pousse, invariablement, à cette extrémité.

La cognitiente paraissait soucieuse, à juste titre.

– Il est au courant du risque de suicide ?

– Oui, je l'ai informé. Et nous avons mis en place un certain nombre de mesures préventives…

– Qui sont ?

– Je t'envoie le dossier.

Elle sortit son feuillet et lui communiqua le rapport en question.

– Il va me falloir quelques jours pour lire tout ça, constata-t-il.

Entre ses séances de réadaptation neuromotrice et ses heures de « service technique », son programme de réinsertion s'annonçait bien rempli.

Dana poussa un soupir.

– J'aimerais te dire que ce n'est pas urgent, mais je crains de devoir te presser. Jon a encore fait un malaise hier soir.

– Quelle sorte de malaise ?

– Surcharge « système », lâcha-t-elle avec un sourire amer.

L'expression faisait référence à une blague qui avait longtemps circulé au labo, pour désigner le mal épileptique qui pouvait affecter le système nerveux au moment de son hybridation numérique.

William préféra rejoindre directement ses quartiers après le dîner.

Une fois seul, il s'écroula d'un bloc, assommé par toutes les informations qui s'étaient télescopées dans sa tête au cours de la soirée. Cela faisait beaucoup, pour un revenant encore englué, métaphoriquement parlant, dans son gel de stase. Avant de sombrer, il se demanda ce que pouvait ressentir un homme qui apprenait qu'il s'était déjà suicidé cinq fois.

Certainement rien d'agréable.

11.

Quelque part en Aksai Chin
[12-2520] Soixante-dix ans auparavant

Le problème n'était pas tant de mourir, que de vivre.

Seul face au plafond auréolé de taches d'humidité dans cette chambre où on l'avait abandonné, Sonam réfléchissait. Le moignon qui remplaçait désormais son bras droit l'élançait par vagues, qui ne le laissaient en paix qu'une fois son injection journalière de morphine reçue. D'intolérable, la douleur devenait alors supportable.

Qu'avait-il perdu d'autre ?

Où étaient ses compagnons de patrouille ?

Où était passée Mila ?

Par moments, il revoyait son visage bleui, les lèvres noires de froid et les yeux vitreux tournés vers le ciel, enfoui sous trois mètres de neige. Mais l'avait-il vraiment vue, ou était-ce juste une illusion née de son esprit brouillé par les drogues ?

L'endroit où il flottait ne ressemblait ni à la vie ni à la mort. Sans doute se trouvait-il quelque part entre les deux, son être physique ancré dans la souffrance, sa conscience perdue sur le chemin du *bardo*. Des formes pâles, évanescentes, se mouvaient avec lenteur dans la clarté fade d'un jour sans fin. Une longe impalpable, aussi fine qu'un fil d'araignée, le rattachait à la masse indistincte de son corps. Pourquoi ce lien ne voulait-il pas se rompre ?

Toujours retenu par son cordon, il avança dans le vide. Peu à peu, la blancheur amorphe laissa la place à une lueur verte, un crépuscule de jade hanté de présences démoniaques. Celles-ci n'avaient pas vraiment de réalité, se contentant d'apparaître et disparaître, ballottées par les forces puissantes qui les manœuvraient. Au bout du chemin, il distingua une masse grouillante de corps entremêlés, et reconnut en eux les titans. Les formidables créatures se jetaient à l'assaut des murailles du ciel avec l'énergie du désespoir, piétinant, griffant, lacérant, déchirant les chairs sous leurs pieds en une lutte sans fin. Quand leurs ongles raclaient enfin les prémices de leur délivrance, ils chutaient, et finissaient écrasés sous les talons de ceux qui se bousculaient pour prendre leur place.

Les journées à l'hôpital se ressemblaient toutes. Les infirmiers qui s'occupaient de lui parlaient une langue qu'il ne comprenait pas. Ce n'était ni de l'hindi ni du mandarin. On le détachait uniquement quand il manifestait le besoin d'uriner ou de déféquer. Chaque jour, à heure fixe, on lui injectait une dose de morphine. Il sombrait alors pour quelques heures supplémentaires dans une torpeur épaisse, percée de loin en loin par des hurlements et des pleurs.

Quelques jours ou quelques semaines après, on leur annonça qu'ils seraient transférés vers un nouveau centre. Entassé au fond d'un camion avec d'autres prisonniers, Sonam ne vit rien des vallées et des villages qu'ils traversèrent. Ils ne roulaient jamais de jour. La nuit, la température chutait si bas qu'ils devaient se blottir les uns contre les autres pour garder un peu de chaleur. Pas de douches. Pas de toilettes. Bêtes, cadavres ou hommes, ils rampaient, sommeillaient, respiraient dans leurs déjections.

Un jour, les portes du véhicule s'ouvrirent. Le sol se

souleva, et ils furent poussés dehors comme des ordures que l'on déverse d'une benne. Il y avait ceux qui suppliaient, ceux qui criaient, mais nombreux étaient aussi ceux qui priaient. Le ciel les dominait de sa blancheur aveuglante. Il comprit alors qu'il était vivant, simplement vivant. Un prisonnier rencontré plus tard lui glissa qu'ils avaient été retenus quatre mois dans un lieu indéterminé en Aksai Chin, mais ces rumeurs ne furent jamais confirmées.

Il ne revit jamais Mila.

12.

Cargo-monde *Yùtù Mèng*, en direction de Nüying
*[11-2590] Vingt-cinq ans après le départ
du Système solaire*

– Comment vous sentez-vous, Jon ?

Il fut tenté de bâiller ou de répondre par une grossièreté.

Dana s'installa dans le fauteuil face à lui, croisant ses longs doigts maigres sous son menton. Ces doigts lui firent penser à des pattes d'araignée, une *Pholcus phalangioides* – le nom lui était venu spontanément, puisé dans les bases de données du *Yùtù Mèng* par le biais de son interface cybernétique.

Il s'étira avec nonchalance, parfaitement conscient de sa nudité.

– Quand me rendrez-vous ma liberté ? rétorqua-t-il enfin.

– Nous devons nous assurer de votre sécurité avant tout, lui répondit Dana, avec une tension perceptible dans la voix.

– Contre mon gré ?

– Je suis désolée, Jon. Cette décision ne dépend pas de moi.

– Mais vous pourriez attester de ma bonne santé mentale auprès de nos délégués, n'est-ce pas ?

Il réussit presque à la faire sourire.

– Vous souvenez-vous de ce que je vous ai dit à propos du Dr Faye ? demanda-t-elle.

– Bien sûr.

Il avait eu amplement le temps de réfléchir à ce sujet, rassemblant ses notes et utilisant toute la puissance des processeurs de Réceptacle pour les comparer les unes aux autres et tirer ses propres conclusions.

– Comment va-t-il ?

– Il a récupéré, et souhaiterait vous rencontrer.

Son premier moi n'aurait probablement pas apprécié l'initiative du Conseil d'Administration, mais en ce qui le concernait, il n'y voyait pas d'objection.

Dana parut satisfaite :

– Que diriez-vous de le recevoir cet après-midi ?

– Vous voulez l'inviter à prendre le thé ?

– Nous avons pensé qu'il pourrait nous aider.

Jonathan sentit son humeur basculer subitement. Le soulagement éprouvé à l'idée de rencontrer le témoin de ses premières plongées laissa la place à une peur sourde, teintée de colère. Dana dut percevoir ce revirement, car elle ajouta un peu vite :

– Bien sûr, il n'interviendra que si vous êtes d'accord.

– Qu'entendez-vous par « intervenir » ? demanda-t-il, glacial.

La cogniticienne ne réagit pas, mais une expression inquiète voila son visage.

– Vous ne souhaitez pas vous entretenir avec lui ?

– Qu'est-ce qui vous fait penser que j'en éprouve le besoin ?

Comme toujours, Dana ne chercha pas à discuter, se réfugiant derrière le masque neutre de sa position de soignante. Ne pas le contrarier. Ne pas provoquer d'autres crises.

Elle se leva pour prendre congé :

– Le mieux est que vous preniez le temps d'y réfléchir. Je repasserai en début d'après-midi pour les tests.

– Ces tests sont inutiles. Mon interface fonctionne à merveille.

– Ce seront les derniers, Jon.

– Vous me cachez des choses.

Elle se troubla. Cette fois, il avait réussi à l'atteindre.

– Nous pouvons en discuter, proposa-t-elle. Je vois bien que cette question vous préoccupe.

Il eut envie de hurler, mais préféra lui répondre d'un ton monocorde, en accord avec l'attitude si parfaitement maîtrisée qu'elle lui opposait :

– Vous me considérez comme une anomalie.

Elle se figea instantanément :

– Bien sûr que non.

– Sortez, exigea-t-il en se détournant.

Il l'entendit qui hésitait, indécise, puis qui s'éloignait. Le sas coulissa discrètement, et il demeura seul. Seul avec sa rage.

Il se précipita dans son cabinet de bain, ouvrant le jet de vapeur d'eau jusqu'à ce qu'il soit enseveli dans un brouillard épais et que sa colère se soit dissoute sous la caresse brûlante. Il avait envie de hurler, de déchirer, d'arracher à coups de dents cette peau lisse et neuve qui n'était pas la sienne, heurter, cogner, écraser ce corps trop parfait dans lequel il se sentait pris au piège. Mais à quoi bon s'acharner ? Même brisé, meurtri, voire détruit, il resterait toujours de lui cet esprit malade qui refusait de mourir.

Le Dr Faye ! Était-ce donc tout ce qu'ils avaient trouvé pour soulager sa souffrance ? Le confronter à son passé, tel un aliéné face à son psychiatre et juge ?

Ridicule.

Il sortit de son bain de vapeur et se posta devant le miroir mural de sa salle de toilette, nu et ruisselant. Le reflet qu'il observa était celui d'un corps athlétique, sculpté par les injections d'hormones anabolisantes et les exercices quotidiens. Mais qui était cet homme, en vérité ?

Une note, encore une, lui vint à l'esprit :

[Note N° 2589-04-1845 : Fais-lui confiance. Laisse-toi guider.]

Cette note avait été enregistrée par son quatrième moi. Vieillard parasitant le corps d'un homme jeune, soucieux de pallier les failles qui fragilisaient sa conscience, il avait apporté un certain nombre d'améliorations censées sécuriser son système cybernétique. Mais cela n'évacuait pas le problème des absences, des blancs, ces trous inexpliqués qui affectaient ses multiples mémoires.

Quelqu'un, ou quelque chose, était intervenu dans ses circuits. Il ne pouvait pas en être autrement.

Alors qui, et pourquoi ?

– Avez-vous encore besoin de moi, Jonathan ? lui demanda la voix d'une femme depuis la pièce voisine.

Mila ?

En même temps que ce prénom s'imposait à lui, des images envahirent son esprit, crues et excitantes. Des images de vulve humide, lèvres roses et gonflées sous les boucles de la toison pubienne. Son membre se dressa, empli d'un désir neuf, violent. D'autres souvenirs affluèrent.

Venise, Terre.

Et le visage, les seins, le sexe de cette femme.

Une silhouette apparut dans l'entrebâillement de la porte. Une blonde élancée, aux traits anguleux… il ne s'agissait pas de Mila.

– Jon ?

Il ne chercha pas à se cacher, et l'inconnue ne se détourna pas. Lentement, sans le quitter des yeux, comme si cet échange visuel avait été le signal attendu, elle commença à se déshabiller.

Ce n'était qu'un fantasme. Un fantasme.

Comme il restait immobile, ce fut elle qui prit l'initiative. Il tenta de la repousser, mais les visions déversées par son interface cybernétique s'entrechoquaient avec violence dans son esprit, se mélangeant avec les sensations bien réelles qui le bouleversaient.

Elle s'arrêta juste avant qu'il jouisse.

– Viens, lui dit-elle en se relevant.

Elle lui attrapa la main et le guida jusqu'à la chambre.

Mila…

Dans son souvenir, la femme portait une tenue légère, fendue dans le dos. Ils sortaient de table et le vin rouge, dense et fruité, leur tournait la tête. Elle l'attirait vers le lit, dans cette suite de l'hôtel Plaza sur la Calle Larga dei Proverbi. Un souffle d'air tiède faisait danser les rideaux tandis qu'elle relevait sa robe et écartait les cuisses.

Odeur secrète de son sexe, humide, tentant.

– Tu n'es pas réelle, lui dit-il.

– En es-tu certain ?

Elle commença à se caresser, provocante.

Plus tard, alors qu'ils gisaient enlacés dans cette chambre redevenue familière, il douta à nouveau de sa véracité. Cette femme n'appartenait pas à ses souvenirs matriciels, pourtant elle portait le même prénom que celle qui l'avait sauvé, jadis, dans une vie antérieure. Était-elle un mirage, une projection, un reflet ?

– Qui es-tu vraiment ?

Elle ne répondit pas tout de suite. Ses doigts fins allaient et venaient dans sa chevelure, séparant machinalement les mèches entortillées. Puis elle se tourna complètement vers lui, la tête en appui contre sa main. Le duvet blond au-dessus de sa lèvre supérieure brillait doucement dans la lumière. Jonathan cligna des yeux.

– Regarde à *Venise. 2580.08.02.1734.*

La recherche par mots-clefs associée à la date fit remonter une série de notes. Selon celle-ci, l'intervention de sa maîtresse avait été intégrée au protocole de sa renaissance à la demande de l'une de ses précédentes réincarnations.

L'originale, la femme qu'il avait réellement fréquentée, s'appelait Mila Banks, ingénieure nucléaire, et avait été sa compagne pendant deux ans. Et effectivement, ils avaient visité une reproduction cybernétique de Venise ensemble.

Malgré toutes ces preuves, ses souvenirs lui paraissaient aussi peu consistants qu'un rêve.

Une nuit veloutée frissonnait sur l'écran de la fenêtre, quelques étoiles brillaient au loin.

Mila, puisque tel était son nom, se leva.

– Est-ce que nous nous reverrons ? lui demanda-t-il.

– Peut-être, lui dit-elle, mais ce sera alors le fait du hasard. Officiellement, mon rôle s'arrête ici.

Elle se rhabilla et se recoiffa rapidement. Combinaison blanche, longue et mince, elle avait le physique caractéristique d'une Navigante sélène. Ses cheveux attachés dans sa nuque dégageaient un visage aux contours agréables.

– Est-ce Tamaki ou Dana qui vous envoie ? demanda-t-il.

Mila s'empara de sa tablette pour y saisir une ou deux informations.

– Vous êtes bien plus *efficient* que l'autre Jonathan, lui confia-t-elle en le quittant.

Il ne sut comment interpréter cette remarque.

Venise, *Mila*, *Mila Banks*, chercha-t-il encore.

Ses notes lui indiquaient qu'il l'avait fréquentée et même aimée, mais aucune ne trouvait vraiment d'écho en lui. La chambre italienne et leur intermède érotique virtuel semblaient être la seule occurrence précise et pertinente conservée dans ses archives. Comment expliquer cela ? Cette femme était censée être la dernière avec qui il avait noué une relation intime. Pourtant, il ne se rappelait pas l'avoir jamais rencontrée.

Il se leva, troublé.

Mila avait tout d'un fantasme, un mirage projeté sur le mur blanc de sa conscience, ou pire, un souvenir trafiqué, intégré dans ses mémoires et dans son protocole de Renaissance par un Jonathan vieillissant, soucieux, peut-être, de ses performances sexuelles.

Il enfila un vêtement léger et contacta Dana, utilisant directement son interface pour gagner du temps. Le visage de la cognititicienne apparut sur son feuillet tactile.

– Que se passe-t-il, Jonathan ?

– Connaissez-vous une femme du nom de Mila Banks ? lui demanda-t-il.

– Mila Banks ? Cela ne me dit rien. Laissez-moi vérifier.

Sourcils froncés, Dana se mura quelques instants dans le silence.

– Je ne vois personne de ce nom dans notre répertoire de Navigants actifs, constata-t-elle après un moment. Vous êtes sûr qu'elle est à bord ? Vous avez pu fréquenter une Mila Banks par le passé, sur Terre.

– C'est possible, admit Jonathan.

– Il s'agit peut-être d'une confusion liée à l'hybridation.

Hybridation était le terme employé par la cognititicienne pour désigner l'évolution de sa conscience purement organique à celle, augmentée, où il fusionnait avec ses extensions numériques.

– Tâchez de vous reposer, lui conseilla-t-elle. Et appelez-moi si ça ne va pas mieux. Nous repousserons les tests à demain.

Il coupa la communication.

S'il avait réellement croisé une femme du nom de Mila Banks dans sa vie antérieure, il aurait dû en trouver une trace dans l'une ou l'autre de ses mémoires. Or il en était absolument certain : la seule Mila qu'il eût connue était celle dont il gardait le souvenir précieusement enfoui dans sa matrice, et cette dernière n'avait rien, absolument rien de commun avec celle qui venait de lui rendre visite.

13.

Nord-est du Ladakh, Inde
[04-2523] Soixante-sept ans auparavant

En avril 2523, un groupe de prisonniers relâchés par l'Armée populaire de Libération fut rapatrié par hélicoptère vers la base aérienne avancée de Gyalwang Rimpochee, dans la vallée du Chushul. Sonam fut installé dans l'un des baraquements en tôle destinés à accueillir les garnisons en transit vers les zones frontalières, au bout d'une piste balayée par le vent. Un bref aperçu du paysage, au moment du transfert, lui révéla un décor gris et caillouteux, enclavé au milieu de nulle part.

Le bras de Sonam l'élançait. Un infirmier mutique aux allures de boucher examina son moignon. Coupé au-dessus du coude, le membre s'était réinfecté et la gangrène menaçait d'envahir l'épaule. Les antipyrétiques ne firent que baisser temporairement la fièvre.

Dans son délire, il compta une douzaine de blessés qui attendaient dans ce cantonnement provisoire qu'on les envoie dans un hôpital de la région. Son voisin, un Tibétain prénommé Sungdue, prétendait être la réincarnation d'un grand lama. Très jeune, il avait eu une vision « hors du monde » au bord du « lac de turquoise où rugit la lionne des neiges », le Seng ngu-Yutso, un haut lieu de pèlerinage bouddhiste. Depuis, son reflet lui apparaissait dans un petit miroir de poche dont il ne se séparait jamais.

Sonam ne lui demanda pas pourquoi il avait abandonné l'habit monastique, ni comment il s'était retrouvé engagé dans les Forces spéciales frontalières. Un grand nombre d'hommes et de femmes avaient fui les persécutions chinoises ces dernières années, et tous ne s'en sortaient pas avec l'esprit clair.

Sa place, répétait-il, était ici, sur ce lit de camp.

La nuit, Sonam l'entendait gémir et parler dans son sommeil. Comme Sungdue avait été amputé des deux mains, on le nourrissait avec une sonde, un fin tuyau de silicone glissé dans la narine qui lui amenait directement les éléments nutritifs dans l'estomac. Cela ne l'empêchait pas de clamer haut et fort qu'il retournerait au front dès qu'il serait rétabli. L'armée, affirmait-il, lui payerait des membres biomécaniques. Sonam aussi pouvait prétendre à une greffe. Il suffisait de signer.

Sonam gardait un souvenir flou de cette période. Son unique repère était une lampe tempête accrochée à l'une des poutres métalliques au-dessus de lui, et sa seule distraction, les histoires que lui contait Sungdue dans ses rares moments de lucidité.

Il y avait par exemple celle de Sherpen, un illettré qui avait vécu dans un village à deux jours de voyage de Lhassa. Un jour, Sherpen s'endormit d'un sommeil si profond que son épouse et ses fils le crurent trépassé. Or l'homme n'était pas mort, déclara le lama venu accomplir les rites funéraires. Et en effet, il se réveilla trois jours plus tard. À la grande surprise de son entourage, le paysan se mit alors à parler dans un tibétain littéraire dont il ne maîtrisait pas même les rudiments. Rappelé à son chevet, le lama s'empressa de traduire son discours : Sherpen assurait avoir fait un saut en Mongolie pour assister à une discussion entre moines érudits. Tel un automate, il se contentait de répéter mot pour mot les propos échangés, sans en saisir le moindre sens. Renseignements pris, il s'avéra qu'une rencontre entre savants des deux pays s'était déroulée durant cette période, preuve que Sherpen avait bel et bien voyagé au-delà des limites de son corps au cours de cet épisode de catalepsie.

Ce n'était pas la première fois que Sonam entendait ce genre d'histoires. Toutes sortes de légendes plus ou moins occultes circulaient chez eux. Le cas de ce paysan illustrait parfaitement l'aptitude de l'esprit à se détacher de la matière, et à évoluer en des lieux très éloignés de son ancrage physique.

Mets-toi bien ça dans la tête, répétait Sungdue.

Sonam se demandait quel crédit il pouvait lui accorder. Une part de lui avait gardé un fond de superstition et n'aspirait qu'à le croire, tandis qu'il se voulait plus sceptique. Pour finir, la douleur supplantait toute autre considération. Parfois, cela se limitait à un élancement sourd, une sensation détachée, abstraite, qui lui donnait l'impression de flotter hors de son corps. La plupart du temps cependant elle le submergeait, réduisant son champ de conscience à cette seule et unique réalité lancinante. Une légende populaire disait que les moines contemplatifs réussissaient à surmonter la torture physique, aussi terrible soit-elle, grâce à leur profonde concentration. Sonam n'était pas de cette trempe-là. Peut-être avait-il été un *lob-lob* dans une vie antérieure, un moine guerrier, mais jamais il n'avait reçu l'enseignement d'un lama attitré. Souvent, son esprit s'évadait hors des murs pour rejoindre les pentes du Dagpo. Il se voyait, galopant vers les hauts pâturages et dormant dans les campements de *drokpa* pour les aider à garder leurs troupeaux de yak. Il éprouvait alors une joie enfantine, pure et sans nuages.

La douleur le ramenait invariablement au présent.

La transférence, répétait Sungdue, n'est pas une vaine idée. Un esprit vivant pouvait très bien s'emparer du corps d'un autre et voyager à travers le monde grâce à ce subterfuge. Il désignait la prothèse rudimentaire fixée sur le membre amputé de Sonam : Tu pourrais aussi bien te réincarner dans ton bras, ou dans une machine suffisamment sophistiquée pour t'accueillir.

Le temps s'étirait à l'infini, rythmé par les vagues de souffrance. Le halo de la lampe au-dessus de lui se dilatait avec la pulsation du sang dans ses veines, se teintant de rose, de bleu ou de vert, passant par diverses nuances du spectre lumineux. Arrivé à un certain point d'équilibre, ça basculait. Les couleurs se contractaient jusqu'à ne plus former qu'un fin liseré de clarté jaune, uniforme, avant d'amorcer le mouvement inverse.

Sungdue grognait dans son sommeil, empêtré dans ses cauchemars.

Sais-tu, marmonnait-il, qu'il existe un lac perché haut dans la montagne, où l'on ne peut accéder qu'à pied ou à dos de yak ? C'était là que le lama de Reting avait eu la vision de la demeure où allait apparaître la XVe réincarnation de Sa Sainteté le Dalaï-Lama.

Sais-tu, poursuivait-il, que le royaume de Shambhala a disparu de la surface de la Terre il y a bien des siècles ? Cela remontait à l'époque des ancêtres, quand les dieux-montagne grondaient et volaient à travers les cieux. As-tu déjà vu une montagne s'élever dans l'éther ?

Sonam le laissait parler, estimant que la fièvre le faisait délirer. Parfois, la porte de l'infirmerie s'ouvrait, livrant passage à des inconnus, soldats blessés ou malades, pour la plupart des gens des plaines qui supportaient mal ces hautes altitudes. Un air glacial s'engouffrait dans leur mouroir, charriant des flocons perdus. Puis le calme revenait, et Sungdue reprenait le fil de son histoire.

Écoute donc.

Un jour, affirma-t-il dans un souffle, les piliers du ciel se mettront en mouvement. Notre peuple s'élancera vers les étoiles et Shambhala deviendra une réalité. Écoute, mon ami ! Je vais te dire, moi, où se trouve ce royaume.

Sonam écoutait, le cœur saisi de pitié. Dans son esprit enfiévré apparaissaient les contours de cette cité merveilleuse, au creux d'un arc-en-ciel, au cœur de la pure lumière, dans cette vallée hors du temps, libérée de la souffrance et des larmes.

Sungdue mourut deux jours avant l'arrivée de l'avion sanitaire qui devait les rapatrier sur New Delhi.

Sonam se retrouva dans une clinique propre et moderne où un médecin leur présenta des formulaires pour bénéficier d'une greffe biomécanique en remplacement de leurs membres manquants. Il signa de sa seule main valide. Il était prêt à tout : transplantation, implant, tout ce que la technologie et l'armée lui offriraient en compensation de son engagement, pourvu que cela lui évite une infirmité qui le condamnait à la mendicité à vie. Il fut opéré le lendemain. Son bras artificiel était un modèle Oxam Meca bas de gamme comme on en trouvait dans les bazars d'occasion de Mumbai. Il le commandait grâce à une interface neurale de première génération : des électrodes aussi épaisses que des aiguilles à tricoter, enfoncées dans sa boîte crânienne. Chaque nuit, il devait veiller à recharger sa batterie sur secteur.

Après trois semaines dans un centre de rééducation où on lui apprit à manœuvrer sa prothèse en émettant des ordres simples, Sonam se retrouva à la rue avec un petit pécule et un titre de séjour d'un an qui lui accordait le statut de réfugié politique. Il n'avait pas obtenu la nationalité indienne, mais c'était déjà mieux qu'un tampon sur un registre qui ne l'autorisait même pas à faire un emprunt bancaire. L'argent lui servit à payer son voyage pour Dharamsala, où il espérait pouvoir se rendre utile.

Durant tous ces mois, il n'avait cessé de penser à sa mère, à son frère, et à tous ceux qu'il avait abandonnés derrière lui au Tibet, et dont il n’avait plus aucune nouvelle. Le fantôme de son père rôdait près de son cœur, et à leur tour Mila et Sungdue l’avaient rejoint dans ce panthéon macabre.

Pourquoi avait-il survécu, et pas eux ?

Cette question ne lui laissait plus aucun répit.

14.

Cargo-monde *Yùtù Mèng*, en approche de Nüying
[11-2590] Vingt-cinq ans après le départ du Système solaire

Retrouvant le labo après vingt-cinq ans, William constata que la salle de plongée ne ressemblait plus que de très loin à ce qu'il avait connu jadis. Les trois fauteuils confortables qui occupaient la majeure partie de l'espace disponible avaient été remplacés par une chambre en impesanteur au centre de laquelle on évoluait en combinaison RV intégrale, et les écrans avaient été repoussés à la périphérie de la pièce.

– Cela donne de bien meilleures sensations, expliqua Ann, l'une de ses plus anciennes collaboratrices.

Ils s'éloignèrent des installations et allèrent saluer le reste de l'équipe.

Cela faisait rudement bizarre de retrouver ses collègues. William avait beau corriger mentalement sa chronologie intime pour l'ajuster au calendrier officiel, il avait toujours le sentiment de les avoir quittés la veille, alors qu'un quart de siècle s'était écoulé pour eux. Physiquement et psychologiquement, cela commençait à faire une sacrée différence.

La déléguée Tamaki lui avait fait le même effet. Accrochée aux accoudoirs de son siège comme si sa vie en dépendait, la Japonaise leur avait fait un exposé assez radical de la manière dont elle envisageait la situation. À sa droite, Kapoor transpirait abondamment. À sa gauche, Wang avait l'air aussi aimable qu'un iceberg. Dana était visiblement la seule Sélène à avoir sa place dans ce cénacle chargé de gouverner leur destin à tous, et encore ne lui avait-on demandé son avis que sur des problèmes purement techniques.

L'analyse de la Japonaise se résumait en deux points : premièrement, Jonathan Wei souffrait de graves troubles de l'identité. Hors de question, donc, de lui laisser prendre la direction de la mission. Deuxièmement, il convenait de déterminer si ces difficultés relevaient de dysfonctionnements du système cybernétique, avec atteinte des mémoires secondaires ou, pire, de la matrice. Sachant que cette dernière demeurait une boîte noire chiffrée à laquelle seul Jonathan avait accès et où les informations, en principe, ne pouvaient être altérées.

Dana, de son côté, avait rappelé qu'il ne pouvait y avoir que deux portes d'entrée dans un circuit hybride homme-machine tel que celui conçu pour Jonathan Wei. La première supposait l'existence d'une faille dans les protocoles de transfert, faille qui aurait été exploitée par plus malin qu'eux – dans quel but, cela restait à déterminer, mais on pouvait soupçonner un motif idéologique. Pour les experts en sécurité du labo, l'hypothèse paraissait audacieuse. Mais il demeurait une seconde possibilité. Jonathan pouvait avoir injecté lui-même des informations non désirables dans le système, perturbant ainsi son fonctionnement global.

À ce point de l'exposé, tous les regards s'étaient braqués vers William.

– Qu'attendez-vous exactement de moi ? avait-il demandé.

Les rides de la Japonaise avaient frémi, dessinant de subtils motifs autour de ses yeux, telles les vagues de sable contournant les rochers d'un jardin zen.

Dans les jours qui suivirent, il réalisa quelques plongées simples pour se familiariser avec les nouveaux outils d'interfaçage. La technologie avait évolué, gagnant en finesse et en immersion, mais dans les grandes lignes, le résultat restait très proche de ce qu'il avait connu.

– Nous avons essayé de tracer toutes les interventions survenues sur les fichiers de stockage au cours des dix dernières années, lui expliqua Ann tout en lui montrant les différents réglages de sa combinaison RV.

– Et qu'est-ce que ça a donné ?

– On a affaire à un système dynamique, lui rappela-t-elle. Cela représente des milliards de mouvements.

Inutile de lui faire un schéma. Réceptacle avait été conçu pour imiter les propriétés d'une mémoire biologique, avec d'incessants va-et-vient entre son pôle humain et son pôle numérique. La matrice demeurait la seule constante immuable dans cet environnement malléable. Tamaki attendait de lui qu'il pénètre dans cette enceinte ultra-sécurisée pour aller vérifier si, oui ou non, son contenu avait été trafiqué.

– Pour ça, je vais avoir besoin de la coopération de Jon, fit remarquer William.

Il nota l'expression soucieuse de Dana, qui venait de les rejoindre.

– Un problème, Dana ? lui demanda Ann.

– Jon refuse de recevoir Will, leur apprit-elle.

– Je ne comprends pas, s'étonna Ann. Il avait pourtant donné son accord. Tamaki va être furieuse.

– Laissez-moi le rencontrer au moins une fois, proposa-t-il. Je pourrais peut-être le faire changer d'avis.

Dana le considéra avec attention.

– Et comment comptes-tu t'y prendre ? lui demanda-t-elle.

– Je verrai. Il faut juste trouver l'occasion.

Ann, qui semblait absorbée par les commandes qui s'affichaient sur son feuillet, lâcha soudain :

– L'autre jour, j'ai aperçu Jon qui faisait les cent pas sur sa terrasse. Il a l'air d'apprécier ça, les balades en plein air.

– Moi aussi, j'aime les jardins, fit remarquer William.

Dana pencha la tête pour cacher son sourire. Quoi de plus anodin, après tout, qu'une rencontre au hasard d'une promenade ?

– Ça pourrait être une voie d'accès à Jonathan, admit-elle. J'en parle à Tamaki.

– Vous croyez qu'elle va cautionner ?

– C'est elle qui a voulu qu'on te réveille, lui rappela Dana.

Malgré tout, William se méfiait de la réaction de la Japonaise : s'il existait une personne à bord qui pouvait tirer un certain bénéfice de la défection de Jonathan, c'était bien la présidente par intérim du Conseil d'Administration, une fonction qui prendrait fin dès lors que Jonathan aurait récupéré toutes ses facultés mentales. Néanmoins, Jonathan ne pourrait pas se dérober indéfiniment. Avec ou sans l'aval de Tamaki, il faudrait bien qu'il accède à leur demande.

Pour William, le moment était venu d'obtenir des explications.

15.

– Je pense que vous devriez aller faire un tour dehors.

Il fallut une fraction de seconde à Jonathan pour mettre un nom sur le visage de la femme.

– Dana ?

La femme eut un sourire un peu inquiet :

– Vous ne me reconnaissez pas ?

Jonathan se massa les tempes. À vingt-deux jours de sa Renaissance, il se trouvait désormais interfacé directement à Réceptacle. Résultat, il vivait dans un bruit mental permanent interdisant toute réflexion suivie, avec l'impression que son cerveau se liquéfiait en un incontrôlable torrent de données.

– Pardonnez-moi. Je...

Je n'étais plus moi-même.

D'une main experte, la cogniticienne positionna le mediscan sur son bras et lança les opérations d'analyse. Un parfum discret émanait d'elle, légèrement sucré, qui évoquait des fleurs, ainsi que d'autres sensations lointaines... *Chèvrefeuille*, se souvint-il. Les informations provenant des archives du vaisseau se mélangeaient, emportées par le flux chaotique de sa conscience et de ses émotions.

– Petite tension, aujourd'hui, nota-t-elle sur son feuillet tactile.

– Je me sens vidé.

– C'est parfaitement normal, le rassura Dana. Votre système nerveux a besoin d'un temps d'adaptation. Voulez-vous sortir un peu dans les jardins ? Cela vous aidera à vous détendre. Dans quelques jours, vous saurez gérer ces états de façon intuitive, sans même y penser. C'est une question d'habitude.

Jonathan poussa un soupir, et alla se préparer. Dana affirmait que l'hybridation cybernétique démultiplierait le potentiel de son cerveau biologique, mais pour le moment il avait le sentiment de n'être qu'une cosse creuse dont Réceptacle, seconde après seconde, comblait méthodiquement le vide. Sur le plan purement fonctionnel, cependant, il avait fait des progrès : les muscles de ses jambes lui obéissaient parfaitement, et il n'éprouvait désormais aucune difficulté à se déplacer.

Suivant les conseils de Dana, il sortit sur la terrasse, déambulant au hasard le long des allées. L'odeur de sève qui saturait l'air faisait émerger en lui une sensation rafraîchissante. Dana avait raison, comme toujours. Le contact avec la nature l'aidait à renouer avec une partie primitive, essentielle, de son être. Ici, au milieu de ces arbres et de ces feuilles, il se sentait plus calme, presque apaisé. Le brouhaha envahissant des données jaillissant en permanence de Réceptacle se faisait bruissement discret, presque supportable, la balance perpétuelle des émotions qui le tourmentaient semblait se stabiliser.

Il s'arrêta devant un buisson en fleur, les lourdes corolles captant fugacement son attention.

[Éden.]

Le concept venait de surgir dans son esprit, complété par une série d'articles tirés des archives encyclopédiques du vaisseau. Les architectes et les paysagistes du *Yùtù Mèng* s'étaient inspirés du jardin idyllique décrit dans la Bible pour concevoir ces espaces de détente, partant du principe que le contact avec la nature relevait d'un besoin humain profond, inaliénable. Pour les théoriciens de l'environnement spatial, la végétalisation des parties communes répondait aux exigences de la survie au long cours, tout en remplissant un rôle plus subtil. Le *Yùtù* avait été pensé comme une arche à la pointe de la technologie. L'élégance aérienne des rameaux et des bosquets qui s'entrelaçaient au-dessus de sa tête ne laissait pas soupçonner la somme de difficultés qu'il avait fallu surmonter pour arriver à ce résultat. Des années de recherches tatillonnes, d'essais et d'erreurs avaient été nécessaires avant de réussir à leur faire prendre racine dans ces bacs. Ces plantes étaient de véritables chefs-d'œuvre de bio-ingénierie, à l'image du peuple des Navigants, évoluant dans des conditions extrêmes, développant des stratégies de survie et d'adaptation selon des configurations inattendues.

Lentement, il parcourut les allées, prenant le temps d'observer chaque détail, respirer chaque fleur. Ce n'est qu'arrivé au niveau du puits central qu'il remarqua la présence d'un homme, accoudé à la balustrade.

Son premier réflexe le poussa à activer son bracelet de communication, mais il y renonça tout aussitôt.

Qui ?

Il n'y avait que deux voies d'accès pour parvenir dans ces jardins. La première passait par l'entrée de ses quartiers privés et nécessitait l'aval de Wang, donc de Tamaki. La seconde empruntait le puits central, mais pour cela il aurait fallu neutraliser les alarmes censées protéger la terrasse de toute intrusion.

L'homme se retourna. Grand, un peu amaigri, les cheveux ras. Noir.

– Bonjour, Jon.

Faye, comprit-il subitement.

Le cybernéticien s'avança vers lui en lui tendant la main. Jonathan la saisit machinalement.

– Je suppose que votre présence dans ces jardins n'est pas fortuite, observa-t-il en masquant son trouble.

Faye le gratifia d'un large sourire.

– Elle ne l'est pas, en effet.

– Dana est-elle au courant ?

– Non. J'ai pris cette initiative avec le responsable de la sécurité.

– Je suis donc à votre merci ?

L'ironie de la situation ne sembla pas échapper à son interlocuteur. Jonathan le jaugea avec prudence. Sur le plan physique, William paraissait bien moins en forme que lui.

– Depuis combien de temps êtes-vous sorti de stase ?

– À peu près trois semaines.

– Quel effet cela fait-il ?

– Pas terrible, admit Faye.

Jonathan inspira une longue goulée d'air. Depuis que le vaisseau avait amorcé sa courbe de décélération, les techniciens d'entretien du *Yùtù* avaient retiré les filets qui évitaient, en situation d'apesanteur, de laisser les débris végétaux flotter à la dérive. L'odeur des feuilles pourrissantes, mêlée à celle plus âcre de la terre, réveilla d'autres senteurs enfouies dans sa mémoire. Celle des pentes boisées de l'Himachal Pradesh, et celles, plus incertaines, du parc de sa maison familiale, au nord de San Francisco.

– Que voulez-vous exactement, Will ?

Le Dr Faye marqua une légère hésitation.

– J'aimerais discuter.

– Il me semble que c'est ce que nous sommes en train de faire.

– Jon, vous souvenez-vous des jours qui ont précédé notre départ de Taihe-Concordia ?

Des dizaines de notes se référant à cette période de sa vie affluèrent brutalement dans l'esprit de Jonathan, saturant immédiatement sa capacité de traitement. Il perdit pied.

William le saisit par le bras, le retenant de justesse.

– Je vais bien, protesta Jonathan en se dégageant avec humeur.

Il se détourna du puits et se dirigea vers son appartement, décidé à mettre un terme à cet entretien. Faye lui emboîta le pas.

– J'aimerais comprendre, insista le cybernéticien.

Jonathan sentit son assurance vaciller.

Ne pas écouter. Ne pas le laisser s'immiscer.

– Pourquoi m'avez-vous écarté du projet, Jonathan ? poursuivait William, de plus en plus nerveux. Le Dr Radchenkova craint que votre matrice ait été altérée. Jon ? Jon, quelqu'un est-il, oui ou non, intervenu sur votre matrice ?

Jonathan se figea brusquement. Faye le rejoignit, essoufflé.

– Qu'est-ce qui vous fait croire que ma matrice est atteinte, docteur ?

William Faye s'arrêta à sa hauteur pour lui faire face. Jonathan sentit une soudaine bouffée de désespoir et de colère l'envahir. Dans les yeux de son interlocuteur, il lisait de la pitié mêlée d'inquiétude.

– Écoutez-moi bien, Faye, martela-t-il. Et c'est le premier Jonathan qui vous parle, celui que vous avez connu il y a vingt-cinq ans. Vous et moi avons fait du bon boulot, avec cette matrice. Jusqu'à présent, elle a parfaitement rempli son rôle. Le problème est ailleurs. Vous êtes-vous posé la question par exemple de savoir qui, sur le *Yùtù Mèng*, aurait intérêt à ce que je ne réintègre pas mes fonctions ?

William Faye parut ébranlé. Jonathan en profita pour enfoncer le clou :

– Il est possible que quelqu'un ait manipulé mes mémoires secondaires. Pas la matrice. La matrice, elle, reste intouchable.

– Je ne demande qu'à vous croire.

– En ce cas, laissez-moi.

– Je pourrais vous aider à déterminer qui, et comment.

– J'en doute fort.

– Donnez-moi une chance, une seule, insista William Faye.

Ils se dévisagèrent en silence pendant quelques instants. Des images affluaient d'un recoin des mémoires numériques de Jonathan, réveillées par les stimulations présentes. William Faye. Compétent, discret, goût pour la poésie chinoise, les femmes et le foot. Il se souvint de tout cela, et de la prudence avec laquelle son premier moi l'avait écarté du protocole RNA à la dernière minute, afin d'éviter toute ingérence dans le dessein qu'il poursuivait avec Sonam. Mais ses meurtres successifs faisaient-ils partie de ce plan ? Non… Non, le suicide ne faisait définitivement pas partie de son projet initial.

– Très bien, Will, déclara-t-il, changeant brusquement d'avis. Nous allons tenter une plongée. Vous et moi, ensemble, comme au bon vieux temps.

Le Dr Faye parut presque surpris d'avoir obtenu gain de cause.

– Merci, lui dit-il.

Ils se serrèrent la main, et se quittèrent après s'être donné rendez-vous le lendemain.

Jonathan demeura un moment pensif. Faye lui avait parlé comme s'il l'avait toujours connu, comme à son ancien moi, le premier. S'il avait remarqué une différence, il n'en avait rien laissé deviner.

16.

– Rougaï à la saucisse de synthèse, annonça William en tendant une timbale à Dana.

La cognitienne paraissait un peu moins soucieuse depuis qu'il lui avait confirmé sa participation à une plongée avec Jonathan. Pour fêter cette avancée relative, ils s'étaient retrouvés dans l'une des cantines communes du onzième niveau. Une foule assez dense se pressait devant les marmites du cuistot, un Sélène d'origine réunionnaise qui savait mieux manier les commandes d'un drone qu'un couteau économe, mais dont le ragoût, fameux, attirait chaque fois de nombreux amateurs.

Meriem les rejoignit alors qu'ils attaquaient leur dîner. La planétologue avait passé toute la journée à décortiquer des données en provenance des deux satellites actuellement en orbite autour de Nüying, de vieux coucous qui les avaient devancés sur place depuis plus d'un demi-siècle, mais continuaient à leur rendre de bons et loyaux services.

Elle attrapa sa gamelle et commença à se servir.

– Le nec plus ultra de la gastronomie spatiale, commenta-t-elle en plissant le nez.

– Au fait, quelles sont les brèves de la Terre ? demanda William.

Les derniers rapports de l'OSNU relataient la découverte

d'une planète réunissant toutes les conditions d'habitabilité pour l'homme, dans le système de Gamma Leporis, une étoile située à une distance de vingt-neuf années-lumière du soleil, dans la constellation du Lièvre.

– C'est un peu la folie, au labo, conclut la scientifique.

– Ce nouvel eldorado va aspirer tous les crédits de la CNSA et de la NASA réunis, fit remarquer William.

– Toutes les agences spatiales sont sur le coup, confirma-t-elle.

– L'OSNU ne financerait donc pas de seconde mission vers Nüying ? lâcha William en goûtant avec prudence au ragoût.

Meriem fit la moue :

– Difficile à dire. Il faudrait demander à Tamaki et Kapoor, ils ont peut-être des infos qu'on n'a pas.

– Ça dépend sans doute de ce qu'on y trouvera, nuança Dana.

– Je ne sais pas, insista William. À mon avis, c'est précisément parce qu'une seconde mission vers Nüying paraît très compliquée que Jon a choisi cette destination.

Sa remarque fut suivie d'un bref silence.

– Et qu'est-ce qui te fait croire ça ? s'enquit finalement Dana.

– J'y ai pas mal réfléchi ces derniers jours, expliqua-t-il. Je pense que Jonathan voulait qu'on le laisse tranquille avec son projet Renaissance. Il ne voulait pas d'une planète qui risquait d'attirer trop de monde.

– Tu as raison, admit Meriem. Il faut un peu plus que des archées s'ébattant au fond d'une flaque de boue pour justifier une seconde mission, on le savait dès le début.

– On le savait tous, mais ça change quand même un peu la donne. Je ne suis pas sûr que les prospecteurs, par exemple, voient cette nouvelle d'un bon œil. Eux n'ont pas signé pour un aller simple.

– Bien sûr que si, objecta Dana. Tous nos contrats le stipulaient : pas de retour garanti.

– Oui, mais ça ne les empêchait pas de miser sur une seconde mission.

Lui-même, songea-t-il, avait gardé cette idée en tête, et il ne devait pas être le seul à avoir fait ce pari. Il se resservit en rougaï, conscient du léger malaise que ses réflexions avaient provoqué.

La conversation dériva ensuite vers un terrain plus neutre, s'intéressant aux dernières avancées scientifiques. Meriem leur apprit que la présence de mousses ou de lichen à la surface de la planète avait été confirmée par les récentes observations. Restait à savoir si cette flore locale pouvait constituer une source d'hydrates de carbone utile à l'homme.

William se demandait ce que le Dr Tran aurait pensé de tout cela. Brume avait embarqué pour Nüying dans l'espoir d'élucider le mystère qui entourait les « chants ». Le monde entier rêvait de ce premier contact. Or les récentes découvertes risquaient de reléguer ces nobles aspirations, et les crédits qui leur seraient alloués, au catalogue des idées périmées.

Il avala une bouchée de la mixture pâteuse qui collait au fond de son bol. Comme toute la nourriture produite à partir de leurs serres potagères et des incubateurs de viande de synthèse, elle avait une drôle de saveur.

Le lendemain à huit heures, son alarme le tira d'un mauvais sommeil.

William avait plutôt tendance à mal dormir depuis qu'il logeait dans cette cabine du pont neuf. Le bourdonnement permanent de la climatisation le poursuivait jusqu'au fond de ses rêves, et impossible de s'en abstraire malgré les limiteurs de bruits enfoncés dans ses oreilles. Il se prépara rapidement.

Dana l'attendait au laboratoire de cognition humaine

pour une présentation des interfaces qu'il serait amené à utiliser avec Jonathan.

– Il s'agira d'une plongée passive, nous n'aurons donc pas besoin de la chambre de configuration.

Elle lui montra le matériel : deux connecteurs qui se liaient directement au système cybernétique, ou, si l'on souhaitait introduire un témoin, à un feuillet de contrôle appelé « interface miroir ».

– Ça n'a pas tellement évolué depuis mon départ, observa-t-il.

– La principale amélioration concerne la fluidité des échanges, confirma Dana. Nous allons procéder à quelques tests pour voir si tu es à l'aise dans ces environnements. Nous sommes à peu près sûrs que Jonathan ne voudra pas de la présence d'un tiers, donc tu dois pouvoir te débrouiller seul en cas de problème.

– Les trucs habituels, quoi.

Les plongées passives revenaient à s'immerger complètement dans le paysage mental d'un autre, sous la forme d'un avatar qui interagissait de manière restreinte avec les éléments narratifs ou contextuels. Un peu comme quand on donnait la main à un maître de jeu RV, en l'occurrence Jonathan, l'objectif étant ici de détecter les anomalies que l'on soupçonnait d'affecter sa personnalité.

Après une série de tests avec Ann, ils retournèrent dans le bureau de Dana pour mettre au point les derniers détails. William constata que la plante verte qui égayait jadis le décor avait disparu, remplacée par une sculpture composée de sphères remplies d'une matière translucide luminescente, empilées les unes sur les autres. La clarté bleutée donnait à la pièce une tonalité douce et un peu froide, à l'image de ce que dégageait Dana – une femme réservée, parfaitement professionnelle, qui exprimait peu ses émotions.

– Il reste une inconnue, lui rappela-t-elle. Nous ne savons pas très bien comment se comporte un environnement cybernétique augmenté tel que celui de Jonathan en situation de plongée. Cela risque d'aller vite, très vite.

William comprenait bien ses préoccupations. Les modifications des protocoles de transfert apportées par les différents Jonathan l'autorisaient à circuler dans la globalité des réseaux intelligents du vaisseau, ce qui étendait sacrément sa sphère cognitive. Comparée au système initial, l'interface Jonathan-Réceptacle d'aujourd'hui faisait penser à une mégapole numérique en constante métamorphose, là où autrefois on avait une ville de province figée dans ses routines tranquilles.

– Ce sera la surprise, admit-il, mais j'ai confiance en Jon. Il m'a semblé plutôt coopératif.

– Il a souvent changé d'avis au cours de ces dernières semaines, le prévint Dana.

– J'aurai toujours la possibilité de geler, si ça tourne mal.

Geler un environnement RV n'était certes pas la procédure d'extraction la plus élégante qui soit, mais elle présentait l'avantage de pouvoir être appliquée en toutes circonstances.

– Savez-vous pourquoi les Jonathan précédents ont voulu introduire ces modifs ? l'interrogea-t-il, poursuivant une idée qui le travaillait depuis qu'il avait pris connaissance des récentes évolutions de Réceptacle.

– Je l'ignore, avoua Dana.

– Ces extensions auraient très bien pu troubler son jugement, non ? insista-t-il.

– On ne peut pas l'exclure.

La cogniticienne marqua une infime hésitation.

– Je me suis demandé si le problème ne tenait pas du principe même de la RNA, ajouta-t-elle sur un ton prudent.

– Le *principe* ? s'étonna William, ne voyant pas où elle voulait en venir.

– Quelque chose comme… une hantise pathologique de la mort, inhérente au processus.

William imaginait mal un homme comme Jonathan en proie à un tel doute ontologique.

– Il est très angoissé, insista Dana. Parfois, j'ai le sentiment que lui-même ne sait pas pourquoi il agit ainsi. Comme si…

Elle chercha ses mots.

– Comme s'il ne s'appartenait plus lui-même ? proposa William.

Elle acquiesça.

– Il m'a dit une chose qui m'a frappé, hier, reprit-il. Il m'a assuré que sa matrice n'avait subi aucune altération, et il avait l'air assez catégorique sur ce point. En revanche, il soupçonne quelqu'un d'être intervenu sur ses mémoires secondaires.

– C'est bien ce que nous craignons. Mais nous n'avons trouvé aucune trace d'intrusion.

– Ou alors ils sont doués, suggéra William.

Dana eut un sourire crispé. Au bout du compte, ils en revenaient toujours à la même conclusion : le seul moyen de savoir ce qui se passait réellement était d'aller voir sur place, à l'intérieur.

Après un rapide déjeuner, Dana et William se rendirent aux appartements de Jonathan. Pendant tout ce temps, ils avaient craint l'annulation pure et simple du programme de l'après-midi. Non seulement Jonathan ne changea pas d'avis, mais il sembla heureux de les accueillir.

William n'avait jamais eu l'occasion de visiter les quartiers privés du fondateur de Space'O. Le salon où ils s'installèrent lui parut exagérément grand, au regard des critères d'économie d'espace qui présidaient à l'agencement des cabines où se serraient les Navigants dans les secteurs des niveaux huit ou onze. La décoration, assez sobre, ne comportait que quelques touches de couleur – un bouquet de fleurs artificielles, un tableau, et une baie vitrée qui donnait l'illusion d'une vue sur la mer. Jonathan les reçut en tenue décontractée, pantalon et T-shirt souples. Le teint hâlé, les cheveux tirés en catogan dégageant un visage aux mâchoires volontaires, les muscles minces et saillants sous l'étoffe légère de son vêtement, le Sino-Américain avait l'air en pleine possession de ses moyens. Malgré la différence d'âge, et contrairement à sa première impression de la veille, William reconnut sans peine le Jonathan Wei qu'il avait fréquenté sur Taihe – un homme de pouvoir, sûr de l'influence qu'il exerçait sur son entourage, et habité par une certaine grâce. Cependant, à bien l'observer, il manquait à ce Jonathan-ci la flamme joueuse qui donnait à l'original son charme si particulier. Cette lumière-là avait totalement déserté le regard de l'individu qui se tenait devant lui. Ne restait que la froide étincelle calculatrice, assortie d'un reflet plus trouble, caché sous la surface de son apparente désinvolture.

William s'installa dans un fauteuil face au président de Space'O, et Dana sortit le matériel d'interfaçage.

– Êtes-vous toujours certain de vouloir plonger avec moi, Will ? s'enquit aimablement Jonathan, tandis que Dana s'occupait des derniers réglages.

– Sûr et certain.

– Ce ne sera pas forcément une partie de plaisir.

– Je prends le risque.

Jonathan Wei laissa échapper un rire, curieux mélange de cynisme et de fraîcheur juvénile.

Dana leur fixa à l'un et l'autre un médiscan destiné à donner l'alerte si leurs paramètres vitaux s'emballaient, puis elle vérifia la bonne position de leurs connecteurs. L'appareil de la taille d'un ongle adhérait directement à la peau par aimantation avec le dispositif sous-cutané.

La séance pouvait commencer.

17.

Dans un premier temps, rien.

Puis William prit peu à peu conscience de son corps virtuel : le souffle qui parcourait ses cellules d'abord, lié à la pulsation de son cœur. Il visualisa les différentes parties de son anatomie, mains, jambes, torse, et pour finir, enfin, sa tête. Il examina ensuite l'endroit où il se trouvait.

Pièce nue, murs blancs, lumière neutre.

À ses côtés apparut Jonathan Wei, non pas le jeune loup arrogant qui l'avait accueilli à l'instant, mais l'homme mûr, le premier, celui qu'il avait connu trente ans auparavant.

– Ravi de te revoir, Will, lui dit le milliardaire avec le plus grand naturel.

Leur poignée de main se dissipa comme un songe, tandis que le décor changeait subtilement. Dans un coin de son champ de vision, William crut percevoir une seconde silhouette masculine.

– Mon nouveau moi n'était pas convaincu de l'utilité de ta venue ici, lui apprit le premier Jonathan, mais j'ai su me montrer persuasif.

Ils se tenaient au centre d'une pièce d'où partaient d'innombrables couloirs et escaliers s'étirant dans plusieurs directions, en dépit de toute cohérence spatiale. L'agencement des marches et des renfoncements laissait deviner des portes s'ouvrant dans les murs, au sol ou au plafond. Les matériaux employés auraient pu être de la pierre, ou une substance plus organique, d'une couleur oscillant entre le rose et le blanc.

– Bienvenue dans mon palais intérieur, annonça Jonathan Wei avec un petit geste nonchalant.

– Je vois que vous avez su tirer le meilleur parti de la programmation CySense, le félicita William.

– Disons que j'y ai apporté ma touche personnelle. Suivez-moi, je vous fais visiter.

Les traits du Sino-Américain se troublaient par vagues, comme si d'autres visages venaient se superposer au sien – les visages de ses successeurs, ou celui de Sonam Tsering, son double spirituel, apparaissant puis disparaissant comme sous la surface d'un lac parcouru par le vent.

– Vous avez du mal à stabiliser votre avatar, remarqua William.

– Ne soyez pas si prosaïque. Ma personnalité comprend d'innombrables facettes, vous êtes bien placé pour le savoir.

Tout en discutant, ils s'étaient engagés dans un couloir étroit qui descendait en pente douce en s'incurvant. Les murs, très hauts, ne semblaient pas délimités par un plafond dans leur partie supérieure. William dut lutter contre la sensation d'enfermement que cette configuration faisait naître en lui. Bientôt ils furent incapables de marcher de front et Jonathan dut passer devant. Sa silhouette projetait des ombres mouvantes sur les parois, dont la texture ne cessait elle-même de changer.

– Alors ainsi, vous avez décidé de ne pas tenir compte de la première loi de la cybernétique ? observa William.

Cette règle postulait qu'un avatar ne devait jamais prendre le contrôle d'un système hybride homme-machine. En d'autres termes, les Jonathan passés auraient dû rester en retrait, ce qui n'était visiblement pas le cas.

– Cette règle date d'une époque où les mondes virtuels n'en étaient qu'à leurs balbutiements.

– Vous pensez pouvoir vous en affranchir ?

Jonathan s'arrêta et fit face à William. L'éclat dur dans ses yeux contredisait son attitude affable.

– Je n'ai pas de comptes à vous rendre, Will, contrairement à ce que vous semblez croire. Mais je vous aime bien, et cela me chagrine un peu de voir à quel point vous êtes loin de la vérité.

– Je ne demande qu'à comprendre.

– Soit. Alors dites-moi : selon quel critère arbitraire ma nature virtuelle devrait-elle se soumettre au diktat de mon moi biologique ?

– Jusqu'à preuve du contraire, nous sommes des êtres de chair, tributaires des lois physiques.

– Vous faites erreur, Will. Et puisqu'il vous faut une preuve, la voici.

William jeta un coup d'œil inquiet aux murs. Ceux-ci semblaient se rapprocher, diminuant peu à peu la largeur du conduit. Le ciel, très loin au-dessus de leurs têtes, se réduisait à un mince filet jaunâtre.

– Ce n'est qu'une illusion.

– Je serais moins catégorique, si j'étais vous.

Jonathan se remit en marche sans se presser, et William eut la très nette impression que les parois s'écartaient imperceptiblement comme pour lui faciliter le passage.

– Vous n'envisagez tout de même pas de vous transférer complètement dans votre espace virtuel, Jon ? lui demanda-t-il en lui emboîtant le pas.

Jonathan Wei marqua une pause. Un demi-sourire flotta sur ses lèvres, puis il reprit :

– Le transfert n'est qu'une étape.

– Une étape vers quoi ?

Jonathan ne répondit pas.

– Faisons une expérience de pensée, proposa-t-il soudain. Supposons que cette discussion, ici et maintenant, soit ce qu'il y a de plus vrai au monde. Le reste ne nous apparaîtrait plus que comme un songe, n'est-ce pas ?

– Vous voulez inverser la hiérarchie entre les différents niveaux de réalité ?

– Par exemple.

– Il me suffirait d'appuyer sur un interrupteur pour mettre fin à votre démonstration.

– Allons, Will. Je pourrais vous opposer exactement le même argument. Qu'est-ce qu'un corps biologique, sinon un assemblage de cellules parcouru de milliards de courants d'énergie ? Essayez encore.

Le couloir s'évasa, et les murs devinrent peu à peu translucides. Une rumeur lointaine leur parvenait par moments, comme un souffle venu du large.

– Vous me demandez de croire en quelque chose qui n'existe pas, dit William.

– J'attends juste de vous une réflexion cohérente, en dehors de toute convention. Mais qu'à cela ne tienne. Nous voici arrivés.

Autour d'eux s'étendait un espace blanc sans consistance. Des formes obscures s'étiraient et se contractaient dans les airs, évoquant des nuées d'oiseaux. Le sol s'effritait légèrement sous leurs pas, comme l'auraient fait des plaques de sable fin séché.

– Où sommes-nous ? demanda William.

– Dans un repli du monde, l'informa Jonathan Wei.

Son expression s'était soudain assombrie.

– J'aurais aimé poursuivre notre petite discussion, mais malheureusement nous n'avons que très peu de temps devant nous.

William regarda autour de lui. Les silhouettes humaines qu'il avait pressenties en arrivant semblaient s'être évanouies. Ils étaient seuls, totalement seuls, au milieu de nulle part.

– Que voulez-vous dire, par « très peu de temps » ?

– Vous n'avez rien remarqué ?

Jonathan Wei lui désigna une zone un peu plus loin. Quelque chose ondulait dans les airs. Il pensa d'abord à des oiseaux – des corneilles, peut-être, ou plutôt non, de grands rapaces qui tournoyaient lentement à la recherche de leur proie. Les formes se précisèrent, biffant l'espace de leurs rainures sombres. Des idéogrammes, comprit soudain William.

Il jeta un bref coup d'œil à Jonathan. Celui-ci semblait fasciné par le spectacle. Les signes-oiseaux fourmillaient à présent, s'assemblant en courtes sentences qui ondoyaient dans le vent, se mêlant et s'entrelaçant pour se recombiner entre elles.

Wei tendit la main et attrapa un bandeau d'air translucide d'où émergeaient les traits d'encre noire.

– Est-ce que vous arrivez à lire ? demanda-t-il à William.

William avait une bonne pratique du mandarin, il décrypta donc la phrase sans trop de difficulté.

Ceci est un message à mon intention.

– Qu'est-ce que cela signifie ?

Jonathan Wei lâcha la succession d'idéogrammes, qui s'envola en s'entortillant comme de la fumée. Il s'empara d'une autre note, et la présenta à William :

– Lisez ! lui ordonna Jonathan. Vite.

... mnation.

William comprit soudain où ils se trouvaient. Jonathan Wei l'avait entraîné dans l'une de ses mémoires secondaires. Les enregistrements qui auraient dû s'y accumuler avaient été effacés, mais il en restait quelques traces. Et il lui demandait à lui, William Faye, le témoin, de les assembler en un tout cohérent.

Un vent aigre se leva, chassant les signes-oiseaux dans le ciel. Les silhouettes humaines du début se dessinèrent dans un angle et se dilatèrent telles des ombres gigantesques, avalant toute la lumière. Quelqu'un, ou quelque chose, avait visiblement pris le contrôle sur cette séquence. Luttant contre le sentiment de panique qui commençait à le gagner, William chercha un moyen de s'extraire.

Face à lui, Jonathan Wei se désagrégeait. Son visage, sans cesse remodelé par les innombrables moi en conflit sous la surface, se transforma en une bouillie liquide. Laquelle ouvrit la gueule, laissant échapper un cri monstrueux.

William porta instinctivement les mains à ses oreilles.

Le monde s'effondra, puis tout aussi soudainement, sans transition, William se retrouva dans un espace informe, suspendu dans une matrice tiède et calme.

– Bienvenue dans mon cocon intérieur, Will, entendit-il dans son dos.

Il se retourna. Jonathan flottait comme lui dans le vide, vêtu d'une robe pourpre serrée à la taille. Un masque rituel représentant un démon cachait son visage.

– Ceci est la véritable face de Ngawang Namgye, l'esprit de l'oracle de Karmashar du monastère de Sera, lui expliqua son hôte. Ngawang Namgye avait pour habitude de quitter le corps de son maître pour aller vagabonder dans les rues de Lhassa à la nuit tombée.

William comprit qu'il n'avait pas affaire au même Jonathan – et visiblement, les règles du jeu avaient changé.

Ngawang Namgye lâcha un rire caverneux. Son souffle sentait le tabac et l'alcool d'orge fermenté.

– Vous voilà plus démuni qu'un chiot sans sa mère, s'amusa-t-il.

Les contours d'une pièce assez vaste commencèrent à se dessiner, sous la forme d'une palpitation ou d'un frisson conférant une plus grande densité à l'air. Les escaliers, les ponts et les chemins de ronde réapparurent, imbriqués les uns dans les autres en une délirante profusion.

William contempla un instant les volées de marches qui s'étiraient dans les ombres portées, vers le haut, vers le bas, et diverses directions improbables. Deux portes s'ouvrirent devant lui, donnant sur des couloirs qui s'enfonçaient dans les profondeurs du palais.

– Ma mémoire matricielle se trouve derrière, déclara Ngawang Namgye d'un ton sentencieux.

Il frappa dans ses mains, et les battants se refermèrent dans un claquement. William fit un mouvement en direction de l'une d'elles.

– Je serais vous, j'y réfléchirais à deux fois.

L'avertissement le stoppa net.

– Dois-je considérer cela comme une *menace*, Jon ?

William n'était pas certain, cependant, que la créature qui se dressait devant lui fût bien Jonathan Wei. Elle aurait aussi bien pu être une émulation de Sonam Tsering, ou n'importe quel avatar surgi d'un esprit malade.

– Règle numéro un, expliqua le démon, visiblement satisfait d'avoir fait forte impression : dans trois minutes, ce bassin sera entièrement noyé.

De fait, William constata qu'il se tenait debout dans une pièce au sol et aux murs tapissés de petits carreaux bleus, dépourvue de toute ouverture. Le bruit obsédant de gouttes tombant l'une après l'autre dans un récipient emplit l'espace. Il réalisa alors qu'il se trouvait en un lieu qu'il avait bien connu dans son enfance : la piscine Wilfrid Hamel où, un matin de novembre, son professeur d'éducation physique l'avait jeté dans le grand bain pour lui apprendre à surmonter sa peur panique de l'eau.

Il se tourna vers Jonathan, sur la défensive :

– Comment avez-vous su ?

– La plupart des informations dont je dispose sont à portée de main, lui confia le démon, goguenard. Il suffit de chercher au bon endroit.

Réceptacle, songea William. Mais pas seulement. Seules les archives médicales du cargo-monde pouvaient contenir ce type de renseignements sur le personnel navigant ou dormant.

– Vous avez piraté les bases de données du vaisseau.

– Interrogées, corrigea Jonathan, s'il s'agissait bien de lui. Vous oubliez qu'à ce stade de mon évolution, j'appartiens corps et âme à mon rêve, et réciproquement.

William n'eut pas le temps de lui faire préciser sa pensée. Deux portes ruisselantes venaient d'apparaître dans le mur en face de lui.

– Règle numéro deux, édicta Jonathan : vous n'avez droit qu'à un seul essai, sachant que l'une de ces sorties donne exactement sur la même pièce que celle où vous vous trouvez en ce moment.

William examina les deux options avec attention. Aucune différence ne lui sauta aux yeux. Entretemps, l'eau était encore montée de quelques centimètres, atteignant ses cuisses et réveillant le fantôme de ses terreurs enfantines. Pendant quelques trop longues secondes, il demeura pétrifié, incapable de prendre une décision.

– Quel est votre choix, Will ? demanda ironiquement le démon.

William avait l'impression de s'enfoncer dans un cauchemar. Que faisait-on, lorsqu'un rêve vous entraînait au-delà des limites acceptables ?

Ou l'on sortait du jeu, ou l'on apprenait à nager.

Enfant, il n'avait eu d'autre option que de se débrouiller. Sous les quolibets de ses camarades, avec la peur au ventre, il avait barboté jusqu'au bord de la piscine, toussant, soufflant, pleurant et crachant des larmes de chlore.

L'eau atteignait désormais ses épaules. Il vit des visages moqueurs, penchés vers lui, le montrant du doigt en riant. Ce rire avait foré un puits dans son cœur, à l'époque. Un puits où il avait cru se noyer de honte.

Ngawang Namgye le regardait avec un large sourire, les sourcils frémissants.

William s'efforça de faire abstraction de sa peur. Il se trouvait face à deux affirmations qui semblaient diamétralement opposées, du moins en apparence. Ce dilemme lui rappela de lointaines discussions avec ses collaborateurs au labo de cybernétique fonctionnelle de Beijing. Selon le principe du tiers exclu, si l'une des propositions était vraie, l'autre nécessairement était fausse. Mais Jonathan-Sonam ne *pouvait pas* raisonner ainsi.

Ngawang Namgye l'observait d'un air narquois en se grattant le ventre.

Que disaient les textes bouddhiques à ce sujet ? chercha Will. Que disaient ses collègues férus de programmation quantique et de poésie chinoise, à coups de bières et de pépins de pastèque, dans la moiteur des appartements étroits où ils se réunissaient pour boire toute la nuit ? L'obstination avec laquelle il s'accrochait à ce qu'ils appelaient son « raisonnement binaire » les amusait particulièrement. Était-il à ce point formaté par son éducation qu'il ne puisse concevoir autrement les choses ? Leurs paroles lui revinrent alors.

De leur point de vue, le tétralemme offrait une alternative plus fidèle à la réalité humaine que ne le faisait la logique aristotélicienne, en envisageant systématiquement non pas deux, mais quatre possibilités. Partant de là, ce dilemme n'en était pas un. Il n'y avait ni porte, ni non-porte, ni les deux, ni aucune des deux, pour paraphraser Nagarjuna, cet ancien philosophe bouddhiste.

Dressé sur la pointe des pieds, William recracha l'eau qui s'engouffrait dans ses voies respiratoires et articula :

– On ne peut le décrire ni par son existence, ni sa non-existence, ni l'une et l'autre à la fois, ni aucune des deux.

Ainsi Nagarjuna parlait-il du Nirvana dans son Traité du Milieu.

Le rire de Ngawang Namgye secoua tout l'univers. Les masses liquides s'effondrèrent en ruisselant, tandis que les portes, fluctuantes, perdaient leurs contours, se confondant l'une avec l'autre avant de disparaître. Et ce fut terminé.

William se retrouva dans un paysage de sable éblouissant. Clignant des yeux, il avança de quelques mètres en titubant. La silhouette de Jonathan lui apparut de dos. Ngawang Namgye n'était plus visible nulle part. L'homme qui se tenait là était bien le Jonathan Wei qu'il avait connu jadis, le premier, l'original.

Debout face à la mer, il scrutait la ligne bleue de l'horizon.

18.

Australie occidentale, au nord de Perth
[11-2522] Soixante-huit ans auparavant

Les pieds enfoncés dans le sable brûlant, il observe l'océan. Le souffle chaud de la brise de terre lui caresse le dos, avant de dévaler la pente douce des dunes jusqu'au rivage. Une odeur d'argile et de bush flotte dans l'air. Des vagues au creux idéal scintillent au soleil, parfaitement alignées. Peu de gens connaissent ce spot, à plus de cent kilomètres de Perth : la plage lui appartient, il est seul face à l'immensité bleue.

Ils sont le 10 novembre 2522, à l'équilibre des cercles.

Jonathan aime ces longues ondulations de sable clair. L'océan lui insuffle un sentiment de bonheur que n'égale aucune autre expérience au monde, une sensation de liberté, qui se dilate dans la lumière.

Sans se presser, il retourne à la Jeep. Sharon, sa copine américaine, somnole dans le hamac. Un boléro lui cache le visage, n'en dévoilant que le menton et les lèvres. Hormis cet accessoire pratique, elle est nue, brune et longue comme une liane brûlée par le soleil. Jonathan laisse son regard glisser le long de ses cuisses fuselées. Le parfum sucré des minuscules fleurs jaunes sur la dune adoucit l'odeur âpre de la poussière. Des oiseaux gazouillent en voletant de branche en branche, dans les fourrés d'épineux qui bordent le sentier sablonneux.

Une journée parfaite, absolument parfaite.

Il se prépare tranquillement, puis se dirige vers la grève.

Le vent a légèrement forci durant la demi-heure où il a vérifié son matériel – une 69, un modèle rapide et nerveux, fabriqué spécialement pour lui.

Il entre dans l'eau, plonge une première fois, apprivoise en quelques secondes la fraîcheur presque brutale de l'élément liquide. Puis il saute sur sa planche et commence à ramer. Peur, joie, ivresse de l'adrénaline qui électrise tout son corps, il n'est plus que muscle en action face aux masses qui se soulèvent devant lui. La puissance de la nature lui apprend l'humilité. Tout est affaire de rythme.

Les vagues se dressent, prêtes à casser, prêtes à l'emporter dans leur tourbillon d'écume. Il donne tout, toute sa force concentrée en un seul et unique but, passer la barrière des rouleaux, avancer.

Soudain, c'est fini. Il a réussi l'épreuve. Il se retrouve dans un creux calme, entre deux séries. À présent il lui faut attendre. S'il se montre patient, l'océan lui offrira peut-être quelques secondes d'éternité.

La première vague ne tarde pas. Seul sur ce spot sauvage, il n'a réellement aucune contrainte, hormis celles imposées par ses propres limites mentales. Dans la réalité physique, on ne lutte pas contre le sens du vent ou des courants. Il n'en va pas de même dans un monde entièrement façonné par l'esprit, mais Jonathan est prêt à attendre le temps qu'il faudra. Il se fie à la position du soleil pour juger du moment de bascule.

Ce moment finit toujours par arriver.

La brise qui soufflait avec régularité depuis le début de matinée tombe brusquement, comme éteinte par une main invisible. Le clapot de l'eau contre la planche se tait. La surface de la mer devient lisse, se fige. Son esprit, dilaté, perd le décompte des secondes.

Par instinct, et parce que la clarté a changé subtilement, il lève la tête. Des cercles concentriques aux bords légèrement lumineux sont apparus dans le ciel. Jonathan observe leur lente progression dans l'atmosphère, leur crête à présent ourlée d'un liseré mauve. Il pense à une bombe, mais le phénomène n'a rien d'un champignon nucléaire.

L'océan subitement n'est plus que menace. Jonathan comprend qu'il lui faut absolument regagner la plage. Il se cale solidement sur sa planche, plonge ses bras dans l'eau. L'élément liquide lui oppose une résistance inattendue. Visqueuse, cette matière nouvelle adhère à ses membres et les englue. Saisi de panique, il se redresse pour vérifier sa position, constate que la terre ferme est bien plus éloignée qu'il ne le croyait. Il s'oblige à ne pas y penser et se jette dans l'effort avec frénésie. Juste ramer, rien d'autre. Cependant, au fur et à mesure qu'il s'épuise, le soleil décline comme en accéléré.

Il s'arrête. Reprend avec précaution son mouvement de crawl. La texture et la température de l'eau lui rappellent de la gélatine tiède. La plage s'est réduite à une bande étincelante de blanc au loin, inaccessible. Au-dessus de l'horizon, les mêmes cercles concentriques continuent à diffuser lentement dans l'atmosphère. Si lentement, qu'on les croirait immobiles.

Une fraction de seconde, Jonathan envisage d'abandonner sa planche pour nager jusqu'à la rive. Stupide, bien entendu. Celle-ci lui assure au moins un minimum de sécurité. Il se rallonge, essaye encore d'avancer, sans plus de résultat.

Soudain, il a le sentiment très net d'avoir déjà vécu cette situation. Cette séquence dure depuis une éternité, comme une boucle qui se répète sans fin.

Il se redresse pour observer la côte. En principe, il ne devrait pas être seul dans cette singularité temporelle. Où est Sharon ? A-t-elle eu la présence d'esprit de contacter les secours ?

Au moment où il formule ces pensées, la planche tangue violemment, manquant le déséquilibrer. Il se rétablit de justesse, s'éclabousse au passage.

Eau. Salée. L'océan et le vent se sont remis en mouvement.

Dans le ciel, un point rouge est apparu au cœur du cercle et grossit rapidement. Un trait de lumière aveuglante raye l'horizon de haut en bas, une ligne droite, perpendiculaire – qui tombe en plein cœur de sa matrice.

Jonathan demeure hébété, incapable de réagir. Une déferlante le bouscule et l'entraîne dans un fracas de mousse bouillonnante. Danger. Ses bras se mettent à mouliner d'instinct. Il lui faut regagner la terre ferme, sortir coûte que coûte de là. Une vague gonfle derrière lui – il profite de sa puissance pour rejoindre le rivage et ne s'arrête que lorsque sa planche râpe le fond dans une faible profondeur d'eau. Épuisé, sonné, il rampe hors d'atteinte du ressac, jusqu'au sable sec où il se laisse tomber lourdement. Ses muscles sont vidés. Pris de vertige, il se tourne sur le dos, vers le ciel. La rumeur de l'océan lui parvient comme à travers un rêve, un lointain écho.

Une silhouette dévale le sentier qui descend de la dune. Une silhouette féminine, qui se précise rapidement et l'appelle par son nom. Elle se penche au-dessus de lui. La lumière autour d'elle se décompose en cristaux de diamants. Il cligne des yeux, aveuglé. Sharon ? Le sourire qu'elle lui adresse n'a rien d'amical, et lui ne la reconnaît pas. Cette femme n'est pas Sharon, constate-t-il, avant de perdre connaissance.

19.

Cargo-monde *Yùtù Mèng*, en approche de Nüying
[11-2590] Vingt-cinq ans après le départ du Système solaire

Il ne faisait plus de doutes pour William que les souvenirs de Jonathan Wei avaient été altérés, et pas seulement dans ses mémoires secondaires. La matrice aussi avait été impactée. Après avoir remis son rapport à Dana Radchenkova, il se rendit directement à sa cabine pour prendre un peu de repos. Il s'affala tout habillé sur sa couchette et s'endormit instantanément.

Son écran domotique affichait trois heures du matin lorsqu'il émergea. Allongé dans le noir, la tête calée sous ses mains croisées, il laissa ses pensées suivre librement leur cours. L'image de la femme qui avait rejoint Jonathan Wei à la fin de la séquence mémorielle flottait encore dans son esprit.

Cette femme, il était sûr de l'avoir déjà rencontrée.

D'autres détails lui apparaissaient à présent, le confortant dans son intuition. D'après les avis des psys, Jon souffrait d'une forme plus ou moins caractérisée de trouble dissociatif, un diagnostic à prendre avec prudence si l'on considérait que les définitions classiques ne pouvaient être appliquées telles quelles au champ mal étudié de la RNA. La dissociation fournissait néanmoins une explication valable au fait que William ait eu affaire à plusieurs aspects d'un même homme au cours de cette dernière plongée. Le premier Jonathan, ou du moins son avatar, aurait ainsi tenté de collaborer avec lui, essayant de lui montrer les anomalies qui affectaient ses mémoires annexes. Son comportement chaotique et ses constantes volte-face pouvaient être attribués aux conflits opposant ses différentes personnalités. Le Jonathan actuel cherchait-il à s'émanciper de l'emprise de ses prédécesseurs ?

Tout ceci, cependant, n'expliquait pas les meurtres. S'il s'agissait bien de meurtres. Officiellement, on parlait de crises liées à une mauvaise tolérance à la RNA. Officieusement, on supposait que quelqu'un avait implanté au cœur même de la matrice un programme dont le but était d'amener tous les Jonathan à un point de rupture entraînant inévitablement sa propre annihilation. Ce quelqu'un aurait pu être l'un des Jonathan, peut-être le second, car à partir de leur troisième réincarnation, ils avaient tous évolué sans exception vers cette forme de mort cérébrale – sans traumatisme apparent. Pas de coups, pas de blessures, rien. Les comptes-rendus médicaux décrivaient un état confusionnel, des propos incohérents, et une paranoïa aggravée faisant obstacle à toute prise en charge préventive.

Mais pourquoi Jonathan le deuxième aurait-il fait une chose pareille ? Et si ce n'était pas lui, qui d'autre ? Question subsidiaire : devait-il s'inquiéter de sa propre sécurité ? Seul témoin des souvenirs enregistrés dans la matrice, on pouvait le soupçonner à juste titre de menacer la bonne exécution de ce plan – parce qu'il devait bien y avoir un plan.

Les réponses se dérobaient, attendant le déclic qui les

ferait remonter à la surface, tels des tatouages fluorescents dans le rayon d'une lampe ultraviolette.

En passant en revue le déroulement de ses plongées avec Jonathan, William observa qu'un tiers environ des séquences matricielles décrivait la rencontre de Jon avec son guru, Sonam Tsering. Ce dernier avait définitivement joué un rôle clef dans la formation, voire la transformation de la personnalité du Sino-Américain.

Né dans une famille de paysans réfugiés en Inde après l'annexion du Tibet, Tsering avait fait un bref séjour dans les rangs des Forces spéciales frontalières, afin de combattre l'ennemi chinois sous le drapeau indien. Démobilisé à la suite de l'amputation de son bras droit, il s'était retrouvé à végéter dans un foyer, tributaire de l'aide caritative à Dharamsala. La rencontre avec Jonathan Wei avait eu lieu au cours de l'été 2523, alors que le Sino-Américain visitait l'Inde en compagnie d'une journaliste américaine du nom de Sharon quelque chose. Ces épisodes de la vie du Tibétain occupaient grosso modo un deuxième tiers de la matrice.

La dernière partie était décidément la plus bizarre. Jon l'avait consacrée au souvenir d'interminables séances de lecture de sûtras et de méditation, activité qu'il semblait avoir pratiquée avec assiduité tout au long de son existence sous la surveillance de son guru. William avait eu les plus grandes peines du monde à ne pas s'assoupir lors de ces plongées. L'enjeu, clairement, lui échappait.

Ce parcours peu banal pouvait être mis en perspective à la lumière des archives historiques du vaisseau. Jonathan Wei et Sonam Tsering possédaient en effet chacun une biographie officielle, qui relatait dans le détail les aspects les plus romanesques de leurs vies. On y apprenait par exemple que Tsering avait fondé sa secte peu après son arrivée en Californie. Son école se distinguait des autres courants mystiques hérités de la diaspora tibétaine en ce qu'elle reléguait au second plan des notions fondamentales dans l'enseignement classique. Le choc de la rencontre entre une tradition métaphysique millénaire et la culture technologique de la Silicon Valley avait donné naissance à des principes originaux, que Sonam Tsering avait rassemblés dans son Livre. En exil aux États-Unis, le Tibétain n'hésitait pas à se définir comme un lama incarné, alors même qu'aucune autorité religieuse ne l'avait officiellement reconnu en tant que tel. Malgré ces prises de position très controversées au sein de la communauté bouddhiste, les idées de Tsering avaient séduit Jonathan Wei, à un moment de son existence où ce dernier cherchait désespérément sa place au titre d'héritier de l'empire industriel fondé par son père.

À l'époque, William avait jugé que l'identification de Jonathan Wei à son mentor tibétain ne portait pas vraiment à conséquence, à partir du moment où elle se déclinait sur le seul plan de la spiritualité. Quoi de plus légitime pour un être humain que de vouloir transmettre ses convictions religieuses à ses futurs moi ? En résumé, les Jonathan pouvaient croire au père Noël si cela leur chantait, cela ne le regardait pas.

Cependant, tout le monde ne partageait pas ce point de vue. Les détracteurs de la RNA n'avaient cessé de revenir sur le principe de la détermination qui se trouvait au cœur du procédé. Un clone, assuraient-ils, devait avoir droit au libre arbitre, au même titre que n'importe quel citoyen de l'univers. Pour William, il était clair que Tamaki se rangeait à ces arguments.

Mais cela faisait-il d'elle une suspecte ? Politicienne avant tout, Tamaki ne s'intéressait à la science que pour ses retombées pratiques, et elle n'avait rien d'une idéaliste.

William réalisa soudain que l'heure avait tourné sans qu'il s'en rende compte.

Finalement, quel que soit l'embranchement emprunté, son raisonnement achoppait toujours sur sa première intuition. Et celle-ci le conduisait directement là où il aurait préféré ne jamais avoir à fourrer le nez.

Alors qu'il s'apprêtait à quitter sa cabine, Dana le contacta pour lui donner les conclusions rendues par l'équipe de sécurité qui avait surveillé leur plongée de la veille. La Sélène avait les traits tirés.

– Il y a du nouveau, lui apprit-elle.

Elle lui envoya le rapport des experts par voie chiffrée. William alla se chercher un gobelet de café et s'attela à la lecture du document. Comme prévu, des anomalies avaient été détectées sur la période qu'avait durée son immersion cybernétique. Leur nombre, assez significatif, ne laissait guère planer le doute : ils avaient bel et bien fait l'objet d'une attaque dirigée vers la matrice. Une investigation un peu plus poussée montrait que les intrus avaient mis à profit une faiblesse liée à l'architecture même du système, en utilisant comme avatar des figures passives, déjà présentes dans l'univers mental de Jonathan – comme Sharon, justement.

Astucieux et discret, songea William, admiratif.

Il termina son café, qui avait complètement refroidi entretemps. Puis il contacta Dana et lui laissa un message pour la prévenir qu'ils se verraient directement à la réunion prévue en fin de matinée.

La faille une fois repérée, ce n'était désormais plus qu'une question d'heures avant que l'on réussisse à déterminer la provenance des attaques. Par mesure de précaution, Jonathan Wei avait été découplé de Réceptacle et placé sous surveillance rapprochée.

William enfila le premier T-shirt qui lui tomba sous la main et se prépara à sortir.

20.

Arrivé au huitième niveau, William fut surpris par l'effervescence qui régnait dans les coursives. Des bandes d'enfants d'âges divers bousculaient les flâneurs, les bras chargés de lanternes et de fleurs en tissu qu'ils accrochaient aux mains courantes pour décorer les couloirs. Leurs conversations se déroulaient dans une sorte d'anglo-chinois farci d'interjections et de néologismes dont la signification demeurait absconse à ses oreilles de Terrien du XXVIe siècle. Cette nouvelle génération de Sélènes présentait des caractéristiques physiques encore plus marquées que leurs parents, soulignées avec grâce par leurs nombreux bijoux et tatouages corporels. Plus grands, plus maigres et plus pâles, ils semblaient animés par une fièvre secrète, une excitation dont William avait du mal à cerner la cause. Conscient de sa propre étrangeté, il n'osa pas les aborder, préférant interroger le plan affiché sur son feuillet tactile.

Le temple de l'Éveil Vrai se trouvait à quelques blocs de là, au bout d'une allée bordée de saules dont les branches avaient été décorées de lampions et de petits drapeaux de tissu colorés. Des gens se pressaient sur la place centrale aux pieds de l'escalier qui menait à l'entrée du sanctuaire. Escalier virtuel, corrigea mentalement William, admirant les effets holographiques qui animaient la façade de ce qui devait être en réalité un espace fonctionnel et neutre. Des hommes et des femmes avançaient en se prosternant en direction des marches, une écharpe blanche dans les mains. D'autres se contentaient de déambuler autour du temple, l'air totalement absorbés par leur prière.

Après une hésitation, William pénétra dans l'enceinte, espérant n'offenser aucune règle. Il se retrouva dans une salle plongée dans la pénombre, éclairée de centaines de lanternes. La vibration sourde des chants sacrés emplissait tout l'espace. Il ne vit pas de meubles, mais des coussins où les gens pouvaient s'agenouiller à même le sol. Un bouddha de taille imposante décorait le fond de la crypte, assis sur son trône en forme de lotus, avec à sa droite et à sa gauche des déités que William aurait été bien en peine de nommer. Des colonnes dorées guidaient le regard jusqu'au plafond haut, peint en rouge. Des scènes qui devaient représenter des événements marquants de la vie de Siddharta Gautama ornaient les tentures suspendues aux murs. L'œil averti pouvait reconnaître leur nature artificielle au liseré chatoyant sur le bord des œuvres. La grande salle des prières du temple de l'Éveil Vrai était un véritable condensé d'art holographique, mis au service de la foi religieuse.

– Que pensez-vous de nos *thangkas* ? lui demanda une voix masculine dans son dos.

William se retourna dans un sursaut.

Un moine vêtu de la combinaison pourpre et de l'étole ocre se tenait derrière lui, avec un sourire aimable. L'absence de cheveux laissait voir de chaque côté du crâne la surface métallique mate de deux implants neuronaux.

– Pardonnez-moi, s'excusa William. Je suis entré sans m'annoncer.

Le prélat lâcha un petit rire amusé :

– Vous êtes tout pardonné. Les Terriens ne viennent pas souvent nous rendre visite. Je serai heureux de vous présenter ces œuvres, si vous le souhaitez. À moins que vous ne soyez là pour une autre raison ?

– Je ne veux pas déranger.

– Vous ne dérangez absolument pas. Je m'appelle Urgyan, je suis le maître de cérémonie – une sorte de régisseur, si vous préférez. Rassurez-vous, aucun office n'est prévu avant demain, vous êtes le bienvenu.

Urgyan s'exprimait dans un anglais à peine mâtiné de formules en mandarin, assez différent du langage employé par les enfants qu'il avait croisés plus tôt dans la rue.

– J'ai vu des décorations un peu partout dans le vaisseau, fit observer William.

– En effet, confirma Urgyan. Nous préparons les festivités de la Renaissance. Je suppose que vous en avez entendu parler ?

– Bien sûr. Mais je n'y ai jamais assisté personnellement.

– Nous accueillons le sixième Jonathan Wei, expliqua le moine en entraînant William un peu plus loin. Ces fêtes font partie de notre tradition, ajouta-t-il en riant. Elles sont aussi importantes pour nous que les célébrations du Nouvel An, qui marquent chaque année l'anniversaire de la naissance de Bouddha.

Ils s'arrêtèrent devant une tenture représentant un bodhisattva s'élevant sous un arc-en-ciel.

– Vous avez des artistes de talent, observa William. Je suis cybernéticien, et très sincèrement, je suis impressionné.

Urgyan hocha la tête :

– Nos jeunes apprentis d'hier sont devenus les maîtres d'aujourd'hui. Ils ont une grande connaissance de l'iconographie tibétaine.

– Est-ce qu'ils disposent d'une chambre cybernétique ?

– Oui, tout à fait. Ils ont reproduit virtuellement tous les outils et matériaux dont ils avaient besoin pour leurs créations. Mais… vous me dites que vous êtes cybernéticien vous-même. Souhaiteriez-vous visiter leur atelier ?

Ils passèrent non loin de la statue monumentale qui ornait le fond de la salle, et William constata qu'il s'agissait là encore d'une illusion.

– Ceci est une représentation traditionnelle de Maitreya, expliqua Urgyan, telle que l'on pouvait la voir dans certains monastères du Kham.

Son hôte dut remarquer sa perplexité, car il précisa :

– Maitreya est le nom attribué au Bouddha futur.

Il l'entraîna vers une porte dérobée derrière un *thangka*, et ils se retrouvèrent à l'arrière du décor – des couloirs blancs et une succession de bureaux tout ce qu'il y avait de plus ordinaire. Ils croisèrent deux ou trois religieuses, puis Urgyan l'invita à entrer dans une salle à l'accès protégé.

Au centre se trouvait une réplique conforme de la chambre cybernétique qui équipait les installations du laboratoire de cognition humaine. William ne distingua personne à l'intérieur. Deux techniciens en combinaison jaune pâle occupaient les sièges face aux écrans de commande.

– Je vais faire appeler quelqu'un pour la visite, le prévint son hôte.

William ne le vit pas manipuler son patch dermique de communication, il supposa donc qu'il utilisait une voie directe à partir de son interface.

Le sas s'ouvrit sur une jeune femme qu'il aurait reconnue entre mille.

– Salut, Will, dit-elle en s'avançant vers lui.

Il lui serra la main machinalement, à la fois troublé et fasciné. Dans son esprit se télescopaient les impressions présentes et passées, le visage de l'enfant avec qui il avait joué jadis se superposant à celui de la femme adulte qui se tenait devant lui, à la différence près que cette dernière avait les cheveux ras et les traits plus marqués. Ses yeux très clairs – les mêmes que ceux de sa mère – ne riaient pas.

– Je vois que vous vous connaissez déjà, constata Urgyan. Monsieur…

– Faye, compléta William.

– Monsieur Faye, reprit Urgyan, aimerait visiter ton atelier.

Il se tourna vers Anouk :

– Mademoiselle Radchenkova est l'une de nos meilleures artistes, elle a réalisé la plupart des *thangkas* que vous avez pu admirer en venant.

– Je suis curieux d'observer comment tu travailles, confirma William. Ces peintures sont vraiment magnifiques. Dana m'avait dit que tu étais une conceptrice de talent, je constate qu'elle ne m'a pas menti.

– Ma mère ne s'est jamais intéressée à ce que je fais, lâcha Anouk d'un ton maussade. Mais puisque tu es là, allons-y.

Les techniciens vinrent les aider à se préparer. Ce ne fut pas long : contrairement au matériel utilisé au labo, ils se contentèrent de régler deux connecteurs sur leurs implants respectifs, exactement comme lors de sa plongée de la veille avec Jonathan.

Ils pénètrent dans la chambre de virtualisation.

– Tu n'aurais jamais dû mettre les pieds ici, lui glissa-t-elle alors que les murs de la pièce s'effaçaient.

– Tu savais très bien que j'allais venir à ta recherche.

– J'espérais que tu aurais compris…

William revit les ultimes secondes de son incursion dans la matrice de Jonathan. La femme sur la plage avait l'aspect de Sharon, mais sur son visage fluctuant, il avait cru reconnaître les traits de Dana, plus jeune. Puis il avait réalisé, avec un choc, qu'il ne pouvait s'agir de la cogniticienne.

C'était donc bien elle. Anouk.

Il se félicita de n'avoir pas mentionné ce détail dans son rapport, ni d'en avoir fait part, à chaud, à Dana. Ce genre d'annonce demandait de prendre quelques précautions.

Ils se retrouvèrent dans un espace ouvert où de longues écharpes blanches flottaient dans l'air, attendant d'être offertes aux coups de pinceau et aux pigments de l'artiste. Une brise légère les faisait ondoyer dans la lumière.

– C'est mon atelier.

William remarqua qu'Anouk s'était transformée. Elle portait désormais une robe de moniale rouge et une étole de couleur ocre jetée en travers de ses épaules. Des tatouages chatoyants qui pulsaient en rythme avec sa respiration ornaient ses bras nus, à la peau très pâle. Ses doigts fins dessinèrent des formes invisibles dans l'air. Les tracés apparurent simultanément sur un long bandeau de soie suspendu près d'elle.

– C'est merveilleux, murmura William.

Malgré son émotion, il percevait très nettement l'inquiétude masquée derrière la tranquille beauté de cet instant. Il en déduisit que leur plongée devait être surveillée.

– Comment as-tu fait pour me retrouver ? demanda-t-elle, sans délaisser son travail.

– Je n'étais pas tout à fait certain que ce soit toi. N'importe qui aurait pu emprunter ton apparence, et tu ressembles tellement à ta mère…

La jeune femme suspendit son geste. Des gouttes écarlates s'étalèrent sous ses doigts, et une ombre passa sur son visage.

– Je suis désolée, murmura-t-elle.

Jusqu'à présent, il s'était demandé si Anouk n'avait pas perdu le contrôle en fin de séquence, quand elle s'était précipitée sur la plage pour vérifier l'état de conscience de Jonathan. Mais en la voyant peindre comme cela devant lui, il acquit la certitude qu'elle maîtrisait parfaitement toutes les nuances de la plongée dynamique et ne pouvait donc pas avoir commis d'erreur aussi grossière.

Une porte s'ouvrit dans le vide, et la silhouette d'un homme s'immisça dans leur échange. Grand et maigre, il portait la robe traditionnelle et ne cherchait pas à se cacher derrière un leurre.

Anouk s'inclina aussitôt pour le saluer.

– Je suis guru Lobsang Tsering, délégué spirituel de l'Éveil Vrai, se présenta-t-il. Et vous êtes le docteur William Faye.

William interrogea Anouk du regard, mais elle détourna les yeux.

– Merci, Anouk. Vous pouvez nous laisser.

Anouk marqua une hésitation, comme pour émettre une objection. Elle finit toutefois par reculer, et sa silhouette fut avalée par le blanc immaculé du décor.

– Que désirez-vous exactement ? demanda William dès qu'il se retrouva seul avec le religieux.

– Nous n'avons pas tous les jours l'occasion de rencontrer le Premier Témoin, répondit le guru avec amabilité. Si vous voulez bien me suivre.

Les deux techniciens les rejoignirent et encadrèrent William de manière à l'empêcher de fuir. Une porte s'ouvrit, et ils quittèrent l'atelier de création de peintures pour passer dans l'enceinte virtualisée du temple de l'Éveil Vrai. La monumentale statue figurant Maitreya brillait dans la pénombre, à la lumière des centaines de lampes à beurre qui brûlaient un peu partout. La rumeur basse des chants religieux emplissait la salle, mais William ne vit aucun fidèle en train de prier. Les deux apprentis en combinaison jaune le maintenaient fermement par les bras. Anouk avait disparu.

– Je regrette d'avoir à vous contraindre de la sorte, reprit Lobsang Tsering, mais vous vous doutiez que nous finirions par nous rencontrer, n'est-ce pas ?

– Je m'en doutais, admit William, sans en être absolument sûr. Mais sachez que je suis attendu plus tard dans la matinée, et que nos meilleurs experts sont sur vos traces.

Lobsang Tsering eut un sourire désarmant.

– Vous oubliez une chose, docteur : les ingénieurs chargés de nous traquer sont pour la plupart des Navigants acquis à notre cause. Ils devraient donc mettre un peu plus de temps que prévu à remonter jusqu'à nous, vous m'en voyez désolé.

– Wang et Tamaki ont leurs propres ressources.

– Là encore, je suis navré de vous apprendre qu'elles ne seront pas d'une grande utilité. Mais rassurez-vous, nous ne vous ferons aucun mal.

Les deux moines en jaune ligotèrent William et le jetèrent au pied de la statue du Bouddha.

– Nous allons vous injecter un bioprogramme qui devrait vous maintenir en plongée artificielle, lui expliqua Lobsang Tsering. Rien de dangereux, je vous le garantis. Les protéines se dégradent naturellement dans le corps au bout de soixante-douze heures. Vous serez retrouvé inconscient dans votre cabine, et probablement pris en charge par les services médicaux, qui, comme vous vous en doutez, ne sauront pas déterminer la cause de votre malaise.

William remua son poignet, juste pour vérifier. Les cordes lui scièrent la chair.

– Pourquoi soixante-douze heures ? Vous pourriez me tuer, comme vous l'avez déjà fait avec les Jonathan.

Lobsang Tsering eut un sourire amusé, comme si ses propos tenaient de la bêtise enfantine.

– Notre religion interdit l'usage de la violence.

– J'ai du mal à vous croire.

– C'est pourtant la vérité.

– Et les émeutes de 2578 ?

– Elles ne sont pas de notre fait.

– On m'a dit que vous aviez cherché à détruire un certain nombre d'installations, dont des caissons de stase.

Pour la première fois, le visage du religieux se troubla. Cependant William n'y vit que de la tristesse, au lieu de l'agressivité attendue.

– Le deuxième Jonathan a semé une grande confusion dans les esprits, mais ses errements n'auraient jamais eu ces conséquences dramatiques si le commandement militaire de l'OSNU n'avait pas réagi par une série d'initiatives malheureuses.

William réfléchit rapidement. Vu la personnalité et les convictions politiques de Wang, il se pouvait que Lobsang Tsering soit dans le vrai. Les gars des Forces spatiales d'exploration n'étaient pas des enfants de chœur, et la plupart nourrissaient une méfiance instinctive envers les Sélènes. Mais, quelles que fussent les responsables des accrochages qui avaient déclenché ces troubles, le résultat demeurait le même. Il décida de jouer cartes sur table.

– Je pense que le deuxième Jonathan avait compris que vous l'aviez manipulé, et qu'il cherchait à protéger ses futurs moi.

Lobsang Tsering le regarda avec pitié.

– Vous faites erreur. Comme tous les vôtres.

Il prit place sur le trône qui se trouvait aux pieds de la statue de Maitreya, jambes croisées sur son coussin.

– En tant que Premier Témoin, je vous dois quelques éclaircissements.

– Je suis flatté. Et que restera-t-il de ces explications, dans soixante-douze heures ?

– Pas grand-chose, malheureusement.

Lobsang Tsering commença son récit :

– L'hiver 2520 a été marqué comme vous le savez par la rencontre de Sonam Tsering et d'un lama réincarné du nom de Gyalwa Tulku, ou Sungdue, si vous préférez. Gyalwa Tulku avait eu une vision qui lui avait montré la voie à suivre pour que s'accomplisse l'Ultime Dessein. Une fois installé en Amérique, Sonam Tsering a fondé son école dans le but d'enseigner ces préceptes. L'Ultime Dessein part du principe que les causes qui ont mené au génocide humain et culturel de notre peuple étaient nécessaires, d'un point de vue historique. Tant que nous resterons sur Terre, ces mêmes causes continueront de produire les mêmes effets. C'est ce qui a convaincu Jonathan Wei à investir massivement dans ce projet d'expédition vers un autre monde. Cet astre vers lequel nous nous dirigeons, les Tibétains le nomment « Œil de Palden Lamo ». Il est dit, dans une prophétie, que les portes de la cité de Shambhala s'ouvriront lorsque notre guide atteindra l'étoile en question.

– Vous n'êtes pas sérieux.

Lobsang Tsering hocha la tête d'un air amusé.

– Vous êtes bien un Occidental. Croyez-vous vraiment que l'univers se limite aux seuls faits observables avec vos sens ou vos appareils ? La fusion collective est une réalité. Lorsque Jonathan connaîtra le Samadhi, nous, ses frères et sœurs en spiritualité, partirons avec lui.

William comprit qu'il se heurtait à un mur. Il essaya une autre approche.

– Et si votre oracle, Gyalwa Tulku, s'était trompé ?

Lobsang Tsering sembla trouver l'argument particulièrement réjouissant.

– Vous seriez incapable de le démontrer. Mais vous avez vu juste, en ce qui concerne le second Jonathan. Celui-ci avait décidé qu'il ne souhaitait pas servir l'Ultime Dessein. Il avait fini par décréter, comme vous le faites aujourd'hui, que la fusion collective dans l'Éveil mènerait notre communauté à la catastrophe. Obsédé par l'idée d'empêcher la réalisation de la prophétie, il s'était injecté un programme qui, espérait-il, mettrait un terme à son existence et bloquerait durablement la chaîne de ses réincarnations successives.

– Une démarche qui relève du pur bon sens.

– Cette initiative malheureuse nous a contraints à procéder à quelques ajustements.

– Les meurtres, vous voulez dire ?

– C'est une question de perspective.

Lobsang Tsering se leva, l'entretien touchait à sa fin :

– Je vais devoir vous laisser. Les festivités commencent

dans moins de vingt-quatre heures, et vos collègues terriens ne nous facilitent pas la tâche.

Impuissant, William le vit s'éloigner et quitter la grande salle de prière.

Les deux techniciens réapparurent par la porte dérobée.

– Dans soixante-douze heures, vous serez automatiquement libéré, lui expliqua l'un d'eux en apposant ses mains de part et d'autre de son crâne au niveau de ses implants.

William sentit comme un fourmillement à l'intérieur de sa tête.

– Soyez patient, lui conseilla-t-on.

Les bras attachés dans le dos, immobilisé au pied de la statue de Maitreya, le cybernéticien n'avait de toute façon guère d'autre option.

– Vous délirez, cria-t-il à l'adresse des deux hommes tandis qu'ils s'éloignaient.

Le décor, lentement, disparut dans une brume grisâtre.

Il eut une dernière pensée pour Dana, Dana qui allait certainement se mettre à sa recherche en ne le voyant pas siéger à la réunion prévue en fin de matinée, et qui, de toute évidence, ignorait tout des agissements de sa fille.

21.

– Il est arrivé une chose étrange au cours de ma plongée avec le Dr Faye, déclara Jonathan à Dana.

Son regard accrocha celui du colonel Wang, posté près de la fenêtre. Le militaire arborait comme à son habitude un air austère, parfaitement assorti avec son uniforme de couleur noire.

– Quoi donc ? demanda distraitement Dana.

La cogniticienne paraissait absorbée par les chiffres qui défilaient sur son médiscan.

– Connaissez-vous une femme prénommée Mila ?

Dana fronça les sourcils.

– Mila ? Je crains que non. Pourquoi cette question ?

– Elle m'est déjà apparue deux fois.

Wang et Dana échangèrent un coup d'œil.

– Vous avez eu de nombreuses fréquentations féminines au fil de vos vies successives, avança la cogniticienne avec tact.

– Je suppose que vous avez raison, admit Wei.

Il aurait voulu ajouter quelque chose à propos de cette Mila, mais impossible de préciser son intuition. Depuis qu'il avait été déconnecté de Réceptacle, ses flux de pensée et ses émotions s'agençaient avec une lenteur exaspérante.

– Et le Dr Faye ? demanda-t-il, changeant de sujet.

– Il se repose, lui répondit Dana, baissant les yeux.

Elle ment, songea-t-il. Ou bien elle lui cachait certaines choses, ce qui revenait au même. Il se tourna vers Wang :

– Colonel ? l'interpella-t-il directement. Pourquoi Faye n'est-il pas avec nous ?

Contrairement à Dana, Wang ne mâcha pas ses mots :

– Il a été placé en observation au centre médical, après avoir été retrouvé inconscient dans sa cabine en début d'après-midi.

Jonathan ne fut pas surpris – rien ne le surprenait plus. L'amputation d'une large partie de sa mémoire émoussait toutes ses réactions, réduisant ses affects à une molle indifférence.

Dana vérifia une dernière fois ses chiffres et donna son accord d'un léger hochement de tête. Le jour qui précédait la cérémonie de Renaissance comportait un certain nombre d'obligations, dont la visite officielle des installations scientifiques où devaient les rejoindre Tamaki et Kapoor.

Ils passèrent par les jardins de la terrasse afin d'éviter les ascenseurs, trop fréquentés. Une nacelle devait leur permettre de se déplacer d'un niveau à l'autre à travers le puits. Suspendues à des câbles, des équipes d'entretien équipées de perches accrochaient des lanternes de papier en prévision de la fête à venir. Les décorations se balançaient mollement sur leurs fils dans l'espace central, comme soulevées par un vent paresseux.

Jonathan avait attendu ce moment avec un mélange de crainte et d'excitation. Hors de l'enceinte protégée de ses quartiers privés, le cargo-monde lui apparaissait comme une ruche bourdonnante. Dans ce monde clos, où la notion d'horizon n'existait que sous forme de concept, la vie se réinventait sans cesse, repoussant loin d'elle la conscience écrasante de sa propre vulnérabilité, au sein d'une société qui reposait entièrement sur le bon fonctionnement de ses supports techniques, en équilibre au bord du vide.

Un agent de sécurité les fit patienter devant le sas d'accès aux laboratoires de génétique humaine.

– Alors, colonel, demanda soudain Jonathan, profitant de cette occasion pour l'interroger. Avez-vous réussi à déterminer l'origine de ces attaques sur mon système ?

– Ce n'est peut-être pas le moment d'en parler, Jon, tenta de modérer Dana.

– Non, la rassura Wang. C'est une question pertinente.

Il attendit que le garde se fût éloigné avant de poursuivre :

– Nous soupçonnons un groupe d'activistes en lien avec l'Éveil Vrai.

– Vraiment ? commenta Jonathan avec ironie. Mais le premier Jonathan n'était-il pas lui-même membre de cette école ?

– Il l'était, confirma Dana, intervenant à nouveau.

Jonathan leva la main :

– Dana, s'il vous plaît. J'aimerais connaître l'avis du colonel Wang.

– Le Dr Radchenkova vous a répondu, fit celui-ci.

– Certes. Mais à supposer qu'une faction de cette secte soit impliquée. Pensez-vous vraiment réussir à résoudre le problème en vous contentant de me débrancher ?

Les traits du militaire se crispèrent.

– Il s'agit d'une mesure de sécurité parmi d'autres, déclara-t-il froidement.

Ils furent interrompus par deux techniciens qui venaient en sens inverse.

Jonathan eut un rire bref, amer.

– Vous savez comment je me sens, Dana ?

– Comment vous sentez-vous ?

– Mutilé.

– Jon, protesta-t-elle. Je vous assure que vous retrouverez toutes vos facultés dès que tout ceci sera derrière nous.

Ils arrivèrent devant l'entrée. Jonathan n'avait gardé aucun souvenir précis de ces lieux, où il avait pourtant passé les vingt premières années de sa vie.

Le directeur vint les saluer, puis il les conduisit vers le centre de contrôle. Le laboratoire de reproduction humaine et de génétique se trouvait dans l'une des rares sections du *Yùtù Mèng* bénéficiant d'une forme de gravité artificielle.

Jonathan s'approcha de la baie vitrée qui occupait toute une paroi. Les cuves de croissance, quelques mètres en contrebas, luisaient dans la pénombre comme des cocons de verre.

– Vous ne verrez rien d'ici, le prévint le directeur, un Sélène au teint gris qui n'avait jamais dû prendre un bain de soleil de sa vie.

– Est-ce qu'on peut descendre ?

– C'est prévu, monsieur le président.

L'homme lui parlait avec déférence, évitant de le regarder de front. Jonathan en ressentit une certaine satisfaction. Le respect que lui manifestaient les quelques Navigants qu'il avait pu fréquenter jusque-là lui donnait le sentiment d'appartenir réellement à la lignée des Jonathan. Il jeta un bref coup d'œil à ses deux chaperons. Wang se tenait sur le qui-vive, l'air mauvais. Dana se tripotait discrètement la tempe gauche, comme si quelque chose la gênait – un geste qu'il l'avait souvent vue faire ces derniers temps.

Après avoir exposé succinctement les procédures qui présidaient à la croissance des clones, le directeur les conduisit jusqu'à un ascenseur.

– N'oubliez pas d'activer vos semelles, le prévint-il.

La cabine s'immobilisa à l'étage inférieur. Jonathan avança avec prudence. Le sol bougeait très lentement, l'obligeant à ajuster sans cesse son centre d'équilibre. Le scientifique leur expliqua que les cuves étaient disposées de manière à présenter leur axe en fonction des forces qui s'exerçaient localement, combinant l'effet de décélération global du vaisseau et l'effet rotatif interne.

Ils s'approchèrent.

– Vous avez là deux adultes et trois clones à différents stades de croissance pubertaire, leur décrivit leur guide.

Jonathan se pencha sur le premier caisson. Celui-ci abritait un jeune garçon assoupi en position fœtale. Ses cheveux blonds flottaient autour de ses épaules dans le liquide amniotique, et il avait le pouce enfoncé dans sa bouche.

Un enfant…

Jonathan recula, choqué et fasciné à la fois.

Le garçon lui rappelait son propre fils au même âge environ – fils qu'il avait abandonné loin derrière lui sur Terre, en lui confiant la gestion de l'entreprise familiale. Il se dirigea vers la cuve suivante. Chacune contenait une version de lui-même à divers stades de développement, si parfaitement semblable qu'il en avait le vertige. Il passa aux clones arrivés à maturité. Paupières closes, leurs grands corps maigres repliés dans une position similaire, ils semblaient dormir.

Jonathan demeura un moment silencieux.

Quarante-neuf jours le séparaient aujourd'hui de sa venue au monde, songea-t-il. Quarante-neuf jours de rééducation qui avaient fait de lui un adulte opérationnel, doté d'une histoire, d'une personnalité, et de tout ce qui en principe devait composer son identité. Cela faisait-il de lui un homme complet, libre et autonome ? Certainement pas. Entre cette chose et lui, la différence ne tenait qu'à quelques téraoctets de mémoire numérique, reproductible.

Il se détourna et sortit d'un pas vif, suivi par le directeur scientifique, Wang et Dana.

– Êtes-vous sûr que ça va aller, Jon ? s'inquiéta cette dernière quand ils furent revenus dans la salle de contrôle.

– Vous me demandez si ça va aller ? répéta-t-il, incrédule.

Il éclata de rire.

– Dana, Dana… Vous n'en avez pas assez de me materner ?

La cogniticienne rougit légèrement.

Avec une certaine désinvolture, il ajouta :

– Voilà presque sept semaines que vous supervisez mon éveil à la conscience, et je vous en remercie. Grâce à vos efforts et votre constante attention, j'ai pu imaginer, un instant, être enfin redevenu moi-même. Mais vous semblez oublier une chose.

– Quoi donc, Jon ? murmura-t-elle.

Il lut le désarroi, la peur et la tristesse dans ses yeux, mais cela ne l'arrêta pas.

– Je ne suis pas l'homme que vous croyez.

– Qui, alors ?

Sa voix n'était plus qu'un filet.

– Je ne suis personne, dit-il. Je ne suis rien.

Rien qu'une boîte vide, que l'on avait remplie de souvenirs et de désirs ayant appartenu à des morts, ajouta-t-il mentalement.

Dana cherchait les mots pour le réconforter. Sa détresse, bizarrement, lui apporta un certain soulagement.

22.

Une effervescence électrique s'était emparée du *Yùtù Mèng* à mesure que les heures qui les séparaient du début de la fête s'envolaient. Entièrement réaffectées à la Sécurité intérieure, les Forces spatiales d'exploration étaient sur le pont, avec pour mission officielle de permettre le déroulement des festivités dans les meilleures conditions.

Vêtu de la robe blanche traditionnelle, Jonathan attendait le signe du départ. Les jeunes gens chargés de brassées de *specula* immaculées s'étaient rassemblés sur la terrasse bordant ses appartements. Le blanc, symbole à la fois de mort et de naissance, s'égayait ici et là de la tache vermillon des moines de l'Éveil Vrai, d'un diadème, d'une incrustation frontale, d'un ovale de jade. Le peuple du *Yùtù Mèng* avait revêtu ses plus beaux atours pour accueillir son nouveau guru, tous unis dans le cortège qui allait l'accompagner jusqu'aux portes du temple.

– Faites-moi signe à la moindre menace, lui répéta le colonel Wang.

Le visage du militaire dansait entre ombre et pénombre, avec en fond la lumière des lanternes accrochées aux branchages.

– N'ayez crainte, le rassura Jonathan.

Il s'éloigna, agacé par l'attention inquiète que lui portaient Dana et cet homme qui aurait pu être son père. D'un coup d'épaules, il fendit la foule, se frayant un passage dans la masse des corps serrés, respirant l'odeur enivrante de sueur et de parfums mêlés qui émanait des peaux moites. Des guirlandes de lampions suspendues aux branches des arbustes ou aux rambardes éclairaient le puits où palpitaient mille visages invisibles. L'air bruissait des rires et des cris d'enfants qui jouaient et couraient, survoltés, en attendant que commence la fête.

De loin en loin, Jonathan apercevait l'éclat métallique d'un casque. Des gardes équipés de plastrons et de tasers surveillaient les intersections, des renforts se tenaient prêts à intervenir dans les allées latérales. Jonathan n'avait pas eu son mot à dire sur ces mesures de sécurité, imposées par une Tamaki aux abois. Lui-même se sentait d'humeur étrange, comme si la peur de mourir s'était soudain sublimée au contact de cette marée humaine, se nourrissant de cette énergie latente pour se transformer en un flux concret – une excitation, une euphorie insolente qui coulaient dans ses veines comme un poison, un charme.

Un mouvement de foule l'emporta. Le son grave d'une cloche résonna dans les profondeurs du vaisseau, auquel répondirent des dizaines d'échos répercutés d'étage en étage. Des lanternes, libérées de leurs attaches, s'élevèrent doucement dans le puits d'air tiède, signalant le départ de la double procession – l'une démarrant des terrasses supérieures, l'autre des terrasses inférieures, pour se rejoindre au niveau médian où Jonathan et sa suite attendaient. Les artistes s'élancèrent au son des flûtes et des tambourins, en une sarabande chatoyante de rubans et de voiles. Leurs visages pointus, tatouages mobiles, paupières peintes, semblaient capter la lumière comme autant de masques de porcelaine. Les musiciennes redoublèrent d'ardeur, tapant des pieds en rythme, encourageant les danseurs, les exhortant chaque fois à plus d'audace.

Jonathan se surprit à piétiner avec eux, projetant doucement son torse comme pour se caler sur le balancement d'une houle. Autour de lui, les lanternes oscillaient, bercées par le souffle venant du puits. Un désir, une tension communicative palpitaient dans ses veines. À quarante-neuf jours, malgré les limitations imposées à son être cybernétique, il se sentait en pleine possession de ses moyens, l'esprit clair comme une lame d'acier neuf.

Laisse-toi porter par la vague.

La pulsation sourde qui montait de la fosse lui évoqua la plainte d'un animal gigantesque. Le chant, repris, répété, modulé à l'infini, emplit peu à peu tout l'espace, comme si le cargo-monde lui-même s'éveillait, monstre de métal et de roche fusionnés accouchant d'un rêve fou. Jonathan plongea sans réserve dans la foule. Il ne se contentait plus d'entrer en résonnance avec les profondeurs du vaisseau : il *était* le *Yùtu Mèng*, son esprit, ses muscles et ses nerfs. Et pour un temps, pour quelques heures en suspens, son peuple allait faire l'expérience de l'éternité à travers sa chair ressuscitée. Quelques heures d'oubli, arrachées à l'exil. Quelques heures volées au roulis du destin qui les emportait.

Une main de femme coula dans son dos, avant de se fondre dans le tourbillon des danseurs et des tambourins. Ce contact éveilla en lui un désir violent – elle s'éloignait déjà, silhouette haute vêtue de blanc, cheveux relevés dévoilant les épaules nues.

Le rythme. Tout est affaire de rythme.

Des courants profonds parcouraient la marée humaine tels de lents frissons contradictoires, l'entraînant dans des directions inconnues. La musique battait dans ses tempes, pulsation dans les veines, battement sourd du cœur. Dans la nuit où brillaient les yeux de jade, des centaines d'yeux luisants d'espoir, les voix montaient et se rejoignaient, exprimant l'essence de leur rêve, transformant leur nef en une conque gorgée de vie, prête à enfanter.

Une paume brûlante se posa sur sa nuque. Mila. Les lèvres pourpres pressèrent fiévreusement sa bouche – saveur fade du sang, rondeur amère qui éclate sous le palais.

La femme se détachait déjà, sa silhouette avalée par l'obscurité mouvante. Il se lança à sa poursuite, bousculant les corps qui se dressaient entre eux en un mur vivant. Le visage de Mila surgissait de loin en loin comme un linge pris dans les remous d'un fleuve, apparaissant, disparaissant dans la pénombre. La musique le happa dans une déferlante pâle de robes et il sentit monter en lui un début de panique.

Soudain, elle fut de nouveau là, près de lui, sa respiration chaude dans son cou, son buste collé au sien.

– Tu as peur ? lui souffla-t-elle.

C'était Mila, sans être Mila. Elle lui prit la main et l'attira dans la nuit.

Laisse-toi porter par la vague.

L'énergie qui affluait de partout le caressait comme une langue de mercure tiède, l'ouvrant, l'offrant à la foule, le dissolvant dans le fleuve tumultueux des consciences qui se libéraient. Un rêve immense enflait, exhalé par des centaines de poitrines dilatées, une clameur qui s'élevait en colonne et perçait la trame du temps.

Note. Note de Jonathan à Jonathan. Moi. Même.

Une sensation de danger le traversa fugitivement. Peur, désir, mort, extase. Pensées confuses, informulées, emportées par le flot. Mila, toujours, dans le chaos mouvant des corps. Larmes de terreur, de joie, et sa conscience condensée dans la paume de cette main chaude et ferme.

La vague le poussa sous le portique monumental d'un temple. Une allée bordée de centaines de bougies menait au pied des marches, leurs flammes artificielles tremblant dans l'atmosphère saturée de mille respirations haletantes, mille souffles unis en une longue prière mille fois répétée. L'hologramme vacillait légèrement, parcouru de fines zébrures électriques, reproduisant l'illusion d'un palais aux dimensions surhumaines, là où devaient s'ériger les vantaux d'un sas de métal, bien réel celui-là. Des picotements effleurèrent son épiderme quand ils traversèrent la projection.

Le cortège de danseurs et musiciens s'engouffra à sa suite, se répandant entre les colonnes dorées comme un fluide chaud et vivant. De larges tentures de soie déroulaient des scènes étranges sur les murs absents. Plus haut, vers le chatoiement de la voûte, des lucarnes ouvraient sur le ciel où l'on devinait le vent et les sommets d'un pays des neiges, perdu à jamais.

Ils dépassèrent la foule des pèlerins en prière, paupières closes sur leur rêve. Puis Mila l'entraîna vers le fond de la salle. Entre deux colonnes se dressait la statue monumentale de Maitreya, le Bouddha à venir. Deux démones sommeillaient sur ses flancs, enroulées autour de ses cuisses. Plongé dans une profonde méditation, Lobsang Tsering se tenait assis sur le trône.

Des cris perçants s'élevèrent quand Jonathan approcha. Des hommes et des femmes s'empoignaient au milieu des fidèles, hurlant des insultes dans des langues inconnues. Les casques noirs des agents de sécurité apparurent ici et là, les silhouettes alourdies de leurs armures traçant un sillon sombre dans la masse des corps agenouillés. Les coups pleuvaient, faisant éclater des fleurs pourpres sur la neige des robes de cérémonie. La musique s'emballa, tambours, cymbales et flûtes s'amalgamant en un tourbillon forcené.

– Viens, lui souffla Mila en saisissant la main de Jonathan.

De sa poigne brûlante, elle l'attira plus avant encore, au fond vers l'obscurité. Les deux démones se dressèrent lentement, gueules béantes, les braises hypnotiques de leurs prunelles fixées sur lui en une ultime obsession. Le ventre de Maitreya s'ouvrit, révélant un arc-en-ciel radieux au creux duquel dormait le trésor caché, la porte invisible, celle de leur royaume enfin retrouvé, après deux milliards d'années d'errance.

Le nom secret s'échappa de ses lèvres.

Mila posa ses mains sur ses tempes. Le contact froid des connecteurs lui fit l'effet d'une décharge électrique. Puis la lumière le pénétra, pure et vibrante comme le chant du monde. Au-delà des flammes se dressaient les murailles étincelantes des palais de Shambhala. Les essences rares du jardin de Malaya frissonnaient dans le vent léger, douce invitation à la paix.

Il tendit les bras. De longues écharpes blanches s'étirèrent à partir de ses membres, ondulant dans l'espace tels des dragons de soie, effleurant chacune des consciences présentes.

Les portes monumentales s'ouvrirent.

La foule se mit en mouvement.

Le peuple des étoiles accueillait sa Renaissance.

Ensemble, ils franchirent le seuil.

23.

Réfugiées dans le restaurant principal du pont supérieur, Dana et Meriem se préparaient à passer une soirée en tête à tête.

– On se croirait seules au monde, commenta Meriem en jetant un coup d'œil circulaire dans la salle vide.

Dana avait eu du mal à se laisser convaincre d'abandonner son poste au labo, mais Meriem avait insisté. Trop d'heures éloignées l'une de l'autre, trop d'inquiétudes, elle avait besoin de souffler. Comme à chaque Renaissance, le *Yùtù Mèng* avait adopté les couleurs de la fête et la plupart des Navigants avaient suspendu leurs activités habituelles pour participer aux réjouissances. À l'écart de la foule amassée dans les niveaux intermédiaires, les deux femmes pouvaient enfin savourer un moment calme à deux. Sauf que le cœur n'y était pas.

Elles s'installèrent dans un box. L'écran panoramique offrait une vue imprenable sur Nüying, désormais bien visible. La planète ressemblait à une sphère d'un blanc lumineux, flottant dans le vide noir de l'espace.

– Tu ne peux pas oublier ton travail deux minutes ? plaisanta Meriem en désignant le feuillet que Dana venait de sortir.

– Je suis désolée, s'excusa Dana.

– Je sais, la rassura Meriem en posant une main apaisante sur son poignet. Laisse-le là, ça ne me dérange pas.

Ces dernières heures avant le lancement des festivités s'étaient révélées particulièrement éprouvantes pour Dana. Jonathan le Sixième se montrait d'une grande versatilité, se dérobant sans cesse aux examens de surveillance qu'elle prescrivait, déjouant la vigilance des gardes pour s'aventurer hors des murs de son studio – pure provocation, avait décrété Tamaki avec son intransigeance habituelle, volonté de semer le trouble dans les rangs des Navigants, selon Wang. Dana avait préféré garder ses impressions pour elle, même si Tamaki n'avait sans doute pas tort sur ce point. Découplé de Réceptacle, Jonathan semblait s'agiter en tous sens comme une boussole qui aurait perdu le nord, multipliant les prises de risque.

– Tu penses qu'il va arriver quelque chose à Jonathan ? l'interrogea Meriem en la regardant par en dessous, menton en appui sur ses doigts croisés.

Comme toujours, Meriem essayait de l'aider.

– Dana ? insista doucement Meriem.

– J'ai peur, avoua finalement Dana. J'ai l'impression que la situation nous échappe complètement.

Meriem lui attrapa les mains et les serra dans les siennes.

– C'est à cause de William ?

– En partie...

– Il va s'en sortir, j'en suis sûre.

Dana hocha la tête. Le pronostic n'était pas mauvais, et Meriem avait raison, le Dr Faye avait toutes les chances de récupérer. Mais elle n'en restait pas moins responsable, et n'arrivait pas à se pardonner de l'avoir laissé courir un risque qui s'était avéré bien réel.

– Bon, et si on allait voir ce qu'il y a au menu ? proposa Meriem.

Le personnel du restaurant devait se trouver au temple,

comme la majorité des habitants du cargo-monde, et personne n'était venu prendre leur commande.

Elles se rendirent à la cuisine et découvrirent des locaux impeccablement rangés, sans rien qui traînait, ainsi que l'exigeaient les consignes de sécurité. Dana fouilla dans un placard et dégota deux barquettes de nourriture sous vide, qu'il suffisait de passer au micro-ondes.

– Raviolis au pesto, commenta Meriem en examinant les étiquettes. Il manque juste le vin italien.

Le vin faisait partie des denrées alimentaires rares, comme la plupart des boissons terriennes. En fourrageant dans une armoire, elles dénichèrent cependant une bouteille d'un breuvage alcoolisé obtenu par fermentation de pomme de terre et de betterave, pompeusement baptisé « vodka ».

Elles retournèrent dans la salle et entamèrent leur repas, distraites par les échos de la fête qui battait son plein. Malgré tous ses efforts pour se montrer attentive aux remarques de son amie, Dana avait l'esprit ailleurs. Elle ne pouvait s'empêcher de songer que Jonathan en était à un stade de son évolution où il suffisait d'un connecteur pour rétablir quasi instantanément son lien avec le système cybernétique. Et avec ce qui venait d'arriver à William, Dana avait toutes les raisons de craindre une forme ou une autre de prise de contrôle par un tiers – même si elle ignorait encore qui, et dans quel but il agissait ainsi. Pour le moment, essaya-t-elle de se persuader, il n'y avait eu aucune alerte et la fête semblait se dérouler normalement. Peut-être devait-elle lâcher un peu de lest, comme le lui avait suggéré Meriem. Wang n'avait-il pas déployé tous les moyens nécessaires pour assurer la sécurité de Jonathan ?

Meriem lui tendit la flasque de vodka, l'interrompant dans ses pensées. Dana y goûta du bout des lèvres et fit la grimace.

– Celle de chez vous était meilleure, la taquina Meriem, faisant référence à ses origines slaves.

Dana sourit faiblement. Ses parents leur avaient offert une bouteille de vodka importée de Terre avant leur départ. Elles l'avaient cachée dans leurs affaires pour contourner les restrictions de poids qui s'appliquaient aux bagages personnels des Navigants, et l'avaient dégustée à petites lampées à chaque occasion spéciale, au fil des années. Un bon souvenir, vraiment.

Peut-être le moment était-il venu de renoncer à poursuivre le protocole RNA, songea-t-elle soudain. Peut-être devait-elle accepter l'idée qu'ils avaient fait fausse route, que ce projet, auquel elle s'était consacrée depuis trente ans, n'aboutirait jamais. Non que la technologie soit inutile, ou mauvaise.

Le problème, c'était Jonathan.

Un appel en provenance du labo la coupa dans ses réflexions. Elle prit la communication, sous l'œil attentif de Meriem. Le visage du cybernéticien en charge de la surveillance du système Réceptacle s'afficha sur son feuillet :

– On a un souci, lui annonça-t-il.

Dana sentit son cœur accélérer d'un coup.

– Comment ça ?

– On observe une connexion depuis un port extérieur.

L'ingénieur allait lui dresser un tableau de la situation, quand il fut interrompu par la stridulation des sirènes. Les lumières et l'écran panoramique s'éteignirent au même instant. Dana et Meriem se retrouvèrent plongées dans la pénombre, jusqu'à ce que les LED rouges de sécurité prennent le relais.

Une voix masculine résonna à travers les haut-parleurs.

– Ici le colonel Wang, à tout le personnel du *Yùtù Mèng*, annonça-t-il. Veuillez vous diriger vers les ascenseurs. Gardez votre calme, et dirigez-vous vers les niveaux 18 à 20. Ceci est un ordre.

Dana et Meriem se tenaient déjà sur le pont 18. Elles se branchèrent à la chaîne d'informations générales, mais celle-ci ne leur apprit rien : un programme de variété tournait en boucle, ce qui eut pour effet d'accroître encore leur anxiété. De longues secondes s'écoulèrent. La musique, dans les entrailles du vaisseau, s'était tue. D'atroces grincements montaient de la superstructure, comme si elle se trouvait soumise à des forces titanesques. Dana imagina immédiatement une catastrophe. Les alertes de niveau cinq signalaient en général des cas extrêmes, et cela ne s'était jamais produit en vingt-cinq ans de voyage. Sauf une fois, lors des émeutes de 2578.

Dana vit, à l'expression de son amie, que toutes deux pensaient à la même chose. Est-ce qu'ils étaient à nouveau en train de s'entretuer ? Soldats contre Navigants, dans une frénésie de haine, leur folie meurtrière balayant les coursives illuminées de lampions, semant la mort et le désastre ?

– Il faut contacter Anouk, geignit Dana.

Meriem tripota nerveusement son bracelet de communication, sans résultat.

– Je vais voir ce qui se passe, décréta-t-elle en se levant.

– Je viens avec toi.

Alors qu'elles gagnaient la sortie du restaurant, une secousse les projeta brutalement l'une contre l'autre. Puis soudain, Dana sentit son corps se soulever, uniquement maintenue au sol par le système d'aimantation de ses semelles. Des cris et des coups sourds leur parvinrent des coursives extérieures.

Des silhouettes émergèrent de la pénombre – des Terriens, jugea Dana à leur façon de parler. Minoritaires et peu enclins à céder aux sirènes de l'Éveil Vrai, ces derniers devaient se tenir à l'écart des festivités de la Renaissance.

Mais les autres ?

Et Suzie ?

La lumière revint, aussi subitement qu'elle s'était éteinte, sans que la gravité fût pour autant rétablie.

Un deuxième groupe les rejoignit. Dana reconnut Tamaki,

encadrée de quelques-uns de ses assistants et de deux soldats des FSE.

– Docteur Radchenkova, s'exclama la Japonaise en apercevant Dana.

– Que se passe-t-il, Naoko ? demanda Dana, apostrophant la déléguée de l'OSNU par son prénom.

Les cheveux défaits flottant autour de son visage creusé, l'étole mauve qu'elle portait habituellement sur sa combinaison jetée en vrac, la Japonaise luttait pour garder l'équilibre dans ses bottes aimantées.

– Ils ont piraté le système de pilotage, déclara l'un des assistants, visiblement en proie à la panique.

– Ils ? Qui ça, ils ?

– Ces fanatiques de l'Éveil Vrai, s'énerva Tamaki, reprenant les rênes de la situation. Ils ont amorcé la manœuvre de séparation du *Yùtù*. Mais nous n'avons pas dit notre dernier mot.

La déléguée se cala dans un box et sortit son feuillet, prête à se mettre au travail. D'autres groupes arrivaient et s'installaient ici et là. Pendant tout ce temps, l'écran panoramique avait continué de projeter l'image de la planète Nüying, sa clarté blanche flottant comme un spectre dans la grande salle de restauration.

Dana considéra la scène, l'esprit totalement vide. Puis un cri silencieux monta dans sa poitrine, un seul : Anouk.

« Ma vallée est un vaste charnier
Mais moi, Sonam, je bondirai vers le ciel
Libre et sans peur
Je chevaucherai le vent
Et ensemble, nous rejoindrons
Le royaume au nord de la rivière Sita. »

Introduction à l'allégorie
du royaume de Shambhala,
Causerie de Sonam Tsering,
Inauguration des locaux de Space'O,
Californie, juin 2528

TROISIÈME PARTIE

QANIK

1.

Cargo-monde *Yùtù Mèng*, orbite de Nüying
[08-2593] Vingt-deux mois après la cinquième Renaissance

Les premiers sons qui parvinrent à Brume lorsqu'elle émergea de sa stase furent quelques notes de flûte. Elle demeura immobile, seulement portée par les mouvements de la musique.

– Docteur Tran ?

La clarté trop vive blessa ses yeux. Elle plissa les paupières et détourna la tête.

Dans son esprit flottait le souvenir vague d'une pièce pleine d'échos et de craquements, et d'un carré de lumière dessiné sur le parquet de bois ciré.

Vous voyez ? Elle a réagi.

La flûte sautait avec légèreté d'une note à l'autre, égrenant les arpèges en une suite parfaitement maîtrisée. Elle visualisa un pré d'herbe fraîche, une brise tiède qui sentait l'écorce verte et les bourgeons prêts à éclore. Où avait-elle appris à jouer ce morceau ? Elle le connaissait par cœur.

Une conversation, toute proche. Un homme et une femme.

– Concerto pour flûte n° 2 en do majeur, murmura-t-elle.

Le titre venait de surgir dans son esprit comme une bulle

à la surface d'un étang. Les voix se turent. Est-ce qu'elle pleurait ? Ce souvenir lumineux convoquait des émotions jusque-là demeurées cachées.

À présent bien réveillée, Brume resta immobile, refusant toujours d'ouvrir les paupières. Une main écarta ses cheveux avec précaution. Elle sentit le picotement d'un contact électrique sur ses tempes.

Sa puce d'interface est intacte.

Les notes de flûte éclataient les unes après les autres, reconfigurant l'espace alentour, chacune en équilibre éphémère sur son fil. Joie. Allégresse. Et tristesse infinie. Les souvenirs, se libérant un à un de leur prison de silence. Ses cellules s'animaient, irriguées par le flot continu d'oxygène. L'engourdissement et le froid quittaient peu à peu son corps.

La musique se tut. L'air prit une nuance amère, désagréable. Elle remua l'extrémité de ses membres. Doigts, orteils. Tourna la tête lentement d'un côté, puis de l'autre. Ses paupières demeuraient obstinément fermées, mais elle distinguait à présent très clairement les bruits environnants. Claquements, roulements, bourdonnement des appareils que l'on branche et débranche, échos de métal.

Elle visualisa la salle telle qu'elle l'avait mémorisée avant d'entrer en stase. Blanche et neutre, avec les sarcophages alignés par dizaines, prêts à être glissés dans leurs compartiments, comme des tiroirs dans une morgue. Les panneaux de contrôle clignotant dans la pénombre. Les alvéoles empilées sur toute la hauteur pour économiser l'espace.

Son propre caisson portait le numéro 127. Elle l'avait rejoint par une échelle murale et une passerelle en caillebotis. La technicienne qui l'accompagnait, une Sélène au long visage décoloré, lui avait réexpliqué la procédure de sa voix douce, teintée d'un léger accent slave. Ou peut-être confondait-elle – ce ne pouvait pas être la même personne, vingt-sept ans plus tard…

Elle ouvrit les yeux.

Une silhouette se découpait dans la pénombre. Masculine. De là où elle se tenait, elle ne distinguait de lui que son torse et une épaule en contre-plongée. Il ne portait pas la surblouse bleu pâle des membres du corps médical, mais un uniforme noir.

Noir, la couleur des Forces spatiales d'exploration.

Elle se redressa sur un coude. Alerté par son mouvement, le militaire se pencha pour l'aider. Elle put ainsi voir en détail son visage : celui d'un homme d'âge mûr au crâne rasé, le front marqué par quelques rides d'expression, une barbe naissante, les poils argentés taillés en pointe au niveau de la fossette du menton. Et en guise d'yeux, deux globes vitreux aux prunelles d'un noir de laque, probablement des implants oculaires.

– Docteur Tran ? Vous m'entendez ?

– Elle va bien, dit la voix féminine. Vous pouvez poursuivre.

Le militaire s'écarta, et une femme prit sa place dans son champ de vision. Cheveux d'un blanc irréel, teint très pâle, regard d'un bleu presque transparent.

– Bonjour, Mây, la salua-t-elle. Je m'appelle Dana. Bienvenue dans l'espace orbital de Nüying.

Ces derniers mots lui firent l'effet d'un électrochoc.

– Attendez, laissez-moi vous aider.

Brume essaya de se relever. Ses muscles engourdis réagissaient avec lenteur, et la femme prénommée Dana dut la maintenir jusqu'à ce qu'elle réussisse à tenir seule en position assise. Elle reprit péniblement sa respiration. Le simple fait de se redresser lui avait demandé un effort conséquent.

– Allez-y doucement.

– Vous pensez que ça sera à sa taille ?

Une femme plus jeune les avait rejointes avec, dans les

mains, un assemblage de fins tubes métalliques repliés les uns sur les autres.

– C'est un exosquelette, lui expliqua celle qui s'appelait Dana. Cela se met comme un harnais, il y a une fixation souple au niveau de chaque articulation. C'est juste pour vous aider à vous adapter dans un premier temps, vous pourrez le retirer ensuite à tout moment.

Brume commença par s'habiller. Quelque chose n'allait pas dans le protocole de réveil, quelque chose qui la gênait sans qu'elle puisse déterminer quoi exactement. Elle demeura assise un moment, essayant de rassembler ses idées. Ses yeux tombèrent sur le logo qui ornait l'épaule droite de sa combinaison. Le sigle de Space'O avait été complété par un nouveau symbole, représentant deux dragons asiatiques albinos, enroulés l'un sur l'autre.

Prise d'une soudaine appréhension, elle chercha autour d'elle des signes qui auraient pu lui apprendre… lui apprendre quoi ?

Tandis que Dana et son assistante l'aidaient à se relever pour enfiler son harnais, elle remarqua les chiffres qui s'affichaient sur le panneau de contrôle de son caisson, à côté de différents paramètres standard.

La date indiquait : 03.08.2593.

Elle mit quelques secondes à intégrer l'information.

– Dana ? demanda-t-elle. Il n'y a pas un problème avec l'horloge ?

La femme aux cheveux blancs lui jeta un bref coup d'œil.

– Je ne pense pas, non, lui répondit-elle, tout en ajustant sa prothèse au niveau de la taille. Ça ne serre pas trop ?

2593, se répéta Brume. Cette date ne cadrait pas avec la chronologie du programme d'exploration, telle qu'elle l'avait gardée en mémoire. Sa mémoire ! Pouvait-elle s'y fier, en l'état ? Cependant, la note était là, précise, l'une des dernières qu'elle ait enregistrées avant de perdre conscience :

2596. En principe, elle aurait dû sortir de stase en l'an 2596, une fois les avant-postes scientifiques installés à la surface.

Nouveau coup d'œil de Dana.

– Mais vous avez raison, Mây, lui glissa celle-ci, confirmant ses doutes. Vous n'auriez pas dû être réveillée si tôt. Venez. Nous allons vous expliquer.

Après quelques essais pour se familiariser avec l'exosquelette, Brume rejoignit un petit groupe qui patientait dans la salle de contrôle. Marcher avec une aide mécanique et des semelles aimantées se révéla un peu plus compliqué que prévu, mais elle avait au moins l'assurance de pouvoir tenir debout sans s'effondrer à chaque prise d'appui. Une douzaine de Dormants attendaient le retour de Dana, sous la surveillance de quatre soldats des FSE. L'appréhension se lisait sur les visages, et elle comprit qu'eux aussi avaient remarqué les accrocs évidents au protocole de réveil, du moins tel qu'il leur avait été présenté avant le départ, sur Taihe-Concordia.

– Quelqu'un sait ce qui se passe ? chuchota une femme en se frictionnant les bras.

Il régnait un froid mordant, et les écrans de surveillance du laboratoire étaient pour la plupart éteints. Brume s'approcha d'un des rares panneaux encore allumés et vérifia la date : 03.08.2593.

– Je pense qu'on a un problème de calendrier…, murmura un homme qui avait eu le même réflexe.

Dana arrivait par le pont central, accompagnée d'une femme et trois Dormants. Le cœur de Brume fit un bond en croyant reconnaître parmi eux la seule personne dont elle avait gardé un souvenir à peu près net – son nom lui échappait, pourtant son visage, son sourire, l'éclat de ses yeux étaient restés imprimés dans sa mémoire avec précision. Elle réalisa vite qu'elle avait fait erreur. Elle observa le groupe qui l'entourait à la dérobée. Leurs têtes ne lui disaient rien. Tous avaient l'air désorienté, avec une mine affreuse, les cheveux collés au crâne à cause du gel que l'on n'avait pas pris la peine de retirer.

Le militaire s'avança parmi eux. Assez grand, il se tenait légèrement voûté, son corps amaigri flottant dans son uniforme. Ses yeux artificiels balayèrent la troupe tassée dans un coin de la salle, se posant une fraction de seconde sur chaque visage comme pour en décortiquer tous les détails avant de les enregistrer. Il finit par se présenter :

– Colonel Wang, chef des Forces spatiales d'exploration et commandant de mission.

Brume le reconnaissait enfin. Il s'agissait bien de Wang, en effet, le jeune gradé arrogant qui leur avait exposé les enjeux sécuritaires de leur voyage lors de la démonstration d'accueil de Wei sur Taihe-Concordia, le bras armé de l'OSNU, incarnation parfaite de cette promotion d'officiers fraîchement émoulue de l'école internationale de l'armée de l'air et de l'espace d'elle ne savait plus quelle province de la Fédération démocratique de Chine. Wang, donc, mais avec trente ans de plus.

Le militaire poursuivit :

– Et voici le Dr Radchenkova, responsable du laboratoire de cognition humaine.

– Où est mon épouse ? coupa l'un des membres de leur groupe. Elle occupait le caisson 145.

Les couples qui le souhaitaient avaient eu la possibilité, au départ, de demander qu'on les place dans des compartiments proches, afin de pouvoir se retrouver rapidement à l'arrivée. Blême et sale, les cheveux trop longs et la barbe en broussaille, l'homme paraissait complètement perdu.

Brume trouva soudain l'explication à leur aspect poisseux. Les personnes chargées de les réveiller avaient omis l'une des étapes principales de leur protocole, à savoir la douche de vapeur et le décrassage dont la fonction ne se limitait d'ailleurs pas qu'à la seule nécessité d'hygiène. Personne n'était censé s'habiller ainsi au pied levé, à peine sorti du gel de conservation. Elle se tortilla légèrement pour décoller l'étoffe de la combinaison qui adhérait à sa peau.

Comme l'homme insistait, Wang expliqua :

– Il se peut que votre femme soit déjà à l'abri. Mais s'il s'agit d'un caisson appartenant à ce secteur…

Le visage de son interlocuteur se décomposa.

– Que voulez-vous dire par « à l'abri » ? demanda-t-il faiblement.

Wang consulta l'un de ses soldats du regard. Celui-ci vérifia rapidement son feuillet. Et secoua lentement la tête.

– Je suis navré.

– Oh mon Dieu, murmura une femme, croisant les mains devant elle en un geste de prière.

– Notre vaisseau a dû se séparer de ses étages inférieurs en raison d'un certain nombre d'imprévus, leur expliqua le militaire.

Un sentiment d'horreur paralysa toute réflexion chez Brume. La procédure d'urgence décrite par Wang était ce qui pouvait arriver de pire dans tous les scénarios qui leur avaient été exposés au cours de leur formation, avant le départ. En principe, néanmoins, cela n'aurait pas dû entraîner de dysfonctionnements au niveau des salles de cryo.

– Qu'est-ce qui s'est passé exactement ? demanda l'un d'entre eux, formulant tout haut la question qu'ils se posaient tous.

Tout le monde avait l'air hébété, comme frappé de stupeur.

– Tout est sous contrôle, leur assura le militaire. On vous donnera les détails nécessaires ultérieurement. Pour le moment, je vous invite à rejoindre vos cabines dans l'ordre que nous vous indiquerons.

– Mais sous contrôle de quoi, pourquoi ? cria celui qui avait perdu sa compagne.

Il semblait prêt à s'effondrer, son corps affaibli uniquement maintenu par son appareillage. Dana se tourna vers

Wang. Qu'ils le veuillent ou non, le militaire était devenu l'homme de la situation.

– Écoutez-moi bien, répondit-il en fixant l'infortuné de ses yeux inexpressifs. Pour votre sécurité, il va falloir garder votre calme et obéir aux ordres. Est-ce que je peux compter sur vous ?

Le malheureux le dévisageait en tremblant, l'air égaré.

– Combien sommes-nous de survivants ? les interrompit une femme.

– Vous êtes quatre-vingt-cinq, lui apprit Dana. Je vous en prie, suivez-moi. Je vais vous montrer vos quartiers.

Quatre-vingt-cinq, se répéta machinalement Brume.

Une note émergea dans sa mémoire, froide et mécanique :

[2565-06-11-22.38 : Je serai la deux cent dixième à être placée en stase, sur les quatre cents membres dormants du Yu-2. Vingt-sept ans ! À mon réveil, j'aurai soixante-quatre ans sur mon état civil terrestre, quarante en temps physiologique. Je ne suis pas sûre d'être prête à encaisser ça. Bien... J'espère n'avoir rien oublié d'essentiel. Ah, si : bonne chance.]

C'était probablement l'un des derniers enregistrements qu'elle ait sauvegardés.

– Ce qui fait un total de cent cinquante-quatre membres rescapés de la mission d'origine, leur apprit Wang.

Brume eut l'impression que ses semelles s'enfonçaient dans le sol, mais ce n'étaient que ses jambes qui faiblissaient, car l'exosquelette, lui, continuait à la maintenir à la verticale, envers et contre tout.

– Et Wei ? lança soudain quelqu'un. Qu'est-ce qui lui est arrivé ?

Question pertinente, songea Brume. Jonathan Wei et son protocole de réincarnation numérique avaient-ils survécu au désastre ?

– Oui, où est notre président ? insista une autre.

– Nous répondrons à toutes vos interrogations plus tard, éluda encore une fois Dana.

– Pourquoi ? cria la femme. Nous avons le droit de savoir.

– Nous ne pouvons pas nous attarder ici, la zone est trop instable.

Comme pour souligner ses paroles, l'éclairage fluctua légèrement, à peine une demi-seconde, mais ce fut suffisant pour les convaincre. Le retour à la réalité s'avérait brutal. Brume prenait soudain toute la mesure de son état de déliquescence physique et morale. Elle ne devait pas être la seule. Les mots que le militaire venait de prononcer quelques minutes plus tôt lui revinrent à l'esprit. *Commandant de mission.* Pour autant qu'elle puisse en juger, ce grade n'existait pas à l'origine.

Dana s'engagea vers la sortie et le groupe se mit en branle. Tous ses membres paraissaient abattus, résignés à suivre ceux qui semblaient désormais être devenus les maîtres du cargo-monde.

2.

Durant les heures et les jours qui suivirent son réveil, Brume eut tout le loisir d'évaluer l'ampleur des dégâts subis par le *Yùtù Mèng*. Ses souvenirs restaient peu précis et morcelés, mais elle avait en tête l'image d'une architecture élégante, de terrasses végétalisées où les Navigants pouvaient venir se délasser, de serres étagées sur plusieurs niveaux, de chambres de simulations virtuelles et d'hologrammes ultra-design qui repoussaient les limites de leurs horizons clos, de couloirs feutrés donnant sur des centaines de cabines confortables. Mais ces visions correspondaient-elles à la réalité ? Ou s'agissait-il des vestiges d'un clip de propagande de Space'O, présentant leur cargo-monde tel un paquebot de loisir réunissant toutes les commodités pour un voyage grand luxe ?

Conçues spécialement pour s'adapter à des environnements à gravité variable, ces belles plantations ressemblaient désormais à une jungle désordonnée, abandonnée à elle-même. Les plantes grimpantes, si élégamment agencées, avaient colonisé les rambardes et jusqu'aux ponts jetés en travers du puits central, leurs lianes ligneuses étouffant lentement les délicats citronniers, fierté des botanistes. Dans les serres, les pieds de courge et de piment pourrissaient tranquillement, leurs fruits difformes se balançant mollement au-dessus du sol telles des anémones monstrueuses. Les longs couloirs aux murs brillants ne donnaient plus que sur des cabines vides.

Le vaisseau, censé abriter un équipage d'une centaine de familles sélènes, avait été presque entièrement déserté par ses habitants. Des traces de combats balafraient les salles aux courbes épurées. Des installations critiques avaient été touchées, en particulier l'accélérateur de particules, ravagé de manière ciblée, chirurgicale, ce qui rendait impossible toute mise en tension du réacteur principal. Les systèmes de support de vie, endommagés, ne fonctionnaient plus qu'à soixante pour cent de leur capacité. Les étages inférieurs avaient été interdits à la circulation, voire totalement isolés, afin d'éviter les fuites d'atmosphère dans l'espace.

D'après les rapports officiels, la partie du cargo-monde qui s'était détachée demeurait intacte. Ces modules comprenaient un certain nombre d'installations scientifiques et, plus important, les serveurs qui abritaient Réceptacle. L'ensemble s'était stabilisé sur une orbite basse à sept cents kilomètres de la surface de Nüying, rejoignant la valse des satellites positionnés autour de la planète. A priori, la machine fonctionnait de manière autonome, mais aucune communication n'avait encore été établie, ce qui laissait supposer que ce vaisseau fantôme n'était gouverné par aucune entité consciente. Ainsi se terminait l'épopée du président de Space'O, dont la persona cybernétique, si elle existait ailleurs que dans ses fantasmes, avait définitivement été réduite au silence.

Les disparus se comptaient par centaines. Les chiffres ne cessaient de tourner dans la tête de Brume, à en donner le vertige. Trois cent quinze scientifiques, ingénieurs, architectes ou techniciens avaient péri – des hommes et des femmes qui avaient embarqué en quête d'un idéal, à la poursuite d'un rêve plus grand que nature, tout cela pour finir décomposés dans leurs sarcophages sans même avoir eu l'opportunité d'entrevoir leur destination. Li-Chen, l'astrophysicienne devenue son amie sur Taihe, faisait partie de ceux-ci. Mais Brume n'était pas la seule à avoir perdu des collègues ou des proches. Tous, sans exception, portaient le poids de ce décompte funèbre.

Au milieu de ce désastre, une unique consolation : Will était vivant. Le Québécois était venu lui rendre visite peu après son réveil, alors qu'elle donnait un coup de main dans l'une des serres de culture potagère. La raréfaction du personnel obligeait les chefs d'ateliers à recruter des volontaires dans tous les corps de métier, et Brume faisait partie des scientifiques dont la spécialisation n'avait présentement guère d'utilité à bord. Le travail consistait surtout à garder un œil sur les robots chargés de l'arrosage ou de la cueillette, et de vérifier si les plantes ne présentaient pas des signes de maladie avec l'aide d'une IA dédiée.

– Salut, lui avait-il dit.

– Salut, avait-elle répondu.

Physiquement, William n'avait pas vraiment changé, mais il avait dû vivre des moments difficiles. La légèreté et la fantaisie qui l'avaient séduite, vingt-huit ans plus tôt, semblaient l'avoir complètement déserté. Sur le moment, ils n'avaient pas vraiment su quoi se raconter, au milieu des pieds de haricots et de pommes de terre. Will n'était pas resté plus de cinq minutes, juste le temps de la saluer et de lui donner quelques infos, un peu comme lorsque l'on retrouve un ami de longue date par hasard. Il travaillait toujours avec Dana Radchenkova, lui avait-il appris. Elle s'était demandé sur quoi, sans oser le questionner.

À part ça, le quotidien s'organisait.

Brume partageait désormais une cabine avec trois autres femmes. Denita était une Mexicaine originaire de Tijuana, plombière de profession, qui avait embarqué sur le *Yùtù* « pour l'aventure ». Bouchra, ingénieure en télécommunication, avait été championne de taekwondo dans son pays.

Nüying représentait pour elle un défi, et peut-être aussi le moyen de se libérer d'un carcan familial trop contraignant. De ses trois camarades de chambrée, Fadilah était sans doute celle dont les centres d'intérêt se rapprochaient le plus des siens : microbiologiste et phylogénéticienne, elle avait consacré la première moitié de sa vie à étudier des archées poly-extrémophiles quelque part sur Terre, et la seconde à observer des colonies de bactéries radiorésistantes sur Taihe.

La cabine comportait quatre couchages, étagés de part et d'autre de la pièce et accessibles par une échelle. Un rideau de toile rigide se rabattait pour isoler les habitantes en quête d'intimité, et chacune disposait d'un angle du mur qu'elle pouvait personnaliser à sa guise.

Les précédents occupants avaient laissé un certain nombre d'affaires derrière eux. Une photographie scotchée au-dessus de l'une des banquettes montrait un couple et un garçon âgé d'environ six ou sept ans. L'homme serrait son fils contre lui, les bras maigres de l'enfant enroulés avec confiance autour de son cou, un sourire illuminant leurs visages émaciés. Que leur était-il réellement arrivé ? Cette partie de l'histoire demeurait obscure dans le discours de Wang et sa clique. Dans le casier prévu à cet effet, la famille avait laissé des vêtements soigneusement pliés, un peigne et des lingettes parfumées.

Allongée dans son sac de couchage, Brume s'évertuait à imaginer à quoi avait pu ressembler leur quotidien.

Un horizon fermé, avec l'espoir immense d'une terre promise.

N'était-ce pas ainsi que l'Éveil Vrai leur avait vendu le projet Shambhala ? Un petit autel avait été bricolé dans un coin de la pièce, là où, sur Terre, on se serait attendu à voir un hublot, ouvert sur un bout de ciel ou de mer. Il était possible cependant que ce genre de détail n'ait guère de sens pour les Sélènes. Denita, pourtant pas plus croyante que Brume, avait décidé de le laisser allumé. La projection 3D scintillait doucement dans la pénombre, avec son bouddha assis sur son trône, serrant entre ses cuisses une sorte d'œuf d'un blanc laiteux qui lui faisait penser à une urne funéraire. Bien qu'interdits à bord, deux bâtonnets parfumés décoraient de part et d'autre le cadre, dans un nuage de cendres confinées à l'intérieur de leur brûle-encens.

Brume se souvenait encore de la femme qui était venue la démarcher sur Taihe. Enfermée dans cette cabine exiguë, avec pour seule perspective ces couloirs sans issue et un voyage spatial sans garantie de retour, peut-être aurait-elle fini par céder, elle aussi, aux sirènes de la superstition. Ou alors, elle se serait abîmée dans la routine monotone des corvées et des protocoles de labo, sans plus penser à rien.

D'ailleurs, c'était bien ce qu'elle comptait faire.

Se mettre au travail. Ne plus penser à rien.

3.

Cargo-monde *Yùtù Mèng*, orbite de Nüying
[10-2593] Vingt-quatre mois
après la cinquième Renaissance

– Tu es certain de ce que tu avances ?

Brume avait rejoint la cellule d'observation planétaire dirigée par Ben, le radioastronome des FSE. Militaire de carrière, l'Américain avait dû se résoudre à s'entourer d'une équipe composée de bric et de broc, d'un ingénieur en traitement du signal, d'une statisticienne, et désormais une bioacousticienne. Reprenant le travail de leurs collaborateurs sélènes disparus, ils devaient déterminer si oui ou non il existait des signes d'une forme de vie intelligente sur Nüying, assistés d'une douzaine de sondes d'exploration miniaturisées qui sillonnaient les entrailles océaniques de la planète. Parallèlement, une autre équipe se chargeait de décortiquer toutes les archives transférées depuis les deux satellites qui orbitaient autour de la planète depuis maintenant plus d'un siècle, pour tenter de reconstituer la chaîne des événements qui avaient amené Mariner à se taire définitivement. L'appareil possédait à l'origine une balise de géolocalisation, mais celle-ci avait visiblement rendu l'âme.

– Absolument certain, lui confirma le radioastronome d'un ton morne.

L'Américain avait dû être une force de la nature dans sa jeunesse, mais il accusait aujourd'hui le coup des trente années passées dans l'espace. Ses prunelles vitreuses n'exprimaient plus aucune émotion, et les touffes de cheveux gris qui parsemaient son crâne semblaient prêtes à se détacher à tout moment. Toujours méfiante vis-à-vis des militaires de la FSE, Brume avait découvert en lui un collaborateur relativement ouvert aux idées nouvelles, quoique marqué par un certain fatalisme. Pour lui, il ne faisait guère de doute qu'il n'existait pas de forme de vie intelligente sur Nüying.

Bien sûr, Brume ne s'attendait pas à y trouver une civilisation possédant une technologie telle que la leur. Toutes les observations initiales allaient en ce sens, et les données compilées par leurs collègues Navigants au cours du voyage confirmaient ce scénario. En revanche, l'idée que la planète était dépourvue de faune animale contrariait son intuition la plus profonde.

– Qu'est-ce que tu veux, lâcha Ben en écartant les bras en un geste d'impuissance.

Il désigna du menton les quatre ordinateurs qui tournaient sans relâche, jour et nuit, avalant et digérant des milliers de chiffres à la seconde. Les données étaient là, concrètes, tangibles.

Pourtant, Nüying grouillait de vie. Archées, bactéries, virus et autres micro-organismes, ses océans froids possédaient un microbiome d'une étonnante richesse, dans une version qui semblait présenter de nombreuses similitudes avec ce qu'ils connaissaient sur Terre. D'après les premières analyses réalisées sur place par leurs robots, la biologie nüyenne reposait sur les mêmes briques constitutives que la leur, avec une chimie basée sur l'atome de carbone, combiné, ramifié, assemblé en de multiples configurations.

Sur Terre, quand elle pensait à Nüying, Brume imaginait un monde d'eau et de glaces assez proche des paysages arctiques qu'elle avait longuement fréquentés lorsqu'elle travaillait à bord de l'*Étoile Polaire*. Un milieu extrême pour l'homme, mais riche d'une faune et d'une végétation aux mille nuances. Sa passion des vastes étendues polaires ne l'aurait cependant pas convaincue de s'engager dans une mission aussi dangereuse que celle-ci, sans la puissance du rêve.

Enfant, elle se voyait voguer vers l'un de ces univers lointains, alors qu'elle se tenait blottie sous sa couette dans le noir, avec pour seule lumière la phosphorescence des étoiles en plastique collées au plafond. Elle dialoguait avec des créatures étranges, oursins multicolores ou libellules d'eau aux ailes évanescentes qui lui ouvraient les portes de palais sous-marins aux jardins de corail. Intermédiaire hybride entre races que tout séparait, elle décodait leurs couinements, crissements et éructations, se faisant l'ambassadrice et l'interprète d'une humanité que rien n'avait préparée à de telles rencontres. Ces fantaisies avaient fini par se cristalliser dans son cœur, à mesure qu'elle grandissait. Et le rêve ne s'était jamais complètement éteint, même pour l'adulte qu'elle était devenue, étudiante puis professionnelle astreinte à la rigueur de la méthode scientifique.

Les océans de Nüying ne pouvaient pas la décevoir.

Mariner avait forcément débusqué quelque chose, quelque chose qui avait croisé sa route et, peut-être, avait tenté de *communiquer*. Et quand bien même ce ne serait pas le cas, leurs observations demeuraient bien trop incomplètes pour rendre des conclusions. On avait bien rencontré de la vie dans les fosses abyssales de l'océan Pacifique, en dépit des allégations de la science avant que de nouvelles découvertes viennent les infirmer.

Brume se pencha sur les rapports d'analyse que lui présentait Ben, sans chercher à argumenter. Il fallait faire preuve de patience. Nüying finirait bien par livrer ses secrets.

En attendant, Wang dirigeait le *Yùtù* comme il l'aurait fait d'un bataillon de l'armée fédérale de Chine, exigeant de son contingent de cols blancs qu'ils lui obéissent avec la même discipline que ses soldats. Dana avait parlé d'une réunion générale d'information, mais celle-ci ne cessait d'être reportée, pour des raisons plus opaques qu'un rideau de fer.

Le soir, après le repas, les compagnes de chambrée de Brume tuaient le temps en élaborant des hypothèses basées sur des rumeurs et des on-dit.

On disait que Wang s'attelait à reconstituer une milice en recrutant des bénévoles parmi les civils. On disait aussi que les quatre têtes pensantes de la cellule de crise n'avaient pas réussi à s'entendre quant à la stratégie à adopter face à cette situation d'urgence. La déléguée Tamaki, assortie de son homologue indien Kapoor, aurait insisté pour que leur cargo demeure en orbite jusqu'à ce qu'un navire de l'OSNU vienne les secourir, ce à quoi Wang aurait rétorqué qu'il ne fallait pas compter sur des renforts. Point positif, leur vaisseau pouvait fonctionner pendant des années en autarcie, pourvu que l'on entretienne correctement ses systèmes de support de vie. Point négatif, les réacteurs endommagés perdaient chaque jour de la puissance et la trajectoire du *Yùtù* se rapprochait mètre par mètre de la limite à partir de laquelle le cargo-monde ne pourrait plus lutter contre l'attraction de la planète. Pourquoi ne pas utiliser les remorqueurs qui avaient servi à le manœuvrer au départ pour initier une entrée contrôlée en atmosphère et gagner la surface ?

Cette option n'avait pas la faveur de la déléguée de l'OSNU. Ces remorqueurs, arguait-elle, pourraient aider à maintenir le vaisseau en orbite de manière à faciliter les opérations de sauvetage à l'arrivée des secours.

En l'absence d'un accord, il avait été décidé que les deux

solutions devraient être étudiées de près, puis soumises au vote général.

Brume se contentait d'écouter, évitant de participer à ces discussions qui ressassaient jusqu'à la nausée des avis mille fois disséqués. Même si ici tout le monde préférait croire que le pire ne *pouvait pas* advenir, l'ombre du désastre planait dans tous les esprits.

– Pour moi, c'est clair, il faut débarquer, avait déclaré Denita.

Indifférente à leur sort, Nüying se laissait admirer, sous le feu croisé des observations satellite et des capteurs de leurs robots d'exploration – un monde de déserts blancs et de moraines, presque entièrement recouvert d'océans gelés, les rares terres émergées vitrifiées par l'activité volcanique. Au niveau de l'équateur, une bande large d'environ six cents kilomètres offrait une zone relativement protégée, avec des températures avoisinant les moins soixante degrés sur ses plateaux en altitude, et les cinq à dix degrés en plein soleil, quand les ouragans qui sévissaient la plupart du temps daignaient se calmer. Une journée durait l'équivalent de neuf jours terrestres, une année, six cents.

L'idée qu'ils soient contraints à plus ou moins long terme à s'établir sur cette planète inhospitalière donnait froid dans le dos, pourtant Brume ne pouvait s'empêcher d'en rêver. Qu'éprouvait-on lorsque l'on posait le pied pour la première fois sur un sol inconnu ? Que pourraient-ils entendre ou sentir, qu'ils ne pouvaient percevoir de leur perchoir orbital, à travers les seuls yeux de leurs instruments ?

En principe, leurs programmes de déploiement scientifique prévoyaient une période d'observation allant de un à trois ans depuis l'espace, avant toute descente vers la surface. Ce délai risquant de se voir fortement écourté, une équipe avait été désignée pour inventorier tout le matériel et les kits d'installation encore intacts. William s'était porté volontaire. Modules habitables, minicentrales d'alimentation électrique, robots de construction et engins de déplacement sur terre ou sur l'eau, serres de cultures, caissons médicaux, instruments d'analyses et d'exploration destinés à la recherche ou à l'exploitation des ressources vitales, tout devait être examiné, vérifié, répertorié.

– Alors, *alien* ou pas *alien*, à ton avis ? lui demanda-t-il un soir après leur journée de travail

Ils avaient pris l'habitude de se retrouver dans les jardins abandonnés du niveau 4, un lieu où ils pouvaient s'abstraire un moment de la promiscuité des quartiers d'habitation sécurisés où on les avait parqués.

Brume avait passé sa journée à brasser les données accumulées par l'équipe de Ben au cours des trente années de voyage aller vers Shun, en particulier celles concentrées sur la période où le *Yùtù* avait amorcé sa phase de décélération.

Songeuse, elle attrapa une jeune pousse et la froissa entre ses doigts.

– Sens ça.

Un parfum de menthe légèrement poivrée se dégageait de la pulpe végétale. Ils s'éloignèrent, contournant le nœud qui leur obstruait le chemin. Les plantes, cramponnées à leurs bacs nourriciers, étiraient leurs branchages et leurs racines dans toutes les directions, colonisant les surfaces libres à proximité.

– Le problème, dit-elle, c'est que nous avons trop souvent tendance à voir et interpréter le monde à travers le filtre de notre expérience.

– C'est-à-dire ?

Il régnait sous le couvert végétal une chaleur moite, et une entêtante odeur de pourriture provenait des déchets coincés dans les filets tendus au-dessus de la terrasse.

– C'est quelque chose que j'ai appris en fréquentant les mammifères marins, expliqua Brume.

– L'inévitable anthropocentrisme, plaisanta William.

– C'est ça, concéda-t-elle avec un sourire, heureuse de

retrouver en lui un soupçon du ton joueur qui l'avait séduite jadis. Même ici, à des années-lumière de chez nous, on ne peut pas s'en dépêtrer.

Ils arrivèrent dans une niche végétale, enfouie sous les palmes grasses d'une plante qui aurait pu pousser dans une jungle tropicale sur Terre.

– Donc tu vois, je me demande si ce n'est pas ça qui nous empêche d'« entendre » la vie sur Nüying.

– Tu veux dire qu'ils émettent sur des fréquences inaudibles ?

William paraissait dubitatif.

– Non, je pensais à autre chose.

Elle hésita. Elle avait beaucoup réfléchi au drame qui avait touché la communauté sélène du cargo-monde. L'événement leur avait été présenté comme une sorte de suicide collectif. Toutes sortes d'explications avaient été proposées, mais aucune n'avait exploré la piste d'une influence extérieure.

– Et qu'en dit Fadilah ?

– Fadilah table sur les sources hydrothermales.

Des images de silhouettes aquatiques incertaines flottèrent dans l'esprit de Brume. Une présence lente et secrète, cachée sous la carapace opaque de la banquise, dans la chaleur de ces puits sous-marins. S'il existait de la vie animale au fond de ces eaux froides, on pouvait imaginer qu'elle ait pris naissance aux abords de ces failles invisibles.

William l'attira doucement à lui. Comme à chaque fois que leurs peaux se frôlaient, elle sentit monter en elle le désir. Refaire l'amour avec Will après toutes ces années de stase lui avait demandé un temps d'adaptation, mais passé ce cap, ils avaient retrouvé leur relation au stade où ils l'avaient laissée sur Concordia. Ils se débarrassèrent de leurs combinaisons, luttant contre les zips et les scratchs tout en continuant à s'embrasser, pestant et riant contre ces obstacles idiots. Puis, le dos calé contre un tronc, elle enserra les hanches de Will avec ses cuisses, l'arrimant fermement à elle. Le plaisir la rattrapa dès qu'il la pénétra, l'aidant à oublier tout le reste, l'espace d'un instant – les couloirs déserts du cargo-monde, les cultures abandonnées et les holos éteintes, les réfectoires trop vastes et les compartiments scellés, les morts et les disparus, le désespoir, la folie, la peur.

4.

Pour une raison que William ignorait, Denita, la Mexicaine qui partageait la chambre de Brume, l'avait pris en affection. Ces derniers temps, il arrivait régulièrement à William de la rejoindre pour le dîner, elle et sa bande. Composé d'une poignée de techniciens et de soldats sortis de stase depuis peu, le groupe avait installé ses quartiers dans la cantine et y passait la plupart de ses soirées à boire et discuter.

– Alors, on cherche sa petite femme ?

– D'abord, lui dit-il, Brume n'est pas « ma petite femme ».

Denita le toisa d'un air amusé. Enrôlée récemment dans la « garde blanche » de Tamaki, la jeune femme semblait tirer une franche satisfaction de son statut de lieutenant, à manier l'arme qu'on lui avait confiée ou à plaisanter grassement avec ses gars. Du fait de sa position, elle détenait aussi un certain nombre d'informations de première main, ce dont elle ne faisait pas mystère.

– Ensuite, est-ce que tu peux m'expliquer ce qui se passe ?

Toutes sortes de rumeurs circulaient dans les couloirs du cargo, mais il préférait vérifier directement à la source. Denita touilla sa platée de lentilles avec un regard en coin.

– On va organiser un vote, lâcha-t-elle finalement.

– Alors c'est sérieux ?

– Ben ouais, lui dit-elle. On est toujours en démocratie, au cas où tu l'aurais oublié.

William se demanda comment Tamaki avait réussi à imposer l'idée d'un vote à Wang. Clairement, la Japonaise avait plus à gagner que le militaire à ce jeu-là. Fallait-il croire que le colonel des FSE, malgré sa tendance à l'autocratie, demeurait fidèle aux valeurs et aux principes de la lointaine OSNU ?

– Bon. Et qui est ton candidat favori ?

La jeune femme lui renvoya la question :

– Et toi, alors ?

– Pour être honnête, avoua William, je n'en ai aucune idée.

Il ne mentait pas.

Ces derniers jours, les conclusions des experts chargés d'évaluer les scénarios proposés par Wang et Tamaki avaient eu pour effet de déplacer la polémique qui divisait initialement l'équipage du cargo-monde : rester en orbite, même en exploitant la force de propulsion des remorqueurs, les maintiendrait tout au plus sept ans dans cette situation. Sept années, au terme desquelles ils n'auraient d'autre choix que de s'écraser au sol. La solution préconisée par Wang devenait ainsi l'unique alternative viable. Les divers plans d'évacuation d'urgence fournissaient d'ailleurs un certain nombre de procédures pouvant être adaptées à leur cas précis. Malgré tout, une bonne partie de leur communauté préférait croire qu'ils finiraient bien par trouver un autre moyen de s'en sortir dans les mois à venir – l'une des pistes les plus sérieuses étant de réussir à s'amarrer à la moitié détachée du cargo-monde et relancer la propulsion Zhenhi. Auquel cas, mieux valait privilégier la solution de Tamaki, qui présentait en outre l'avantage d'une moindre prise de risques, du moins à court terme.

William goûta une cuiller de lentilles. Pas terrible, mais ils n'étaient vraiment plus en mesure de faire la fine bouche en matière d'alimentation. Tout fonctionnait à l'économie, désormais. Les denrées rares comme le chocolat, le café, les épices ou leurs ersatz moléculaires s'utilisaient au compte-gouttes, de même dans d'autres domaines le papier, le métal ou les fibres textiles. La peur de la privation pesait sur leurs esprits telle une épée de Damoclès, assortie de la crainte d'une panne qui aurait bloqué toute la chaîne de recyclage et transformation. Pas sûr, dans ces conditions, qu'ils puissent survivre longtemps. Au moins, à la surface, ne manqueraient-ils ni d'eau ni d'oxygène, quitte à les extraire de leur environnement pour les réinjecter dans leurs circuits.

Brume arriva sur ces entrefaites. Les yeux cernés et rougis par les heures passées devant ses écrans, elle n'avait pas l'air en grande forme.

– Salut, leur lança-t-elle en se glissant à côté de Denita.

Elle se sangla à son banc et disposa la gamelle qu'elle venait de récupérer devant elle, veillant à ce qu'elle soit bien aimantée. Will évita de l'interroger sur sa journée : il avait appris à repérer les moments où il valait mieux qu'il se taise s'il ne voulait pas récolter des grognements monosyllabiques en guise de réponse. Indifférente à ces détails, Denita se lança dans une longue exposition des différentes options qui s'offraient à eux pour le vote qui serait organisé bientôt. Tout le monde y allant ensuite de son avis, la discussion s'égara dans de bruyantes digressions. Brume écoutait à peine, les yeux baissés sur son plat.

– Et toi, Brume, tu en penses quoi ? lui demanda soudain la Mexicaine à brûle-pourpoint.

Brume leva la tête, et son regard croisa celui de William.

– Je ne sais pas, dit-elle lentement. J'ai besoin d'y réfléchir.

– Tu réfléchis toujours trop ! se moqua Denita en l'attrapant par les épaules et en la plaquant contre elle avec chaleur.

Un peu plus tard, alors qu'ils se retrouvaient seuls loin de l'agitation du réfectoire, William eut envie de lui reposer la question. Il lui semblait, à tort ou à raison, que Brume ne s'était pas sentie libre de parler devant Denita et sa bande.

– Pourquoi tu tiens tant à savoir ? le rembarra-t-elle.

Sa réaction le laissa sans voix. Parfois, il avait vraiment du mal à comprendre cette femme. Un sentiment d'échec, ou quelque chose de plus trouble – le besoin, peut-être, de s'assurer de sa solidarité, le poussa à insister.

– Parce que nous sommes deux ? proposa-t-il.

Visiblement, ce n'était pas la bonne réponse. Elle s'écarta de lui et, attrapant son pantalon, elle commença à se rhabiller.

– Attends, l'arrêta-t-il. Tu ne crois pas que ce sujet est suffisamment grave pour qu'on en discute un peu tous les deux ?

Elle se redressa et lui fit face. C'était la première fois qu'il la voyait vraiment en colère.

– Qu'est-ce que ça nous apporterait ? demanda-t-elle avec un calme maîtrisé. Tu as tes raisons, j'ai les miennes, et au final, ce sera une décision personnelle.

– Mais j'ai *besoin* d'en parler.

– On en a suffisamment parlé au repas.

– Je veux dire, *avec* toi.

Elle le regarda avec un drôle d'air. Puis son agressivité tomba d'un cran. Se retenant d'une main à l'échelle contre laquelle ils se tenaient, elle lui caressa la joue de l'autre.

– Je sais, admit-il. Je suis mal rasé.

Elle sourit et gratta la fossette qui lui creusait le menton du bout de l'ongle.

– J'aime bien ta barbe, moi. Ça te donne des airs de prophète.

– Parce qu'en plus, tu trouves le moyen de te moquer de moi ?

– Ce n'est pas que je ne veux pas en parler, s'excusa-t-elle, revenant au sujet de leur dissension.

Après une hésitation, elle ajouta :

– Supposons que j'aie déjà fait mon choix.

– OK, supposons.

– Si je me confiais à toi, et que tu n'étais pas convaincu. Est-ce que tu ne tenterais pas de me faire changer d'avis ?

– Pas nécessairement…

– Bien sûr que si. En tout cas tu avancerais tes arguments.

– C'est tout l'intérêt d'une discussion.

– Tu ne comprends pas.

– C'est toi, qui ne comprends pas. Si tu essayais, juste une minute, de penser un peu moins à *toi*, et de considérer aussi mes besoins, à *moi* ?

Elle parut ébranlée, mais visiblement pas dans le sens qu'il espérait, car cette fois elle ne prit pas la peine de mâcher ses mots :

– Très bien. Tu souhaites connaître ma position ? D'accord. Mais ne m'accuse pas, ensuite, de t'avoir influencé.

Il encaissa, stoïque.

– Vas-y, je t'écoute.

– Je me fous d'attendre dix, vingt ou trente ans les secours de la Terre. Ce que je veux, c'est poursuivre mes travaux sur les « chants ». Pour moi, ça n'a pas de sens de rester en orbite.

– Qu'est-ce qui t'oblige à descendre à la surface ? protesta-t-il. Avec tous les robots et les drones qu'on peut envoyer à notre place !

Brume le fusilla littéralement du regard. Puis coupant court à leur échange, elle se hissa d'une poussée en haut de l'échelle et le planta là, sans autre forme de procès.

5.

Cargo-monde *Yùtù Mèng*, orbite de Nüying
[12-2593] Vingt-six mois
après la cinquième Renaissance

Naufrage, pas naufrage, pour William, encore une fois, il aurait pu en être autrement. Non loin d'eux, mais inaccessible, la cité rêvée par Jonathan Wei poursuivait sa course, avec ses réacteurs et ses installations de communication intactes, sa jungle artificielle, ses guirlandes de LED et ses couloirs déserts. Une cité peuplée de fantômes, parfaitement fonctionnelle comme en attestaient toutes les observations réalisées depuis qu'ils se croisaient à intervalles réguliers dans la haute banlieue de Nüying. Ce vaisseau, ils auraient pu le récupérer, à condition d'y restaurer l'atmosphère qui s'en était échappée au moment de la séparation du tronc principal du cargo-monde. Les remorqueurs qui allaient être sacrifiés pour leur permettre de ne pas s'écraser directement à la surface de la planète auraient pu être réquisitionnés pour les transferts. Mais à quoi bon s'abîmer dans des conjectures inutiles ? Le vote avait tranché, loi de la majorité oblige. Mieux valait en prendre son parti et voir le côté positif des choses.

– Je te trouve pas très bavard, aujourd'hui, entendit-il plus bas.

– Fiche-lui la paix, Den.

La Mexicaine fourragea dans son sac de couchage en grommelant. Cette femme avait tout d'un bouledogue, mais elle avait quand même accepté qu'il se joigne à elles quand le moment était venu de se ficeler sur leurs banquettes avant le début des opérations. Brume lui tendit une main glacée.

– On voit rien, sur ce truc, grogna la Mexicaine.

Il lâcha la main de Brume et attrapa son feuillet. Les parois de la cabine tremblaient légèrement, rien de bien inquiétant encore, mais on sentait que ça commençait à chauffer. La retransmission ne montrait que des captations obscures et floues de leur environnement immédiat, perçu par les yeux des caméras fichées dans la coque. Coque qui, en principe, devrait les protéger des températures délirantes qu'ils allaient devoir encaisser à mesure qu'ils s'enfonceraient dans l'atmosphère de Nüying.

Les Sélènes avaient un rituel bien à eux pour traiter les corps après la mort. Comme l'incinération n'était pas une option dans l'espace et qu'ils n'envisageaient pas non plus de lâcher leurs cadavres dans le grand vide, ils les congelaient. Deux heures d'exposition en extérieur à trois degrés au-dessus du zéro absolu suffisaient à transformer n'importe quel bout de viande en un bloc compact, qu'ils introduisaient ensuite dans un caisson à vibrations hautes fréquences afin qu'il soit réduit en poudre, puis soumis à la dessiccation.

De la poudre de mort, aussi fine et douce que de la cendre.

William en avait manié des dizaines et des dizaines de kilos au cours des semaines qui avaient suivi le désastre de la Renaissance. Avec Dana et une demi-douzaine de volontaires, ils avaient traité un à un les cadavres stockés dans cette salle convertie en congélateur géant. Sur Taihe-

Concordia, les poussières ainsi obtenues étaient acheminées jusqu'à la mer de la Tranquillité, puis dispersées sous les étoiles. Comme il était hors de question de disséminer ces résidus de matière organique humaine dans l'espace autour de Nüying, ils avaient dû envisager de nouvelles solutions.

L'une d'elles proposait de réquisitionner les deux navettes légères rescapées de la catastrophe pour se rendre sur l'autre moitié du *Yùtù* et y entreposer les urnes funéraires, faisant du « rêve du lapin de jade » un immense cimetière orbital. L'option, trop coûteuse en énergie, n'avait pas été retenue.

Dehors, ça commençait à chauffer sérieusement. Crispée sur sa banquette, Brume semblait pétrifiée.

– Hé, lui lança-t-il.

Elle tourna la tête vers lui avec raideur et lui adressa un sourire – pâle, le sourire.

– Ça va aller, dit-il. Respire.

– Tu vas la fermer, oui ! entendit-il grogner à l'étage en dessous.

– Faudrait savoir, Den, rétorqua la voix chantante de Fadilah.

D'accord, il n'aurait pas dû s'inviter dans leur cabine comme il l'avait fait, mais n'importe qui aurait fait de même dans cette situation. Ces dernières semaines, la conscience du danger et la proximité de la mort avaient eu tendance à aplanir une bonne partie des difficultés relationnelles qu'il avait pu connaître avec Brume. Au fond, il se réjouissait pour elle, heureux que ce fût ce choix qui soit ressorti des urnes en ultime instance, et qu'elle puisse réaliser son souhait de rejoindre la surface de Nüying.

Les structures profondes du cargo-monde lâchèrent un long râle métallique. Il jeta un coup d'œil à son feuillet tactile. Dehors, c'était l'enfer.

– On entre dans la thermosphère, leur apprit Bouchra, l'ingénieure, qui suivait les annonces depuis le début.

– Dans trois minutes, c'est champagne, décréta Denita.

– T'as ça dans tes caisses, toi ? lui demanda-t-il.
– Je t'ai pas sonné.
Décidément, la Mexicaine semblait l'avoir pris pour cible de sa mauvaise humeur. Il se tut, sans aucune difficulté vu le poids qui écrasait les poumons. L'écran continua à afficher leur progression pendant encore quelques secondes, puis soudain plus rien, noir complet. Les secondes s'écoulèrent, denses comme du plomb.

Pourtant vous devriez savoir ce qu'il en coûte, lui avait glissé un jour Jonathan-Sonam, à moins que ce ne fût l'autre Tsering.

Pensez à ce qui est arrivé à votre peuple.

Sur le moment, il s'était senti insulté, mais il avait fini par comprendre.

Son père avait toujours affirmé que l'on pouvait s'affranchir de son histoire, s'en libérer et en guérir, pourvu qu'on obtienne une forme de reconnaissance et de réparation. Mais cela demandait du temps, plus de temps qu'un homme n'en disposait en l'espace d'une seule vie.

Un visage apparut devant lui, casque d'ébène, peau d'ivoire. Une paume épaisse se posa sur son front, son nez, sa bouche. Lentement, elle pressa. L'oxygène commença à lui manquer. Il voulut se libérer, mais ses membres restèrent immobilisés, son buste pétrifié. Il étouffait.

Une secousse plus forte que les précédentes le réveilla soudain. L'air s'engouffra dans sa poitrine en un hoquet violent. Par réflexe, il tenta de se redresser, constata qu'il était bloqué, sanglé à sa couchette. Il glissa un coup d'œil vers Brume. Celle-ci gisait, inconsciente, son bras jeté en travers dans l'espace qui séparait sa banquette de la sienne.

Une deuxième secousse lui enfonça ses ceintures de sécurité dans le ventre. Quelque part dans les profondeurs du vaisseau une alarme se déclencha. Les lumières s'éteignirent, remplacées par la lueur rouge de leur LED d'appoint et le reflet bleu, impassible, de leur bouddha de pacotille.

Est-ce que c'en était fini ?

Il appela Brume, saisit sa main qui pendait mollement dans le vide. Pas de réaction. Pas de réponse non plus de la part de ses coéquipières. L'alarme incendie hurlait toujours dans les couloirs, ce qui n'était pas bon signe, pas bon du tout. Avec précaution, il commença à se détacher. Ses bras pesaient deux tonnes. Combien de g, déjà ? Il tenta une roulade prudente pour se dégager de sa couchette et bascula vers le bas, entraîné par son propre poids. Sonné, il avisa une masse sombre qui bougeait au-dessus de sa tête.

Denita le rejoignit au niveau du sol, ses yeux luisant dans la pénombre comme ceux d'un gros chat.

– *¡Qué coño!* jura-t-elle en se penchant vers lui.

Voyant qu'il perdait connaissance, elle lui administra une gifle, puis une deuxième. Il se sentit tout de suite revigoré.

Denita sortit de la cabine pour aller s'enquérir de ce qui se passait, lui confiant la responsabilité de remettre les autres d'aplomb. Il l'entendit qui s'éloignait dans le couloir, appelant ses collègues de la « garde blanche » et frappant à toutes les portes. Cette femme, se dit-il, ne se contentait pas d'être un bouledogue, c'était surtout une sacrée meneuse.

En attendant de savoir ce qu'il en était de la situation générale, il essaya de se rendre utile.

Sauf qu'il se sentait aussi faible qu'un vieillard obligé de réapprendre à marcher après une fracture du col du fémur qui l'aurait immobilisé pendant cent ans. Ou dix. Avec un plancher incliné en prime.

Il attrapa le kit à oxygène qui faisait partie de la panoplie de sécurité de base au pied de chaque couchette et entreprit de le fixer sur le visage de Brume, puis des deux autres femmes qui avaient perdu connaissance. Cela lui prit un temps conséquent, car ses mouvements manquaient de coordination et de précision, comme si on lui avait greffé des bracelets lestés de plomb aux poignets.

Une fois cette opération terminée, il s'effondra sur son matelas.

Ce fut alors qu'il prit conscience des bruits et de l'agitation qui s'élevaient dans les coursives. Claquements, cognements, cris…

La porte de leur sas s'ouvrit brusquement, livrant passage à une Denita équipée d'un exosquelette et d'une arme, les tresses en bataille. Une Denita qui lui aurait gueulé dessus à travers un haut-parleur dont on aurait coupé le son.

– Quoi ? demanda-t-il, faisant signe qu'il ne l'entendait pas bien.

Elle se tut deux secondes, puis elle se jeta sur lui, sa face congestionnée à trois centimètres de son visage.

– Ça brûle, *coño* ! lui hurla-t-elle dans les tympans en le secouant. Tu comprends quand je te parle ? ÇA BRÛLE !

Elle lui balança un tas de ferraille dans les bras – exosquelette, lui expliqua-t-elle. Il l'enfila sans discuter, la laissant pousser autant de jurons que nécessaire tandis qu'elle l'aidait à l'ajuster à sa taille tout en luttant pour garder l'équilibre elle-même. Une fois qu'il fut prêt, elle se hissa jusqu'aux couchettes supérieures et saisissant Brume par les aisselles, elle la fit basculer au sol. Il rattrapa la jeune femme de justesse et l'allongea avec précaution en la calant contre une paroi pour éviter qu'elle ne glisse vers le bas, avant de se relever et accueillir une deuxième occupante.

Leurs appareillages réglés au maximum, ils évacuèrent un à un les corps vers les ascenseurs au bout de la galerie plongée dans les ténèbres, à la lumière des LED de sécurité, l'inclinaison anormale les obligeant à ramper et à s'accrocher aux mains courantes comme des araignées. Une vingtaine de survivants s'y pressait déjà, la plupart en sale état. Will soufflait comme un phoque, avec l'impression que ses poumons n'arrivaient pas à se remplir correctement. Il se demanda comment faisait la Mexicaine. Dopée par l'adrénaline, celle-ci avait pris la direction des opérations et distribuait les ordres à tour de bras.

Quand enfin ils furent regroupés au niveau des terrasses, au milieu de la végétation sens dessus dessous, elle se pencha au-dessus du puits d'où s'élevaient des lueurs inquiétantes.

– Où est Wang ? hurla quelqu'un dans l'assistance.

Denita se retourna, le visage éclairé par les reflets de l'incendie.

– Wang est mort, leur annonça-t-elle. Il a pas tenu le choc.

Will n'entendit pas distinctement les paroles qui suivirent. Mais pas besoin d'être sorcier pour deviner. Soit ils se bougeaient le cul, pour reprendre l'une des expressions favorites de la jeune femme, soit ils crevaient là, carbonisés comme des rats sur un gril à barbecue.

6.

Cargo-monde *Yùtù Mèng*, Nüying
[01-2594] Dix jours après le naufrage

– OK, vous venez avec moi.

Prenant la tête du groupe, Denita leur montra la voie à suivre. La Mexicaine s'était portée volontaire pour aller examiner la coque extérieure abîmée par le choc de l'atterrissage, origine de possibles infiltrations d'eau. Brume lui emboîta le pas, précédée de Fadilah. Les deux femmes avaient été chargées de réaliser des prélèvements en vue d'étudier la flore microbienne locale dont quelques éléments semblaient s'être retrouvés dans des circuits hydriques périphériques, heureusement inutilisés. Deux Américains, anciens membres dormants des FSE, leur prêtaient main-forte.

Brume n'avait pas encore eu l'occasion de s'aventurer en dehors des quartiers sécurisés du *Yùtù* depuis leur naufrage, contrairement à Denita et aux deux soldats. Le spectacle était pire que tout ce qu'elle avait pu imaginer à partir des rapports officiels. Denita avançait avec prudence, prenant le temps de vérifier la praticabilité de chaque passage.

Déformés par le choc, de gigantesques piliers de soutènement avaient traversé les parois, leur coupant la route dans un chaos d'acier, de tôle et de débris divers. Les rais blêmes des lampes frontales sondaient l'obscurité, faisant jaillir la forme déchiquetée d'une cloison, des grappes de fils arrachés, des poutrelles tordues. Ils s'engagèrent sur une arête métallique jetée à travers l'abîme du puits central. Une pluie mêlée d'humus et de feuilles tombait du trou noir qui s'ouvrait au-dessus de leur tête. Ici et là, dans ce ciel béant, brillaient les fanaux rougeoyants des LED de secours.

Une fois parvenus de l'autre côté, il fallut descendre – une paroi presque à pic, rendue glissante à cause de la mince couche de vase formée avec les résidus déversés depuis les bacs de culture des jardins et des terrasses. La poutre qui leur avait servi de pont s'enfonçait dans les profondeurs de ce qui avait été un entrepôt, la cloison littéralement soufflée par le choc. Ils bifurquèrent ensuite vers la gauche, sur la passerelle externe qui faisait le tour du puits. Celle-ci présentait une inclinaison de quarante degrés et se terminait par un amas de ferraille boursouflé, une douzaine de mètres plus bas. Les barreaux initialement prévus pour se déplacer en impesanteur leur fournirent une échelle improvisée. À mi-parcours, elles dépassèrent une allée qui s'enfonçait dans le noir, sa béance à peine révélée par l'éclairage de secours défectueux. Brume se détourna avec un frisson, refoulant les peurs archaïques que ces ténèbres éveillaient en elle. Tout au fond, à plus ou moins vingt mètres sous leurs pieds, apparut enfin le blindage de séparation de secteur qu'ils cherchaient : deux vantaux de six mètres de haut sur trois de large, hermétiquement clos. La descente se révéla plus que laborieuse. La gravité nüyenne de 1,14 g pesait sur leurs os et leurs muscles comme une chape de fonte, sans parler de leurs bardas et de leurs semelles épaisses, peu adaptées à ce genre de parcours.

Denita était déjà à l'œuvre lorsque Brume atteignit le

bas de l'échelle. D'un coup de marteau, elle avait brisé le boîtier en verre renforcé qui protégeait les commandes manuelles du sas. Elle se tourna vers les retardataires et leur fit signe de vérifier leur équipement et leur niveau d'oxygène. Quand tout le monde fut prêt, elle abaissa la poignée.

Pendant quelques secondes, il ne se passa rien. Puis les portes s'ébranlèrent dans un miaulement de vieille ferraille, avant de s'immobiliser. La jeune femme poussa un juron en espagnol. Les dents de métal croisées s'étaient descellées sur environ trois centimètres, une largeur à peine suffisante pour la langue d'acier d'un burin. Méthodique, la Mexicaine tria les outils mis à disposition dans le boîtier d'urgence jusqu'à trouver ce qu'elle cherchait.

Ils durent se relayer pendant près d'une heure, pour un résultat plus que frustrant. Mais c'était assez pour qu'une personne de petite corpulence se faufile de l'autre côté, à condition de se délester des bouteilles d'oxygène pour les passer séparément. Denita s'engagea la première, suivie de Brume et de Fadilah.

Une fois à l'intérieur, il fallut renouveler l'opération avec les portes opposées, mais cette fois elles n'étaient plus que trois, et la fatigue commençait à se faire sentir.

– On pourrait attendre qu'ils viennent, proposa Fadilah, parlant des deux soldats restés coincés à l'extérieur du sas.

– Pas besoin, décréta Denita.

Elle tendit son outil à Brume et s'écarta de quelques pas pour reprendre son souffle. Brume estima l'ouverture à une douzaine de centimètres. Elle se positionna sur le côté, inséra la barre d'acier à mi-hauteur, et appuya. Un centimètre. Deux… elle relâcha son effort, incertaine de ce qu'elle voyait. Une lueur grise, à peine plus réelle qu'une rémanence sur la rétine, flottait au fond du hangar.

La lumière de Nüying.

Une excitation brute monta en elle, chassant l'épuisement

et le découragement. Denita aussi avait remarqué ce subtil changement de nuance dans l'obscurité. Ce mince filet d'espoir leur insuffla l'énergie qui venait à leur manquer pour se remettre au travail.

Brume ne pensait plus à rien. Ce qui les attendait dehors, les mille complications possibles, toutes ces spéculations anxieuses que son esprit dévidait sans fin depuis des jours et des jours s'étaient évaporées, repoussées aux confins de ses préoccupations immédiates. Ouvrir cette satanée porte, voilà tout ce qu'elle voulait.

Vingt centimètres. Pas de quoi passer une épaule.

Une fois, sa mère l'avait emmenée à son labo. Coiffée d'une charlotte blanche, à moitié ensevelie dans une surblouse trop grande, Brume avait été autorisée à observer, sans toucher, les différents instruments posés sur la paillasse. Curieuse, elle avait plongé son œil dans l'oculaire d'un microscope. Ce que l'appareil lui avait révélé l'avait sidérée. Pendant de longues minutes, elle était demeurée immobile, juchée sur son tabouret, fascinée par la grâce du ballet effréné qui se déroulait dans ce qui lui sembla être une dimension parallèle, un univers dans l'univers. Émerveillement. Il n'y avait pas d'autre mot pour décrire ce sentiment. Aujourd'hui, alors qu'elle luttait pour écarter de quelques centimètres les obstacles qui la séparaient de l'extérieur, elle retrouvait intacte l'émotion éprouvée jadis, puissance mille.

Elle croisa le regard de Fadilah, et vit la même émotion dans ses yeux. En plus de leur équipement de protection, elles avaient emporté avec elles une dizaine de tubes de prélèvements dans une mallette. Les échantillons seraient traités dans une chambre blanche, un bunker scellé par un sas de décontamination et doté de ses propres systèmes de recyclage et purification de l'eau et de l'air.

Trente-cinq centimètres. Encore un petit effort…

Des encouragements grésillaient dans leurs oreillettes.

– Vous imaginez, les filles ? s'exclamait une voix masculine enthousiaste. C'est peut-être un homme qui a étrenné la première base martienne, mais c'est une femme qui verra le ciel de Nüying pour la première fois.

– Va te faire foutre, grogna Denita.

Elles reprirent leur souffle, hébétées de fatigue. Denita lâcha sa barre et, avec précaution, elle engagea sa tête entre les deux panneaux. Tout juste, mais ça passait. Le reste du corps suivit tout seul. Après un dernier point radio, elles poursuivirent leur progression.

La soute devait initialement faire la taille d'un hall d'exposition, mais le choc avait réduit les trois quarts du volume en une indescriptible bouillie de métal et de roche compressée, littéralement vitrifiée par les températures subies lors de la descente en atmosphère. La coque de régolithe avait protégé les parties internes du vaisseau de la chaleur, mais elle n'avait pas résisté à la violence de l'impact au sol.

Les rovers, camions et robots destinés à l'exploration, ainsi que toutes les infrastructures nécessaires pour la construction de leur base étaient entreposés là. Tout ne pourrait pas être récupéré, et l'inventaire leur prendrait des jours. Consternée, Brume jugea que ces dégâts risquaient de compromettre sérieusement leur projet d'installation d'un avant-poste scientifique, du moins dans un avenir proche. Le site, repéré depuis l'espace, se trouvait à environ vingt kilomètres de l'épave, en bordure de mer.

Elles avancèrent avec prudence dans ce chaos, se dirigeant d'instinct vers la lumière. Celle-ci provenait d'une échancrure à mi-hauteur d'une façade incurvée d'une quarantaine de mètres de haut. Une poutre avait transpercé la partie interne de la coque, arrachant plusieurs plaques d'acier dont certaines pendaient, tels des fanions de tôle déformée au-dessus du vide. Des containers éventrés s'entassaient dans l'angle que formait la paroi avec ce qui tenait à présent lieu de sol.

En levant la tête, Brume entraperçut un coin de ciel – un bout de ouate laiteuse, baignée d'une lumière fade.

– *Madre mía*…, murmura la Mexicaine.

Les trois femmes échangèrent un regard.

Des flocons dansaient dans les rayons pâles. Après un moment, Fadilah sortit son scan.

– C'est bien de l'eau, confirma-t-elle.

– Putain, c'est la première fois de ma vie que je vois de la neige, s'exclama Denita.

Elles prévinrent le centre de contrôle. Au lieu du ton rogue de Ben, ce fut la voix de Meriem qui leur répondit. Calme et attentive, comme toujours.

– Tout va bien ici, les rassura-t-elle. Ben est parti donner un coup de main au niveau des générateurs, je prends le relais.

– OK.

– Hé, faudra pas oublier la photo ! leur rappela un second interlocuteur.

Une brusque émotion saisit Brume. Elle venait de reconnaître Will.

– Dommage que tu ne sois pas là.

Pas de réponse, mais elle aurait juré qu'il souriait.

Denita avait déjà commencé à déménager tout ce qui pouvait leur servir de marchepied pour gravir la paroi. Grimper sur les débris amoncelés pêle-mêle, tirer, pousser jusqu'à atteindre l'ouverture leur prit encore une bonne heure de suée. Leurs combinaisons légères, moins volumineuses que les scaphandres utilisés dans leurs entraînements en piscine ou sur la Lune, présentaient l'avantage d'être aussi plus souples. Enfin, elles parvinrent au niveau de la fissure. Quelques flocons immaculés étaient tombés à l'intérieur, échappés de la couche d'environ cinq centimètres qui recouvrait les bords.

– Température extérieure moins six degrés Celsius. C'est l'été, ici, commenta Fadilah. À qui l'honneur ?

Il y eut une seconde de flottement. Jusqu'à présent, Denita avait pris la tête des opérations, mais elles prenaient dans cet instant une dimension proche du sacré qui dépassait la seule logistique. Un monde absolument vierge les attendait au-delà, un monde dont jamais aucun humain n'avait foulé le sol ni contemplé la beauté.

– On lance les dés ? proposa la Mexicaine, blagueuse.

Elles tirèrent au sort, et Denita fut désignée pour sortir en premier.

La jeune femme fixa un grappin sur un filin de sécurité. Se calant sur une dernière caisse, elle se hissa dehors. Brume ne put s'empêcher d'éprouver une pointe de dépit en la voyant se redresser, en équilibre au bord du vide. La voix de Denita leur parvint après quelques secondes :

– Oh sainte Mère...

Alors ainsi, elles y étaient.

Brume et Fadilah la rejoignirent. Pendant quelques longues minutes, elles demeurèrent silencieuses, saisies d'un sentiment presque religieux, écrasées par l'immensité qui se révélait à elles. Une nature brute, qu'aucune main humaine n'avait jamais effleurée, un monde minéral, radicalement *autre*. Le *Yùtù* s'était enfoncé dans le sol, faisant éclater et fondre la glace qui formait une sorte de lac boueux, piqué de grenaille et de brisures veinées de noir, sur une distance d'environ un kilomètre à vue de nez. Au-delà s'étendait la plaine gelée, jusqu'à une masse de brouillard d'où émergeaient par endroits des amas rocheux d'un gris anthracite. Sous leurs pieds, à flanc de vaisseau, s'ouvraient soixante mètres de vide.

Brume avait déjà vu des paysages similaires sur Terre, aux pôles. Mais la comparaison s'arrêtait là. Même isolé pendant six mois au milieu des glaces australes, l'explorateur moderne avait l'assurance que tôt ou tard, un navire solidement équipé viendrait le ravitailler ou le ramener à la chaleur de la foule et des villes. Ici, l'unique reliquat de civilisation se limitait à ce vaisseau échoué, sur l'arête duquel elles se tenaient, témoins dérisoires d'une fatalité qui les dépassait. Aucune balise de détresse, aucun SOS ne pourrait jamais les sauver. La Terre, à vingt-cinq années-lumière de là, ne pouvait rien pour eux. Il leur faudrait apprendre à se débrouiller seuls, sur ce monde inhospitalier où ils n'étaient rien d'autre que des corps étrangers, à peine une écharde plantée dans la couche la plus superficielle de sa croûte rocheuse.

Brume enclencha la capture automatique de ses impressions visuelles. Tremblante d'émotion et de fatigue, enfoncée dans la chaleur de sa combinaison, avec le bruit de sa respiration comme compagne, elle regretta de ne pas pouvoir sentir l'air de Nüying fouetter sa joue, goûter sa saveur, ses odeurs, éprouver son humidité et sa fraîcheur. Elle ne pouvait pas non plus entendre les grincements, gémissements, feulements du vent qui s'était levé et les faisait vaciller au bord de leur perchoir, accrochées à leur filin, la peur au ventre. Elle ne pouvait pas s'immerger dans ce monde auquel elle n'appartenait pas, et qui la tuerait en quelques secondes sans la barrière de son équipement.

Elle avait déjà éprouvé ce genre de frustration. Même sur Terre, l'être humain n'était pas fait pour évoluer dans tous les milieux. Elle ne l'avait jamais aussi bien compris que lorsqu'elle avait plongé avec son alter ego animal dans les profondeurs de l'océan. Comme elle aurait voulu se fondre totalement dans ce corps, dans cette expérience singulière, lâcher complètement prise ! Mais la peur de perdre sa part d'humanité, ou simplement de se perdre, elle, l'avait toujours retenue – c'était sa « ligne de vie » intime, personnelle. Elle n'avait jamais cédé. Elle retrouvait ici ce même obstacle, cette limite à laquelle elle s'était heurtée tout au long de son existence.

– Faut se magner, les filles, les interpella Denita.

Des bourrasques violentes les secouaient au bout de leurs

câbles. Le ciel s'était obscurci, boursouflé de poches violacées qui semblaient prêtes à crever d'un instant à l'autre. Elles se mirent au travail.

Tandis qu'elle s'occupait des prélèvements avec Fadilah, Denita fixa une sonde d'étude environnementale à quelques mètres du rebord. Le temps qu'elles aient terminé, le paysage avait complètement disparu sous une épaisseur compacte de brouillard, et le vent avait encore forci.

Peu à peu, l'exaltation du début céda la place à la frayeur. *Partez*, leur hurlaient les rafales de neige. *Partez, partez, partez !*

Les éléments se déchaînaient, les obligeant à reculer et retourner d'où elles venaient – vers la chaleur protectrice de leur vaisseau, cet écosystème artificiel, fragile, auquel elles appartenaient.

7.

Quarante-huit.

Dana s'effondra plus qu'elle ne s'assit. Elle se frotta doucement les poignets, comme pour gommer la marque bleue de ses veines gonflées. La majorité des blessés se trouvait dans ce qu'elle avait pris pour habitude d'appeler l'aile basse du vaisseau, c'est-à-dire la partie du module d'habitation qui avait été en contact avec le sol au moment de l'impact. Vingt-quatre heures sur vingt-quatre, les équipes s'étaient relayées pour déblayer ce qui pouvait l'être, dans l'espoir de retrouver des survivants. À présent il s'agissait surtout de récupérer les cadavres pour leur offrir au moins une sépulture digne de ce nom.

L'ironie du sort avait voulu que le seul endroit adéquat pour les regrouper fût à l'emplacement du temple de l'Éveil Vrai, désormais désaffecté, là où les Sélènes s'étaient jadis livrés à leur suicide collectif. Précisément là où, deux ans plus tôt, Anouk s'était donné la mort avec son compagnon et sa fille.

– Tu devrais te reposer maintenant, entendit-elle dans son oreillette.

Elle consulta la visio. Meriem s'efforçait de sourire, de ramener un semblant de normalité dans leur relation.

– Je n'ai pas terminé.

– Brume est rentrée, insista Meriem. Il faut vraiment que tu voies ça.

Rentrée.

Comme cette expression paraissait dérisoire. On rentrait à la maison, chez soi, dans son pays, sa famille, dans le cocon d'un abri chaleureux. Tout ce que n'était plus le *Yùtù*.

Dana cependant se garda de faire part de ses réflexions à son amie, car elle ne voulait pas l'attrister en la contaminant avec son désespoir. Même si leur « rêve du lapin de jade » était désormais réduit à une épave écrasée au milieu de nulle part, le simple fait d'être vivantes toutes les deux représentait un miracle en soi.

Elle coupa la communication, avec la promesse de faire vite. Autour d'elle, ses coéquipiers poursuivaient le travail en silence. Une sorte de routine macabre avait fini par se mettre en place. Identifier les corps, les envelopper dans un sac, les aligner par rangées de dix, avant de recommencer. Parmi ces morts se trouvaient des amis, des collègues, mais aussi bon nombre de personnes qu'elle n'avait pas eu l'occasion de fréquenter directement au cours des trente années passées. Tant d'existences et d'élans gâchés, tant d'espoirs brisés net, tant de moyens investis pour ce résultat.

Elle se releva péniblement. Cette planète avec sa pesanteur l'écrasait littéralement, malgré le renfort de son exosquelette. Au poids de ces espérances détruites s'ajoutait la fatigue de ces heures à œuvrer dans le noir, dans la désolation de ces lieux jadis si animés. Ces dix jours étaient passés comme un songe – ou plutôt un cauchemar, où elle avançait à tâtons, avec la volonté hypnotique, obsessionnelle, de sauver un maximum de vies, toutes les vies, sans exception, si seulement elle pouvait.

Jamais elle n'aurait su trouver la force de continuer, sans Meriem à ses côtés. Son quotidien oscillait entre le réconfort de leur relation, dans cet environnement protégé où elle pouvait trouver refuge une fois sa tâche terminée, et ce secteur condamné, plongé dans le froid et l'obscurité.

L'épuisement la faisait délirer. Elle croyait voir Anouk dans cette pâle réplique disloquée coincée derrière la porte de sa cabine, ou bien celle-ci, encore enfoncée dans son duvet, pas de contusion visible, mais un cœur qui avait dû lâcher au moment de la descente, l'autopsie le dirait, s'ils procédaient à une autopsie. En ce qui concernait sa fille et sa petite-fille, l'examen post-mortem n'avait rien révélé, rien expliqué.

Les blessures du passé se rouvraient, libérant des spectres échappés des ruines fumantes de leur cité céleste. Elle n'avait même plus la force de se mettre en colère ou de se révolter.

Une main se posa sur son épaule.

Elle reconnut Stefan, l'un des volontaires qui œuvraient avec elle depuis le début.

– Venez, Dana, lui dit-il. Vous en avez assez fait pour aujourd'hui.

Elle se laissa guider comme une enfant, ou pire, comme une vieille dame fragile. Cette dernière comparaison la fit sourire.

Un peu plus tard, elle retrouva Meriem dans une cabine où elles s'étaient aménagé un coin à elles. Elle avait dû renoncer à son bureau du laboratoire de cognition, puisque celui-ci, ainsi que Réceptacle, appartenait désormais à cette partie du vaisseau qui poursuivait sa course à vide dans l'espace. Dans ses rares moments de répit, elle s'attelait à la rédaction des articles et des rapports destinés à la Terre. Même épuisée jusqu'à la moelle, elle gardait l'espoir têtu que d'autres sauraient tirer les leçons de leurs erreurs pour mettre au point des protocoles plus sûrs, qui trouveraient un jour leur utilité.

Meriem avait passé sa journée avec les équipes chargées de la supervision des systèmes de support de vie, et paraissait un peu plus en forme qu'elle. Dana dut se forcer à avaler le pain nutritif que son amie avait réservé pour elle. La fatigue cumulée à l'horreur lui ôtait jusqu'à la sensation de soif ou de faim.

– Tu veux parler ? lui proposa Meriem.

Parler ? Non. Décrire, raconter… Dana ne s'en sentait pas capable. Elle avait tout juste la force de se déshabiller et de se fourrer dans son sac de couchage, où Meriem ne tarda pas à la rejoindre, en dépit du manque de place. Se tenir l'une contre l'autre comme pour s'assurer qu'elles étaient en vie était devenu un besoin aussi nécessaire que l'air qu'elles respiraient ou l'eau qu'elles buvaient.

– Tu trembles, constata Meriem en la serrant dans ses bras.

Pelotonnée contre son amie, contre la tiédeur et la tendresse de son corps, Dana cessa peu à peu de frissonner. Au bout d'un moment, elle réussit à articuler :

– Ce n'est pas ce que je voulais.

Et, sans prévenir, elle se mit à sangloter.

Elle ne pouvait plus s'en empêcher. Toutes les émotions refoulées, tassées en boule dans son ventre, remontèrent d'un bloc. Anouk enfant, son visage adoré, son espièglerie et sa vitalité, la nuance perpétuellement étonnée de ses yeux bleus, ses questions en cascade. Ce bonheur, cet amour, son bébé dorloté, bercé, choyé, le contact si doux de sa peau. Quand cela avait-il basculé ? Quand avait-elle eu le sentiment qu'elles étaient devenues étrangères l'une à l'autre ? À quel moment l'avait-elle perdue ?

Mille fois, elle avait retracé le cheminement de leur histoire dans sa tête, cherchant les embranchements manqués, les impasses et les faux pas. Elle parvenait toujours à la même conclusion. C'était sa faute, si l'expérience RNA avait échappé à tout contrôle. Ce chaos, ces morts résultaient de son absence de lucidité et de sa complaisance. Elle n'aurait jamais dû accepter que Jonathan l'exclue de la configuration de sa matrice, jamais dû tolérer les intrusions de Tamaki et Wang dans le déroulement du protocole de Renaissance. Tous ces compromis, et leurs conséquences. De la même manière, elle avait laissé Anouk se faire embrigader sans rien voir ni rien faire.

Parfois, elle se disait que sa plus grave erreur avait été de croire qu'il existait un lieu quelque part pour leur peuple, un endroit où s'installer enfin et s'émanciper de la tutelle de la Terre pour prendre son destin en main. Cet idéal l'avait guidée dans l'éducation de sa fille. Pour l'aider à devenir la citoyenne libre d'un Nouveau Monde, elle l'avait délibérément coupée de ses racines terriennes. Dès lors, que lui opposer comme argument quand celle-ci décrivait avec passion leur royaume à venir, cette Terre d'Éveil qui les attendait au terme de leur voyage ? Par commodité, elle s'était persuadée qu'il s'agissait d'une allégorie, une promesse sans teneur concrète, s'imposant des œillères jusqu'au bout en dépit des signes.

Aujourd'hui, il ne lui restait que des souvenirs.

Anouk à trois ans, riant à en perdre le souffle, sautant de toutes ses forces sur le trampoline de l'aire de jeux. Sa joie éclatante, son innocence, sa curiosité sans limites. Quelle fierté elle avait éprouvée à la voir assimiler avec tant de facilité les apprentissages qui feraient d'elle l'adulte et la professionnelle compétente qui contribuerait à leur avenir commun.

Sa peine, elle l'avait murée dans le silence.

Puis elle avait déambulé comme une hallucinée au milieu des corps, retournant chaque mort jusqu'à ce qu'elle la retrouve.

Anouk paraissait dormir, avec une expression de douce béatitude, sa fille serrée contre elle en un geste tendre et protecteur. Comment interpréter cet air apaisé, ces visages qui ne trahissaient aucun signe de peur ou de souffrance ? Suicide collectif, avait-on décrété. Un effet de groupe résultant de la fusion neurale, avait-elle ajouté dans l'une de ses notes.

À genoux, sans force, elle avait pris Anouk et Suzie dans ses bras. Au creux de leurs poitrines s'attardait un dernier reste de chaleur.

Il arrive un moment où l'horreur confine à l'absurde. Au lieu de s'écrouler, elle s'était relevée pour se remettre au travail. Elle ne s'était arrêtée qu'après plusieurs heures, quand son corps avait refusé de lui obéir davantage. Alors elle était tombée, abrutie de fatigue. La nuit, elle avait suffoqué, assaillie par une détresse absolue. Elle s'était demandé comment, humainement, on pouvait surmonter une telle douleur. Mais elle l'avait surmontée. Avec l'amour de Meriem comme seules ancre et boussole, elle avait survécu.

Et elle craquait aujourd'hui, après tout ce temps à s'interdire de flancher ?

Inquiète de la voir dans cet état, Meriem la maintint fermement contre elle. Dana hoquetait, cherchant son souffle. La présence de Meriem était tout ce qui la retenait de se désagréger dans le néant. Son amie dut le sentir, car elle ne la lâcha pas.

Dana finit par s'endormir dans ses bras.

La chaleur de leur tendresse, cela au moins demeurait.

8.

Cargo-monde *Yùtù Mèng*, Nüying
[01-2594] Onze jours après le naufrage

– Tu sais, j'ai beaucoup réfléchi à ce qui s'est passé.

Meriem et Dana avaient décidé de s'octroyer une heure de répit, la première depuis leur atterrissage forcé sur Nüying.

L'espace botanique où elles se trouvaient leur offrait un havre de verdure intime, où peu de gens en dehors d'elles s'aventuraient. Le jardin s'évasait en une sorte de cuvette qui montait en pente douce, la végétation et le sol formant un mur d'où s'échappait un inextricable fouillis de lianes et de feuillages emmêlés. Dana inspira une longue goulée de cet air parfumé, chargé d'humidité, qui lui évoquait une nature sauvage qu'elle n'avait jamais connue ailleurs qu'en RV. Elle n'avait pas vraiment envie d'aborder le sujet de la mort d'Anouk, même après la débâcle de la nuit dernière.

– J'ai lu et relu leur Livre, lui apprit Meriem.

– Ce n'est pas le moment, tenta d'esquiver Dana.

– Je crois, au contraire, qu'il est grand temps d'en parler, insista son amie en se plantant devant elle.

Dana garda le silence, consciente qu'elle ne pouvait pas repousser davantage la discussion.

– Sonam Tsering était vraiment un esprit curieux, reprit Meriem.

Dana ne trouvait pas de mots assez forts pour qualifier celui qui avait volé l'âme et la vie de sa fille – tout en admettant qu'il n'y avait pas un coupable d'un côté, et une victime de l'autre. Anouk avait adhéré de son plein gré aux thèses de l'Éveil Vrai, elle avait cru à l'existence de cette cité idéale de Shambhala, censée les accueillir au terme de leur exode. Ce genre d'idées ne poussait pas sans un terreau favorable, et la volonté de les faire croître et fructifier.

– Sonam était un illuminé, et il a malheureusement entraîné Jonathan dans sa folie.

– Sans doute, admit Meriem. Mais je pense qu'il y avait une logique dans tout ça.

Dana réalisa soudain que durant presque trois années d'affilée, elle avait côtoyé jour et nuit son amie, mangé et dormi avec elle, sans la voir vraiment. Comme deux droites parallèles, elles avaient souffert chacune de leur côté, sans trouver le moyen de croiser leurs peines. Bien sûr, elle n'ignorait pas que Meriem cherchait des réponses dans le Livre, mais elle s'était débrouillée pour éviter le sujet, par égoïsme ou par lâcheté.

– Finalement, chaque culture a sa manière bien à elle d'exprimer une certaine idée du déterminisme, reprit Meriem. Pour mes parents, les choses advenaient car Dieu en avait décidé ainsi. Pour les bouddhistes, il n'existe pas de dieu créateur, mais cette notion est remplacée par celle du *karma*.

Dana ne voyait pas où voulait en venir son amie. Sa réflexion lui rappelait leurs vieux débats, ceux de la première heure, quand elles ne se connaissaient pas encore et qu'elles se confrontaient à leurs différences avec passion.

– Il y a les causes et les effets, dit-elle en souriant faiblement.

Meriem lui rendit son sourire. Cette phrase, combien de fois ne l'avaient-elles pas répétée ! Conclusion classique de leurs discussions, elle était devenue au fil des années une blague intime, dont elles seules partageaient le sens caché. Les causes et les effets… Au bout du compte, qu'est-ce que cela changeait ? Anouk avait décidé de suivre son guru dans sa chute, et Dana n'avait rien pu y faire. Ce n'était même pas un jugement moral, juste un constat.

Elles se taillèrent un chemin dans le fouillis végétal, repoussant les frondaisons des arbres pour tenter d'atteindre la paroi du fond. Les holos d'ambiance et de décoration avaient été désactivés pour économiser l'énergie, comme tout ce qui ne présentait pas un intérêt vital immédiat.

– Sonam avait une interprétation très personnelle des grands principes bouddhistes, poursuivit Meriem en écartant une grappe de fleurs. Tu te rappelles ce que nous disait Anouk à ce sujet ?

– Oui, se souvint Dana. Il insistait beaucoup sur la notion d'illusion.

– Sonam ne faisait aucune distinction entre le monde physique et l'impression de réalité générée par une RV. Il les plaçait exactement au même niveau. J'ai mis un moment à comprendre ça, mais à force d'étudier son Livre, c'est devenu limpide.

– Je n'aurais jamais eu le courage.

S'enfoncer dans les arcanes de l'Éveil Vrai, tenter de déconstruire les mécanismes qui les avaient menés au désastre lui semblait nécessaire aussi, mais jusqu'à présent, Dana n'avait pas trouvé la force d'amorcer cette réflexion. Elle attendit la suite avec un mélange d'anxiété et de curiosité.

– L'originalité de Sonam, poursuivit Meriem, c'est d'avoir théorisé cette conception du réel en intégrant l'apport de la technologie à ses influences religieuses. Il affirmait par exemple que l'on pouvait produire sa propre réalité en utilisant les effets de la fusion collective. Tu as remarqué les écharpes blanches qu'ils serraient dans leurs mains ?

Dana acquiesça d'un signe de tête. Cette vision restait gravée dans sa mémoire, accompagnée de l'intuition que quelque chose, définitivement, lui échappait.

– Cette écharpe représente le lien qui unit tous les membres du groupe, expliqua Meriem. Sur un plan plus abstrait, elle symbolise l'interdépendance et, par extension, l'intrication de tous les phénomènes qui composent la toile du réel. Sonam l'expose très bien dans son Livre lorsqu'il dit, en citant un physicien du siècle dernier : « Il est impossible de donner une description des phénomènes atomiques sans faire intervenir la conscience. C'est l'entrée d'une impression dans notre conscience qui altère la fonction d'onde. »

– Je pensais plutôt à une forme d'hypnose collective, objecta Dana.

– Ça pourrait l'être. Mais pour Sonam, il s'agissait réellement de générer un autre univers. Ou plus exactement, de l'« émuler ». Pour lui, la fusion partagée est un acte créateur, fondateur. Le contraire même de la destruction et de la mort.

Dana demeura silencieuse. Elle revoyait les corps effondrés dans ce temple aux allures de charnier, rattrapée par le sentiment d'horreur qui l'avait saisie alors qu'elle les découvrait.

– Ils auraient donc tous rejoint l'esprit de leur guru ? finit-elle par demander.

– Exactement. Ainsi s'accomplissait leur prophétie. Tu sais : « À l'ultime Renaissance, les portes s'ouvriront. » Ces portes qui mènent où, à ton avis ?

Dana sentit les larmes lui monter aux yeux.

– Tu veux dire qu'ils ne se seraient pas *suicidés*, mais qu'ils auraient volontairement *quitté* ce monde matériel pour gagner leur cité idéale ?

– Exactement, affirma Meriem, attrapant les mains de Dana et les serrant de toutes ses forces dans les siennes. Anouk n'avait aucune intention de mourir. Et je suis sûre qu'elle nous aurait emmenées avec elle, si elle avait pu nous convaincre de la suivre.

Dana ne put soutenir son regard. Elle s'éloigna de quelques pas, le temps de mettre un peu d'ordre dans ses émotions. La perspective ouverte par l'interprétation de Meriem réveillait un besoin profondément ancré en elle. Celui de croire qu'Anouk n'était pas morte, que d'une certaine façon, elle restait toujours présente parmi elles – justement le genre de superstition qu'elle avait combattu de toutes ses forces au cours de sa vie.

Meriem la rejoignit et elles reprirent leur promenade.

– Si on poursuit ton raisonnement, avança Dana après un moment, Anouk se trouverait quelque part dans les circuits de Réceptacle.

– Sous la forme d'un avatar, précisa Meriem.

– Un avatar ne possède aucune existence propre.

– Dans Réceptacle, si.

– Un système cybernétique est conçu pour fonctionner en symbiose avec la conscience de l'être auquel on l'a couplé, répliqua Dana. Sans cette part humaine, il ne fait que tourner à vide.

– C'était le cas de Réceptacle au début, admit Meriem. Mais il a évolué, depuis. Toi-même, tu as pu le constater !

Dana devait bien reconnaître que son amie avait raison.

Oui, le système avait évolué, à tel point qu'elle en avait complètement perdu le contrôle. La RNA, technologie hybride par définition, avait fini par engendrer son propre monstre.

– Mais Jonathan est mort, trouva-t-elle encore la force d'objecter.

– Biologiquement, nuança Meriem avec douceur.

– Et les autres, qu'est-ce que tu en fais ? À supposer que leurs avatars aient été conservés…

– On connaît mal les effets de la fusion collective, lui rappela Meriem. Surtout lorsqu'elle est associée à des techniques mentales particulières.

Elles s'arrêtèrent pour respirer le parfum d'un bosquet de fleurs aux lourds pétales carmin. Ces sensations n'étaient-elles aussi que des illusions ? se demanda Dana, ébranlée. La physique avait démontré depuis longtemps que la matière, en soi, n'existait pas. Même la véritable nature d'un photon leur échappait. Le monde comme une création vivante de l'esprit – un pur esprit, détaché de la chair qui l'avait produit, et transféré dans une machine…

Elle lâcha un rire désabusé :

– Sonam était un homme brillant, et je comprends que ses idées aient pu exercer un certain attrait sur quelqu'un comme Jonathan.

Les deux femmes parvinrent au fond de la jungle, au pied de ce qui avait constitué auparavant le sol de ce jardin aux allures faussement sauvages. Le contenu d'un bassin s'était déversé le long du mur, révélant les mécanismes sous-jacents qui alimentaient la fontaine. L'illusion d'eau vive qui l'animait, désormais éteinte, accentuait encore l'effet pitoyable de l'ensemble.

– Tu te souviens des *thangkas* d'Anouk ? demanda Dana. J'aurais tant voulu les voir…

La tristesse venait de la rattraper, et elle luttait pour ne pas se laisser déborder de nouveau. Au fond, oui, elle aimait l'idée que sa fille ait fait le choix de vivre, et non de se suicider.

– Ils sont peut-être toujours là, sur Shambhala, murmura Meriem en la prenant dans ses bras.

Dana demeura silencieuse. Elle gardait en tête les rapports d'autopsie. Tous concluaient à l'absence de préjudice, qu'il soit physique ou chimique. Il n'y avait pas eu ingestion de poison, ni défaillance quelconque d'un organe vital. La piste d'un dysfonctionnement des biobots, privilégiée par les délégués de l'OSNU, n'avait rien donné. Les membres de l'Éveil Vrai s'étaient littéralement éteints, sans cause explicable.

Elle eut envie de crier. Elle revoyait le visage apaisé de sa fille, ce demi-sourire qui évoquait la béatitude de Bouddha lui-même.

Elle aussi, comme Meriem, aurait aimé croire.

9.

Cargo-monde *Yùtù Mèng*, Nüying
[04-2594] Quatre mois après le naufrage

Qui se souciait du fonctionnement d'une membrane osmotique en polyamide et de dalles de nanofiltration en temps normal ? Personne. C'était pourtant le genre de détail qui devenait capital lorsque votre vaisseau s'écrasait sur une planète inconnue et qu'il n'y avait plus aucun spécialiste à la ronde pour gérer l'entretien des systèmes de support de vie. Fort de sa formation de base au centre de préparation de Taihe, doc de quatre cents pages à l'appui, William avait passé trois jours à essayer de comprendre comment changer un filtre dans le bac de décantation des eaux usées numéro BF345. Trois jours, pour une plaque de céramique. Et ce n'était pas son assistant, Sean Peter, qui allait l'aider dans cette tâche.

Comment et pourquoi un être aussi nul avait pu survivre au naufrage d'un vaisseau riche d'un capital de plusieurs centaines de cerveaux remplis de science et de technique restait un mystère. Cela dit, il ne fallait jamais juger les gens sur une simple impression, car, surprise, la catastrophe avait révélé que l'ancien responsable com du projet Shun possédait un doctorat de physique et dynamique des fluides, en plus de son master en communication. Et il lui arrivait d'émettre des remarques pertinentes. Comme la fois où, sortant de son mutisme après deux jours de tentatives infructueuses où les capteurs de contrôle étaient obstinément demeurés dans le rouge, il avait prédit que le moment viendrait forcément où on ne disposerait même plus de filtres de rechange. Bien vu, Sean.

Le Canadien nota mentalement qu'il devrait faire son rapport à Tamaki, afin que Peter soit réaffecté à une tâche moins exigeante sur le plan intellectuel. Déblayer les décombres dans la soute numéro 3 lui semblait une option adaptée – un travail fort utile au demeurant, car on avait entreposé là les kits modulaires destinés à leur première base scientifique. Deux équipes se relayaient jour et nuit dans le froid et le noir pour tenter de récupérer ce qui pouvait l'être, avec à terme l'objectif d'installer un labo à l'extérieur dès que les conditions climatiques le permettraient.

C'est-à-dire, on ne savait trop quand.

William posa ses outils, hésitant à confier la tâche de les nettoyer à Sean Peter. Un rapide coup d'œil dans sa direction l'en dissuada. Debout, les bras ballants, le spécialiste ès communication semblait fixer un point quelque part dans le vide.

– Hé, l'interpella William.

Peter tourna lentement la tête. Le cheveu long et gras, le teint hâve, il paraissait flotter à deux mille kilomètres de là. On aurait presque eu pitié de lui, s'il n'avait pas été un tel salopard plein d'arrogance par le passé.

– C'est bon, mon vieux, lui lança William. Tu peux y aller si tu veux, je m'occupe du reste.

Le « si tu veux » avait dû être de trop, car Peter demeura figé sur place, infichu de se décider. Pas étonnant que Denita ait refusé de le prendre dans son équipe. L'ancien chantre du projet Shun n'avait pas digéré le choc. Ce qui leur arrivait dépassait ses capacités d'adaptation – sans doute à cause du trop grand décalage entre les glorieux clips publicitaires qu'il avait lui-même contribué à produire, et la dure réalité.

William termina de ranger ses outils avec soin. C'était typiquement le genre d'opération qu'il aurait expédiée sans y prendre garde, avant. Mais dans leur situation, un tournevis ou une pince avaient plus de valeur qu'un doctorat en cybernétique. Les réparations et l'entretien des systèmes de support de vie, l'alimentation en énergie et la nourriture constituaient des points critiques qui mobilisaient le gros de leurs ressources. Brume, par exemple, partageait son temps entre le labo de microbiologie et la réhabilitation des serres et cultures potagères.

Brume.

Il regarda l'heure.

Plus qu'une heure et demie avant de la retrouver. Il retourna à ses vérifications, laissant Peter à sa sidération.

Le dîner était devenu le moment de convivialité de la journée. La soupe n'avait rien de fameux, mais une cueillette miraculeuse avait permis ces deux derniers jours de l'agrémenter de quelques feuilles de chou bouillies – une variété dérivée du *Pringlea antiscorbutica*, découverte sur les îles Kerguelen lors d'une des toutes premières expéditions britanniques en Antarctique à bord de l'*Erebus*, un détail historique dont l'ironie échappait à la plupart des convives réunis ce soir-là.

Converti en cantine populaire, le restaurant central accueillait sans distinction de fonction ou de classe les quarante-huit rescapés de la catastrophe, dans une salle spacieuse et confortable où il faisait bon se rappeler que la température extérieure avoisinait les moins trente degrés. La déléguée Tamaki, qui avait pris le commandement de la mission, commençait par faire un point avec toutes les équipes. On discutait ensuite des axes de travail du lendemain, puis on passait aux choses sérieuses, comme le choix du programme de cinéma de la soirée. Les grandes baies faussement vitrées qui décoraient le salon avaient été éteintes pour des raisons d'économie d'énergie, mais un écran de taille plus modeste projetait diverses émissions de variété ou de sport puisées dans les archives culturelles du *Yùtù*, offrant l'illusion d'une quasi-normalité. La proposition de diffuser en temps réel les images du monde extérieur, tel que perçu par les caméras posées par l'équipe de Denita, avait été rejetée à la majorité moins douze voix. Trop déprimant pour les uns, trop angoissant pour les autres.

William, lui, arrivait assez bien à en faire abstraction. La neige lui rappelait des souvenirs heureux, des souvenirs de chocolat chaud et de cannelle, d'histoires au coin du poêle et de luge dans les bois. Le froid, même en Abitibi quand il s'y rendait pour voir ses cousins pendant les vacances scolaires, n'était jamais un problème. Par moins vingt, l'air devenait coupant, presque douloureux, mais avec une bonne cagoule, des lunettes de ski et une paire de moufles épaisses, on pouvait rester jouer dehors un petit moment. La neige n'était jamais monotone, ennuyeuse ou triste. Lors d'une rencontre dans son école avec un écrivain inuit, il avait appris qu'il existait différentes façons de la qualifier dans sa langue. Il y avait la neige qui tombe, la neige sur le sol, la neige brillante et la neige qui fond, la neige accumulée dans une congère et la neige bouillasse, celle dans laquelle le pied s'enfonce, au contraire de celle qui est assez dure pour qu'on y taille des blocs que l'on pourra assembler ensuite pour construire un abri. Cette rencontre lui avait révélé toute une culture et une langue forgées au contact de cet environnement polaire, et qui exprimait mieux que n'importe quelle autre ses nuances et sa rude beauté.

À quoi ressemblait la neige, sur Nüying ? Pour le moment, on n'en devinait que ce voile blanc, tordu dans tous les sens par le vent sous l'œil de leurs appareils. Des rafales de quatre-vingts kilomètres-heure, rien de méchant, une petite brise tropicale sur cette calotte de glace. La bonne nouvelle, c'est que d'après les analyses de l'échantillon prélevé par Brume et Fadilah, cette neige présentait à peu près les mêmes caractéristiques que celle que l'on trouvait sur Terre. Ce qui signifiait qu'il y avait suffisamment d'eau sur cette planète pour pouvoir considérer l'avenir sereinement. Traitée et transformée, elle fournirait le carburant nécessaire pour leurs réacteurs, ainsi que de l'oxygène en abondance. Filtrée, elle leur offrirait en outre de quoi s'hydrater et arroser leurs plants de lentilles.

William se présenta un peu en retard à la réunion du soir, accompagné d'un Peter qui le talonnait. À peine arrivé au restaurant, l'ancien chargé de com se greffa sur un petit groupe de Terriens, où il s'était plutôt bien intégré. Ces prospecteurs russes, américains ou chinois partageaient une même passion pour le billard, activité qu'ils pratiquaient avec application tandis que l'ouragan s'acharnait à leur rappeler combien ils avaient été avisés de spéculer sur ces terres vierges, décidément réfractaires à la loi du marché. Cela dit, la plupart avaient la fibre aventurière et savaient se rendre utiles quand il le fallait.

Assise dans son fauteuil telle une poupée mécanique, son corps bardé de prothèses flottant dans sa combinaison trop large, Tamaki distribuait les ordres pour la journée du lendemain. Ni Kapoor ni Wang n'avaient résisté à la descente dans l'atmosphère. La Japonaise se retrouvait donc désormais seule aux commandes. En politicienne avisée, elle s'était entourée de conseillers dans les domaines de compétence qu'elle ne maîtrisait pas elle-même, tout en gardant la main sur les décisions les plus importantes.

Brume ne le rejoignit qu'après le début de la distribution du repas. Les yeux brillants d'excitation, elle lui apprit qu'elle était passée voir Fadilah au labo.

– Et donc ? Quelle est la raison de cet enthousiasme rafraîchissant ?

La biologiste sortit son feuillet :

– Regarde ça.

Elle étala l'écran souple sur la table. William mit quelques secondes à comprendre. Il releva la tête, vit les étoiles qui dansaient dans ses prunelles.

– On attend encore l'avis de Jil-Yung, précisa-t-elle.

C'était l'un des scientifiques qui travaillaient avec Fadilah, expert en biologie moléculaire et computationnelle, en plus de sa formation en biochimie.

– D'accord, mais qu'est-ce que c'est ?

– Si seulement on savait ! On l'a prélevé dans les boues sédimenteuses autour du vaisseau.

Son excitation était communicative. Trois box plus loin se trouvait justement Jil-Yung. Voyant qu'ils parlaient de lui, le Coréen leur adressa un clin d'œil.

Toute à son idée, Brume aspira une grande lampée de soupe, et faillit crier au feu. Le cuisinier avait eu la main lourde sur les ersatz moléculaires qui leur servaient d'assaisonnement, mais cela changeait de leurs habituels pains de protéines.

Dana et Meriem passèrent à côté d'eux pour s'installer un peu plus loin. Une impression de fragilité et de solitude émanait des deux Sélènes, alors que l'ambiance dans le réfectoire se réchauffait. Quelqu'un avait déniché du vrai rhum dans la réserve et préparé un baril de punch au fort arôme d'agrume de synthèse, de quoi oublier que leur cargo avait des allures de vaisseau fantôme échoué dans la grisaille d'une planète perdue, au fin fond de nulle part. William se fit la réflexion qu'il n'avait pas absorbé une goutte d'alcool depuis trente ans, et se mit à rire sans raison.

– Qu'est-ce qu'il y a ? demanda Brume.

– Je me disais que notre dernier verre remontait à 2565.

Dans ce restaurant au coin de Nankin Street, tu te souviens ?

Brume eut un bref sourire, avant de poursuivre :

– On a aussi retrouvé des sortes de bactéries, tu sais, ce que l'on prenait pour des moisissures au niveau des infiltrations. On va devoir surveiller ça de près.

– Tamaki a demandé à ce que l'on vérifie l'intégrité de la coque et qu'on colmate tout ce qui peut l'être.

– C'est le minimum. Et il faudra être particulièrement vigilant sur les circuits hydriques.

– Entendu. Pour l'instant, tout est au vert. Qu'est-ce qu'elles ont de spécial, ces bactéries ?

– Eh bien, encore une fois, ça ne se rapproche de rien de ce que l'on connaît. Ça pourrait évoquer une espèce coloniale, un peu comme certaines cyanobactéries que l'on a sur Terre. Mais ce ne sont *pas* des cyanobactéries.

William ignorait tout ou presque de ces micro-organismes avant de prendre la responsabilité de la centrale de recyclage des eaux usées du vaisseau. Pour lui, le taux de toxines qu'elles pouvaient libérer représentait un indice de qualité parmi des centaines d'autres, mais il n'avait qu'une idée très vague de ce à quoi elles ressemblaient.

– Et à quoi vous voyez ça ?

– Déjà, rien qu'à l'œil nu, on observe des différences, expliqua Brume. Par exemple, elles n'ont visiblement pas besoin de lumière pour croître. Ensuite, tu vois ce biofilm ? Ces espèces de filaments un peu gluants ?

Elle ressortit son feuillet, qu'elle étala entre la soupe et le punch.

– Le prélèvement a été fait ce matin, lui apprit-elle.

William jeta un coup d'œil et lâcha un petit sifflotement.

– Ça n'a pas l'air très appétissant.

– Mmm, acquiesça Brume.

Soucieuse, elle tripota un moment son verre.

– On n'avait rien de semblable il y a dix jours au même endroit, ajouta-t-elle.

– Tu penses qu'il faut s'en inquiéter ? Je veux dire : est-ce qu'elles représentent un danger pour notre santé ?

– Je ne suis pas la plus qualifiée pour en juger. Et malheureusement, nous avons perdu nos meilleurs spécialistes dans ce domaine…

Il comprenait parfaitement son problème. Lui non plus n'était pas le plus compétent pour assurer l'entretien des voies de recyclage des eaux usées, juste un peu moins inapte que d'autres.

Brume secoua la tête.

– Toujours suivre le principe de précaution maximum, conclut-elle.

Elle avala son punch cul sec.

– Attention, la prévint-il, ce breuvage est aphrodisiaque.

L'ambiance devenait électrique. Quelqu'un avait eu la bonne idée de lancer un karaoké et de mettre tout le monde au défi. Retranchés dans un box, Tamaki et le couple Dana-Meriem discutaient à voix basse.

– On tente notre chance à deux ? proposa-t-il, à moitié sérieux.

Une légère rougeur colora les joues de Brume, qui préféra décliner. Qu'à cela ne tienne, il se sentait d'humeur frondeuse. Après étude attentive du programme, il commanda un titre qui avait fait fureur à Hong-kong dans les années cinquante et s'aventura sur la scène improvisée. Il y avait quelque chose de totalement surréaliste dans leur situation, mais ça ne les empêcherait pas de passer un bon moment. Après tout, ils avaient un toit, de quoi se chauffer et s'habiller, boire, respirer et manger. Alors, oui, certes, ils étaient en sursis, mais avec classe et confort. Que demander de plus ?

Ils sirotèrent ensuite quelques verres de punch supplémentaires, avant de s'éclipser pour regagner ce que William appelait avec panache leurs « quartiers privés », une tente en toile autopliante qu'ils avaient dressée dans un coin de la salle des serveurs. Ces installations, qui alimentaient les IA de navigation avant le crash, n'étaient désormais plus en fonction. Avec ses vingt mètres de circonférence, ses quarante mètres de hauteur et les torsades de câbles qui rayonnaient depuis sa partie supérieure, la tour qui contenait l'immense base de données évoquait un arbre fossilisé dont les ramures n'abritaient plus aucun oiseau, un géant de métal et de technologie, figé dans sa mort relative, attendant l'heure de son réveil. Pour rendre l'endroit un peu moins sinistre, William avait eu l'idée d'accrocher des lanternes de tissu comme celles utilisées jadis pour la fête de la Renaissance à bord.

Un autre temps, un autre monde.

Par moments, il arrivait assez bien à faire abstraction de leur situation, par une sorte de dissociation entre ses affects et la froide analyse des événements. La culpabilité n'avait pas de prise sur l'examen logique des circonstances qui avaient mené leur communauté au désastre. Il devenait alors presque facile de se persuader que Jonathan l'avait manipulé, et qu'il n'était pas seul responsable.

Malheureusement, cet état de grâce ne durait pas. Très vite, sa conscience le rattrapait.

Cela étant, coupable ou pas, il faisait partie de ceux qui avaient survécu. La question se posait donc désormais en d'autres termes. Il n'avait aucun moyen de changer le cours des événements passés – et il ne parlait même pas de la période de quelques jours qui entourait la Renaissance, et dont il ne gardait aucun souvenir. En revanche, il lui restait la possibilité d'agir favorablement sur leur avenir immédiat en se rendant utile. Leur communauté manquait cruellement de bras, et les siens pouvaient toujours servir.

Avec une bonne gestion de leurs ressources, leur groupe avait largement de quoi tenir en attendant une mission de secours. Il valait donc mieux se concentrer sur la résolution de problèmes plus concrets, dans l'optique de s'adapter à la vie sur place et poser les bases d'une existence durable.

William se déshabilla et se glissa sous leurs sacs de couchage. La température, dans cette zone désormais désaffectée, avoisinait les dix degrés.

– J'aimerais monter une expédition vers l'océan, dit-elle soudain, alors qu'il fourrait son nez dans les cheveux de Brume, cherchant le contact de sa peau et la courbe de ses hanches.

William ne fut pas surpris. Pour être totalement honnête, il appréhendait le moment où elle allait lui annoncer son besoin de partir. D'après les relevés cartographiques et les vues satellites, le *Yùtù* s'était échoué sur une sorte de péninsule volcanique, une avancée de terre ferme au bord de la banquise. La météo alternait entre des journées d'un calme céruléen, et des tempêtes qui pouvaient durer plusieurs jours d'affilée avec des rafales à plus de cent kilomètres-heure.

– Tu en as parlé à Tamaki ?

– Oui, elle est au courant.

– Et tu partirais avec Fadilah ? demanda-t-il d'une voix sourde.

Cela faisait quelque temps qu'une équipe travaillait sur le projet initié et porté par les deux biologistes.

– Fadilah a besoin des installations du plateau technique complet, mais elle devrait nous rejoindre dès que possible. Et Lian est intéressé.

En tant que glaciologue et climatologue, cela semblait assez logique que Lian fût de la partie, mais il bloqua malgré lui sur ce détail.

– Et toi, tu ferais quoi ? demanda-t-il après un moment.

Il perçut la crispation de son dos.

– J'aimerais poser des balises pour étudier le fond acoustique marin local. Et lancer un pod, si c'est possible.

Ces sondes automatisées bardées de capteurs destinés à l'acquisition d'un maximum de données étaient a priori plus résistantes qu'un robot d'exploration tel que Mariner, mais aussi nettement plus encombrantes.

Elle se retourna, et effleura sa joue en un geste qui se voulait sans doute apaisant. Ses yeux brillaient dans la pénombre.

– Sauf imprévu, on partirait dans deux ou trois semaines. Cela dépendra de la météo.

– Est-ce que ce n'est pas un peu prématuré ?

Elle retira sa main, agacée à nouveau.

– On ne va pas rester comme ça à végéter sans rien faire.

– Je ne prétends pas qu'il ne faut rien faire, protesta-t-il en s'efforçant de ne pas hausser le ton.

Brume se laissa rouler sur le dos, repoussant son contact. Comme toujours dans ce genre de situation, il fut incapable de se taire – là où Brume, au contraire, avait tendance à se fermer comme une huître.

– Ce que j'essaye de te faire comprendre, reformula-t-il, c'est qu'il vaut peut-être mieux attendre que toutes les conditions de sécurité soient réunies, avant d'envisager d'aller se balader dehors.

Il regretta aussitôt ses paroles.

– Se balader ? répéta Brume d'une voix blanche.

– Désolé. Ce n'est pas ce que je voulais dire.

– C'est pourtant ce que tu as dit.

Il chercha désespérément un moyen de se justifier, et n'en trouva aucun. Quel imbécile. Brume respirait profondément à ses côtés, au point qu'il se demanda si elle n'était pas en train de pleurer. Soudain, elle lâcha :

– Le problème, c'est que toi et moi on ne voit pas les choses de la même manière.

– Ah oui ? Comment ça ?

Il réalisa qu'il avait parlé avec aigreur, alors qu'il aurait souhaité réamorcer leur échange sur un registre plus consensuel.

– Eh bien, par exemple, tu envisages sérieusement la possibilité de fonder une colonie viable sur cette planète. Parce qu'au fond, tu crois qu'on finira par nous envoyer des secours.

– Et pourquoi pas ? La Terre n'a pas encore reçu notre appel à l'aide, on ne peut présumer de rien.

– Je ne partage pas ton optimisme.

Il sentit que la discussion risquait de déraper, et préféra garder le silence. D'une voix très basse, elle poursuivit :

– Je ne suis pas là pour jouer à Robinson Crusoé.

Ses paroles le blessèrent, plus profondément qu'il ne l'aurait admis – même si, objectivement, leur situation était à peu près aussi désespérée qu'elle le décrivait.

– Et s'il vous arrivait quelque chose ?

Son angoisse désamorça quelque peu l'agressivité de Brume :

– On sera prudents, voulut-elle le rassurer. Et bien équipés.

Elle n'avait pas tort. Les rovers de terrain, les modules d'habitation et même tout le matériel scientifique étaient conçus pour une utilisation dans les conditions extrêmes de cette planète. Il comprit qu'il ne la ferait pas changer d'avis, et de toute façon il ne tenait pas à se disputer avec elle, pas ce soir, ni jamais.

– En ce cas, j'aimerais t'accompagner, déclara-t-il, tout en sachant très bien qu'on ne le laisserait jamais partir.

Tamaki avait besoin de lui sur place, d'autant qu'il ne fallait pas compter sur Sean Peter pour le remplacer durant son absence.

Brume se tourna à nouveau, le visage en appui sur une paume, et passa une main sur sa nuque pour jouer avec ses frisottis, ses doigts s'attardant sur ses tempes, là où se trouvaient ses prothèses sous-cutanées.

Il retint son souffle. Cette partie de leur anatomie était devenue en quelque sorte une zone taboue qu'ils évitaient soigneusement d'approcher, d'un commun accord. William n'avait pas oublié sa réaction, le premier soir, sur Taihe. Il ne voulait pas la forcer, ni même chercher à l'inciter.

Les mains de Brume semblaient hésiter, timidement. Puis elles finirent par s'écarter, s'orientant vers d'autres caresses.

10.

Brume savait que Tamaki n'accepterait pas de gaspiller des ressources précieuses pour une expédition dont l'enjeu scientifique immédiat restait à démontrer, la découverte d'organismes vivants sur Nüying ne représentant pas une nouveauté. Cependant, il y avait un monde entre dépouiller des rapports d'analyses plus ou moins complètes effectuées par un robot, et l'observation directe. Sans vouloir remettre en question l'autorité de la Japonaise, Brume se préparait à l'affronter point par point pour obtenir gain de cause. Et contrairement à ce qu'elle avait laissé entendre à William, elle était prête à s'armer de patience si cela devait servir son objectif.

En dix jours, Brume en avait appris plus en microbiologie qu'en cinq ans d'études à la fac, suffisamment pour constater que l'*Odisseus solitaria*, ainsi que l'avait temporairement baptisée Fadilah, ne rentrait dans aucune des classifications répertoriées sur Terre. Le séquençage de son ADN et la comparaison avec des gènes marqueurs terrestres avaient confirmé qu'elle n'appartenait à aucune espèce ou aucun groupe connu. Ils se trouvaient donc face à quelque chose de complètement nouveau, malgré un certain nombre de similitudes comme la présence de protéines, de lipides membranaires ou d'acides nucléiques.

Jil-Yung consacrait l'essentiel de son énergie, actuellement, pour affiner la caractérisation chimique.

Les journées de Brume s'organisaient désormais autour de son travail au labo, et celui qu'elle assurait dans les serres potagères. Il y avait une dimension hypnotique à répéter jour après jour les mêmes gestes, à la manière d'un rituel poli au fil des siècles. Vérifier que chaque plant présentait une croissance optimale, surveiller la qualité de l'eau d'arrosage et le degré d'hygrométrie ambiant demandait une attention constante et lénifiante, malgré l'automatisation de certaines tâches. Difficile, dans ces conditions, de ne pas ressasser la frustration de voir ses propres travaux de recherche suspendus. Cela dit, ces opérations exigeaient aussi la maîtrise d'outils qu'elle n'avait jamais eu l'occasion de manipuler jusqu'à présent, et elle essayait de trouver dans ces apprentissages nouveaux une raison pour garder sa motivation intacte.

Parallèlement, les préparatifs en vue de leur expédition se poursuivaient. Tout le matériel avait été vérifié, testé, et chargé sur la chenille qui devrait les acheminer jusqu'au site d'implantation de leur avant-poste scientifique – une zone côtière à l'abri des vents les plus violents, avec un accès facile à la mer.

Après six semaines d'observation en laboratoire, Fadilah, Jil-Yung et Brume eurent suffisamment d'éléments pour étoffer leur plaidoirie auprès de Tamaki.

L'Odisseus solitaria, ou les *Oddies*, pour les intimes, ne cessait de les surprendre.

La chose se présentait comme un organisme de forme tubulaire, doté d'une fine membrane externe percée de pores lui permettant de procéder à des échanges avec l'extérieur. Après quarante-huit à soixante-douze heures à la laisser batifoler dans différentes solutions nutritives et chimiques, on avait une idée plus précise des conditions favorables à sa reproduction. *O. solitaria* aimait les environnements alcalins et les températures douces. Immergée dans un milieu parcouru par un courant de très faible intensité entre deux bornes nanométriques, elle constituait des amas qui proliféraient de manière accélérée en s'agglomérant autour de ces pôles. Organisme unicellulaire dépourvu de membrane nucléaire ou de mitochondries, elle fusionnait avec ses pairs pour former des pellicules filamenteuses dont l'aspect leur avait initialement évoqué des colonies de cyanobactéries. Mais le plus étonnant reposait sur le comportement de ces agrégats. Ces derniers se montraient par exemple capables de coordonner leurs différentes parties pour se déplacer, grâce à un mécanisme de traction et de rétraction basé sur la sécrétion d'une substance mucilagineuse. Leurs réactions aux tests suggéraient qu'ils possédaient un moyen centralisé de traiter l'information, alors même qu'ils n'avaient pas de système nerveux.

Ces résultats furent présentés à Tamaki en présence de tous les chercheurs rescapés de la mission Shun. Tout le monde s'accorda pour dire qu'il fallait pousser plus loin l'étude de ces bactéries aux propriétés étonnantes. Tamaki donna l'ordre de renforcer les mesures prises pour éviter les contaminations de leurs milieux de vie réciproques. Elle accepta en outre de considérer l'idée de décentraliser une partie du labo, afin de limiter l'introduction d'espèces exogènes au sein du vaisseau. Quelques jours plus tard, Brume et Fadilah obtinrent son aval pour leur projet d'exploration scientifique.

Ce soir-là, l'ambiance fut à la fête.

Brume se sentait revivre. Bientôt, très bientôt, elle allait retrouver l'océan. Pas celui qu'elle avait connu sur Terre, ni celui qui habitait ses rêves, mais un autre océan, radicalement nouveau. Le mystère dans le mystère, l'inconnu au cœur de l'inconnu, la note secrète d'une musique intérieure, répercutée à l'infini dans l'immensité du cosmos. Cette énigme, elle pourrait enfin la sonder avec ce qu'elle savait faire de mieux : écouter.

En arpentant les coursives désertes du cargo-monde, elle avait découvert qu'en certains endroits, il était possible de prendre le pouls du monde dehors. Le Yùtù cliquetait, grondait, hoquetait tel un vieux rafiot soumis à la houle – ces bruits, elle avait appris à les reconnaître quand elle travaillait sur l'*Étoile Polaire*, dans les froides eaux arctiques, ou sur l'*Elegya*, dans les courants tièdes de l'océan Indien. Il y avait un coin, pas très loin d'un ancien réfectoire du quatrième niveau, où l'on entendait siffler le vent comme derrière une cloison légère. Le son différait subtilement, selon l'orientation et la vitesse des rafales qui frappaient la coque. Ça allait du crissement, par beau temps, aux feulements rageurs et hurlements lorsque l'ouragan se déchaînait dehors. Brume se retenait alors de respirer, guettant avec une attention inquiète ces échos qui évoquaient la pluie lourde et la grêle, l'haleine blanche des glaciers et toutes ces étendues immensément sauvages et hostiles qui les entouraient.

Les tempêtes qui s'abattaient sur la péninsule pouvaient durer plusieurs jours d'affilée, neuf ou dix jours de folie furieuse avec des vents qui déferlaient sur le cargo et le secouaient comme si la planète avait décidé de les pulvériser dans le néant. Un tel climat avait tendance à exacerber leur sentiment de n'être que des scories anecdotiques à l'échelle de cette nature brutale, créatures fragiles blotties sous un amas de ferraille désossée, bientôt une épave.

Après ces déchaînements météorologiques suivait en général une courte accalmie, une fenêtre de quelques jours d'un silence cristallin où Brume ne percevait plus que le chuchotis d'un souffle léger se faufilant sous la cosse de leur vaisseau, une brise immaculée, chargée de neige fraîche.

Enfant, elle avait tant rêvé des étoiles et de ce monde qui dépassait toutes les frontières. Aujourd'hui, coincée sous la carapace du cargo-monde, elle imaginait ces paysages au-delà de l'humain, qui l'attendaient dehors. Elle avait toujours voulu se confronter aux limites de ce qu'il était possible d'expérimenter – aller plus loin que ce que son corps et ses sens l'autorisaient à vivre. Cette pulsion dictait sa conduite depuis son enfance, aiguillonnant ses recherches, sa curiosité, son désir, et scellant, en définitive, sa solitude.

Par contraste, sa relation avec William faisait figure de nid douillet et réconfortant. Malgré toutes les difficultés traversées, il avait le chic pour rendre la vie plus drôle et plus chaleureuse. Will était quelqu'un de merveilleux. Et elle l'aimait. Alors quoi ? Qu'est-ce qu'il lui fallait encore ?

Brume s'en voulait de ne pas savoir apprécier ce bonheur à sa juste valeur. Elle pouvait toujours blâmer les circonstances, l'épigénétique, ou tout ce qui faisait qu'elle n'arrivait pas à se satisfaire de la sécurité apportée par leur relation, cela n'y changerait rien. William incarnait en quelque sorte la face lumineuse de leur couple. Il ne pouvait pas comprendre qu'à terme, cette prison confortable où ils s'enkystaient finirait par l'étouffer, tuant leur amour. Elle avait besoin de sortir. De sentir le monde. Dehors s'ouvraient cette nature sauvage, inconnue, et cette liberté à laquelle elle aspirait tant.

Mais plus que tout, à l'extérieur, il y avait les Chants.

En attendant de pouvoir enfin s'échapper, elle tendait l'oreille, et elle rêvait. Elle rêvait seule, le jour entre deux tâches monotones, ou la nuit dans les bras de Will. Lucide, elle se demandait alors si les sirènes qui l'appelaient ne se trouvaient pas à l'intérieur d'elle-même. Elle comprenait que cette soif d'absolu lui asséchait l'âme et la condamnait. Mais elle n'y pouvait rien. C'était plus fort qu'elle. Elle ne pensait qu'à rejoindre l'océan, tandis que lui échafaudait des projets d'avenir. Un avenir à court terme, mais un avenir quand même. Malgré toute la précarité de leur situation, il croyait en la possibilité d'une vie, ici.

11.

Cargo-monde *Yùtù Mèng*, Nüying
[05-2594] Cinq mois après le naufrage

Sean Peter examina avec attention le plan du système de recyclage des eaux usées.

– Là, déclara-t-il en pointant du doigt la zone incriminée.

À force de manipuler les bacs de purge et de décantation, l'Américain avait fini par apprendre, sortant de l'état de stupeur qui le paralysait les premières semaines après leur naufrage. Ou plutôt, leur opération de « sauvetage » – les colons utilisaient désormais ce dernier terme pour décrire leur situation. Faire naufrage équivalait à un constat d'échec. Opération de sauvetage donnait l'impression de maîtriser le cours des événements. Un tour de passe-passe sémantique, bien pratique pour gommer la succession dramatique d'erreurs qui les avaient acculés dans cette impasse.

– Il va nous falloir une 245-A, commenta Peter.

– Bien vu, admit William. Tu penses pouvoir t'en charger ?

Peter marqua une légère hésitation, à peine perceptible, mais juste assez pour faire comprendre à William qu'il n'avait pas d'ordres à recevoir de sa part. William n'en avait rien à cirer de l'amour-propre de Peter, mais il tenait à vérifier que ce dernier saurait répéter sans faute les gestes techniques nécessaires pour assurer le bon fonctionnement de la centrale – gestes rendus nécessaires suite aux nombreuses défaillances mécaniques dont souffrait l'ensemble des chaînes automatisées du vaisseau. Cela dit, il devait reconnaître que l'Américain avait fait d'énormes progrès et montrait un certain talent dans la surveillance des fosses septiques du *Yùtù*. Dans un jeu RV, on aurait dit que l'ancien chargé de com avait acquis des points de compétence. Dans la vraie vie, on aurait parlé de reconversion. En fait, Peter se révélait presque doué, du moment que l'on n'attendait pas de lui un usage trop créatif de ses neurones. Mais voilà qu'il ironisait à nouveau. Le neveu de Jonathan Wei n'était ni pire ni meilleur que d'autres. Et il fallait reconnaître que passé la phase de sidération consécutive au « sauvetage », il faisait preuve d'un esprit plutôt coopératif. Il s'était par exemple porté volontaire pour aider aux travaux d'aménagement des voies d'accès vers l'extérieur. Un gros boulot, qui avait mobilisé deux douzaines de colons pendant deux mois. Grâce à leurs efforts, le Yu-2 disposait maintenant d'une soute propre et bien entretenue. On avait remis en état les camions, rovers et autres chenillettes qui pouvaient l'être, et aménagé des sas de décontamination qui permettaient de rejoindre une esplanade située au niveau du sol.

Ces installations autorisaient désormais les occupants du vaisseau à aller et venir sans risquer mille acrobaties comme l'avait fait le trio mené par Denita à leur arrivée. William avait renoncé à obtenir l'accord de Tamaki pour intégrer l'équipe de Lian et Brume, mais la perspective de la voir partir l'angoissait un peu moins. Sauf imprévu, leur mission s'étalerait sur quatre mois. La séparation ne lui semblait plus insurmontable, et il avait fini par accepter l'idée qu'il se rendrait plus utile en restant ici. Le prochain gros chantier consisterait à monter des éoliennes sur le plateau qui surplombait leur site, et les gars auraient besoin d'un coup de main.

Peter revint, chargé du filtre. La dalle devait faire facilement soixante centimètres de hauteur sur quarante de large, pour une épaisseur d'environ douze centimètres. Le tout pesait une vingtaine de kilos, et Peter soulevait ça d'un doigt, comme une simple sacoche.

– Je pense que tu pourras bientôt former d'autres assistants, déclara William en lui donnant une petite tape sur l'épaule.

– Ça doit faire la troisième fois en dix jours que je change ce machin, grogna l'Américain. J'en ai un peu ma claque.

– Ah oui ?

William scanna le code-barre et laissa Peter s'occuper du reste. Cette dernière remarque le tracassait. Trois remplacements, en dix jours ? Ce n'était pas exactement ce que William aurait qualifié de normal, pour autant que sa courte expérience lui permît de juger. Pourtant, l'IA chargée de traiter les informations provenant de différents points du réseau n'avait rien signalé de spécial. Il pensa à un problème de capteur. En principe, le système procédait à un diagnostic matériel toutes les vingt-quatre heures, mais là encore, rien de critique n'avait été remonté. Il relança la procédure manuellement.

Pendant que les bots s'occupaient de ces vérifications, il se pencha sur l'état de leurs stocks. En épluchant l'historique de leurs interventions, il observa que les bacs 200 à 400 affichaient un taux d'usure plus élevé que la moyenne, avec trente-trois changements de filtres par secteur depuis leur arrivée sur Nüying, contre trente-cinq pour les autres. La différence avait bien été notifiée par l'IA qui surveillait le système, mais sans mention particulière puisqu'elle demeurait inférieure au seuil d'alerte. Qu'est-ce qui pouvait expliquer cette légère variation ? Une rapide consultation de la doc ne lui apprit pas grand-chose d'utile, avec sa liste des deux mille causes d'avaries possibles en contexte d'exploitation standard. Pas de panique. Ces éléments avaient été conçus pour être recyclés et réemployés à l'infini, et par ailleurs ils disposaient de suffisamment de filtres neufs en réserve pour tenir encore vingt ans. Enfin, il existait une solution de dernier recours qui consistait à puiser dans les ressources hydriques quasi infinies de la planète, à condition toutefois de les avoir préalablement traitées.

Cependant, William gardait en tête les conclusions de Brume et Fadilah concernant *O. solitaria*. Il se remémora les commentaires des hommes chargés de l'aménagement des espaces extérieurs. La bestiole semblait se réveiller au contact du vaisseau, attirée par le rayonnement électromagnétique de certains équipements. Elle avait ainsi colonisé toute la surface de la coque, formant une couche d'un demi-millimètre d'épaisseur, ce qui les obligeait à respecter un protocole renforcé de décontamination à chaque sortie. Fort heureusement, une simple adjonction d'hypochlorite de calcium dilué à 0,2 % suffisait à la neutraliser, ce qui demeurait faible comparé à la résistance de certaines bactéries pathogènes terrestres. Désormais légèrement chlorée, l'eau consommée sur le *Yùtù* avait perdu en saveur, mais au moins offrait-elle une protection supplémentaire contre *O. solitaria*.

Les résultats du diagnostic matériel tombèrent enfin : rien à signaler.

– C'est fait, l'apostropha Peter, revenant au central de surveillance.

– Tu sais, toi, pourquoi les circuits 200 à 400 usent autant leurs dalles ? demanda William d'un ton rogue.

Au moment même où il posait la question, il eut l'intuition de la réponse. Bon sang de Dieu. C'était ça, le truc qui clochait. Le dosage du chlore se faisait de manière automatisée dans les cuves de décantation, s'ajustant au plus près des besoins selon les indices communiqués par les capteurs. Est-ce qu'une concentration plus importante de ce produit entraînait une dégradation accélérée des éponges filtrantes ?

Il vérifia sa doc, et eut confirmation de ses craintes.

Qu'est-ce qui pouvait expliquer un tel phénomène ?

Il effleura vivement l'écran de contrôle et fit apparaître l'architecture du réseau hydrique.

Les bacs 200 à 400 recueillaient les eaux usées d'une partie des serres. Comme tout le reste du système, elles tournaient en circuit clos, sans possibilité d'échanges avec les autres secteurs du *Yùtù*. Mais il fallait tout de même réinjecter régulièrement du volume pour compenser les déperditions inévitables et la consommation propre des végétaux. L'eau nécessaire provenait du réacteur principal du vaisseau, dont elle composait l'un des sous-produits. Outre l'alimentation du réseau de distribution, on en extrayait l'oxygène servant à recycler l'air qu'ils respiraient. En attendant, elle était stockée dans d'immenses citernes dans lesquelles on puisait selon les besoins. Comme elle devait rester chimiquement très pure, l'adjonction de chlore se faisait au moment de l'injecter dans le circuit d'eau potable, pas avant. Autrement dit, les cuves devaient toujours demeurer dans un état de propreté parfaite.

William sentit un frisson désagréable courir le long de son échine.

– Hé, Sean, viens voir un peu.

Sean Peter rappliqua de mauvaise grâce. Sans doute avait-il déjà en tête la partie de billard qui l'attendait sur le pont, ou toute autre distraction au prénom féminin qui occupait ses soirées.

– C'est quand la dernière fois que tu as vérifié la cuve H ? demanda William.

– Quelle cuve H ? répéta Peter, avant d'afficher un lent éclair de compréhension. Tu veux parler du grand réservoir ?

Ces citernes devaient être régulièrement vidées et nettoyées, tâche que William lui avait confiée il y avait deux semaines de cela, estimant que l'ancien chargé de com devait être capable de gérer ça. La cuve H était précisément celle qui alimentait la zone de décantation 200 à 400.

– Celle-là même, confirma William le plus calmement qu'il put.

Peter évita de le regarder dans les yeux :

– L'IA ne m'a rien indiqué.

Ce qui voulait dire qu'il n'avait *pas* procédé à sa désinfection, ni, probablement, à son examen visuel.

– Qu'est-ce que t'as, mon vieux ? T'es blanc comme un linge.

William se leva d'un bond et attrapa Peter par le col pour le plaquer contre le mur. L'Américain le repoussa violemment.

– Qu'est-ce qui te prend, merde ?

Une fraction de seconde, William se vit en train de cogner le chargé de com, le frapper, et frapper encore, jusqu'à lui faire ravaler toute sa morgue et ses sales insinuations.

Sa propre réaction le choqua.

Écœuré, il relâcha l'Américain, contemplant l'écran où scintillaient, comme pour le narguer, les lignes colorées du réseau de traitement des eaux usées. Ce n'était pas le moment de craquer. Lui aussi avait sa part de responsabilité. Il pouvait même s'estimer doublement responsable : d'avoir délégué, sans vérifier la bonne exécution du travail.

Et en attendant, qu'est-ce qu'il était censé faire ?

Il réprima un début de panique.

– On a peut-être une contamination des cuves, lâcha-t-il. Tu peux oublier ta partie de billard.

L'expression rageuse de Peter fut balayée par la peur au fur et à mesure qu'il commençait à saisir la gravité de la situation.

– Oh merde…

William préféra ne pas s'attarder sur le spectacle du chargé de com en train de se décomposer. Il contacta Tamaki. Étant donné la menace que faisait peser la présence éventuelle d'*O. solitaria* dans leurs réservoirs, la déléguée de l'OSNU dépêcha du renfort afin qu'ils puissent appliquer au plus vite les mesures qui s'imposaient. Denita, qui gérait la partie aval du système de distribution, arriva avec deux de ses techniciens. Toutes les citernes alimentées par le réacteur furent vidées. Trois sur huit montrèrent des traces d'*O. solitaria*. Cette saleté s'était confortablement installée au niveau des capteurs destinés à surveiller les paramètres chimiques de l'eau, les recouvrant de ce film mucilagineux qu'elles produisaient lorsqu'elles fusionnaient entre elles. La cuve H en était presque entièrement tapissée.

Comment étaient-elles arrivées là ? Et qu'en était-il du circuit aval, le chlore dissous au niveau des bacs de décantation les avait-il neutralisées ? Et si ce n'était pas le cas, avaient-elles contaminé les serres ? Quel impact cela aurait-il sur leurs cultures ? Autant de questions dont les réponses détermineraient leurs chances de survie. Tamaki contacta Fadilah et monta une cellule de crise, coordonnant les actions à mener avec la froide efficacité dont elle savait faire preuve quand il fallait prendre des décisions urgentes. Sean Peter la suivait comme un chien, répétant ses ordres, se démenant comme si leur vie à tous dépendait de sa capacité à brasser un maximum d'air.

William, lui, se sentait totalement vidé.

S'ils crevaient tous comme des rats dans leur cage, ils pourraient se vanter d'avoir cumulé les plus glorieux travers de la civilisation *sapiens* en l'espace d'une mission spatiale, ce qui représentait une belle performance. D'accord, l'erreur était humaine, et parfois on n'y pouvait rien. Mais le laisser-aller et la paresse, combinés à l'assurance imbécile, il ne pouvait pas l'accepter.

De la négligence, songea-t-il, anéanti, en regardant Peter s'agiter.

Une simple et pathétique erreur de négligence.

12.

En direction de l'avant-poste humain de Qanik, Nüying
[06-2594] Six mois après le naufrage

Le vent était tombé à l'aube, laissant derrière lui un ciel d'une pureté de porcelaine. De l'endroit où elle se tenait, Brume n'apercevait plus du cargo-monde que sa longue courbe brisée enfouie sous la neige. Des silhouettes humaines piquetaient ses flancs, là où affleuraient les zones gris sombre de la coque extérieure en cours de réfection. Elle songea avec une pointe de dérision et de tristesse qu'il y avait quelque chose d'absurde dans cette lutte acharnée à essayer de faire de leur vaisseau-monde un bunker, un abri coupé de toute interaction avec le monde qui les accueillait, alors que les causes de l'échec se trouvaient profondément incrustées dans leur propre ADN.

Nous sommes sur un navire au milieu de l'océan, avait déclaré Tamaki, haranguant les colons lors d'une des dernières assemblées. Nous sommes tous engagés sur le pont, et responsables de ce qu'il adviendra de nous. Un second naufrage vous semble-t-il souhaitable ?

Non, bien sûr, personne ne voulait d'une telle catastrophe.

Alors, soyons solidaires les uns avec les autres.

Prenons soin de notre vaisseau.

C'est notre seul espoir.

Ce discours résonnait encore dans la tête de Brume, rejouant inlassablement les mêmes arguments faussés, tandis qu'elle déchargeait le matériel de son scooter et l'ancrait solidement dans le forage prévu à cet effet. Ces balises étaient de véritables bijoux. Dotées d'une station météorologique, d'un sismographe et d'autres appareils de mesure gérés en autonomie par un système intelligent, elles leur fourniraient des renseignements précieux sur leur environnement.

Brume n'avait pas de sympathie particulière pour la déléguée de l'OSNU, mais il fallait tout de même reconnaître qu'elle possédait un vrai talent politique. Par son intervention, elle avait su capter puis détourner l'agressivité et la peur générales, évitant un lynchage en règle aux deux présumés « coupables » de la contamination accidentelle qui mettait en danger leur vie à tous. Des deux hommes, Will semblait être le plus affecté. Sean Peter, pour sa part, paraissait imperméable à toute remise en question. Typiquement le genre d'individu qui se déchargeait de ses responsabilités quand cela l'arrangeait, tout en s'attribuant les succès de ses collaborateurs si c'était à son avantage. Des parasites comme lui, elle en avait croisé des dizaines au cours de ses études et de sa carrière. Des arrivistes, des incapables, des manipulateurs à l'ego surdimensionné, mais aussi des médiocres, qui se retrouvaient à des postes de management selon l'inéluctable loi de la gratification par incompétence et copinage. Leur rôle, en général, consistait à bloquer tout ce qui risquait de menacer leur position d'autorité et les avantages associés, à commencer par la résolution intelligente et efficace des problèmes. Des gens comme ça, l'espèce humaine savait en produire en quantité illimitée.

Mais Tamaki, elle, n'était pas une imbécile. Elle avait pris les bonnes décisions. Méthodique, elle avait respecté le protocole prévu pour faire face à leur situation. L'enquête n'avait pas su déterminer l'origine exacte des *O. solitaria* retrouvées dans les cuves, mais on soupçonnait fortement une contamination croisée entre circuits, à la suite d'une mauvaise manipulation. Quoi qu'il en soit, celle-ci aurait pu être jugulée si les procédures de nettoyage avaient été suivies correctement. Comme on ne pouvait pas réécrire l'histoire, le réseau hydrique avait été purgé dans sa totalité, et les sept membres de la colonie infectés placés en quarantaine.

Autre conséquence de cet accident, l'accélération de leur programme d'installation d'un avant-poste scientifique en extérieur, afin de délocaliser l'étude de la flore et de la faune autochtones de leur lieu de vie principal. Brume avait désormais la charge de mener à bien cette mission, Fadilah ne pouvant se détacher du labo central avec toutes les urgences à traiter. Quant à Lian, il avait souhaité se retirer du projet. Comme il lui fallait tout de même un ou une partenaire pour la seconder, William avait saisi l'occasion pour lui offrir son aide – il était réellement assez fou pour vouloir la suivre. Vu les circonstances, personne n'avait cherché à le retenir.

Brume avait conscience des risques, mais elle préférait mourir libre que survivre à petit feu, enfermée dans une épave. Elle scruta le ciel. Le bleu trop pâle de l'horizon lui rappelait les matins frileux de ses mois de navigation en Arctique, mais la ressemblance s'arrêtait là. Un globe d'un jaune tirant sur l'orange couronnait la crête étincelante des glaciers sur les sommets, à sa droite. Étrange étoile que celle de cette planète. À ses yeux d'humaine, elle n'avait rien de l'astre lumineux et chaleureux qu'elle connaissait, mais pour les organismes vivants sur Nüying, elle jouait le même rôle vital que leur Soleil. Pendant l'équivalent de neuf jours terrestres, elle réchaufferait cette bande rocheuse désolée, avant de disparaître, plongeant leur péninsule dans des ténèbres impitoyables où le thermomètre pouvait chuter jusqu'à moins soixante-dix degrés, rendant toute excursion au-dehors extrêmement périlleuse, pour ne pas dire impossible. En comparaison, le jour bénéficiait de températures presque douces, leur situation géographique couplée à des facteurs tels que l'obliquité de la planète favorisant un ensoleillement maximum et relativement égal tout au long de l'année.

Les tempêtes qui se déchaînaient durant ces longues nuits équatoriales avaient tendance à se calmer au moment où Shun commençait à accomplir sa course dans le ciel. Ce n'était qu'une observation statistique sur les cinq derniers mois, mais si on se fiait à ces prévisions, en dehors de tout aléa météorologique, l'aube présentait le meilleur moment pour s'aventurer à l'extérieur. Dans l'idéal, il aurait donc mieux valu partir au début d'un cycle jour-nuit, mais Brume avait préféré ne pas s'attarder par crainte de voir Tamaki changer d'avis en raison de l'évolution de la situation sanitaire à bord. Cela leur offrait une fenêtre d'un peu moins de trois jours pour gagner la côte et s'installer à l'abri du vent.

Brume vérifia une dernière fois le bon fonctionnement de la balise et enfourcha sa motoneige. La tache rouge de leur camion s'éloignait déjà en direction du nord, les empreintes de ses chenilles traçant leur double sillon dans la neige. Elle se lança prudemment à sa poursuite. Même sans la sensation de l'air glacé sur sa peau ou dans ses cheveux, même calfeutrée dans cette combinaison et respirant de l'oxygène en bouteille, elle sentait monter en elle l'ivresse de la vitesse et de la liberté que lui inspirait ce paysage vierge.

Les drames qui les avaient affectés avaient révélé beaucoup d'aspects cachés chez des gens qu'elle pensait connaître. En ce qui la concernait, jamais elle n'aurait cru avoir le cran d'agir comme elle le faisait à présent. Quand elle plongeait, interfacée avec « son » dauphin, cette femelle âgée de quatre ans qu'elle avait surnommée « Mây », elle avait goûté à ce vertige, cette tentation de briser la longe pour vivre l'expérience jusqu'au bout, sans retour. Rompre le lien et se fondre entièrement, absolument dans l'autre…

Elle n'avait jamais osé franchir complètement le pas.

Trop humaine, trop rationnelle, trop peur… ou peut-être avait-elle trop à perdre encore. Peut-être fallait-il en arriver là pour qu'elle soit prête. Ou simplement était-elle incapable d'accepter l'idée de mourir sans rien faire, avec ce goût d'inachevé dans l'âme.

La radio crachota et la voix de William résonna dans son casque.

– Ça va bien pour toi ?

– Tout est nickel.

La motoneige filait plus vite que le camion lesté de vingt tonnes de matériel. En dix-quinze minutes, elle l'avait rattrapé. William lui fit un signe de la main à travers la vitre épaisse. Il devait faire une chaleur de four dans cette cabine, car il avait retiré sa polaire et se prélassait en maillot de corps.

Quel étrange paradoxe.

Que le bonheur et la joie se retrouvent condensés là. Et cela ne tenait pas qu'à elle et à son besoin violent de liberté. La présence de Will à ses côtés participait aussi de ce sentiment. Elle préférait le savoir dehors avec elle que coincé dans leur bulle faussement rassurante, lui le paria, celui que tous considéraient avec un mélange de pitié et de rancœur malgré les efforts de certains pour se raisonner et rester civilisés. Quoi qu'on veuille croire, la bienveillance n'était pas la qualité humaine qui ressortait en premier dans les situations extrêmes comme la leur. Le problème, c'est que Will portait sa culpabilité comme Jésus sa croix, prêtant le flanc à la critique là où l'autre salopard se créait un bouclier à base d'alliances minables et de mensonges.

Brume espérait que Will n'ait pas à regretter son choix

de l'accompagner. Mais elle se réjouissait de l'avoir à ses côtés – égoïstement, parce qu'elle avait peur, et que malgré tout ce qu'elle prétendait, il demeurait son ultime rempart contre ses propres obsessions.

Après une demi-heure à suivre le tracé proposé par le guidage satellite dans un relief irrégulier, ils parvinrent au fond d'une cuvette évasée. Devant eux, leur bloquant le passage, se dressait une muraille de glace d'environ trente mètres de haut. Des traînées rougeâtres maculaient les parois, vraisemblablement des lichens, ou bien de la poussière emprisonnée dans la matière gelée. D'après les relevés cartographiques, le glacier descendait en pente douce vers la mer et le mieux était de le longer sur une dizaine de kilomètres jusqu'à la côte.

Brume s'arrêta un court instant, happée par la vision qui s'offrait à elle. Les rayons rasants de Shun faisaient briller la calotte supérieure de milliards d'étincelles. Par endroits, les bords fendillés laissaient entrevoir les entrailles, grottes et failles qui semblaient s'enfoncer profondément dans les flancs du monstre glaciaire. Ici et là, les mousses ou lichens exsudaient en coulures ferrugineuses. Malgré la curiosité qu'elles lui inspiraient, elle ne s'attarda pas. Le vent avait forci.

Elle planta une balise, et ils se mirent en route.

Très vite, elle réalisa qu'il deviendrait compliqué de continuer ainsi. Des rafales tombées des sommets s'engouffraient dans la vallée, un appel d'air mortel qui lui évoquait le *Piterak* des Groenlandais. Quand il s'emballait, cela annonçait une bonne dépression en approche, et les navires, prudents, restaient à quai. Pourtant elle n'avait rien observé d'alarmant dans le ciel. À peine s'il grisaillait au loin, vers le nord-ouest. William aussi avait vu venir l'ouragan, non pas en scrutant les éléments, mais en lisant ce qui s'affichait sur ses écrans.

Ils avaient parcouru plus des deux tiers de la distance qui les séparait de leur destination, quand ils durent s'arrêter. Le vent avait atteint des vitesses trop critiques pour autoriser le déplacement en motoneige. Des nuages noirs moutonnaient au-dessus de leurs têtes, et la glace se teintait de reflets violacés dans la lumière faiblissante. Shun avait disparu derrière une nébuleuse boursouflée qui semblait prête à crever d'un instant à l'autre. Le grain les prenait de court, défiant toutes les prévisions sur lesquelles ils s'étaient appuyés pour minuter leur expédition.

Brume planta une ultime balise, puis ils hissèrent la motoneige sur le camion. En principe ils se trouvaient à deux kilomètres de l'emplacement choisi pour leur future base. Les lourdes chenillettes se remirent en branle, tandis qu'elle procédait aux fastidieuses opérations de décontamination dans le sas étroit qui donnait accès à la cabine, ballottée comme un paquet de linge dans une essoreuse.

William l'accueillit avec une gourde de tisane brûlante.

Confortablement installés dans la chaleur de l'habitacle avant, ils laissèrent le pilote automatique gérer la descente dans un boyau encaissé où le jour perçait faiblement, les yeux rivés sur les sursauts de terrain qui apparaissaient dans le pinceau des phares, la radio en permanence allumée pour garder le contact avec le *Yùtù*. Après une demi-heure à ce rythme, le chemin s'élargit et ils débouchèrent sur une pente semée de rocs de taille variable, éboulis divers charriés par les glaces et tombés au fond de la vallée au fil des siècles, à peine visibles dans la mélasse grise du paysage.

Puis, après un dernier soubresaut, le camion s'arrêta.

La couverture nuageuse rendait impossible la reconnaissance fine du terrain, et le pilote automatique avait jugé plus prudent de stopper là. Devant eux était censée s'ouvrir une longue grève de sable noir s'étendant sur plus de quatre kilomètres, du moins s'ils se fiaient aux relevés réalisés par satellite. Autant pour la vue et le paysage.

Le capitaine de l'*Étoile Polaire*, le navire où Brume avait embarqué pour étudier le chant des baleines boréales au tout début de sa carrière, avait une devise : la patience est la première vertu du marin. Elle devint celle de Brume et de William durant les heures qui suivirent. Déjouant toutes leurs modélisations, la tempête fit rage pendant douze jours, les bloquant dans leur camion et les ensevelissant peu à peu sous un épais matelas blanc. Par chance, le goulet dans lequel ils se trouvaient les mettait relativement à l'abri. Techniquement, ils pouvaient tenir plusieurs semaines, leur véhicule étant équipé d'un système de support de vie et d'une batterie totalement autonomes. Sur le plan psychologique, se voir enterrés vivants sous plusieurs mètres de neige n'avait rien d'une sinécure. Pouvoir compter sur la présence d'un ou d'une partenaire dans ces circonstances représentait un avantage certain, même si cette trop grande promiscuité avait tendance à exacerber leurs tensions.

Enfin, après une fausse accalmie suivie de trois jours de furie crescendo, le vent cessa brusquement de hurler. Les bulletins météorologiques annoncèrent du beau temps pour les neuf jours à venir – jusqu'au soir, donc, si l'on se référait au cycle jour-nuit local.

William, qui semblait un peu moins démoralisé qu'au départ du *Yùtù*, se proposa pour aller inspecter l'extérieur. Finalement, ce ne fut pas nécessaire. Leurs appareils d'écholocalisation leur indiquaient qu'ils se trouvaient pris sous un manteau neigeux d'environ deux mètres cinquante. Heureusement, leur véhicule possédait l'équipement adéquat pour progresser dans cette masse molle, là où toute tentative à pied eût été impossible.

On leur communiqua leur position. Il restait moins d'un kilomètre à parcourir jusqu'au site choisi pour leur installation. Dès qu'ils obtinrent l'aval de leurs assistants de route, ils se remirent en marche avec prudence. Les plaques thermiques situées à l'avant de leur chenille transformaient peu à peu l'obstacle devant eux en une bouillie d'eau mêlée de neige.

– Tu sais que j'adorais les trains, quand j'étais petit, plaisanta William.

Brume l'ignorait. Il y avait beaucoup de choses qu'elle ignorait au sujet de Will, réalisa-t-elle. Ce dernier lui raconta qu'il existait au siècle précédent un train appelé White Pass, équipé de souffleurs pour dégager les voies ferrées durant l'hiver. Ses parents lui avaient offert un livre avec des images montrant ces énormes locomotives. Il pouvait consacrer des heures à l'étude de son album, une véritable passion.

– C'était avant les jeux RV ?

– Avant mon expérience désastreuse avec l'eau et, oui, avant les RV.

Il détourna le regard, fixant les paquets de neige fondue qui glissaient sur leur pare-brise. Comme elle, Will était du genre perfectionniste, bien que cette facette de sa personnalité s'exprimât différemment chez lui. Mais pour l'avoir déjà vu pester des heures durant à cause d'une simple broutille que d'autres n'auraient même pas remarquée – la négligence d'un collègue, l'inattention, le manque de soin, un dysfonctionnement mineur –, elle pouvait affirmer, sans trop de risques d'erreur, qu'il appartenait à la pénible famille des obsessionnels de l'exactitude et du travail bien fait.

– Tu sais, à propos des cuves, commença-t-elle. À mon avis, Tamaki aurait dû accepter de basculer Peter sur un autre poste. Je ne comprends vraiment pas pourquoi elle a voulu le mettre là. Ce mec est un bon à rien, en plus d'être un connard arrogant.

William inspira longuement, comme pour mater une colère montante.

– Désolée, ajouta-t-elle, mais il fallait que je le dise.

Elle revoyait le neveu de Jonathan Wei, son air satisfait, cette assurance hypocrite avec laquelle il s'était justifié.

Moi ? J'ai fait mon boulot. À aucun moment le Dr Faye ne m'a demandé de procéder à une inspection visuelle des cuves. Je ne me serais jamais permis de mettre en doute ses instructions.

Quel minable.

Elle se souvint de ses premiers entretiens, et des nombreuses étapes qui avaient jalonné sa sélection pour cette mission hors du commun. Tous ces tests pour évaluer ses capacités, son expérience, son mental, sa personnalité et sa résistance physique, tout cela pour se retrouver finalement à la merci de l'incompétence crasse d'un homme, qui, lui, avait bénéficié de passe-droits en sa qualité de « fils de ». William valait mille fois mieux que ce pitoyable énergumène, mais malheureusement il ne semblait pas en être convaincu.

– C'est lui qui n'a pas respecté la procédure, pas toi, insista-t-elle.

– Il n'y a pas que ça, la rembarra-t-il d'un ton maussade.

Durant les heures qui suivirent, le camion progressa à vitesse réduite sans grands changements sur les trois cents mètres qui restaient à parcourir pour sortir de cette goulotte neigeuse. Puis ils débouchèrent sur un tronçon relativement dégagé, et après avoir gravi un ultime tertre caillouteux, ils se retrouvèrent au sommet d'une crête d'où ils purent enfin évaluer visuellement leur position.

Sur leur droite se dressait une falaise de roche noire et suintante où poussaient, ici et là, de chétives touffes d'une sorte de mousse filamenteuse coincée dans les anfractuosités. Sur leur gauche, le glacier s'enfonçait dans la brume qui stationnait au-dessus d'une longue plaine blanche et plate.

– Attends deux minutes, murmura Brume en vérifiant leur localisation.

Elle scruta leurs cartes en les faisant coïncider avec la vue qui s'étalait devant elle. La dernière image satellite montrait une crique bordée d'une plage de sable ou de gravier fin, mais les conditions climatiques pouvaient avoir évolué plus rapidement qu'ils ne l'avaient prévu, emprisonnant la côte dans la banquise…

Relevant les yeux avec angoisse, elle interrogea de nouveau le paysage, et cette fois, elle en eut le cœur net. Une bande gris anthracite apparaissait par endroits, un liseré discontinu qui sinuait entre les langues de neige. D'étranges formes translucides semblaient échouées ici et là sur la grève, probablement des blocs de glace détachés d'un iceberg, sculptés avec patience par la mer et repoussés par les courants.

Les heures qui suivirent furent consacrées à l'inspection des lieux et au choix d'un emplacement définitif pour leur base. Les modules, au nombre de trois, comprenaient une partie dédiée à l'habitat et une autre servant à l'entreposage, aux caissons de culture aéroponique et aux indispensables éléments techniques tels que la centrale de production d'énergie ou d'air. Le laboratoire où ils procéderaient aux expériences destinées à étudier la flore et la faune locales se trouvait à l'écart et ne communiquait pas avec les deux premiers. L'ensemble avait été conçu pour abriter six à neuf personnes.

Shun s'élevait lentement au-dessus de l'horizon, embrasant le ciel de langues d'or et de feux flamboyants. Une ambiance de fin du monde planait sur ce bout de terre, exaltant leur conscience de n'être que des êtres de passage, dans une solitude si absolue, si extrême, qu'elle en devenait mystique.

Ils s'attelèrent à leur tâche sans traîner. Les différents éléments se déployaient de manière totalement automatisée et leur assemblage nécessitait assez peu d'intervention de leur part, pour le reste il s'agissait surtout de mener les vérifications prévues dans les procédures d'installation et de mettre en route les systèmes de support de vie. L'architecture des modules s'inspirait des constructions traditionnelles inuites. Une fois montée, la base se présentait comme trois carapaces de métal sombre enfoncées dans le sol pour résister à l'assaut des tempêtes, adossées à un mur de roche. Ils avaient préféré s'éloigner du glacier, s'enfouissant dans un creux de terrain qui leur cachait la vue, mais qui les abritait des bourrasques venues du large ainsi que des vents catabatiques.

Après vingt heures de travail acharné, ils purent enfin s'accorder une pause.

Ils grimpèrent le long de la crête et la longèrent jusqu'à parvenir à un petit promontoire d'où ils pouvaient observer une grande partie de la côte. Ils le surnommèrent le belvédère, et y plantèrent une balise.

– Ce paysage me rappelle quelque chose, pas toi ? demanda Brume à William après avoir repris son souffle.

– Ça ressemble à ce qu'on a au Canada, admit-il. Les sternes et les phoques en moins.

– On a les *Oddies*. Ça vaut tous les pingouins et les manchots du monde.

– Tu as raison. De quoi je me plains ?

Ils échangèrent un bref regard. Engoncés dans leurs combinaisons, protégés par la barrière de leurs casques, ils ne pouvaient se rapprocher davantage ni ressentir pleinement, physiquement, la puissance de cette nature qui les cernait de toutes parts. Sous l'éclat orangé de son soleil levant, la planète semblait presque accueillante. La banquise s'étendait à perte de vue, vaste désert blanc teinté de rose, percé de loin en loin par les masses scintillantes des icebergs pris dans cet étau de glace, tels d'immenses et improbables navires. Comme pour les inviter à découvrir plus intimement son monde, le vent s'était assagi, se contentant, facétieux, de les pousser l'un contre l'autre.

Un moment de partage à la fois magnifique et frustrant.

– Il ne faudra pas oublier le chlore, fit remarquer William.

– Seulement si on en a besoin, rappela Brume, qui détestait avoir recours à ces méthodes.

Les procédures de désinfection avaient été redéfinies en tenant compte de leurs connaissances actuelles de l'environnement microbiologique nüyen. Pour l'heure, cependant, ils n'avaient détecté aucune trace d'*O. solitaria* sur leur site d'implantation, peut-être en raison de la nature du sol rocheux.

– J'aimerais pouvoir sentir le vent, avoua Brume.

– Ça risque d'être un peu compliqué.

Brume pouvait entendre la respiration régulière de Will dans son casque – une présence physique, intime, à la fois rassurante et envahissante.

Elle se secoua, pressée, soudain, de regagner la chaleur réconfortante de leur bulle. Vers le couchant, quelques étoiles encore visibles dans le ciel dessinaient les contours d'une carte stellaire inconnue. Le jour se levait doucement, leur première journée, seuls tous les deux sur Nüying.

13.

Avant-poste humain de Qanik, Nüying
[06-2594] Six mois après le naufrage

Les jours qui suivirent furent consacrés à la consolidation de leur abri et au semis des cultures qui fournirait la base de leur alimentation, ainsi qu'à des repérages et à la planification des travaux qui les occuperaient durant les semaines à venir. Brume voulait étudier les espèces végétales rencontrées au cours de leurs expéditions à l'extérieur, mais le projet qui lui tenait le plus à cœur concernait évidemment l'observation du milieu marin. En attendant que les conditions soient réunies pour mettre leur pod à l'eau, elle pensait positionner une série de sondes statiques équipées d'hydrophones à quelques kilomètres de distance sur la banquise. La couche de glace était-elle suffisamment épaisse et solide pour s'y déplacer en motoneige ?

– Tu ne pourras pas sortir avant qu'il ne fasse jour, tempéra William, qui se prélassait sous son duvet.

La nuit les bloquait dans la base pour une durée minimum de neuf jours, un état de fait qu'il semblait prendre avec philosophie, contrairement à elle.

– Je sais bien, s'agaça-t-elle, mais on peut quand même anticiper un peu, non ?

Elle se planta devant William, bras croisés.

– Tu pourrais utiliser le lak, suggéra-t-il en bâillant.

Le lak était une luge, spécialement conçue pour pouvoir se convertir en kayak et se déplacer à travers le pack si besoin.

– Je n'irai pas loin, avec ça, objecta Brume après réflexion.

– D'accord, mais c'est l'option la plus prudente.

– Il faudrait sonder l'épaisseur de la banquise.

Elle posa son feuillet tactile.

Un peu plus tôt, alors qu'elle revenait d'une tournée d'inspection, elle avait pris une décision. Les nouvelles du *Yùtù* n'étaient pas fameuses, et chaque jour, ils surveillaient avec angoisse l'apparition des premières traces d'*O. solitaria* dans leur environnement immédiat. Combien de temps tiendraient-ils ainsi tous les deux dans leur nid douillet, à l'écart de leur communauté ? Sans céder à un fatalisme qui ne les aurait avancés en rien, elle ne pouvait s'empêcher de penser à la précarité de leur situation. À chaque fois, elle sentait la peur la pétrifier de l'intérieur.

Vautré sur la banquette de la pièce centrale, surnommée le « carré » par dérision, William visionnait distraitement une vieille comédie de la belle époque du cinéma muet. Il avait maigri, ce qui le faisait paraître plus âgé, avec ses joues mangées par la barbe. Il leva les yeux, intrigué par son attitude.

– Ton travail ne te manque pas trop ? lui demanda-t-elle en le rejoignant sur leur canapé improvisé. Je veux dire, en tant que cybernéticien.

– Le rôle d'assistant du Dr Tran me convient parfaitement, déclara-t-il avec un sérieux que démentait son regard.

Elle se fit une place à côté de lui.

– J'imagine que tu frétilles d'impatience à l'idée de découvrir quelle sorte de delphinidé se cache dans les entrailles de ce monde mystérieux ?

– Ne me provoque pas, riposta-t-elle en riant.

Elle s'installa plus confortablement, la tête calée contre son épaule. Leurs vêtements sentaient la sueur, mais à force, elle n'arrivait plus à faire la distinction entre son odeur et la sienne.

– Au fond, toi et moi on fait un peu le même boulot, déclara-t-il.

– Qu'est-ce qui te fait dire ça ?

Il réfléchit quelques secondes, tapotant son bras avec son pouce en un geste totalement inconscient.

– La cybernétique nous propose de vivre des expériences hors du corps. Un peu comme ce que tu fais, quand tu fusionnes avec tes dauphins.

– Ce n'est pas du tout pareil, se défendit-elle.

– Je sais. Mais dans les deux cas, il s'agit de dépasser les limites imposées par la biologie, tu ne crois pas ? Sortir de son enveloppe charnelle, percevoir le monde autrement.

– J'aime assez, quand tu parles de mon enveloppe charnelle.

– Ça t'arrive de m'écouter ? grogna-t-il en basculant sur elle, jambes emmêlées.

Elle écarta légèrement les cuisses, juste pour le plaisir de le sentir à travers la toile de son pantalon.

– Je t'écoute, l'encouragea-t-elle. Continue.

Ses doigts jouaient sur sa nuque, glissant imperceptiblement jusqu'à ses tempes. Il s'immobilisa, avec dans son regard une question en suspens.

– J'aimerais essayer, murmura-t-elle.

– Tu es sûre ?

Elle repoussa Will, cala son coude sur sa poitrine, son menton dans le creux de sa main.

– Oui. Toi et moi on est coincés ici. Qu'est-ce qu'on peut faire d'autre à part ça, dis-moi ?

Il rit. Écartant les mèches de cheveux qui retombaient

dans ses yeux, il posa son pouce sur sa lèvre inférieure et en dessina lentement le contour.

– Je ne sais pas, murmura-t-il. Faire l'amour ?

Elle caressa de la langue le doigt qui s'introduisait dans sa bouche, goûtant la saveur de cette peau un peu rêche, asséchée par les travaux manuels. Puis se dégageant de leur étreinte, elle se leva pour aller chercher le matériel. Chacun procéda ensuite de son côté pour aimanter ses connecteurs, une formalité technique dans leur travail, un geste devenu banal.

Ils se déshabillèrent, guettant dans le regard de l'autre leur propre reflet, surpris et presque effrayés de reconnaître les signes de la fusion qui débutait. Elle leva la main – *sa* main, ou la sienne ? – et effleura sa joue. Ce contact eut l'effet d'une décharge électrique. Mais il n'était pas question de se précipiter, pas tant qu'ils pouvaient garder le contrôle. Ils commencèrent par un baiser doux, attentif, prenant le temps de s'arrêter à chaque sensation, chaque infime nuance du plaisir qui montait. Puis ils explorèrent leurs corps, elle, parcourant sa peau du bout de ses doigts ou de ses lèvres, goûtant et découvrant le trouble que cette expérience leur procurait. Ils se rapprochèrent encore. Découplée par l'effet miroir de leur connexion, Brume réalisa que William s'offrait à elle, dans un abandon complet. Cette prise de conscience emporta ses dernières résistances. Le plaisir les submergea d'un coup. Enlacés, fondus l'un dans l'autre, ils se sentirent déferler, déferler et mourir.

Un sentiment affreux attendait Brume au réveil, semblable à une gueule de bois qui l'aurait assommée sans prévenir. L'impression de n'être plus tout à fait elle-même, fichée dans son ventre comme un résidu amer.

Qu'est-ce qui lui avait pris de vouloir faire *ça* avec lui ? Elle se raccrocha au souvenir qu'elle gardait de ses séances d'interfaçage avec Mây. Il était assez courant de se sentir désorienté après la rupture du lien, perdu dans son propre corps, la tête et les idées sens dessus dessous. Mais la panique demeurait circonscrite, limitée – parce qu'elle avait toujours, toujours su résister au vertige de la fusion totale.

Elle se leva en veillant à ne pas réveiller William, se dégageant tout doucement de l'emprise de ses bras. La confiance dont témoignait sa position la mit mal à l'aise. Elle se dépêcha de s'habiller, et se cala face à leur terminal après s'être préparé une tasse de tisane.

Les nouvelles du *Yùtù Mèng* n'étaient pas bonnes. Les sept colons infectés ne présentaient aucun signe de santé alarmant, en revanche les plantations potagères, dans les serres, dépérissaient. Les photos montraient une sorte de gale couleur lie-de-vin qui rampait sur les tiges et rognait les feuilles. Brume repensa aux traînées rougeâtres qu'ils avaient observées sur les parois du glacier en venant.

Le visage peu amène de Tamaki apparut sur l'écran. La Japonaise lui demanda de garder la plus haute vigilance pour éviter toute contamination de leur côté. Si la santé humaine ne semblait pas menacée dans l'immédiat, la destruction des ressources alimentaires de la colonie les condamnait à moyen terme, aussi sûrement qu'une fuite d'atmosphère dans l'espace.

– Bonne chance, lui dit-elle pour conclure.

Nous voilà coincés, résuma Brume en contemplant l'écran vide. L'expression de William, qui l'avait rejointe, trahissait son désarroi, et un autre sentiment, qu'elle mit quelques secondes à comprendre : de l'inquiétude. Pour elle. Elle se détourna, troublée par cette intimité qui s'imposait en un moment où elle aurait préféré se recentrer sur elle-même.

D'ordinaire, elle n'avait aucun mal à se couper de ses partenaires après le sexe, et jusqu'à présent elle avait considéré cette distanciation comme parfaitement normale. Ne pas s'attacher, ne pas se laisser brider. Les émotions de William qui lui parvenaient sans filtre lui donnaient la désagréable sensation d'être envahie par ses besoins. Elle se retrancha dans un silence maussade, en attendant que les effets liés à la fusion finissent par s'estomper.

Le vent, dehors, mugissait comme un forcené qui se serait acharné à désosser chaque plaque, chaque boulon de leur abri. Par la lucarne, ils ne voyaient que de vagues taches blanches qui tourbillonnaient dans la lueur de leurs spots extérieurs avant d'être avalées par la nuit. La météo indiquait qu'une dépression monstrueuse se dirigeait vers eux. Impossible d'envisager une sortie par ce temps, sauf pour s'assurer que chaque centimètre carré de leur module et de leur matériel était solidement arrimé avant que les éléments se déchaînent complètement.

– J'aurais dû faire les prélèvements hier, se reprocha-t-elle à voix haute.

Combien de jours devraient-ils rester enfermés dans leur boîte, à tourner en rond en attendant de pouvoir se mettre au travail ?

– Hé…

William lui attrapa la main et l'attira tendrement à lui. Bien que consciente que son attitude ne pouvait que le blesser, elle ne put retenir un mouvement de recul. Sa surprise et sa peine la frappèrent de plein fouet.

– Je suis désolée, s'excusa-t-elle.

Elle ne savait comment justifier son besoin d'isolement. Impossible de lui avouer qu'elle avait passé une partie de la nuit à se ronger les sangs, luttant contre l'angoisse que leur fusion avait réveillée en elle alors qu'il reposait, blotti contre elle en toute confiance. Pourtant elle avait bien dû finir par s'assoupir, malgré les coups de poing rageurs du vent qui s'abattaient sur le toit. Et elle avait rêvé, toujours ce rêve aux relents de cauchemar, les mêmes souvenirs anciens qui venaient la visiter de loin en loin dans ses pires moments de faiblesse.

Une chambre d'hôpital. Sa mère allongée sous un drap

blanc, les cheveux gras soigneusement peignés, le front d'une couleur qui n'avait plus rien de vivant, les mains osseuses croisées sur la poitrine. Dans quelle mesure une personne dans le coma percevait-elle la présence de ses proches autour d'elle ? Sa mère avait rendu son dernier soupir peu après qu'elle fut arrivée avec Tuan. Maman t'a attendue pour partir, lui avait affirmé sa grand-mère plus tard, *mẹ đã đợi bạn rời đi.*

Partir ? Mais où ?

Brume s'était réveillée en sursaut, le cœur tambourinant dans sa poitrine, les cheveux collés par la sueur. Encore prise dans les filets de son mauvais rêve, elle avait entrevu dans le noir la courbe argentée d'un long serpent de mer qui brillait fugitivement avant de disparaître entre deux courants. Près d'elle, le corps de William irradiait. Elle avait trop chaud.

Le Canadien s'était retourné en marmonnant. Elle en avait profité pour se lever et aller se préparer une infusion, sans allumer. Assise dans la lueur blafarde de ses moniteurs, les yeux rivés sur les écrans où ondulaient ses sonogrammes, elle s'était demandé combien de jours ils pourraient tenir ainsi.

Dehors, le vent continuait à hurler.

14.

L'ouragan dura huit jours. Huit jours d'angoisse pendant lesquels, suspendus aux rapports de situation et aux bulletins météo, ils se terrèrent dans leur igloo en guettant le moindre craquement annonciateur du pire. Les nouvelles du *Yùtù* restaient mitigées. Il avait fallu faire une croix sur les récoltes de ce cycle, mais heureusement ils disposaient d'une grande quantité de semences en réserve. Les rations de nourriture furent diminuées, les bacs de culture entièrement purgés et décontaminés, et on se prépara à faire germer de nouveaux plants de lentilles et de pois. Pour le plaisir des papilles, on repasserait plus tard, de toute façon la plupart des colons ne gardaient qu'un souvenir très abstrait de ce qu'était réellement la saveur d'un bœuf épicé à la coriandre ou l'onctuosité d'une mousse au chocolat.

Peu avant l'aube, les dernières rafales chassèrent les traînes nuageuses au-dessus des massifs montagneux, et les étoiles réapparurent dans un ciel dégagé et limpide.

Brume et William n'eurent pas à se concerter pour décider de sortir. Ces huit jours avaient mis leurs nerfs à rude épreuve et ils s'étaient déjà disputés à plusieurs reprises pour des détails qui n'auraient pas dû donner lieu à de tels affrontements. Ils avaient besoin de prendre l'air. Le stress et l'anxiété avaient fourni un bon prétexte à Brume pour ne pas renouveler l'expérience de la fusion, et la tension qui les maintenait à distance lui avait apporté l'isolement émotionnel auquel elle aspirait. Parfois, elle culpabilisait. Ou alors, elle en voulait à Will.

– C'est quoi, ton problème ? lui avait-il finalement reproché.

– Lâche-moi un peu, tu veux ?

Blessé, il l'avait laissée à ses lignes de code et ses bricolages.

Il était temps que cela cesse.

La neige accumulée dans la combe les retarda un moment. Luttant pour se tailler un chemin dans cette masse blanche qui leur arrivait jusqu'aux épaules, ils se retrouvaient de nouveau solidaires, avec un but commun. Brume se souvenait d'une équipée à chien de traîneau à travers le Nuvanut, où ils avaient été pris par le blizzard. Leur guide leur avait appris à ériger des murets de neige tassée pour protéger leur campement, et à sortir toutes les deux heures pour repousser les flocons qui s'amassaient autour de leurs tentes. Ces règles élémentaires de survie, valables sur Terre, s'appliquaient-elles aux conditions climatiques de cette planète ? Avec des bourrasques qui pouvaient atteindre facilement les cent kilomètres-heure et des températures à geler sur pied en quelques minutes, cela relevait du pur défi.

Après quatre heures à suer comme des forçats dans leurs combinaisons, ils débouchèrent à l'air libre, face à l'océan. La banquise scintillait tel un tapis de diamant sous l'éclat fantomatique de l'une des trois lunes de Nüying. Un milliard d'étoiles émaillaient le ciel nocturne, et l'on distinguait très clairement, vers le nord, la nuée laiteuse de l'un des bras de leur galaxie. Il y avait tant de similitudes entre leurs deux mondes. Pourtant, celui-ci leur resterait à jamais fermé, inaccessible, avec sa beauté sauvage, son atmosphère irrespirable et sa flore potentiellement dangereuse pour leurs organismes terriens.

– Rappelle-moi ce poème, lança Brume. Tu sais, celui qui parle de la lune et du pays natal.

– Celui de Li Bai ?

– Oui.

Il récita :

– *Devant ma couche, une mare de lumière. Serait-ce le givre sur le sol ? Je lève les yeux, la lune brille dans le ciel. Je baisse la tête…*

Sa voix s'étrangla. Ils demeurèrent silencieux, écrasés par la solitude et la puissance de la nature qui les entourait.

– J'en ai un autre, tiens, reprit-il après un moment.

– Vas-y.

– *Aux mille montagnes, pas un vol d'oiseau, aux dix mille sentiers, pas une trace d'homme.*

– C'est de circonstance, reconnut-elle.

– C'est tiré d'un poème de Liù Zhong-Yûan.

Elle s'éloigna de quelques pas et activa sa caméra frontale. Un détail avait attiré son attention au moment où la lune s'était voilée derrière l'ombre d'un nuage. Un fin liseré bleu, si ténu qu'elle doutait de l'avoir réellement vu. En zoomant, cependant, elle en eut la certitude : quelque chose brillait au loin, tout au bout de la banquise, une étincelle turquoise, évanescente.

William la rattrapa. Lui aussi avait remarqué cette lueur singulière.

– Il faudrait aller examiner ça avec un drone.

– Ils ne sont pas prêts.

– On peut filmer, au moins.

Ils retournèrent chercher le matériel et enclenchèrent l'enregistrement. Pour autant qu'ils puissent en juger, il ne s'agissait ni d'une aurore boréale ni d'un reflet de lune sur la surface gelée de l'océan. Ils demeurèrent ensuite un moment à observer la banquise, saisis et presque effrayés par sa beauté.

Une fois à l'abri, ils contactèrent le *Yùtù*. Ils voulaient avoir l'avis de Lian. La glace pouvait-elle émettre une luminescence, sous certaines conditions environnementales ou climatiques ? Pouvait-elle cacher dans ses profondeurs des éléments minéraux ou organiques qui puissent expliquer un tel phénomène ? Leurs questions partaient un peu dans tous les sens, mais le glaciologue se prêta volontiers au jeu, piqué par la curiosité.

– Tu crois que Tamaki accepterait de te laisser nous rejoindre ? demanda William pour finir.

Leur requête doucha l'enthousiasme du Chinois. Les sorties en extérieur n'étaient pas à l'ordre du jour. Tamaki avait annulé tous les projets concernés, même ceux qui visaient à surveiller les opérations de décontamination de la coque. Le cargo-monde se recroquevillait sur lui-même comme un cocon, un cocon qui pouvait aussi bien se transformer en tombeau, songea Brume, si la situation s'aggravait.

Elle passa les heures qui restaient avant le jour à recalculer les positions des hydrophones qu'elle souhaitait installer, en fonction de leurs dernières observations. Quand Shun se leva enfin, elle était prête. La météo annonçait un temps exceptionnellement clément pour les trois jours à venir. Il ne fallait pas traîner.

William la regarda rassembler son paquetage avec inquiétude.

– Je viens avec toi, décida-t-il.

– Non. Tu dois aller faire les prélèvements.

– On les fera après.

– Quelqu'un doit rester ici si on a un problème, insista-t-elle.

– Justement, il vaut mieux être deux en cas de pépin.

William se tenait devant elle, un gobelet d'infusion à la main, et cette vision l'exaspéra. Elle ne supportait plus cette attention constante, cette inquiétude qui l'entravait et l'empêchait de respirer librement. Un bref instant, elle maudit la faiblesse qui l'avait poussée à accepter que le Canadien l'accompagne dans cette mission. Puis elle se raisonna. L'impatience et le peu de recul qu'elle avait sur leur situation lui brouillaient les idées.

Elle inspira un bon coup et l'invita à la rejoindre dans leur « carré ». Se servit un gobelet de tisane – ces précieuses feuilles, soigneusement cultivées et conservées au cours des années précédentes, finiraient elles aussi par manquer. D'un geste nerveux, elle détacha ses cheveux et refit sa queue de cheval, puis, posant les mains à plat sur la table, elle demanda :

– Alors, qu'est-ce qu'on fait ?

William mit quelques secondes à réagir. Lui-même semblait faire un effort sur lui-même pour garder son calme.

– Je pense qu'on doit d'abord récupérer l'enregistrement vidéo de cette nuit, concéda-t-il finalement en s'asseyant en face d'elle.

– D'accord. C'est une bonne idée. Ensuite ?

– Ensuite, on l'étudie.

– Non. Le beau temps ne va pas durer. On a une fenêtre de trois jours pour faire tout ce qu'on n'a pas pu faire pendant la tempête. Il faut avancer.

– OK. Alors on va récupérer l'enregistrement, on l'envoie à Lian pour qu'il y jette un coup d'œil. Ensuite, on part faire nos prélèvements.

– Ça va prendre une grosse demi-journée. On devrait plutôt poser les sondes pour commencer.

– Je te rappelle que l'urgence, c'est de comprendre tout ce qui pourrait nous aider à contenir l'invasion d'*O. solitaria*. Donc les prélèvements d'abord, repos, et les hydrophones après.

L'observation de William agaça prodigieusement Brume, mais elle dut admettre qu'il avait raison. L'étude de la flore microbienne locale venait en tête de liste de leur ordre de mission. Quant au repos… Évidemment qu'une qualité de sommeil suffisante et une bonne condition physique seraient nécessaires pour mener à bien leurs tâches. Sur Terre, on pouvait tirer sur la corde sans trop de risque, du moins jusqu'à une certaine limite, selon les circonstances. Elle en avait passé des nuits blanches, à écouter en boucle les vocalises de ses précieuses baleines, à tenter d'en décrypter les codes et les rythmes. Elle enchaînait le lendemain en se dopant au café bien noir. Mais ici, on ne pouvait pas se permettre de jouer avec ça. Un déficit d'attention, une erreur de manip, et c'était terminé.

– Je pourrais aller inspecter l'état de la banquise pendant que tu prendras quelques heures de sommeil, proposa-t-il. Je peux m'occuper de sortir le lak. Et les raquettes.

– Toi aussi, il faudra que tu dormes. Et je suis la seule à connaître le matériel dont on aura besoin.

– D'accord, tu gagnes. Je suis ton assistant. Ordonne, et j'obéirai.

– Espèce d'idiot.

Il avait réussi à la dérider.

– Je sais. Tu m'aimes, chuchota-t-il, ses yeux fichés dans les siens.

Elle préféra ne rien répondre, plutôt que de mentir.

Finalement, le temps leur fut favorable pendant plus de quatre jours et ils purent se déplacer sans risque en motoneige pour aller prélever des échantillons de mousse, prendre quelques heures de repos, puis sortir installer leurs sondes. Les hydrophones furent glissés dans des trous percés dans la glace avec une perche en acier, selon une technique de pêche traditionnelle que William avait vu pratiquer dans le Grand Nord canadien. Shun se hissait de jour en jour plus haut dans le ciel, inondant la plaine enneigée de ses rayons d'un blond roux.

Pas un oiseau, pas une trace, disait le poème.

Il n'y en avait absolument aucune, sur cette planète. Sauf la leur, cette double rayure parallèle qui filait vers l'horizon, dans cette blancheur sans nom.

15.

Cargo-monde *Yùtù Mèng*, péninsule de Qanik, Nüying
[09-2594] Neuf mois après le naufrage

Dana attendit que les voyants du sas de décontamination virent au vert. Les portes se déverrouillèrent après les cinq minutes réglementaires, et elle passa dans le local intermédiaire pour retirer son équipement.

Ôter le casque, péniblement. Les gants, ensuite. Laisser le robot chargé de les aider s'occuper du reste. Malgré cette assistance mécanisée, chaque geste lui coûtait. Elle clipsa lentement le harnais de son exosquelette, devenu indispensable pour compenser sa faiblesse musculaire. Tout ce temps, elle évita de regarder les écrans-feuilles qui tapissaient le mur devant elle. La vision des malades enfermés dans l'infirmerie comme des animaux lui était insupportable. Leur nombre ne cessait de grimper chaque jour. Les six couchettes prévues initialement ne suffisant plus, ils avaient dû récupérer du matériel dans les autres unités médicales.

Lasse, elle se sentait lasse. Et la peur ne la quittait plus, cette boule dense qui la lestait comme une malédiction.

En sortant dans le couloir, elle tomba sur le garde posté là par la milice de Sean Peter. L'Américain avait profité de son statut de neveu du président de Space'O pour prendre les commandes, s'appuyant sur les membres de la FSE pour évincer Tamaki.

Le soldat la toisa de haut, son arme à peine baissée. Dana perçut sa haine comme une gifle en plein visage, mais elle savait qu'il ne ferait rien contre elle, car elle était l'un des trois derniers médecins indemnes, l'une des rares à n'avoir pas encore contracté la « gale ».

Qu'est-ce qu'ils espéraient gagner, à menacer et terrifier la poignée de survivants qui, contrairement à eux, essayaient de faire de leur mieux pour rester dignes et solidaires dans cette épreuve ? Quelques rations de plus, ce qui à terme voulait dire quelques heures ou quelques jours de vie supplémentaires ? Les misérables !

Trois jours plus tôt, l'un des contaminés avait craqué et cherché à sortir de l'infirmerie, forçant le mécanisme de sécurité qui bloquait les portes. Le garde l'avait abattu avant qu'il ne franchisse le premier sas. Certes, ce meurtre leur avait évité un désastre dans l'immédiat, mais au fond, il ne faisait que précipiter davantage leur fin. Car quel espoir leur restait-il, s'ils se mettaient tous à agir comme des bêtes ?

Dana avait parfaitement conscience que Peter et sa clique de Terriens ne la considéraient pas vraiment comme l'une des leurs. Pour eux, elle appartenait à une espèce à part. Et ils n'auraient aucun scrupule à se débarrasser d'elle, à partir du moment où ils n'auraient plus besoin d'elle. Elle savait aussi que Meriem s'inscrivait en tête de la liste des condamnés avec les quatre autres Sélènes encore présents à bord – la planétologue ne leur étant plus d'une grande utilité, elle représentait surtout une bouche de plus à nourrir.

D'un pas lourd, ses semelles claquant dans le couloir vide, elle se rendit directement à leur tanière, sans même prendre la peine de passer chercher de quoi dîner ce soir. Trop fatiguée.

La plante verte qu'elles avaient récupérée pour donner un semblant d'âme à leur « chambre » dépérissait, faute d'arrosage. Un léger relent de pourriture montait du bac. À moins que ce ne soit leur propre odeur, les douches faisant aussi partie des petits conforts que l'on avait drastiquement limités ces derniers jours. Sean Peter, qui avait pourtant promis de leur fournir une eau saine et sans danger, s'était révélé incapable de faire face à la crise. *O. solitaria* proliférait comme une gangrène, progressant chaque jour dans le réseau de distribution hydrique.

Le plus étrange résidait dans les effets de la pseudobactérie sur l'organisme humain. Fadilah avait montré qu'un faible courant électrique stimulait la croissance d'*Odisseus*. Attirées comme un aimant par tous les équipements susceptibles de produire un champ magnétique, les *Oddies* avaient malheureusement démontré leur aptitude à les contaminer, franchissant allègrement le fossé qui séparait leur espèce de la leur. Sans doute avait-elle muté au contact de l'environnement terrien du *Yùtù Mèng*, mais cela restait difficile à prouver en l'absence d'étude comparative. L'homme abattu par le soldat, trois jours plus tôt, souffrait d'une forme moyennement évoluée de la maladie. L'infestation avait d'abord touché la muqueuse intestinale, avant de passer la barrière entérale et de gagner le système limbique. *Odisseus solitaria* avait ensuite migré jusqu'au cerveau, s'agglomérant au niveau des filaments de l'implant neural en formant ce fameux biofilm aux propriétés étonnantes. À un stade plus avancé, la chose se développait sur l'épiderme, enveloppant finalement le corps dans une sorte de cocon protecteur qui le maintenait en vie. Le pauvre s'était mis à délirer avant qu'il n'en arrive là.

La souffrance et la peur pouvaient expliquer l'accès de démence. Cependant, Dana se demandait s'il ne convenait pas de rechercher une autre cause à ce comportement désespéré. Trois des malades s'étaient en effet plaints de maux de tête abominables, accompagnés de « visions ». Dana soupçonnait *O. solitaria* de sécréter des substances neurotoxiques au contact des cellules nerveuses humaines, mais elle manquait de moyens pour en étudier les mécanismes d'action.

Les questions s'accumulaient, et les partisans de Sean Peter s'impatientaient.

Sa seule consolation, dans cette débâcle, était la présence indéfectible de Meriem et les quelques minutes quotidiennes où elle échangeait des nouvelles avec le binôme Faye-Tran, toujours en mission à l'extérieur. Ces deux-là avaient fait le bon choix au bon moment. Pour ne pas plomber leur moral, les équipes du *Yùtù* avaient décidé de ne pas leur communiquer certains détails concernant l'évolution de la situation à bord. Peut-être le couple de scientifiques réussirait-il à faire une ou deux découvertes qui aideraient à lever un coin du voile sur ce monde si hostile. Leurs observations, relayées par satellites, parviendraient jusqu'à la Terre d'ici deux douzaines d'années, complétant in fine la vaste encyclopédie du savoir humain. C'était peu, comparé à ce qu'ils ambitionnaient au départ, mais c'était toujours un pas de plus vers la connaissance.

Elle n'était d'ailleurs pas la seule à se passionner pour leurs progrès. Une bonne partie de l'équipe scientifique rescapée suivait leur périple heure après heure, comme si cette aventure par procuration représentait leur ultime espoir dans ce cargo-monde devenu prison. Chaque jour, chaque heure, ils leur envoyaient bulletins météo, résultats d'analyses et observations, bref tout ce qui serait susceptible de les aider dans leur entreprise.

Dana se débarrassa de son exosquelette et s'allongea sur le matelas qu'elles avaient récupéré dans une cabine inoccupée. Épuisée, elle s'endormit alors qu'elle essayait de déchiffrer les derniers rapports communiqués par Fadilah. Ce fut Meriem qui la réveilla, une heure plus tard.

– Devine ce que raconte Peter, lui lança sa compagne en se laissant tomber à ses côtés, sa torche toujours allumée.

– Oh non, soupira Dana, clignant des yeux. Je ne suis pas certaine d'avoir envie de savoir.

Meriem semblait furieuse.

– Il parle d'aller réquisitionner les vivres et la serre de la base.

Dana se redressa, sonnée. La base, celle où séjournait actuellement le couple Faye-Tran ?

– Il est devenu fou.

– Oui. Mais cette fois ça ne se passera pas comme ça.

Meriem lui tendit une barre nutritive encore tiède.

– Ça sort du four, lui précisa-t-elle.

Dana mâcha lentement son repas, mais elle avait trop soif pour apprécier la saveur douceâtre de la pâte, qui collait au palais.

– Qu'est-ce qu'on peut faire ? demanda-t-elle.

Meriem se frotta les mains. Ces derniers jours, elle avait aidé à nettoyer les bacs de culture dans les serres, et malgré toutes les précautions imposées, l'usage des produits détergents avait complètement asséché sa peau. Dana fut prise d'une brusque envie de les embrasser.

– J'ai beaucoup pensé à ce qui devait nous arriver dans les semaines à venir, avança soudain Meriem avec prudence. Par exemple, à ce qu'il conviendrait de faire si tu devais contracter la « gale », toi aussi.

Pourquoi *O. solitaria* épargnait-elle certains d'entre eux, cela restait un mystère pour Dana. Les Sélènes, pour ne citer qu'eux, semblaient jouir d'une certaine immunité. La présence importante de biobots dans leurs organismes jouait-elle en leur faveur ? Toutefois il pouvait s'agir d'une simple coïncidence, et nul doute que Peter la ferait abattre au moindre symptôme évocateur.

– Il faudra commencer par te protéger, dit-elle.

– Sshht, souffla Meriem en chassant cette idée d'un geste de la main. Ce n'est pas de ça que je voulais te parler.

– Alors quoi ?

– Je crois que nous devrions quitter le *Yùtù*.

Dana demeura sans voix.

– Ce que j'aimerais, poursuivit Meriem, c'est sortir. Ça fait longtemps que j'y pense, mais je le gardais pour moi parce que j'avais peur de te mettre en difficulté.

Ce disant, elle s'allongea près de Dana et vint se blottir dans ses bras.

– Je n'ai jamais vu la couleur du ciel, murmura Dana après un moment en caressant les cheveux de Meriem – ces boucles un peu rêches, devenues sèches et cassantes avec l'âge, mais toujours aussi rétives à toute tentative de domestication à visée esthétique. J'ai beaucoup réfléchi à ce que nous devrions faire, si cela devait se produire.

– Donc c'est oui ? insista Meriem.

– Et où irions-nous ensuite ?

– On pourrait rejoindre Will sur la côte.

Dana ne répondit pas tout de suite. Cela faisait bien longtemps qu'elles n'avaient pas discuté ainsi, formulant à voix haute leurs craintes et, dans le cas de Meriem, leurs espoirs. Son amie n'avait pas perdu l'élan et la générosité qui l'avaient toujours caractérisée. Le cœur serré, elle constata à quel point elle-même avait été affectée par les épreuves de ces dernières années, enchaînant les jours de travail de manière mécanique, et se réfugiant dans le silence quand ça n'allait pas. Si seulement elle avait pu oublier le spectacle des corps effondrés dans la grande salle du temple, symboliquement reliés par la longue écharpe de soie blanche qu'ils tenaient entre leurs doigts. Le cordon de la sagesse, c'était ainsi que l'appelait Sonam dans son Livre. Tant qu'elle était occupée, elle arrivait à ne pas y penser. Mais il suffisait d'un relâchement, d'un temps creux, pour que ces visions reviennent la hanter. Pourquoi ? se demandait-elle alors.

Il n'y avait pas de réponse à cette question. Mais l'espoir entêtant qu'une partie d'Anouk subsistait peut-être dans les circuits muets de Réceptacle, quelque part en orbite autour de cette maudite planète, ne voulait plus la quitter.

– C'est une bonne idée, dit-elle finalement.

Tout en prononçant ces paroles, elle songeait déjà aux réactions probables de Peter, dès qu'il s'apercevrait de leur fuite. Tant pis. Les autres médecins, bien plus compétents qu'elle, continueraient à prendre soin des malades. Pourquoi subir davantage l'autorité brutale et le mépris de Peter, quand elles pouvaient voir le ciel, quitte à en mourir ?

Cette dernière pensée la libéra d'un coup. Subitement, sans qu'elle l'ait invoqué, le visage d'Anouk s'imprima dans son esprit, avec ce sourire hors du monde qui l'avait tant intriguée. Anouk avait-elle éprouvé cette même sensation avant de partir ? Pendant un long moment, elle demeura immobile, le souvenir de sa fille lové dans son cœur, étrangement apaisée. Puis petit à petit, les implications concrètes des suggestions de Meriem chassèrent ces émotions, dressant devant elle la liste des obstacles qu'il leur faudrait surmonter pour atteindre leur objectif.

La tête posée contre son épaule, Meriem avait fini par s'assoupir.

Dana passa le reste de la nuit à faire des plans. Au matin, l'idée semée la veille avait germé et pris solidement racine en elle. Elle s'octroya deux-trois heures de repos, avant d'en parler à son amie.

L'entreprise paraissait folle, peut-être, mais réalisable.

Mise au courant de leur projet, Denita leur opposa d'abord un « non » catégorique, visage buté et bras croisés. Mais la tentation de pousser Peter dans ses derniers retranchements était bien trop forte pour que la Mexicaine résistât bien longtemps.

Au jour dit, elles se retrouvèrent au niveau des ascenseurs qui menaient vers les parties condamnées du vaisseau. Une fois en bas, Denita les aida à s'équiper tandis que deux de ses compagnons s'occupaient du milicien qui surveillait les accès. Dana n'avait aucune envie de savoir quel sort ils lui réservaient, et elle fut soulagée de ne voir son corps nulle part quand elles parvinrent au sas extérieur.

– Vous êtes vraiment sûres de vous ? s'assura une dernière fois Denita, son visage aux rondeurs presque juvéniles durci par les reflets de la LED qui surmontait son casque.

Ses deux compagnons demeuraient en retrait, armes baissées, aussi mutiques que des tombes.

– Vous vous en sortirez, lui affirma Dana. À condition de gérer correctement vos ressources.

– Je sais, dit la Mexicaine.

Les trois femmes se donnèrent une brève accolade, puis Denita actionna l'ouverture du sas.

L'entrepôt où étaient garés les véhicules d'extérieur était plongé dans le noir et il y régnait un froid glacial, rapidement compensé par les fibres thermiques de leurs combinaisons. Elles se dirigèrent à la lueur de leurs frontales jusqu'à une forme sombre dans un coin.

– Vous avez bien étudié la doc ? vérifia Denita.

Elles firent le tour du rover, un appareil léger, équipé de tous les instruments nécessaires pour s'orienter à travers le brouillard ou même la neige, mais dépourvu d'habitacle pressurisé. Ce n'était pas vraiment un problème, avait expliqué Dana qui tablait sur les conditions météorologiques favorables annoncées pour les prochains jours. Mais il faudrait faire vite. Une fois informé de leur départ, on pouvait parier que Peter réagirait de manière stupide – réaction que Denita comptait exploiter pour reprendre le contrôle du *Yùtù Mèng*.

La jeune femme vérifia qu'elles maîtrisaient bien les différentes commandes du véhicule. Puis elle leur montra les caisses arrimées à l'arrière :

– On vous a mis des rations pour dix jours, de l'eau et des graines. Vous êtes sûres que ça ira ?

– Sûres et certaines, répondit Meriem.

Les trois rebelles les aidèrent à se hisser sur les sièges.

– On reste en contact, leur lança la Mexicaine tandis que l'un de ses compagnons enclenchait l'ouverture.

Les lourds vantaux d'acier chuintèrent comme s'ils se réveillaient après un long sommeil. Un faisceau de lumière perça l'obscurité, à peine un fil pour commencer, puis une large bande blanche, éblouissante. Les visières de leurs casques se teintèrent instantanément.

Dana démarra en douceur, guidant le rover avec précaution vers la sortie.

16.

Will passait en revue les étapes de la journée à venir, quand il fut distrait par une variation dans le rythme de la respiration de Brume. Sans bouger, pour ne pas la réveiller, il attendit. Le vent à l'extérieur soufflait par intermittence, secouant sans brusquerie les volets partiellement fermés. Un éclat de lumière tremblait dans la pénombre. Sans qu'il y prît garde, ses pensées glissèrent vers d'autres lieux, d'autres temps. Ce reflet lui rappela le chatoiement cristallin du soleil sur les murs du salon familial, tandis que dehors, la neige scintillait de mille feux. Un souvenir de bonheur, bien loin de la réalité implacable qui était désormais la leur.

Malgré tout, Will se sentait bien. La tiédeur de leur module n'avait rien à envier à la chaleur et au réconfort de sa maison d'enfance. Il suffisait de se concentrer sur l'instant présent en faisant abstraction de tout le reste. Il y arrivait parfois, comme en ce moment, avec Brume endormie, pelotonnée dans ses bras. Il se souvenait alors qu'il était un être sensible capable d'aimer, et non une espèce de zombie que la peur étranglait en permanence de l'intérieur. Il pouvait ensuite réfléchir plus posément aux difficultés qui les attendaient et à la meilleure manière de les résoudre, au lieu de s'enliser dans le désespoir.

Il récapitula.

Pour commencer, ils avaient prévu d'aller examiner deux de leurs hydrophones qui affichaient des dysfonctionnements. Peut-être faudrait-il les remplacer, ramener le matériel défectueux au camp pour les réparations. La dernière grosse tempête lui avait laissé le loisir de potasser la doc technique en détail, et il pensait pouvoir se débrouiller avec les outils qu'il avait sur place. Après six jours à se terrer dans leur niche sous la neige, cette sortie leur ferait le plus grand bien. Ce serait aussi l'occasion d'étudier la banquise de près, et le phénomène lumineux observé quelques semaines auparavant et sur lequel, pour l'heure, ils n'avaient guère avancé.

Brume remua dans son sommeil, se rapprochant instinctivement de lui et tirant la couverture à elle. Il l'embrassa avec douceur dans la nuque, puis, avec délicatesse, il repoussa les mèches de cheveux emmêlées, dégageant sa tempe. Elle avait retiré son connecteur, une précaution qu'elle prenait systématiquement avant de dormir. Du bout des doigts, il caressa le renflement de chair formé par la présence de la prothèse sous-cutanée, comme si, ce faisant, sa propriétaire accepterait de lui livrer les secrets cachés dans le repli de ses rêves.

Brume représentait un paradoxe à elle toute seule. Après une première réaction négative, elle avait souhaité renouveler l'expérience de la fusion amoureuse. Mais, malgré cette intimité, cette femme demeurait un mystère. Comment pouvait-elle s'abandonner aussi totalement sur le plan physique, tout en gardant à ce point le contrôle de ses émotions et de ses visualisations ? Bien sûr, dans ce genre de relation, tout le monde exerçait cette forme de dissociation, ne serait-ce que pour se préserver, mais chez Brume cela confinait à la schizophrénie. William supposait qu'il fallait y voir le résultat des années que la biologiste avait passées à fréquenter les mammifères marins. Les articles qu'il avait lus sur le sujet faisaient tous ressortir ce trait particulier à la pratique du lien avec un non-humain, cette capacité, et même cette nécessité de cloisonner ses différents états cognitifs. Malgré tout, il percevait en Brume une certaine ambivalence. Ses réactions pouvaient se révéler imprévisibles, oscillant entre le rejet et l'acceptation.

Brume dut sentir qu'il avait envie d'elle car elle s'agita à nouveau, se tournant sur le côté, l'obligeant à changer également d'appui. Au début de leur relation, elle restait toujours plus ou moins sur le qui-vive, mais à force, la fatigue avait fini par avoir raison de ses défenses. Les journées ici étaient longues, et le sommeil lourd. Malgré l'automatisation de la plupart des tâches et le recours à un exosquelette intégral si les travaux à réaliser le nécessitaient, chaque sortie mettait leur résistance physique et nerveuse à rude épreuve. En plus de ces expéditions inévitables, Brume consacrait de nombreuses heures à écouter les échos transmis par leurs appareils, son casque vissé sur les oreilles et les yeux rivés sur ses écrans, à l'affût de la moindre variation significative du fond sonore océanique. Personnellement, il trouvait ces bruits plutôt sinistres. La banquise craquait, chuintait, gémissait. La houle prisonnière de sa carapace de glace clapotait, frémissait, glougloutait. Un déchirement réverbéré de loin en loin lui arrachait des frissons comme un ongle qui crisse sur un tableau. Les abysses de Nüying étaient tout sauf silencieux. Quant à dire qu'ils abritaient des formes de vie intelligentes, ils en étaient loin. Cependant l'analyse des échantillons d'eau de mer révélait peu à peu la richesse et la complexité des micro-organismes qui composaient la flore marine locale. William la voyait évoluer dans cet univers invisible comme un poisson dans l'eau, totalement absorbée par sa tâche et imperméable à tout ce qui l'entourait. Son rôle à lui se limitait à l'alimenter en boisson chaude aux arômes artificiels, les infusions appartenant désormais au passé ainsi qu'un bon nombre de choses qui leur avaient paru évidentes, avant.

Une sorte de routine avait fini par s'installer. Sortie, décontamination, tisane à l'eau, puis bref repos, Brume rivée à ses écouteurs et lui épluchant sa doc, quand il ne s'occupait pas de préparer le repas ou faire pousser des lentilles ou des salades. Il fallait attendre la nuit et ses tempêtes titanesques pour pouvoir lever le pied.

Au début, c'est vrai, William avait souffert de ce qu'il prenait pour de la froideur ou de l'indifférence de la part de sa partenaire. Puis il avait compris que c'était sa manière d'être en général et que cela n'avait rien de personnel. Parfois, il l'enviait. La majeure partie du temps, il l'admirait. Cette femme avait parcouru vingt-quatre années-lumière avec un but précis, et rien ne la ferait dévier de son objectif. Fallait-il parler d'ambition, de rêve ou d'obsession ? Il n'avait pas vraiment d'opinion à ce sujet. Peut-être avait-elle raison. Peut-être non. Mais quoi qu'il arrive, si *quelque chose* se cachait réellement dans les profondeurs de ces océans, cela changerait-il fondamentalement la donne ?

Pour eux, sans doute pas. Leur temps était compté. Ne restait plus qu'à espérer que l'humanité profite un jour de leurs découvertes. En ce qui le concernait, il estimait qu'il valait mieux mourir en avançant ensemble vers un objectif commun, plutôt que de finir en se tapant dessus.

Brume, elle, ne se posait pas ces questions. *Quelque chose* devait exister, et il lui fallait en avoir le cœur net. Tout ce qui n'avait pas un rapport direct ou indirect avec ses recherches, elle s'en fichait. Cette manière de fonctionner l'autorisait à poursuivre son idée sans dévier d'un iota. Pas de compromis ni de concessions, elle lui rappelait son ex-femme. Zhen aussi avait refusé de sacrifier sa carrière pour le suivre. Un couple formé de deux ego progressant sur des chemins individuels ne pouvait pas durer éternellement. Sans enfants en jeu, le divorce n'avait été qu'une formalité. Zhen était restée sur Terre, il avait embarqué pour Taihe, fin de l'histoire. Avec le temps, ses regrets avaient fini par s'estomper, totalement absorbés par le projet RNA. Bon sang, il y avait tellement cru. La vie après la mort, la réincarnation technologique et ses applications médicales infinies. Libérer l'humanité de la souffrance, échapper à la contrainte de ce corps imparfait. Un jour, ils y parviendraient. Même si leur expérience avait salement dérapé, d'autres reprendraient leurs travaux en ayant appris de leurs erreurs.

Mais pour lui, le chemin s'arrêtait là.

Bizarrement, il avait fini par accepter l'idée de sa propre fin. Les circonstances de la vie et les choix qui avaient été les siens l'avaient amené ici, sur ce bout de planète désolé. Peut-être fallait-il trouver dans cette ultime épreuve le moyen inespéré de donner un sens à cet immense gâchis. Il pouvait encore se rendre utile. Il pouvait par exemple faciliter la tâche de Brume en lui évitant de perdre trop d'énergie et de temps dans les opérations de routine et d'entretien nécessaires à leur survie. Il pouvait l'encourager, la soutenir, offrir le meilleur de lui-même pour l'aider à mener à bien ses travaux. Ce serait sa contribution personnelle à la science. Sa manière de l'aimer, aussi. Sur sa tombe virtuelle, on graverait ces mots : « mort par amour d'une femme de science ».

Brume grogna quelque chose équivalent à « pousse-toi un peu », ce qui était le signe qu'il attendait. Comme souvent le matin, elle réagit presque instantanément à ses sollicitations. Ils firent l'amour tendrement, sans fusion ni artifice, juste avec leurs corps et les sens dont les avait dotés la nature. Après quoi, ils savourèrent quelques minutes le plaisir d'être enlacés sous la chaleur douillette des couvertures.

Puis il fallut bien se lever et commencer à se préparer.

Le repas fut vite avalé, une espèce de porridge à base de pois agrémenté de vitamines en poudre, sans sucre, ni sel, ni épices d'aucune sorte. Suivirent les gestes habituels : premier sas, désinfection. Deuxième sas, équipement. Troisième et ultime sas pour un deuxième round de vérifications.

La clarté de l'extérieur les gifla en plein visage. Même avec l'adaptation spontanée de leur visière à la luminosité ambiante, c'était déjà trop pour leurs yeux acclimatés à la pénombre. Ils se mirent au travail.

Avant tout, il fallait encore et toujours dégager la voie, procéder aux prélèvements et analyses bactériologiques incontournables, puis s'assurer du bon arrimage de tout leur matériel. Il suffisait d'une tôle avec un peu de jeu ou une simple usure à un angle pour que soudain, au prochain coup de vent, ce soit la catastrophe. Le chargement de leur barda sur la motoneige leur prit deux ou trois heures supplémentaires. Brume s'activait en silence, taciturne et concentrée comme à son habitude. La matinée était déjà bien entamée quand ils furent enfin prêts à partir. Après une dernière inspection du côté de la serre et des installations de support de vie, ils se mirent en route.

Arrivés en haut de la crête, ils découvrirent un paysage cristallin, avec une banquise qui s'étalait à perte de vue sous un ciel lavande. À leur gauche, le glacier et ses murailles crevassées s'avançaient sur le bras de mer, crevant la surface plate de l'océan de leurs crocs. Sur la droite, la courbe escarpée des falaises fermait la crique. Dans leur dos se dressait le profil sombre de la chaîne montagneuse qui bordait la péninsule au sud. Et enfin, devant eux, cet infini blanc. Les trois lunes de Nüying flottaient dans le ciel, trois disques pâles virant vers le jaune.

Ils descendirent jusqu'à la côte et s'aventurèrent prudemment sur la banquise. Le vent était tombé, fait extrêmement rare sur cette planète où il soufflait en général sans discontinuer. Ces conditions exceptionnelles les avaient décidés à tenter une sortie vers le large. Les bulletins météo, vues satellites à l'appui, annonçaient un temps optimal pour les huit jours à venir. L'idée était de pousser un peu plus loin qu'à l'ordinaire en passant une nuit en extérieur – c'est-à-dire, concrètement, quelques heures de bivouac en plein soleil de manière à pouvoir enchaîner deux dizaines d'heures de travail. Ils emportaient avec eux une large réserve d'oxygène, des rations pour trois jours, et ils avaient troqué leurs habituelles combinaisons souples contre des équipements munis d'un système de gestion des fluides corporels. Bref, tout ce qu'il fallait pour une petite escapade romantique, avec un programme plutôt chargé. En plus du remplacement des hydrophones défectueux, ils comptaient en effet lâcher une demi-douzaine de mini-bots d'exploration marine que Will avait montés et configurés au cours des dernières semaines. Dotées d'une excellente autonomie, ces nanosondes étaient conçues pour descendre à plus de trois mille mètres de profondeur.

Une fois assurés de la qualité de la glace, ils chaussèrent leurs skis, partant du principe qu'ils se déplaceraient à pied pour ne pas charger davantage la motoneige, réglée en pilote automatique. Puis ils filèrent en direction du large.

Blanc, sur blanc, sur blanc.

Après une heure de progression régulière, ils atteignirent leur première balise et firent une pause. Cet appareil ne présentait aucun signe de détérioration, aussi décidèrent-ils de ne pas s'attarder. Ils reprirent leur souffle, vérifièrent leurs niveaux d'oxygène, avalèrent quelques gorgées de cette infâme boisson nutritive qui leur servait de carburant, et se remirent en route.

Autour d'eux la banquise s'étendait à perte de vue, sans un brin d'air ni un oiseau dans le ciel.

En fin d'après-midi, après six heures épuisantes ponctuées de courtes haltes au niveau de chaque balise, ils atteignirent enfin leur but. Ils se trouvaient désormais à dix kilomètres de la côte, au point numéro onze de leur réseau hydrophonique, au milieu de nulle part. Ils commencèrent à décharger le matériel dont ils avaient besoin. Leur « tente » pouvait abriter trois personnes, à condition d'accepter de se serrer un peu. Légère et maniable, elle ne résisterait pas deux secondes si une tempête leur tombait dessus, mais au moins pourraient-ils y dormir une ou deux heures et y prendre un repas chaud.

Une fois leur campement installé, ils allèrent examiner la balise défectueuse.

– Elle est complètement HS, fit remarquer William.

– Elle a cessé d'émettre depuis une vingtaine d'heures, confirma Brume. Et la numéro 12 doit être dans le même état.

La partie émergée paraissait intacte. Ils entreprirent de retirer la longue tige métallique hors de l'eau.

– Merde…

Pas besoin d'être microbiologiste pour les reconnaître. Ces traînées blanchâtres, Will les avait déjà observées dans les réservoirs du *Yùtù*.

– Elles ont dû être attirées par l'activité électrique de la sonde, fit-il remarquer.

Il remit la tige en place. Ses gants, qui avaient été au contact direct avec les dépôts, ressortirent souillés. Brume alla chercher le matériel de décontamination et la mallette contenant les kits de prélèvement.

William réfléchissait aux implications de leur découverte. Sans doute leur faudrait-il abandonner l'hydrophone sur le site pour éviter toute complication, mais rien n'interdisait de lancer les microdrones qu'ils avaient prévu de déployer sous l'eau. En revanche, l'idée de bivouaquer sur la banquise, avec ces trucs en train de proliférer sous leurs pieds, le réjouissait moyennement.

Brume revint et procéda aux prélèvements. Lorsqu'elle gratta la surface, le biofilm formé par la colonie d'*Oddisseus solitaria* se rétracta légèrement.

– Regarde ça.

William ne se souvenait pas avoir vu les *Oddies* réagir de la sorte lorsqu'ils avaient traité les cuves, mais peut-être ne s'agissait-il pas exactement de la même bestiole. Difficile de conclure d'après leur seul aspect visuel.

Brume ferma le couvercle du tube d'échantillon et le rangea avec précaution dans sa boîte.

– Qu'est-ce qu'on fait, maintenant ? demanda-t-elle.

– Je pense qu'on devrait rentrer.

– Et les autres balises ?

– On reviendra les récupérer.

– J'aimerais quand même jeter un coup d'œil sur la numéro 12.

L'épuisement marquait les traits de Brume, mais elle semblait déterminée.

– OK, lui dit-il. Pause, puis on bouge.

Ils retournèrent au campement et sortirent juste de quoi s'asseoir. William avait les jambes raides de fatigue, et Brume ne brillait pas non plus par sa forme. Sans compter qu'il n'y avait rien de très agréable à mariner dans son jus, même dans une combinaison ultra-confort. Ils en profitèrent pour changer leurs bonbonnes d'oxygène et avaler quelques gorgées de boisson protéinée. Brume sortit son feuillet tactile pour consulter les bulletins météo et les dernières mises à jour de leurs cartes.

– En principe on a de l'activité volcanique là-dessous, expliqua-t-elle en désignant un point au loin. Donc potentiellement des sources hydrothermales et de la vie.

Ils scrutèrent l'horizon, et eurent la même réaction.

De fines traînées bleues dansaient sous la surface de la banquise, tels des mirages dans un reflet de neige.

– J'ai l'impression que le phénomène s'est renforcé.

– On dirait.

– J'aimerais aller voir ça de près, dit Brume.

– Je ne pense pas que ça soit une bonne idée.

Il perçut nettement son irritation, malgré la barrière de

leur casque qui avait tendance à cacher le détail de leurs expressions.

– C'est l'occasion ou jamais.

– On devrait plutôt envoyer le drone.

Brume souffla bruyamment dans son micro – encore un signe de contrariété. Elle finit tout de même par se ranger à son avis, et ils déballèrent l'appareil qu'il avait bricolé à cette fin.

– Je propose que tu filmes la zone, pendant que je m'occupe des aquabots.

Il lui tendit les commandes du drone. Brume n'ayant pas d'objection, ils se remirent au travail. La pause avait été de courte durée, et William sentait les courbatures tirer dans tous ses membres. Son corps accusait le coup des heures de randonnée en ski de fond. À 1,14 g, même avec le renfort d'un exosquelette, ça restait sportif.

Il se pencha vers le trou d'eau où barbotait leur sonde, et décida d'aller creuser un peu à l'écart. Brume s'était éloignée de son côté pour filmer. Il commença à percer avec prudence, calculant qu'un diamètre de deux centimètres devait suffire pour enfiler le tube par où glisseraient ses bots. Lorsqu'il releva la tête, Brume n'était plus qu'une silhouette colorée se découpant dans l'immensité blanche. Comme ils restaient en contact radio, il pouvait entendre son souffle dans le micro. Calme et tranquille. Rassuré, il se remit à l'œuvre.

La glace crépitait et fondait sous le guidage laser de sa foreuse, réglé au minimum pour ne pas exciter les éventuels *Oddies* qui grouillaient là-dessous. Dix centimètres… onze… cela risquait de prendre un peu plus de temps prévu.

Il se redressa pour étirer ses lombaires. Douze heures qu'il suait dans son pyjama en fibres thermiques, il commençait à en avoir plein le dos. Toujours occupée à filmer avec le drone, Brume s'était plantée à moins de trois cents mètres de là. Son regard dériva vers l'horizon, attiré par la vision des trois lunes en suspens dans le ciel.

Trois lunes…

Ce paysage était d'une beauté à couper le souffle.

Il se remit au travail, forant patiemment, millimètre après millimètre, surveillant chacune des variations dans la texture ou la couleur de la neige.

À vingt centimètres, il remarqua que la glace se comportait bizarrement. La bouillie d'eau à moitié gelée qu'il dégageait au fur et à mesure prenait une teinte légèrement grise et semblait plus visqueuse.

Brume cria au moment où il allait la prévenir.

Il se redressa, la vit qui courait vers lui.

Soudain, ce fut le chaos.

Son premier réflexe fut de se précipiter vers la motoneige. Une partie de leur matériel avait été déchargée, l'autre était restée attachée sous la bâche. Tant pis. Ou tant mieux. Peu importe. Il fallait se tirer de là, c'était ça, l'urgence. Il se hissa sur leur appareil et démarra.

Will n'en croyait pas ses yeux. Autour d'eux, la banquise *ondulait*. Il poussa sa bécane à fond, faisant rugir le moteur.

Le phénomène qui rongeait la glace de l'intérieur se répandait rapidement. Il se retrouva à patiner dans une sorte de gruau blanchâtre alors qu'il n'avait pas même parcouru cinquante mètres. Une fraction de seconde, une minuscule, infime fraction de seconde, il se demanda s'il avait une chance de récupérer Brume vivante. Et de s'en sortir, lui.

Puis il cessa de réfléchir, et fonça.

Brume courait dans sa direction, mais elle avançait si lentement qu'on aurait dit qu'elle faisait du sur-place. La banquise autour d'elle semblait se désagréger. Des pans entiers se disloquaient, d'autres fondaient littéralement, à une allure défiant la raison. Brume ne criait plus, à présent, réservant son souffle pour l'effort. Avec vingt kilos de matériel sur le dos, il aurait parié que ce n'était pas l'exercice le plus facile qu'elle ait eu à accomplir au cours de sa vie.

Alors qu'il ne lui restait plus qu'une cinquante de mètres à parcourir pour le rejoindre, le pied d'appui de Brume s'enfonça et elle fut prise jusqu'à la cuisse dans la glace ramollie.

William poussa les moteurs à fond. De loin, il voyait Brume se débattre pour tenter de se dégager.

Quelques secondes, c'était tout ce qu'il demandait.

La motoneige commençait à piquer dangereusement du nez dans la mélasse en formation sous ses patins. Il décida de contourner la fosse, accéléra sur une bande de banquise presque intacte, pour finir par un long dérapage qui lui fit dépasser largement l'endroit où se trouvait Brume. Cependant celle-ci avait réussi à se hisser sur une partie encore solide et il la vit qui se relevait, péniblement.

C'est maintenant ou jamais, songea-t-il en redémarrant. Au même instant, la plaque sur laquelle se tenait Brume se désolidarisa de la sienne. Une fissure de quelques centimètres, qui très vite se transforma en crevasse. Des bulles épaisses crevaient la surface de l'océan visible entre les deux bords, comme si l'eau entrait en ébullition.

– Cours, cours ! hurla-t-il.

Elle pouvait encore le faire. Elle pouvait encore...

Il allait se lancer dans sa direction, lorsqu'elle s'arrêta soudain.

Une tranchée d'environ un mètre vingt les séparait désormais et ne cessait de s'élargir.

– C'est trop tard, Will, l'entendit-il souffler dans son oreillette.

– Bouge pas. Je sors le lak.

– Non, cria-t-elle. Va-t'en. T'as aucune chance.

Il resta figé, incapable de se soustraire à la vision qui se déployait devant lui. Brume allait mourir. Il allait mourir. Il fallait faire quelque chose.

– Dégage, bon sang ! hurla-t-elle.

La glace – mais pouvait-il appeler ça de la glace ? Qu'est-ce que c'était que cette *chose* ?

La créature se déplaçait vers Brume en une reptation lente. Il pensa à une méduse, à une flaque d'eau où se serait reflété le bleu du ciel, à un gel translucide piqueté de pointes lumineuses. Mais rien de tout cela ne décrivait correctement ce qu'il avait sous les yeux. Rien de tout cela n'avait de sens. Il nageait en plein délire.

– Va-t'en, merde ! cria de nouveau Brume.

Elle était furieuse à présent, totalement hors d'elle.

– Non, répondit-il, calme.

Il descendit du scooter et entreprit de détacher le lak.

Il l'entendit jurer, pester, supplier.

La chose devait sécréter une substance chimique qui modifiait la structure de la glace d'eau, il ne voyait pas d'autre explication. Mais un mètre ou deux, ça pouvait se tenter, s'il faisait vite.

– Je traverse, décréta-t-il.

– Laisse tomber, lui ordonna Brume.

– Parce que tu crois que je vais t'écouter ?

Silence. Puis :

– Je n'étais pas censée commander, et toi obéir ?

– Si, répliqua-t-il, mais pas dans ces conditions.

Ses pieds s'enfonçaient dans la bouillie de glace, mais ça avait l'air encore à peu près solide en dessous. Il fallait que ça tienne, de toute façon.

Brume fulmina quelques instants, puis elle se calma soudain.

– Si tu crois que je vais te laisser le choix, entendit-il, alors qu'il luttait contre un dernier nœud.

Il se tourna vivement. Dans une lenteur de cauchemar,

il la vit qui levait les mains, trifouillait au niveau du cou, détachant une à une, posément, les fixations de son casque.

Le temps s'immobilisa. De longs filaments translucides brillaient dans la lumière, comme un milliard de gouttes d'eau irisées, remontant le long des cuisses de Brume et gagnant peu à peu son torse.

Il perçut distinctement le mouvement qu'elle fit pour inspirer, à pleins poumons. Respirer jusqu'à l'étouffement cet air qui allait la tuer. Combien de secondes étaient-ils censés pouvoir tenir sans apport d'oxygène ? Il connaissait ces chiffres, il les avait appris durant ses séances de préparation sur Taihe. Trop tard, de toute façon. La *chose* avait désormais entièrement recouvert Brume de cette espèce de couche mucilagineuse répugnante qui caractérisait les colonies d'*Oddies*. Si c'en était. Dans un immonde mouvement de reptation, la créature se dirigea vers l'eau, entraînant Brume dans son sillage. Will sentit ses jambes se dérober sous son poids.

Il tomba à genoux.

Il n'avait rien pu faire.

17.

La banquise s'était reformée en quelques heures, reprenant son aspect ordinaire comme si rien ne s'était passé, comme si tout cela n'avait été qu'un rêve vite effacé dans le blanc sans fin.

Seul, il était seul, désormais.

Sans personne à qui se raccrocher, à serrer dans ses bras, personne pour lui répondre et l'assurer de sa propre existence et lui dire qu'il n'était pas une illusion, un fantôme d'humanité.

Dans n'importe quelles autres circonstances, il serait parti, abandonnant les restes de leur entreprise derrière lui. Mais il ne pouvait se permettre une telle négligence, pas ici. Il avait une mission à achever. Il lâcha donc les aquadrones comme ils avaient prévu de le faire, dans la fosse d'eau turquoise qui avait avalé Brume. Prit des clichés, filma ces fonds diaphanes où il voyait danser des entrefilets de lumière, imperméable à leur beauté. Peut-être les bots réussiraient-ils à localiser le corps de Brume. Peut-être cela l'aiderait-il à comprendre ce qui s'était passé.

Il se mit en route dans la clarté dorée du matin, affalé sur sa motoneige, confiant au pilote automatique le soin de le ramener à bon port.

Combien de temps cela lui prit-il pour rejoindre la base ?

Impossible à dire. La côte et ses falaises lui parurent affreusement familières quand elles se profilèrent enfin au loin, leur cirque anthracite tel un tombeau à ciel ouvert. Et lui, mort ou vivant, vivant mort, tremblant de fatigue et perclus de crampes, se dirigeant au radar vers son îlot de secours à travers l'immensité indifférente. Bientôt il aperçut les premières balises de reconnaissance, piquées sur la grève comme pour le narguer.

Tandis qu'il approchait, des images s'entrechoquaient dans sa tête, lui renvoyant par flashs les événements des dernières heures.

Lentement, il sortait de sa sidération. Et avec cette prise de conscience inévitable, la rage et la peine se réveillaient. À quel moment avait-il encore merdé ?

Il haïssait cette planète.

Il haïssait le sort qui l'y avait cloué.

Il haïssait Brume de l'avoir abandonné. Il la haïssait de l'avoir sauvé.

Plus que tout, il haïssait l'instinct qui le poussait à vouloir vivre malgré tout. Vivre. Vivre. N'y avait-il rien d'autre que ça, au final ?

Arrivé sur le chemin taillé dans la neige devant leur base, il ne remarqua pas les traces qui creusaient leur sillon parallèle vers l'igloo qui leur servait de garage et d'entrepôt. Ce n'est que lorsqu'il ouvrit la porte qu'il crut deviner la présence d'un deuxième véhicule. Trop épuisé pour procéder au déchargement, il se traîna jusqu'au module d'habitation.

Il n'avait reçu aucun message du *Yùtù* le prévenant de la venue de quelqu'un.

Tremblant de fatigue, il pénétra dans le salon.

Dana se tenait à table, devant une thermos fumante, bavardant gaiement avec Meriem. Il flottait dans l'air un agréable parfum de tisane. Une senteur de miel et de fleurs, qui lui évoquait la Terre, des bonheurs tendres et des souvenirs heureux.

Il se laissa servir une tasse. Les deux amies s'adressaient à lui sans qu'il réussisse à saisir le sens de leurs paroles, comme si elles lui parlaient à travers un songe, dans une langue qui n'était plus la sienne. Il les écouta sans les interrompre, englué dans une sorte de dimension parallèle.

Il aurait aimé pouvoir leur répondre.

Il aurait aimé pouvoir leur dire.

Après quelques minutes, il leur faussa compagnie, trop éreinté pour rester plus longtemps assis sur une chaise, trop épuisé pour leur expliquer pourquoi il revenait d'expédition *sans* le Dr Tran. Il s'écroula comme une masse sur la banquette qu'il avait occupée jusque-là avec Brume. Son odeur imprégnait encore les duvets où ils s'étaient enfouis pour faire l'amour la veille. C'était hier, mais une éternité les séparait déjà.

Il s'enfonça dans un sommeil pesant. Avant de sombrer, dans un sursaut, il appela Dana. À son oreille, il chuchota.

Quelque chose, oui, quelque chose vivait là, dans les fonds océaniques de cette planète. Avec Brume, ils avaient été à deux doigts de toucher la vérité.

18.

Avant-poste humain de Qanik, Nüying
En un temps indéfini

Dana vérifia une dernière fois l'état de ses plants de piment doux et de lentilles vertes. Rassurée par l'absence de signes de maladie, elle se prépara à quitter la serre. Dehors, les trois lunes brillaient comme des disques de givre dans le ciel lavande – une vision d'une beauté irréelle devenue presque familière. Tous les trente cycles jour-nuit environ, les trois satellites naturels de la planète semblaient s'aligner au-dessus de l'horizon. En ce moment même, Meriem devait être plongée dans ses observations au labo d'astrophysique du *Yùtù* – la situation s'était normalisée depuis que Denita avait pris le commandement à bord, avec le soutien d'une grande partie de leur communauté. Sous son impulsion, on avait trouvé des solutions, la vie s'organisait.

Dana gravit la pente devant la serre pour admirer une dernière fois le paysage avant de rentrer se mettre à l'abri. Quand elle se tenait ainsi, seule face à l'immensité blanche, elle sentait monter en elle un sentiment de joie limpide. Loin vers le sud, un liseré bleu électrique étincelait au ras de l'horizon. Le phénomène qui avait emporté le Dr Tran se manifestait toujours avec plus d'intensité lorsque les lunes de Nüying se présentaient comme aujourd'hui. Meriem pensait que les perturbations de la magnétosphère observées pendant ces périodes y étaient pour quelque chose, mais les données manquaient pour étayer son hypothèse.

Un jour, peut-être trouveraient-ils une explication.

Une fois à l'intérieur, Dana mit de l'eau à chauffer pour préparer de la tisane. Ces gestes étaient devenus son rituel de fin de journée, une manière simple d'exorciser le froid et de partager un moment avec Will.

Le Canadien n'était plus tout à fait le même depuis le drame qui lui avait enlevé sa compagne. Le visage dévoré de barbe, une masse de boucles enchevêtrées lui tombant dans le dos, l'ancien cybernéticien passait ses jours et ses nuits à surveiller les mesures envoyées par ses multiples sondes et robots, persuadé qu'ils finiraient par les capter, ces « chants ». Dana ne cherchait pas à le contredire. Will lui prêtait un casque pour qu'elle écoute avec lui les rumeurs de l'océan. Assise près de lui, patiente, elle prenait le pouls de la planète, frissonnant avec lui à chaque vibration qui venait troubler la monotone litanie marine.

Combien de temps durerait cette trêve, elle l'ignorait. La vie lui avait offert une certaine forme d'apaisement alors même qu'elle y avait renoncé – un don inespéré, comme ces minuscules fleurs découvertes l'autre jour dans une anfractuosité de la roche. Des fleurs, sur cette langue de boue gelée, à vingt-quatre années-lumière de la Terre… Les sentiers mystérieux de l'évolution ne cesseraient jamais de l'émerveiller.

Dehors, le ciel dégagé laissait deviner une frange de la Voie lactée sur ses bords les plus foncés. Quelque part là-haut, la cité voulue par les siens filait inlassablement sa route vers l'éternité. Le peuple des étoiles, c'est ainsi qu'on les appelait.

Parfois, elle croyait voir l'éclat argenté de leur rêve briller fugitivement, avant de disparaître au loin.

19.

En un temps indéfini, et un lieu sans nom

Brume avait repris conscience avec la sensation que quelque chose rampait en elle, quelque chose de terrifiant, qui la transformait de l'intérieur. Mais à peine avait-elle formulé cette pensée qu'une caresse, un influx l'avaient instantanément apaisée. Les sens engourdis, elle avait tenté d'observer l'endroit où elle se trouvait, avant de se rappeler que son corps ne lui appartenait plus. Engluée dans l'*autre*, figée dans sa matière, elle n'avait plus forme humaine. La terreur l'avait alors gagnée à nouveau, aussitôt amortie par une immense vague de bien-être.

Elle n'était pas morte, mais elle n'était plus vraiment. Quelque chose s'était emparé d'elle, ou bien elle-même s'en était emparée.

À bout de force, elle avait cessé de lutter.

Le songe, peu à peu, l'avait enveloppée.

Le temps s'écoulait lentement, bercé de lointaines réminiscences.

Il y avait longtemps de cela, elle avait rêvé qu'elle nageait librement, et dansait avec les courants.

Il y avait longtemps de cela, elle avait rêvé de se fondre dans la mer.

Le murmure des vagues l'emportait. Doux, infiniment doux.

À présent, elle n'avait plus peur.

Coda

Assise au bord du ciel, Mây rêve à ses vies futures et passées. Dans une langue sans fin ni commencement, elle caresse des formes vagues qui sont peut-être des souvenirs, ou bien des événements à venir. Pour elle, ces choses-là se mélangent et n'ont pas vraiment d'importance.

Mây est vieille, aussi vieille que le monde.

Elle ne se rappelle plus très bien ce qu'elle était, avant que ceux-qui-rêvent ne la sortent de sa torpeur. Avait-elle une conscience, en ce temps enfoui ? Avait-elle un nom ?

Là d'où je viens, dit celle-qui-marche-sur-le-ciel, ton nom est celui d'un nuage. Les nuages sont tissés de songes, et parlent avec le vent. C'est pourquoi ils connaissent cet endroit secret où la neige, éternelle, ignore le goût des larmes.

Suis-je un nuage ? se demande Mây.

Non, pense-t-elle. Tu es mon autre, désormais.

Elle rit, elle pleure, elle se tait et oublie qu'elle n'est plus vraiment celle-qui-marche-sur-le-ciel, mais celle-qui-rêve en elle.

Mây aime rêver.

Dans ses cellules se confondent ses réminiscences et les visions que lui insuffle celle-qui-rêve. Sa mémoire est nourrie des légendes qu'une comète a semées en effleurant son monde. Ces histoires se sont lentement déposées en elle, tels des sédiments fertiles au fond de l'océan. Elle qui ne possède aucun organe pour la vue, elle voit. À travers les yeux de l'autre, elle voit.

Debout sur le mont Kalachaï, une silhouette vêtue de rouge scrute le ciel. Dans un avenir lointain, à moins que ce ne soit dans un lointain passé, la lune se répandra comme un reflet dans l'onde d'un lac immobile. De hauts sommets coiffés de blanc brillent dans la clarté diaphane. Les étoiles connaissent les secrets enfouis dans les replis du temps. Ce lieu porte un nom : Shambhala. Tel un écho tombé du ciel, il lui parvient à travers les âges.

Avant le nom, il n'y avait rien.

Rien que le murmure des astres solitaires.

Aujourd'hui se dresse une cité. Ses tours et ses palais brillent dans les rayons du soleil, au gré de ses lentes révolutions. Celle-qui-rêve ne la voit pas, alors Mây affûte ses sens pour elle. Pour que celle-qui-rêve perçoive enfin le chuchotis des âmes qui peuplent ce royaume hors du monde, le froissement de leurs robes, leurs rires et leurs chants.

Un visage apparaît. Elle connaît cet homme. C'est lui, le marcheur aux deux faces, celui-qui-guide-et-traverse. Son rêve est puissant. Il a mené ceux-qui-rêvent jusqu'à elle, et désormais il habite les espaces impalpables.

Comme elle, celui-qui-guide-et-traverse est à la fois un, et multiple. Assis sur son trône au milieu d'autres-qui-rêvent, il tient dans ses mains une longue écharpe blanche. Voici ce qu'il dit, voici ce qu'ils disent tous : ceci est le commencement d'une union qui durera de nombreuses vies.

Mây est heureuse de les accueillir.

Leur rêve est sien, désormais.

Le temps passe. Le jour, les nuits, les orages et les saisons.

Mây se réveille de nouveau. Une poignée de secondes, peut-être mille ans se sont écoulés. Comme à chaque fois, elle est prise d'un doute.

S'est-elle toujours appelée Mây ?

Inquiète, elle sonde l'espace, en quête de réponses. Car enfin, quelque chose s'est aventuré jusqu'à elle, qui a effleuré la carapace blanche de son ciel. Avec la lente, très lente détermination qui fait se mouvoir ses milliards de cellules, elle se dirige vers ce-qui-anime, ces quelques points d'énergie qui crépitent sous la voûte immaculée. C'est ici, souffle celle-qui-rêve. Ici est le lieu où se touchent les mondes. Ici sont les frontières, les entre-deux, les espaces où se mêlent les contraires.

L'inquiétude se dilue, Mây se sent rassérénée.

Bientôt, elle aura complètement absorbé celle-qui-rêve, sa curiosité, ses prières et ses désirs. Aussi, Mây a appris. Elle prend soin de ne pas blesser celle-qui-rêve. Car cette dernière est fragile, bien plus que la chose-sans-rêve qui s'était aventurée jusqu'à elle, il y a de cela bien des cycles.

Mây aime celle-qui-rêve. Elle sait que pour continuer à rêver ensemble, il faut protéger, bercer, apaiser. N'aie pas peur. Ne crains rien. De nos rêves mélangés naîtra le changement. Pour toi, je serai brume d'eau, d'air et de songes.

Mon nom est Nuage, lui confie celle-qui-rêve.

Sans se presser, car son temps est celui des plissements de lave et des lentes reptations, Mây se prépare à célébrer le monde. L'écho d'une note monte des profondeurs, puis une deuxième, et une troisième.

Mây chante à présent. De tout son corps, de toutes ses cellules fondues en un seul et immense organisme, elle chante.

UNE DERNIÈRE NOTE

Cette histoire mélange librement la matière historique avec la fiction. Outre les différentes ressources en ligne, les ouvrages qui m'ont servi de base documentaire pour créer le personnage de Sonam Tsering sont les suivants :

Les Guerriers de Bouddha, de Mike Dunham, aux éditions Actes Sud (2007) : histoire de l'invasion du Tibet par la Chine, de la résistance du peuple tibétain et du rôle joué par la CIA.

Né au Tibet, de Chögyam Trungpa, aux éditions Buchet/Chastel (1968).

Le Feu sous la neige, de Palden Gyatso et Tsering Shakya, aux éditions Actes Sud (1998)

Mémoires d'un moine aventurier tibétain, de Tashi Gedrup, aux éditions Picquier (1999)

Shambhala, la voie sacrée du guerrier, de Chögyam Trungpa, aux éditions du Seuil (2004).

Tibétains, 1959-1999 : 40 ans de colonisation, ouvrage collectif dirigé par Katia Buffetrille, aux éditions Autrement (1998).

REMERCIEMENTS

Sans mon ami Dô Quang Vu, le personnage de Brume n'aurait sans doute pas été incarné de la même manière dans son passé et sa culture. Merci, Vu, pour ta générosité.

Sans la contribution de Franck Selsis, astrophysicien et planétologue, le voyage vers Nüying n'aurait jamais pris forme concrète dans mon imagination. Merci, Franck, pour tes nombreux conseils et ta disponibilité. Merci aussi à Puri Lopez Garcia, biologiste, pour son éclairage précieux sur ce que pourrait être la vie, ailleurs. Évidemment, les fantaisies qui apparaissent dans cette histoire ne sauraient leur être attribuées.

De la même manière, sans l'aide de Li-la et du traducteur Alexis Brossollet, je serais passée à côté de bien des points de langue et culture chinoises. Et, bien sûr, les erreurs que vous auriez pu noter au fil de ces pages ne relèvent que de ma propre maladresse.

Je n'oublie pas ces digressions merveilleuses avec la chorégraphe Francesca Lattuada, sans qui je n'aurais jamais lu Chögyam Trungpa, ni le pâté chinois et les capsules de rire de Francine, sans qui le personnage de William n'aurait pas eu cette saveur.

Merci également à mon amie d'enfance à l'île Maurice ; au Dr No, qui m'a fait découvrir la poésie de Li Bai et les paradoxes apparents de la logique ternaire ; à Jobmen et ses rêves de ferme solaire et gyres océaniques ; à X-Djibi, pour sa patience et son indéfectible esprit cartésien, parfois bien malmenés !

Pour finir, merci à mon éditeur, Gilles Dumay, sans qui ce livre serait resté dans les limbes de je ne sais quelle réalité parallèle.

Et merci à vous, qui m'avez lue. Merci d'être là.

TABLE

Robert Jackson Bennett
American Elsewhere (prix Shirley Jackson)
Les Maîtres enlumineurs

Franck Ferric
Le Chant mortel du Soleil

Peter A. Flannery
Mage de bataille, tomes 1 et 2

Kameron Hurley
Les étoiles sont Légion

Neal Stephenson
Anatèm, tomes 1 et 2

Sam J. Miller
La Cité de l'orque

Tom Sweterlitsch
Terminus
Demain et le jour d'après

Jean-Michel Ré
La Fleur de Dieu
Les Portes célestes (*La Fleur de Dieu*, tome 2)
Cosmos incarné (*La Fleur de Dieu*, tome 3)

Sue Burke
Semiosis

Shaun Hamill
Une cosmologie de monstres

Gauthier Guillemin
Rivages
La Fin des étiages (*Rivages*, tome 2)

C. Robert Cargill
Un océan de rouille

Derek Künsken
Le Magicien quantique (Cycle de *L'évolution quantique*, tome 1)
Le Jardin quantique (Cycle de *L'évolution quantique*, tome 2)

Peng Shepherd
Le Livre de M

Léafar Izen
La Marche du levant
Le Courage de l'arbre

Emilie Querbalec
Quitter les monts d'automne, prix Rosny aîné 2021

Adam-Troy Castro
Émissaires des morts (*Andrea Cort*, tome 1)
La Troisième Griffe de Dieu (*Andrea Cort*, tome 2)
La Guerre des Marionnettes (*Andrea Cort*, tome 3)

Nick Harkaway
Gnomon, tomes 1 et 2

Romain Lucazeau
La Nuit du Faune

Estelle Faye
Widjigo

Laurent Genefort
Les Temps ultramodernes

Lauren Beukes
Afterland

Tochi Onyebuchi
L'Architecte de la vengeance

À PARAÎTRE

Marguerite Imbert
Les Flibustiers de la mer chimique

Elly Bangs
Unity

Composition : Nord Compo
Impression : Imprimerie Floch, août 2022
Éditions Albin Michel
22, rue Huyghens, 75014 Paris
www.albin-michel.fr

ISBN : 978-2-226-47282-3
N° d'édition : 24923/01 – N° d'impression : 100661
Dépôt légal : septembre 2022
Imprimé en France